国家出版基金项目
NATIONAL PUBLICATION FOUNDATION

国家出版基金项目
“十二五”国家重点图书出版规划项目

中國京劇流派劇目集成

啟功題簽

《中国京剧流派剧目集成》编委会　编

第 叁拾陆 集

學苑出版社

图书在版编目（CIP）数据

中国京剧流派剧目集成．第36集 /《中国京剧流派剧目集成》编委会编．— 北京 ：学苑出版社，2015.2

ISBN 978-7-5077-4737-9

Ⅰ．①中… Ⅱ．①中… Ⅲ．①京剧－剧本－作品集－中国 Ⅳ．①I232

中国版本图书馆CIP数据核字(2015)第041164号

出 版 人：孟　白
责任编辑：潘占伟
装帧设计：徐道会
出版发行：学苑出版社
社　　址：北京市丰台区南方庄2号院1号楼
邮政编码：100079
网　　址：www.book001.com
电子信箱：xueyuanpress@163.com
销售电话：010-67675512　67678944　67601101（邮购）
经　　销：新华书店
印 刷 厂：北京信彩瑞禾印刷有限公司
开本尺寸：889×1194　1/16
印　　张：13
字　　数：332千字
版　　次：2015年3月第1版
印　　次：2015年3月第1次印刷
定　　价：200.00元（精装）

序言

◎黄克

京剧向称国粹艺术，内容博大精深，剧目十分丰富，人们常以“汉唐三千宋明八百”形容其浩瀚。其中流派剧目又以演员表演的鲜明个性使剧日显得更为多彩多姿，充满魅力，既被专业人员钻研承继，也为广大戏迷喜闻乐见，遂成为京剧舞台上一大亮点。

流派

举凡表演艺术，原本就无不带有表演者的个人色彩。京剧表演艺术因其唱念做打诸多方面功夫的综合性和繁难性，表演的个性化尤为突出；加以行当的粗分、剧目的雷同，于大致相同的条件下尽显各自的千姿百态、千变万化；一招一式、一腔一韵之中可以体现不同的特色，同样一出戏，甚至同样一个戏中人物也完全可以演出不同的风采，这种充满个性化的表演，遂成为京剧竞技场上最是为人乐道而又情趣无穷的审美内涵。倘若这种富于个性化的表演为受众所认可，且代有传人，形为规范，即可自成一家，成为迥异于他人的艺术流派。以“四大名旦”（梅兰芳、程砚秋、荀慧生、尚小云）为例，虽皆工旦行，却又各有千秋。京剧大师王瑶卿就曾这样分析这四位后起之秀的独到之处：“梅兰芳的样儿，程砚秋的唱儿，尚小云的棒儿，荀慧生的浪儿。”所谓“样儿”，指梅的艺术造诣全面，要什么有什么；所谓“唱儿”，指程以行腔之新颖动听为能；所谓“棒儿”，指尚的刀马功底深厚；所谓“浪儿”，指荀的柔媚多姿、风情万种。寸长尺短，一语道破各有专擅的各家流派特点。如此成就固然来自自己的勤学苦练、苦心孤诣，更少不了观众的知音捧场、鼓励有加。因此，一个艺术流派的形成，对于创始人来说，无疑是开拓了审美追求的新境界；对于受众戏迷来讲，则更是得到了多样化审美需求的新满足。梨园行有云：唱戏的是疯子——指其追求的执着，听戏的是傻子——指其享受的痴迷。二者相得益彰、相映成趣，或许正道出京剧流派形成之三昧。

流派剧目

在京剧传承的一二百年间，随着历史的变迁、社会的发展，以及新人辈出、师承转换，荡涤旧物、崇尚新声，传统剧目中的绝大部分早已绝迹于舞台，然而，其精华部分（包括剧目中表现出来的唱念做打等程式体系）还是被完好地保存了下来，并得到长足的发展。其间，流派创始人于剧目的推陈出新做出了不可磨灭的贡献。基于对剧目乃至剧中人物的理解和认识，以及更便于发挥自己技艺特长的需要，流派创始人对浩如烟海的传统剧目进行了严格的筛选，经过了整理加工再创作，使之又焕发出崭新的韵味和光彩；随着这样剧目的增多，最终形成了自己流派所特有的剧目系列。而另外的流派又在另外的剧目系列中发挥着自己的优势，即或剧目相同，不同流派依然可以于演出中表现出自己的独特风格。总之，在其演出的剧目中，无不打上自己表演风格的鲜明烙印。京剧舞台上一度出现的这种百花齐放、争芳斗艳的盛况，实由自丰富多彩的流派剧目，这在京剧发展史上已是不争的事实。

但也应看到，如今京剧流派剧目相对于京剧的鼎盛时期，已是光景不再。个中原因很复杂，就客观因素而言，新兴的艺术形式的多种多样，人们的欣赏习惯和娱乐方式已经有了更广泛的选择余地，因而完全可以去旁骛；此外，就京剧本身而言，演出剧目之贫乏不能不说是观众锐减的重要原因之一。本来演出场所和演出场次就不多，翻来覆去又只是那几出骨子老戏，怎么能吸引观众，特别是年轻观众呢？——连那些老戏迷们也都听腻歪了。

回过头来看，今日演出剧目的贫乏和流派创始人晚年艺术景况也不无关系。他们在艺术的巅峰期——集中在上个世纪二三十年代，创作或改编了一出出新戏，直令观众赏心悦目，目不暇接。当其时，除了富连成科班或游动的散班演出些大路戏外，北京的京剧舞台几乎就是流派剧目的天下。据 1932 年商务印书馆出版的《五十年来北平戏剧史材》的记载，自民国十二年（1923）至十八年（1929）这六七年间，以梅派剧目为例，只“初演”的剧目——也就是自家独创的新戏或整理改编的传统戏，就有前后本《西施》、《洛神》、《廉锦风》、头二三四本《太真外传》、《俊袭人》、全本《宇宙锋》、《凤还巢》、《春灯谜》等 12 出戏（其中前后四本《太真外传》这四出戏是在一年多时间里陆续完成的）；同一时间段，马派“初演”的剧目也有《化外奇缘》、全本《玉镯记》、《秋灯泪》、《战宛城》、全本《火牛阵》、《鸿门宴》、全部《临江馆（“馆”应作“关”）》、全部《浣纱溪》、《范仲禹》、全本《清风亭》、头二三四本《大红袍》、全本《天启传》、《许田射鹿》、全本《十道本》等15出戏（其中《大红袍》分头二和三四本两次演出），当然，其中还不包括“初演”以外的经常性的大量的传统戏演出。试问，这些曾经轰动一时的流派创始人编创的新剧目于今又有多少出传承下来了呢？个中主要原因就在于流派创始人到了晚年一些唱做吃重的剧目已难胜任，只有将其已臻于炉火纯青的技艺凝炼到少数剧目之中，或演出或教习也只拘囿于这少数几个剧目了。而其传人也就将这几出戏奉为圭臬，全不知其鼎盛时期的所谓“文武双全”、所谓“昆乱不挡”为何事，致使一些当年的热门戏几近失传，这不能不说是梨园一件憾事。记得梅兰芳先生曾撰文论述学艺过程中的“少、多、少”，大意是初学时会的戏（包括技艺）自然是少的。随着所学剧目的增多，技艺的增长，激发起拓宽其艺术驰骋领域的热情，兼收并蓄，从而极大地丰富了自己。进而又随着审美取向的定型，艺术见识的提高，势必要对自己所学所用下一番去芜存精的工夫，扬长避短，使自己的独特技艺集中在少数几个代表剧目之中。表面看来演出的剧目是少了，但炉火纯青，在艺术创新上却达到了新境界。从少到多，从多而少，贯穿着的是继承与发展的艺术成熟的过程，也闯出了一条攀升艺术高峰的必由之路。后学者以为，学会了几出流派代表剧目便可以薪尽火传，得到了真经，孰不料缺少广博的根基，既影响个人的发展，也造成了剧目越传越少的现实。这难道不是应该汲取的教训吗？

有道是“礼失求诸野”。由于流派剧目的独特韵味及其所富有的艺术魅力，由于京剧作为自娱自乐的审美取向已深入人心，更由于迷恋传统演唱艺术者的大有人在，京剧传统剧目——包括一些已经消失于舞台的流派剧目，至今仍在京剧爱好者中间传唱不息。我们不妨到公园里看一看那一圈圈围着的戏迷，他们来自四面八方，或许彼此并不相识，只凭一把胡琴就将大家凝聚在一起，有滋有味地互相欣赏着一段段流派唱腔。更不用说那遍布全国各地乃至国外华人聚居区的票房，他们还时不时地粉墨登场，过一把戏瘾呢！这种自拉自唱、自娱自乐的红火场面，充分显示了京剧流派剧目的深厚群众基础和顽强的生命力，对于相对落寞的京剧舞台不啻一种发人深省的挑战。然而，这又何尝不是对京剧振兴的潜在的呼唤和有力的支持呢！

流派剧目集成

正鉴于其强大的生命力和深厚的群众基础，“振兴京剧”作为文化建设的国策的提出可谓正得其时。而振兴之务，首要的是挖掘和继承优秀传统剧目，以之作为发展和创新的基础和借鉴。我们编纂《中国京剧流派剧目集成》的初衷正在于此：将流派剧目演出的精彩瞬间记录于永恒，将构成流派剧目的诸多元素一一记录在案。诸如每剧的剧情本事、创始人表演特点的提要，剧中人物行当归属、服装扮相，剧本曲文、唱腔谱、伴奏谱、锣鼓经，以及身段谱等得以再现流派表演风格的内容，都力图完整地记录整理出来，为流派艺术的教学和研究提供文字的基础资料。持此，内行自可作为表演的参考，京剧爱好者也可以作为演习的蓝本。

这一工作，对于京剧剧目的基本建设虽然可谓之善举，但具体做起来却困难多多。首当其冲的就是剧目的选定。京剧剧目虽称汗牛充栋，但保存下来的资料却十分有限。京剧形成初期，以“老生三杰”又称“前三鼎甲”的程长庚、余三胜、张二奎为代表的一代固然没有留下什么音像文字资料；即或以“老生新三杰”又称“后三鼎甲”的谭鑫培、孙菊仙、汪桂芬为代表的一代除了少量的唱片外也没有完整的剧目传下来，所以我们的剧目整理工作只能从民国初年以降的“四大须生”、“四大名旦”开始。他们受熏陶于前辈艺术家，可谓传统的集大成而又能创新的一代，整理剧目以他们为重点自然最合适不过。遗憾的是这些艺术大师大都已经作古，得到他们指点和首肯已不可能，为此，我们只能通过其亲传或再传弟子来进行流派剧目的整理工作。从中我们更深地体会到抢救要及时，当初未能抢救下来现在也不要嫌晚而不为，抢救一点是一点，否则能够保存下来的精华越来越少，越加难向历史向后人交代了。

更难的则是遴选整理者。剧目的全面整理需要全面的人才。我们在组织稿件的过程中却发现这样的人手颇不易得。如果流派创始人或其传人曾在戏校任教，且有较为完整的教案保存下来，今日稍加整理即可选用，自然不是难事。不过这样的情况并不多，大量的剧目尚需要对当年的演出本进行追忆记录，加工整理。曾经受业于流派创始人或其传人的京剧工作者虽然是整理演出本的合适人选，但是他们大都是单位的骨干，忙于演出，忙于剧务，或居于领导职位，很难分出身来。即或肯于应承下一两出戏，也常有如下的情况：能演不能说，能说不能写，能写又不能打谱。因此，完成一个剧目经常需由记录者、整理者和打谱人联袂而行，倘再加上剧目的传授者和提要的撰写人，则非四五人鼎力不可。《中国京剧流派剧目集成》收入二百多出戏，每出戏即使平均两三人参加，也要组织四五百人次。其繁难可以想见，其壮观亦可以想见。当然，这还仅就整理者的数量而言，更为难能可贵的还在于参与者的无私奉献。试想，跟演一出戏或教一出戏相比，以文字整理出一出戏，不仅费时而且费力，无疑是一桩一般人不肯为也不屑为的苦差事，而我们的整理者却能甘之如饴，乐此不疲，没有为京剧事业的传承而不计个人得失的宝贵情操，是难有这种积极性的。不仅如此，随着岁月流逝，整理流派剧日益困难，更需要求助一些老专家，他们或是资深艺员、教师，或是资深票友、戏迷，而今已是硕果仅存的京剧艺术的专家、流派历史的见证人。在他们身上洋溢着一种传承京剧流派的使命感，和对振兴京剧的期待。他们热情地参加到这项工作中来，或亲自动手，为我们整理剧目；或答惑解疑，给我们工作以指导。使我们在受教于他们的同时，油然而生一种深深的敬意。

克服了上述困难，《中国京剧流派剧目集成》终于呈现在读者面前。书中，除了囊括主要流派的主要代表剧目，试图反映京剧鼎盛时期的大致面貌而外，尚有可说道者。首先是挖掘整理出一批流派剧目，其中不乏已近失传的流派艺术精品。其中共收流派五十余家、剧目二百多出，不仅是从装扮到曲谱俱全，而且半数以上不曾整理出版过，可算是京剧剧目建设的一个不小的工程。下列剧目可为佐证。如王（瑶卿）派名剧《南天门》（今能见到的只剩下王和老谭合拍的剧照）、余（叔岩）派名剧《太平桥》（据说是老谭给余说的开蒙戏）、马派名剧《白蟒台》（写王莽被俘后向旧臣一一乞命事，老生扮演反面人物堪称奇特）、麒派名剧《斩经堂》（其中吴汉的悲剧性格曾引起过热烈争论）、荀派名剧《鱼藻宫》（写吕后残害戚姬事，乃荀派悲剧剧目之一），以及汪（笑侬）派名剧《哭祖庙》、龚（云甫）派名剧《徐母骂曹》、徐（碧云）派名剧《绿珠坠楼》、裘（盛戎）派名剧《打銮驾》等，都是难得一见的流派剧目之珍品。而以“关外唐”名世的唐（韵笙）派名剧经其家人和传人的努力竟整理出其代表作《驱车战将》、《闹朝击犬》、《好鹤失政》、《绝龙岭》、《未央宫斩韩信》、《刀劈三关》等七出之多，堪称流派剧目建设的新收获。除此之外，《中国京剧流派剧目集成》还特别着力于武戏的挖掘整理。较之文戏，武戏更难整理，需要将演员在台上的动作招式一一准确地反映出来，没有深入的钻研领会、亲身体验，很难下笔。众所周知，杨小楼作为一代武生宗师，其“武戏文唱”乃武生的不二法门，也是令人神往的一种表演境界，在武戏剧目整理中理应得到体现。资深票友朱家溍先生得其真传，整理了杨派名剧《麒麟阁》，并详细记述了前后六次观剧的心得，惜乎不及将其用工尺谱记下的昆曲吹腔翻为简谱便溘然而逝了。另一出杨派名剧《镇潭州》则是根据京剧耆儒刘曾复先生的讲授整理出来的，其中杨再兴上场的“蝴蝶霸”、和岳飞对打的“枪架子”，皆独得杨派之秘，给人以再闻《广陵散》般的惊喜。此外，高盛麟的《长坂坡》、《走麦城》，王金璐的《落马湖》、《蚂蜡庙》也都走的杨派的路子，有的就是直接跟杨宗师学的。南派大武生盖叫天武功盖世，他的剧目身后却乏人整理，多亏移居上海的原中国戏校武功教师赵雅枫先生以耄耋之年勉力整出《一箭仇》，也算保存了盖派一脉。还值得一提的是收获了一批武丑戏。叶盛章当年是以武丑戏挂头牌演大轴的第一人，勇于创新，能戏甚伙，现将其创作的名剧《酒丐》、《祥梅寺》、《打瓜园》、《徐良出世》、《三盗九龙杯》、《铜网阵》等七出代表作一并推出，既再现了叶氏当年神勇，也为乏人承继的武丑行当提供一些演习之本。尤为可喜的是我们也挖掘整理出富连成科班总教习、文丑“萧派”创始人萧长华老先生的《选元戎》、《荡湖船》、《变羊记》等已近绝迹舞台的拿手剧目。凡此，整理者挖掘流派剧目的辛勤劳作成果，均为我们编纂“集成”增添了光彩。

为了方便读者翻检使用，本书采取四五出戏合编一册的形式，这样全书约有五十册之多，并拟分三批推出。第一批为老生行的余派，以及号称“南麒、北马、关外唐”的三派，和武丑行的叶（盛章）派，计五家八册。第二批则以旦行“梅、尚、程、荀”为代表，包括老旦、刀马旦等流派。第三批是老生、小生、武生、净、丑等其他流派。预期一两年内出齐。倘若其中有重要疏漏，又得人整理，亦可考虑编辑出版“集外集”，以满足读者的需求，也使这部“集成”更为名副其实。

当然，《中国京剧流派剧目集成》的编纂，其目的只在提供流派剧目作为研究家和后学者的参考借鉴。而流派、流派，意重在“流”。所谓流，指流行和流变。流派艺术正是在流行、流变中最终形成的，即或在最终形成之后，也还是靠流行、流变而发展的，倘若泥古不化，抱残守缺，就会失掉其鲜活的生命力，艺苑奇葩也会枯萎，这已为京剧发展史所证明。不过，流派艺术发展也需要有个前提，那就是首先要掌握渗透在表演程式唱念做打、手眼身发步中的艺术个性，而流派剧目就是其艺术个性展现的载体。继承流派艺术，不能只满足于模拟外在的“体”，更要在剧目演练中去体味其艺术个性的“魂”，这样才能促使京剧流派艺术从剧目建设到表演个性都得到发扬光大。此乃传承流派剧目的题内之义，自毋庸赘言。

目录

哈鸿儒 整理 杨凌云 校订

绿珠坠楼

根据毕谷云口述整理

绿珠在历史上确有其人，其故事广为流传。宋《乐史》有《绿珠传》，《太平广记》有绿珠的故事。元代关汉卿写了杂剧《石崇妾绿珠坠楼,》演绎绿珠的故事，可惜原本早佚。近代剧作家陈水钟先生按照历史的真实为徐碧云编写了《绿珠坠楼》剧本，文辞典雅，语言流畅，文学性、戏剧性都很强。徐碧云以美妙的歌喉、精湛的舞蹈、无与伦比的武功，使该剧于 1925 年 7 月 17 日在北京中和戏院首演时就引起了轰动。1927 年徐碧云以《绿珠坠楼》与“梅尚程荀”一起名列京剧“五大名伶”。

《绿珠坠楼》剧情梗概如下：西晋时广西合浦女子绿珠，靓丽聪敏，丧父后，与老母相依为命。因无计谋生，母女欲赴洛阳投奔其父故旧。路途中遇盗，幸遇石崇出使交趾返回，将母女搭救。石崇怜悯其遭遇，以三斛珍珠将绿珠收留，带回洛阳。石崇回洛阳后修了金谷园，并在园内专门为绿珠修建了一座崇绮楼。在金谷园内，石崇与潘岳等文人雅士定期举行“金谷雅集”，饮酒赋诗，又与当朝权贵争强斗富。席间绿珠歌舞助兴，使石崇出尽风头。石崇好友潘岳随从孙秀见绿珠美色，垂涎三尺，被潘岳当众斥责赶走。孙秀投奔赵王司马伦，趁机进谗，捕杀了石崇和潘岳，又冲进金谷园欲索绿珠。绿珠不从，坠楼而亡。后成都王司马颖、齐王司马冏入洛，诛杀赵王及孙秀。

徐碧云出身京剧世家。父徐宝芳工小生，长兄徐兰沅是著名琴师。他自幼随丁连升（丁永利之父）练功。九岁入斌庆社习武旦，常傍俞振庭演重头的武旦、武生戏。俞振庭演戏以勇猛剽悍著称，要求同台的武旦必须踩跷，因而徐碧云练就了又帅又美的跷功、又脆又快的出手、火爆扎实的武功。后在萧长华建议下改学青衣。徐碧云有一条甜润的歌喉，其唱刚柔相济，咬字准确，富有韵味。挑班后，既演唱功繁重的《玉堂春》，也演工架优美的《虹霓关》，还演文武并重的《刺红蟒》。有时还以一文一武双出登台，如前演《穆柯寨》，后演《汾河湾》，甚至前面唱《宇宙锋》，后面反串一出武小生的《八大锤》。可以说徐碧云是一位集青衣、花旦、刀马、武旦于一身的全才旦角演员。当年在上海，徐碧云的武功、小翠花的做功、黄桂秋的唱功被誉为旦角的“三绝”。《薛琼英》、《虞小翠》、《褒姒》、《大乔小乔》、《李香君》、《萧观音》、前后本《玉堂春》、《绿珠坠楼》等是他的代表作，也是他独有的剧目，其中以《绿珠坠楼》最受观众青睐。该剧文武兼重，歌舞跌翻，应有尽有。徐之后，后学者只有毛世来、毕谷云。毕谷云现已年届耄耋，是当今硕果仅存的“徐派”传人。当年毕谷云演《绿珠坠楼》后，欧阳中石观后曾题诗云：“轻盈谁也夸绿珠，漫舞莺歌飞燕输。文章辞藻人难信，试看谷云知不虚。”不仅赞美了毕先生的表演，也高度概括了《绿珠坠楼》一剧的艺术特点。

《绿珠坠楼》绿珠每次出场的时候，都有适合当时环境和人物心绪情感的唱段。绿珠初次登场唱的〔西皮慢板〕和第十二场唱的二黄唱段都是表现绿珠内心的悲。二黄腔比西皮腔更深沉，分别选择西皮、二黄声腔表达悲情的深度，真是恰如其分。这段二黄唱腔是打破常规的唱段，从〔散板〕开始，由〔碰板三眼〕过渡到〔慢板〕，板式新颖，别出心裁。最后一场绿珠被孙秀苦追逼到楼上，唱出“火烛光明照虎狼”一段〔快板〕，随着情绪越来越激烈，行腔越来越快，有如疾风骤雨一般，最后“银牙咬碎肝肠断”有如一声炸雷，随着“不如一死抗强梁”的唱腔，绿珠坠楼而亡，令观众心情久久不能平复。徐碧云的唱腔宗梅，细听其唱腔，又有尚的味道。既有梅的雍容富贵、圆润大方，又有尚的豪爽明快、刚健遒劲。“斗富”时所唱的“飘风袂试纻裙婆娑顾影”一段能充分体现出徐碧云的特点：载歌载舞，歌唱刚柔并济，富有韵味，舞姿潇洒飘渺，跌宕有致。

随着演出，徐碧云对《绿珠坠楼》不断地进行改进。新中国成立后，毕谷云演出该剧，也进行了多次整理。为了使其能够传承下去，我们又与毕谷云先生一起对《绿珠坠楼》剧本进行了改编整理，还原了绿珠是石崇宠爱的歌姬的原貌，同时在保留原本精华的原则之下，对一些枝蔓进行了剪裁。

哈鸿儒

人物行当

绿　珠	正旦	四兵丁	武行
石　崇	老生	四大铠	杂
潘　岳	小生	四家院	杂
梁　母	老旦	家　将	净
环　风	花旦	帅旗兵	杂
王　恺	老生	四侍女	旦
羊　关	老生	四歌姬	旦
张　载	丑	四蓝龙套	杂
孙　秀	丑	四军士	武行
司马伦	净	中　军	净
司马颖	老生	四喽兵	杂
司马冏	武生	探　子	丑
金眼彪	净	四刀斧手	杂
四红龙套	杂		

服装扮相

绿　珠　俊扮。梳古装头、草花，淡绿色素古装衣、深绿古装坎肩、领花、珠项链、白色绣花古装裙、腰箍、飘带，彩裤，彩鞋。（进府后古装头上用凤钗、水钻头面，绿色绣花古装衣；翎舞时古装衣无水袖；袖舞时古装衣有水袖；“夜思”一场加纱或绣花斗篷；“坠楼”一场解去飘带等赘物）

石　崇　俊扮。纱帽、黑三，绿蟒、苫肩、玉带，红彩裤，厚底靴。（回府后换学士巾、红改良官衣、腰箍；“法场”一场戴甩发）

潘　岳　俊扮。学士巾，粉色绣花褶子、绦子，皎月色彩裤，厚底靴。（“法场”一场戴甩发）

梁　母　俊扮。黪网子、老旦冠、勒子、绸条，老斗衣、黑色大坎肩、绦子、墨绿素裙子，彩裤，云头鞋。

环　风　俊扮。梳偏古装头、珠花、草花，粉红色绣花古装衣裙、领花、珠项链，腰箍、飘带，彩裤，彩鞋。（各场随绿珠的装扮做相应调配）

王　恺　俊扮。改良相貂、黪三，香色蟒、玉带，彩裤，厚底靴。

羊　关　俊扮。纱帽、黑三，白蟒、玉带，彩裤，厚底靴。

张　载　丑扮。学士巾、八字吊搭，紫色改良官衣、绦子，彩裤，朝方靴。

孙　秀　丑扮。学士巾，墨绿色改良官衣、腰箍，彩裤，朝方靴。

司马伦　勾黄三块瓦。侯帽、黑满，红蟒、苫肩、玉带，彩裤，厚底靴。

司马颖　俊扮。虎头盔、黑三，红软靠，彩裤，厚底靴。

司马冏　俊扮。虎头盔，绿软靠，彩裤，厚底靴。

金眼彪　勾歪脸。罗帽、黑虬髯，花箭衣、黄大带、黑开氅，彩裤，厚底靴。

四红龙套　俊扮。红小板巾，红龙套服，彩裤，薄底靴。

四兵丁　俊扮。小倒缨盔，紫色打衣打裤、腰箍，薄底靴。

四大铠　俊扮。罐子盔，红大铠服，彩裤，薄底靴。

四家院　俊扮。黑软罗帽，黑褶子、小大带，黑彩裤，白大袜、皂鞋。

家　将　揉黑脸。黑软罗帽、牵巾，沿边紫箭衣、大带，彩裤，薄底靴。

帅旗兵　俊扮。梢子帽，蓝布箭衣、红卒坎、大带，彩裤，薄底靴。

四侍女　俊扮。梳偏古装头、草花、珠花，皎月色绣花古装衣裙、腰箍、飘带绣花小腰包，彩裤，彩鞋。

八歌姬　俊扮。梳偏古装头、草花、珠花，黄色舞衣（小臂袖子为粉红色）、抹胸（四件粉红色、四件皎月色）、粉红色短舞裙、黑色腰箍、飘带，黄色喇叭口彩裤，彩鞋。

四蓝龙套　俊扮。蓝小板巾，蓝龙套服，彩裤，薄底靴。

四军士　俊扮。蓝灰色包头加小额子，蓝灰色打衣打裤、腰箍，薄底靴。

中　军　勾元宝脸。中军盔，绿开氅，彩裤，厚底靴。

四喽兵　俊扮。黑布包头，黑侉衣裤、小大带，薄底靴。

探　子　丑扮。梢子帽，蓝布箭衣、红卒坎、大带，彩裤，薄底靴。

四刀斧手　勾歪脸。红大板巾、额子、茨菰叶、牵巾，红刽子手衣、下侉子，红彩裤，薄底靴。

道具

红色绣金团花大帐	一套
桌　子	五张
椅　子	八把
高　台	一座
红色绣金团花桌围	三套
红色绣金团花椅披	五套
素沿边浅色布桌围	一套
素沿边浅色布椅披	一套
浅色绣花桌围	一套
浅色绣花椅披	两套
深色高台桌围	一套
矮　凳	一个
官　印	一方
文房四宝	一份
令箭及令箭架	一份
书　信	一封
舞蹈用翎子	两对
折　扇	一把
箜　篌	一个
枪	六杆
单　刀	四口
荷包枪	四杆
刽子手大刀	四口
母珠及托盘	一份

马　鞭	四根	十颗珠及托盘	一份
蓝标旗	四根	如　意	一柄
大纛旗	一面	墙片子	一个
报子旗	一面	山冈片子	一个
白　虎	一面	崇绮楼景片	一份
大珊瑚砌末	一个	荷花池景片	一份
小珊瑚砌末	一个	锁　链	两条
珠宝箱	一个	明珠袋子	一个
扁　担	两根		

第一场

〔【大锣原场】幕启。场上置红色绣金团花大帐，正场桌、“大座”。桌上放官印一方、文房四宝一份。红色绣金团花桌围椅披。

〔唢呐吹奏曲牌〈水龙吟〉。四红龙套、四兵丁、四大铠“上场门”幕内喊堂威:“哦——！”

〔四红龙套、四兵丁右手托枪左手提大带、四大铠执荷包枪“上场门”上，“站门”。唢呐曲牌止。

〔【四击头】【一锤锣】石崇端带提蟒“上场门”上，亮相。【大锣原场】进至“九龙口”，抖双袖，提袖，整冠，捋髯。端带走至正场台口。【归位】抖右袖，端带，提袖。

〔引子〕

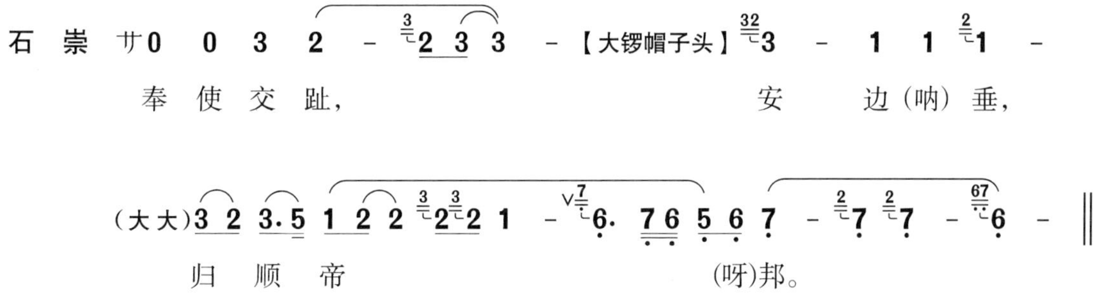

〔【冲头】石崇双抖袖，提袖。唢呐吹奏曲牌〈水龙吟·合头〉。石崇右手捋髯，一望，二望。右转身，归“大座”。唢呐曲牌止。

石　崇（诗）四外星华拥节旄，
奉扬仁化在吾曹。（台·大　台）
民情暗访皆清晰，
更得明珠满袖袍。【住头】

〔四红龙套、四兵丁、四大铠归“里八字”。家将“下场门”暗上，站“大边”。

石　崇（右手扯左水袖）下官，【报名一锣】姓石名崇字伦。（扎）官拜散骑常侍。奉了圣上旨意，以采访使出使交趾。且喜交趾王愿与朝廷交好。此行又搜罗到许多奇珍异宝，回朝比富，又增添更多胜算。家将！

家　将　有。

石　崇　吩咐随从人等，收拾行装，启程还朝！

家　将　是。（至正场台口）下面听者：【大锣五击】收拾行装，启程还朝！

众　啊！

〔【冲头】四红龙套、四兵丁、四大铠至前场两边。四家院抬珊瑚、珠宝箱两边暗上，分站两边龙套之前。

〔西皮导板〕

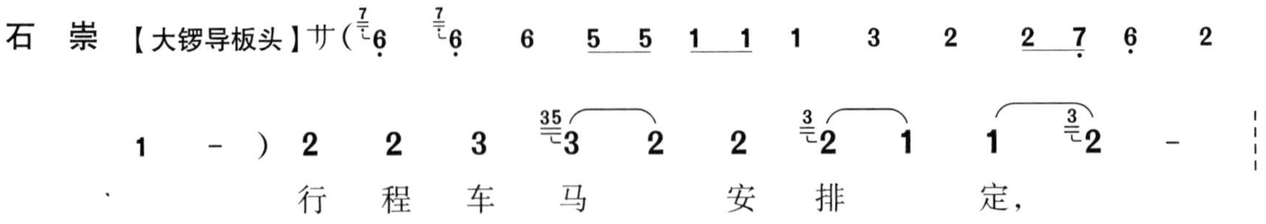

〔【闪锤】石崇出座，至正场台口，抖右袖，提袖。

〔西皮快板〕

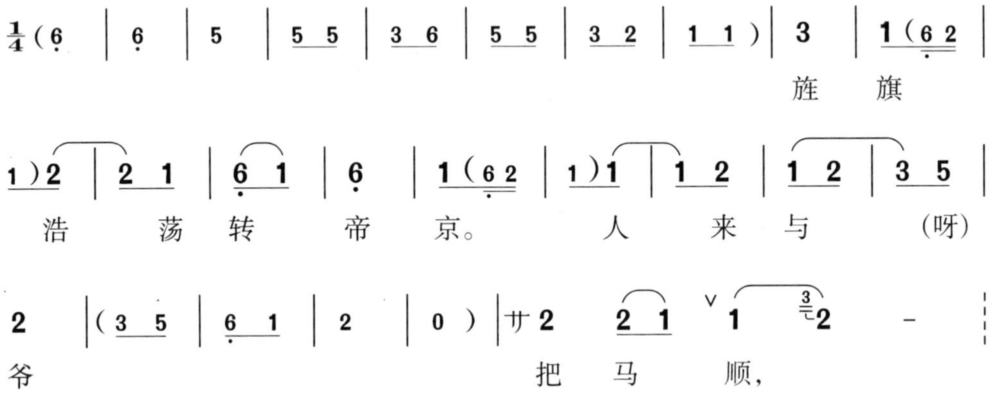

〔【快长锤】四红龙套、四兵丁、四大铠、四家院“插门”“下场门”下，帅旗兵举“石”字大纛旗“上场门”上，站石崇身后。家将带马，石崇上马。家将随众人“下场门”下。石崇打马至“大边”，勒缰，右转身，面向前。

〔西皮摇板〕

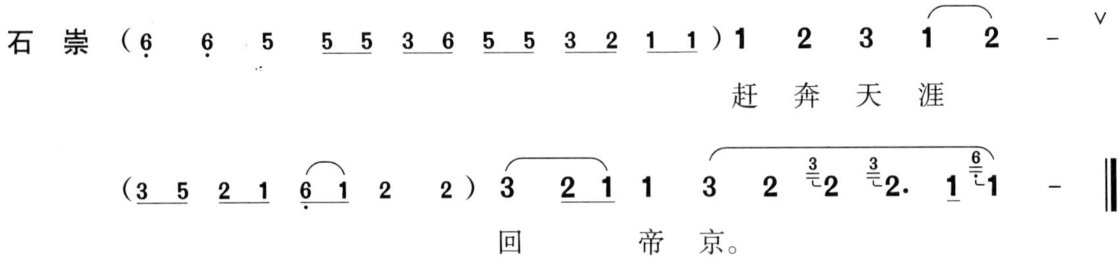

〔【冲头】石崇左转身，打马，“下场门”下。大纛随下。闭二幕。

第 二 场

〔【撤锣】开二幕。场上置正场桌，“小座”。素沿边布桌围椅披。

〔【小锣旦上场】绿珠抚腹“上场门”上，一亮。进至“九龙口”，抖右袖，提袖抚鬓，整装。进至正场。【小锣归位】抖右袖，提袖。

绿珠坠楼

〔【小锣原场】绿珠抖右袖，提袖，左转身归“小座”坐下。【小锣归位】

（诗） 凄凉身世损华年，
门祚衰寒守薄田。
高堂老母年高迈，
愁将菽水奉闱前。（台．大 台）

奴家，梁氏绿珠。（扎）乃合浦绿野村人氏。不幸严亲丧命，老母年高。只影孤身，鲜少兄弟。幼年虽习歌舞，也是难以谋生。现在家业凋零，支持无计，思想起来，怎不愁闷人也！

〔西皮慢板〕

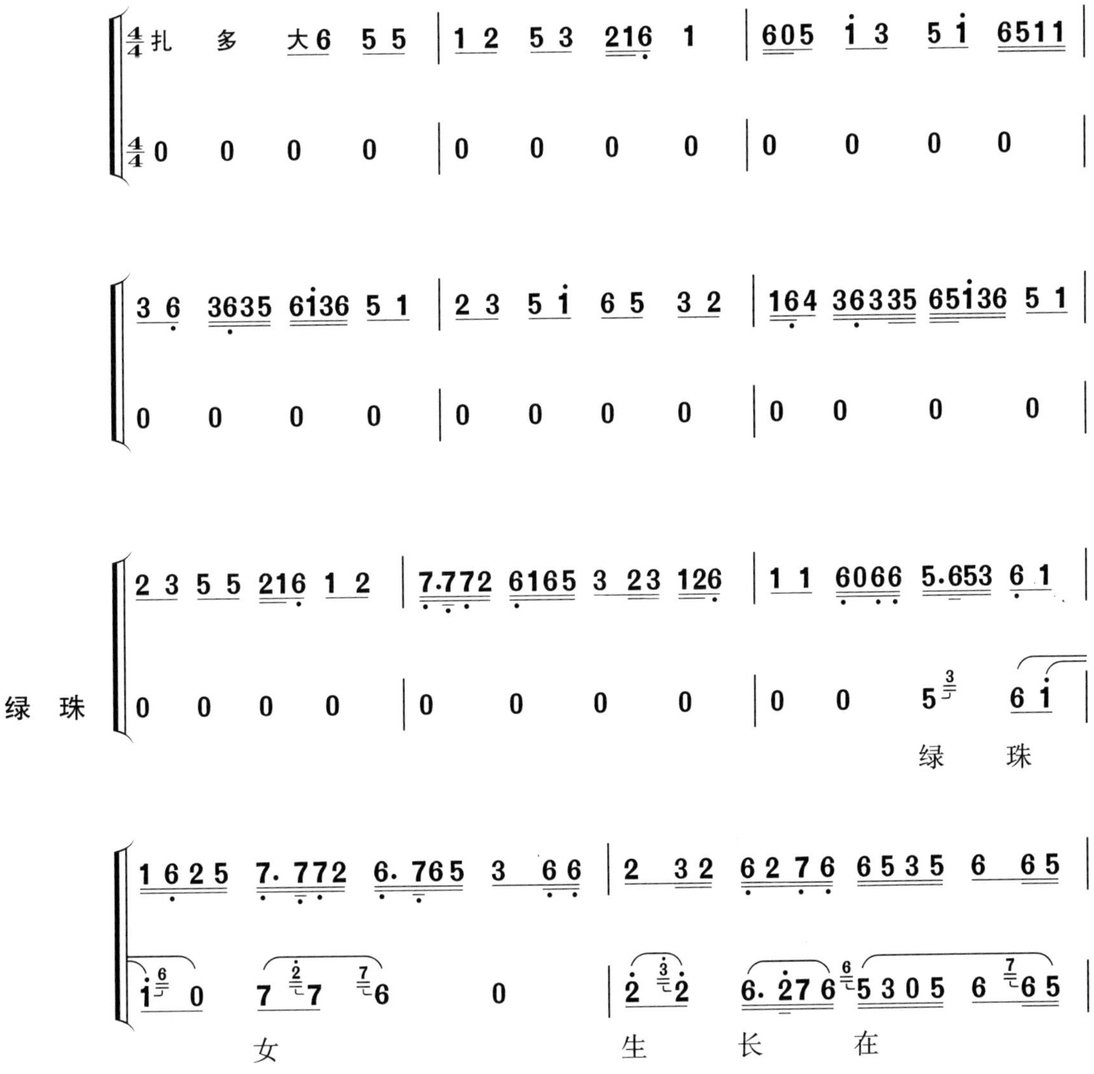

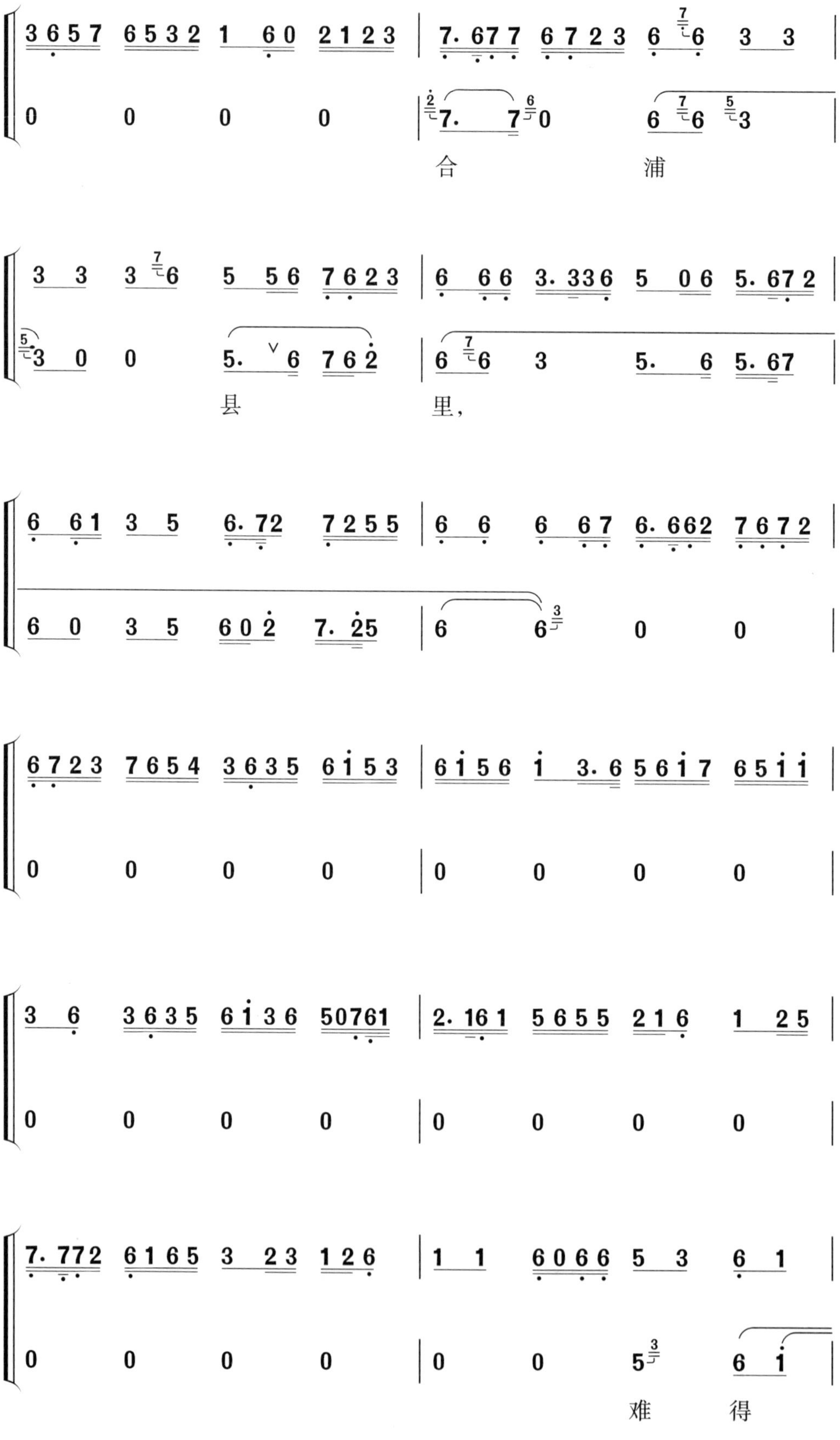
合 浦
县 里，
难 得

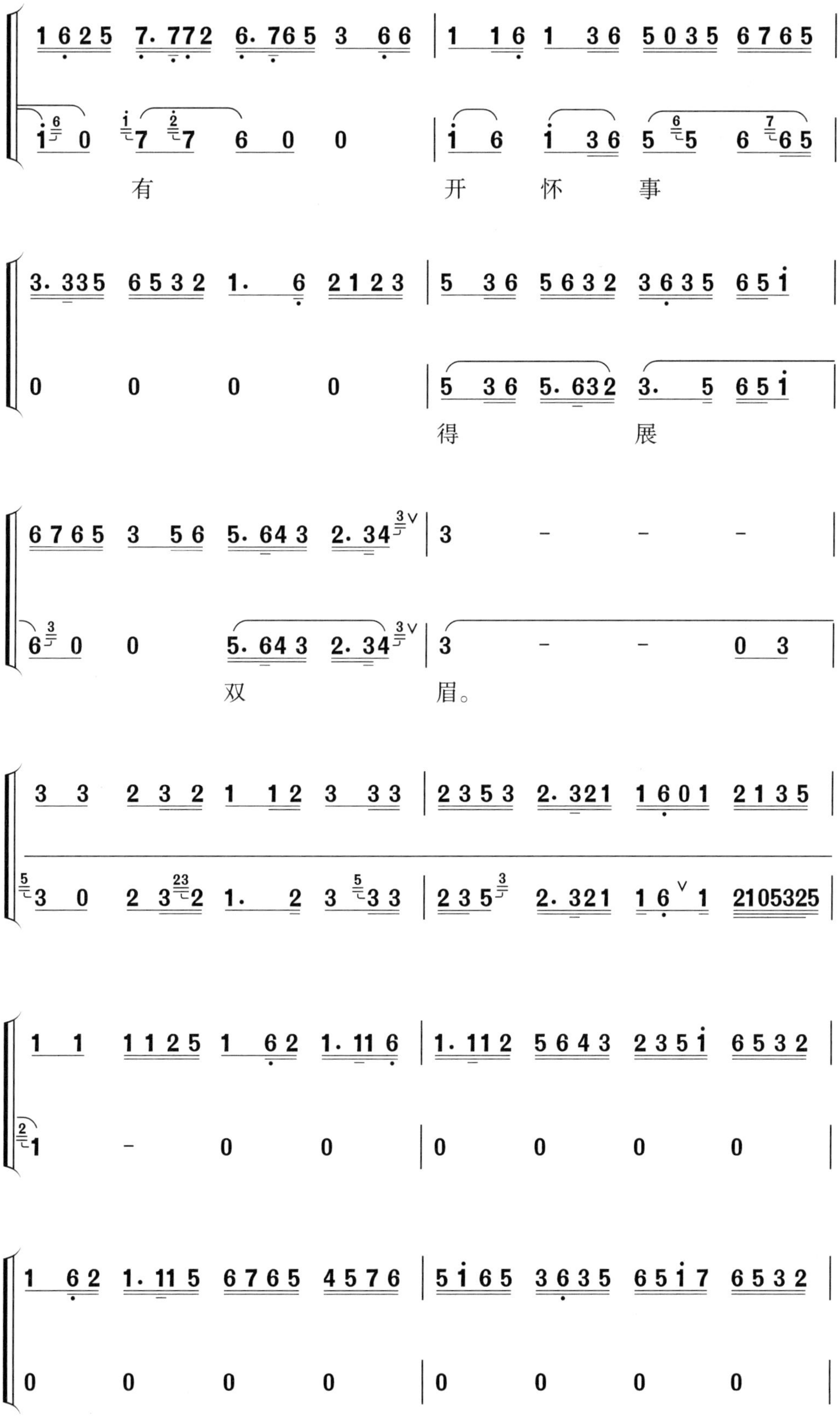
有
开 怀 事
得 展
双
眉。

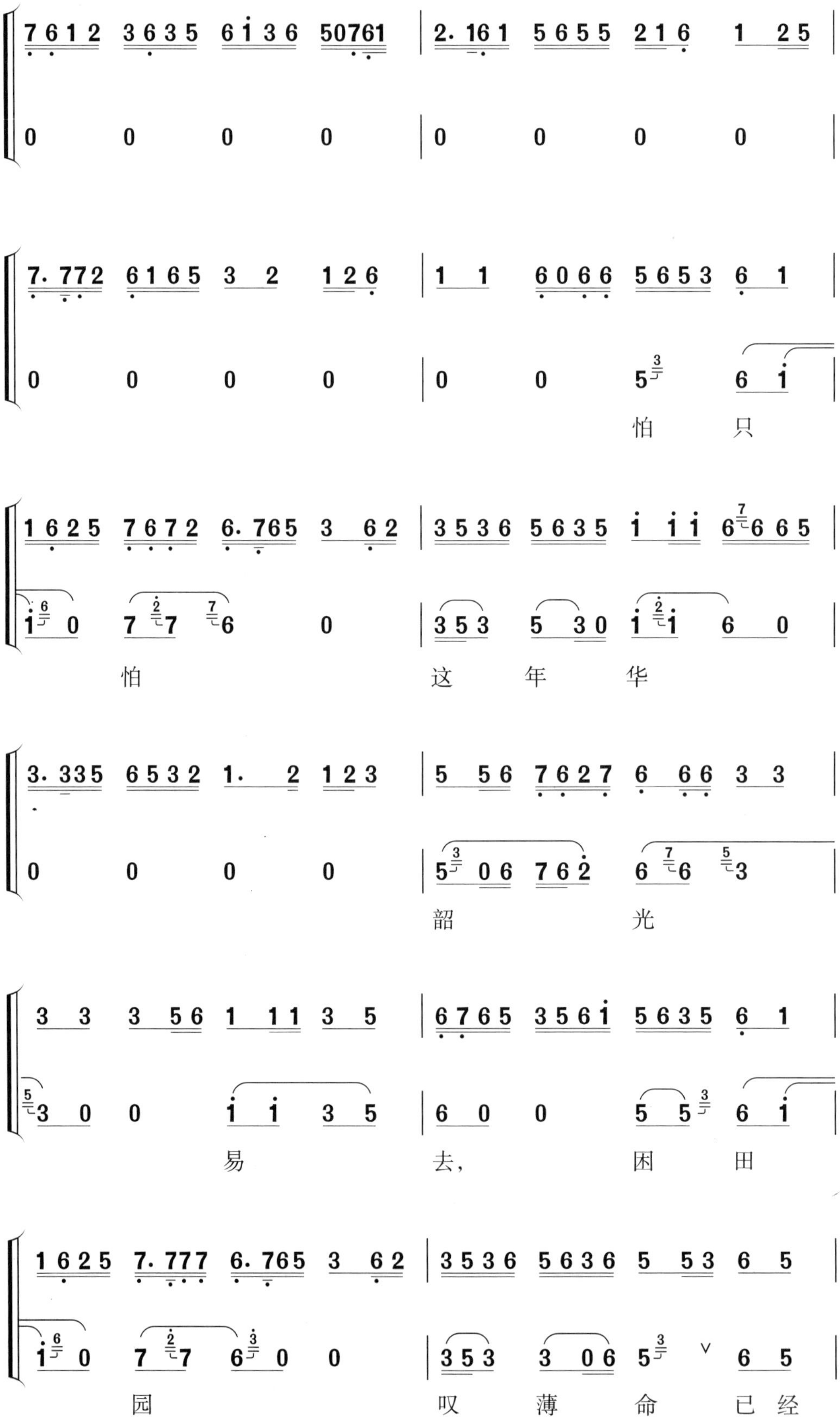
怕 只
怕
这 年 华
韶 光
易
去， 困 田
园
叹 薄 命 已 经

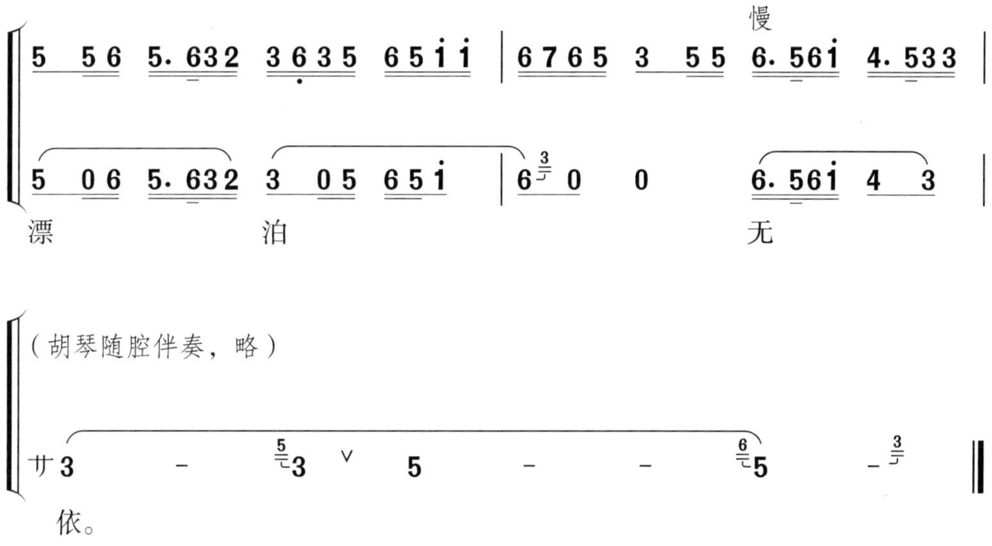

〔【小锣五击】梁母“上场门”上，至“小边”。

梁　母（念）白发霜浸鬓，

龙钟泪不干。

全凭掌上珠，

欢娱解辛酸。

〔【小锣五击】梁母进门，绿珠起身相迎，梁母坐“小座”，绿珠侍立“小边”。

绿　珠　母亲不在后面休养，出来冒受风寒，倘得疾病，如何是好？

梁　母　为娘见你清晨独坐，短叹长吁，因此放心不下，故来看望于你。

绿　珠　啊，母亲，女儿因家道艰难，故而在此愁闷。

梁　母　这也难怪。我想这绿野村中的亲友，告贷已遍，自己的田园又是歉薄，困守在此，母女们终难度命。不如投奔洛阳你父故旧，或许得有生机，也未可知。

绿　珠　母亲所言极是。不知何时启程才好？

梁　母　我们明日就动身。正是：

别家只为求生计，

绿　珠　进京投奔故旧人。

梁　母　儿呀，随我到后面打点行囊便了。

绿　珠　是。

〔【小锣打下】绿珠搀扶梁母“下场门”下。闭二幕。

第　三　场

〔【冲头】开二幕。正场设高台。

〔【急急风】四喽兵“上场门”上，“站门”。金眼彪扯袍襟遮面“上场门”上，进至正场台口。转【冲头】

〈快点绛〉

金眼彪 【大锣五击】サ 6 5 3 2 －（顷仓） 2 1 6 5 －（仓才仓）

霸 占 山 岗， 掠 抢 四 方，

6 5 6 5 －【撕边】2 2 1 6 i 5 － ‖【回头】(崩登仓)接【回头】

（白）谁 敢！ 来 阻 挡！

〔【快原场】金眼彪抖右袖，提袖，右转身，上高台。【大锣归位】

金眼彪 （念） 英雄聚义在山岗，

赫赫威名霸四方。（台．大 台）

劫财害命常掠抢，

哪怕国法与王章。【住头】

〔四喽兵归“里八字”。

金眼彪 某，【报名一锣】金眼彪。【住头】是某霸占野狐岭，每日下山掠抢，倒也逍遥自在。看今日天气晴和，必有好买卖到此。

〔探子幕内白："报——！"

〔【冲头】探子“上场门”上，“挖门”，至正场，面里跪。

探 子 启禀寨主：山下路过一老一少两名妇女，少的长相甚是美妙。

金眼彪 起过一旁。

探 子 啊！

〔探子站“大边”。

金眼彪 【叫头】且住！某家正缺少一位压寨的夫人。这喽罗的！

众 有！【撕边一击】

金眼彪 随某下山去者！

众 啊！

〔【冲头】四喽兵“合龙口”，探子带马，金眼彪上马。众喽兵领下。闭二幕。

第 四 场

〔【冲头】开二幕。后场正中摆放山片子。

〔石崇内唱。

〔西皮导板〕

【大锣导板头】サ（7 6 76 6 5 55 i i i i 3 12 7 6 2 1 －）1 3

催 马

3 3 4 3 － 3. 21（2 1 －）5 3 3 4 － 4 4 3 －

离 了 皇 华 驿（呀），

〔【长锤】四红龙套、四兵丁（举枪）、四大铠（执荷包枪）、四家院（抬珊瑚、珠宝箱）、家将“上场门”上，“站门”。石崇骑马“上场门”上，至正场。大纛随上，站后场正中。

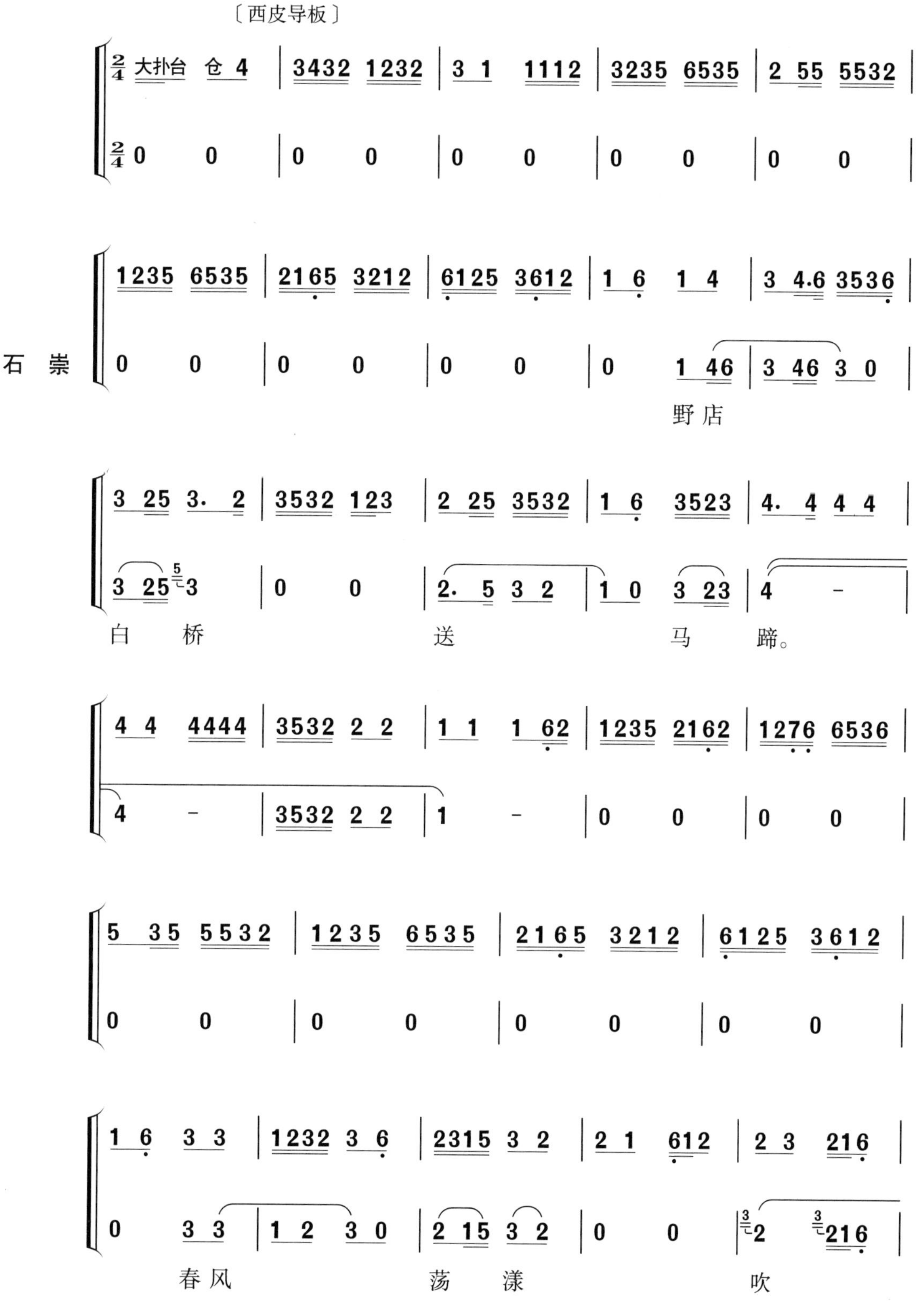

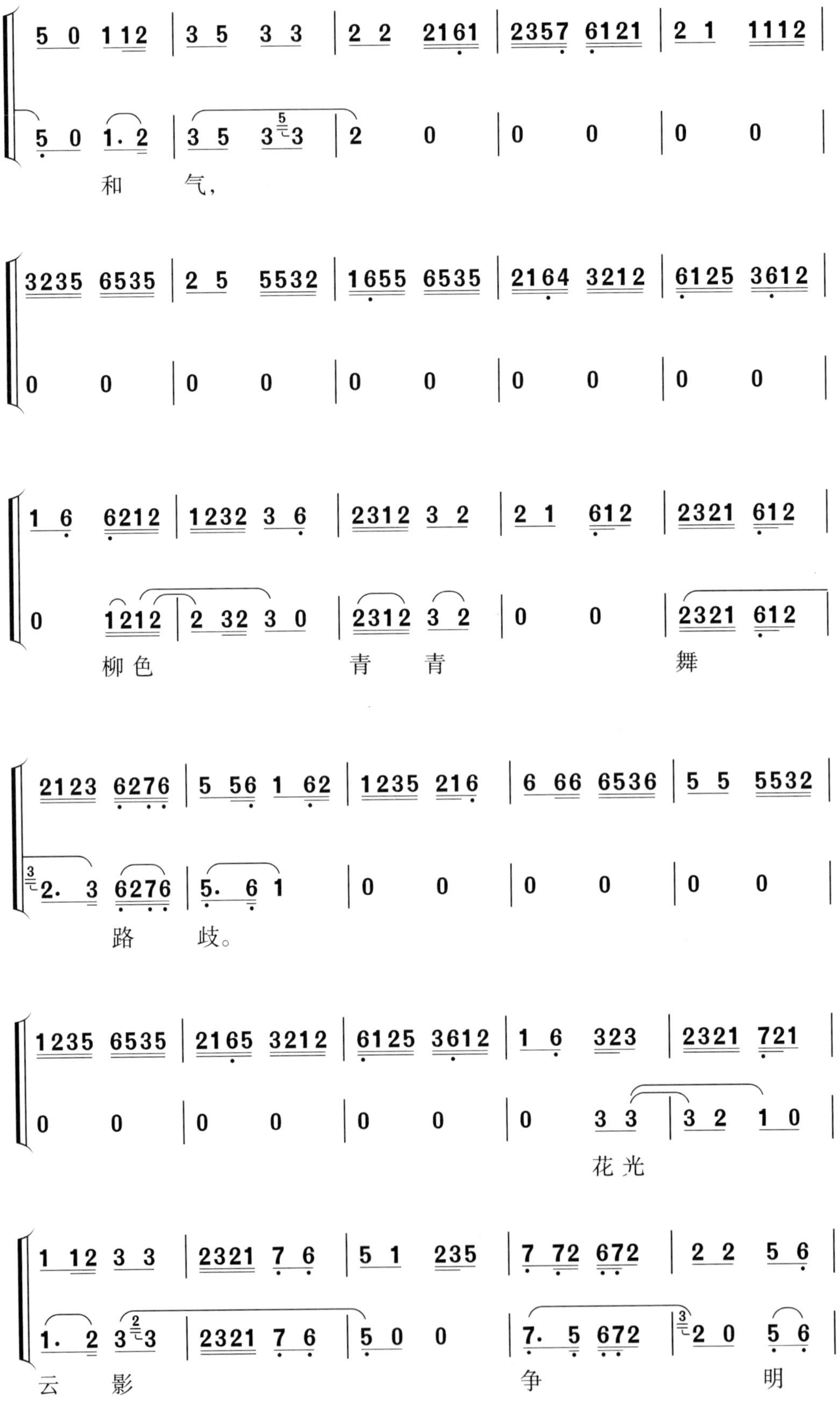
和 气，
柳色 青 青 舞
路 歧。
花光
云 影 争 明

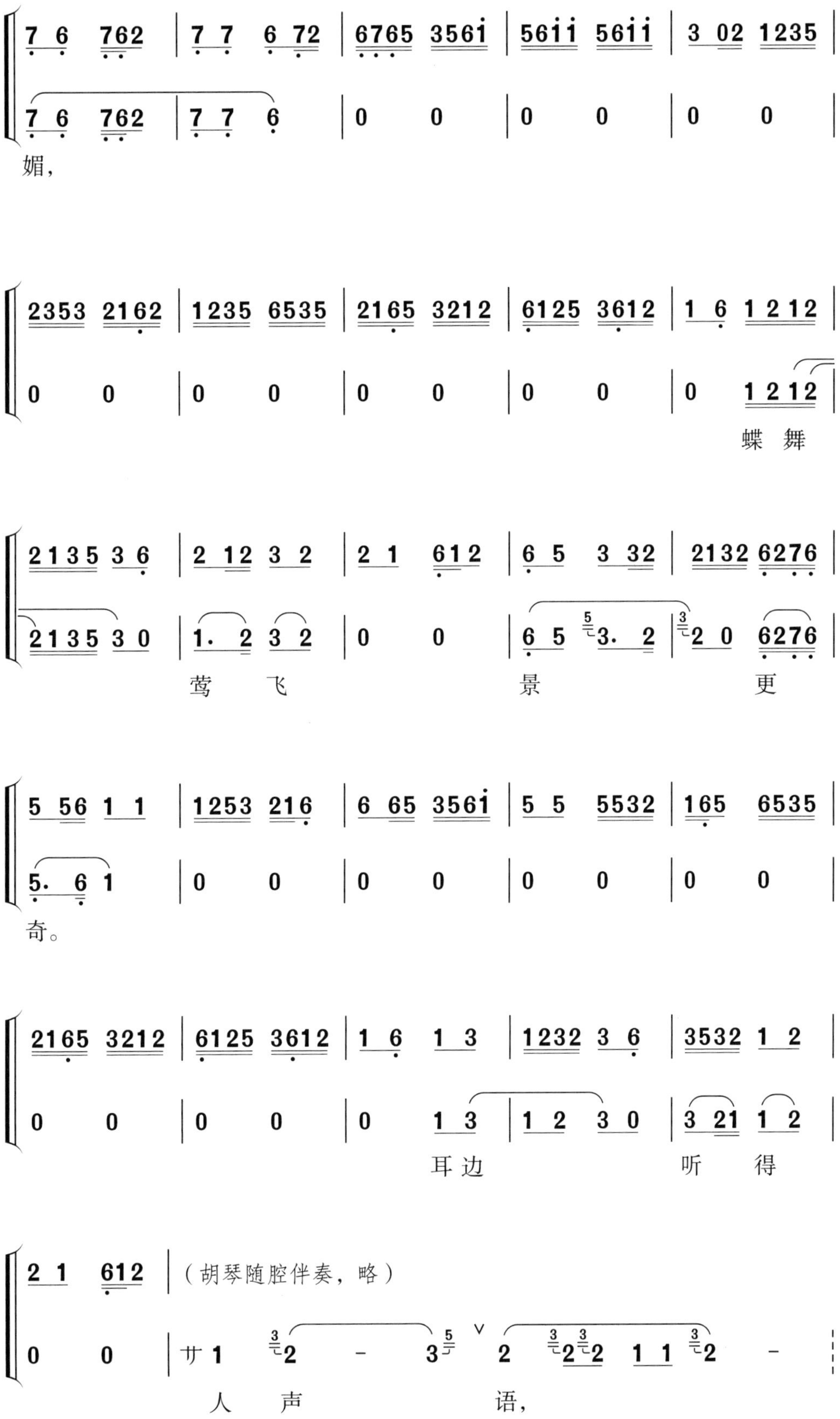

媚，
蝶舞
莺飞
景
更
奇。
耳边
听得
（胡琴随腔伴奏，略）
人声
语，

〔石崇驻足倾听。梁母、绿珠幕内白："救命——！"

〔西皮摇板〕

石　崇 【大锣凤点头】(7 6 5 5 5 3 6 5 5 3 2 1 1

6 2 1 1) 6 2 1 3 3 2 ∨7 6 6 1 6 1 - ‖

一 阵 娇(哇)音 甚 惨 凄。

【叫头】哎呀且住！行至群山之中，忽听妇女呼救声音，待某登高一望。

〔【阴锣】石崇登上山岗，观望。大纛随石崇上山，站其身后。家将侍立石崇右侧，其余随从分站后场两侧。【紧锤】梁母、绿珠"上场门"逃上，圆场，四喽兵引金眼彪"上场门"追上，跟圆场。

〔西皮快板〕

绿　珠 1/4 (3 5 6 1 | 5 5 | 3 2 | 1 1 | 6 5 | 5 5) | 2 | 1 (6 2 |

鱼 儿

（绿珠边唱边跑圆场，梁母、四喽兵、金眼彪紧随其后，直至"小边"台口）

1) 1 | 6 5 | 1 1 | 3 5 | 6 (3 5 | 6) 1 | 1 5 | 6 | 6 (3 5 |

怎 脱 千 层 网， 白 发 红 颜

6) 1 | 5 6 | 5 (3 6 | 5) 3 | 3 5 | 5. 2 | 7 6 | 5 | 6 |

遇 虎 狼。 手 扶 老 母

廿 2 1. 1 6 1 - ∨2 2 - 2 2 1 1 - ¦

往 前 闯，

〔【急急风】【揣锣】绿珠搀扶梁母面向观众蹉步朝"下场门"逃下，四喽兵、金眼彪追下。

〔【急急风】转【冲头】石崇下高台至正场，众由后场前移，仍分站两边。

〔西皮散板〕

石　崇 【大锣双楗凤点头】(过门同前) 6 2 1 3. 2 2 - (2 2 -) 7 6 5 6 6 1 - ‖

只 见 强(啊)盗 把 人 伤。

【叫头】哎呀且住！青天白日，这伙强人竟敢劫抢妇女，众兵丁！

众 【撕边一击】有！

石　崇　快快追剿贼寇，搭救母女！

众　啊！

〔【快冲头】四兵丁下山，“插门”“下场门”下。

〔四兵丁救回梁母、绿珠“下场门”复上。绿珠搀扶梁母站“小边”，四兵丁回原位。

绿　珠　（面向石崇）多谢尊官救命之恩。

石　崇　罢了。你二人因何路遇贼寇？

绿　珠　（抖双袖，拱双手）尊官容禀！【大锣夺头】

〔西皮二六〕

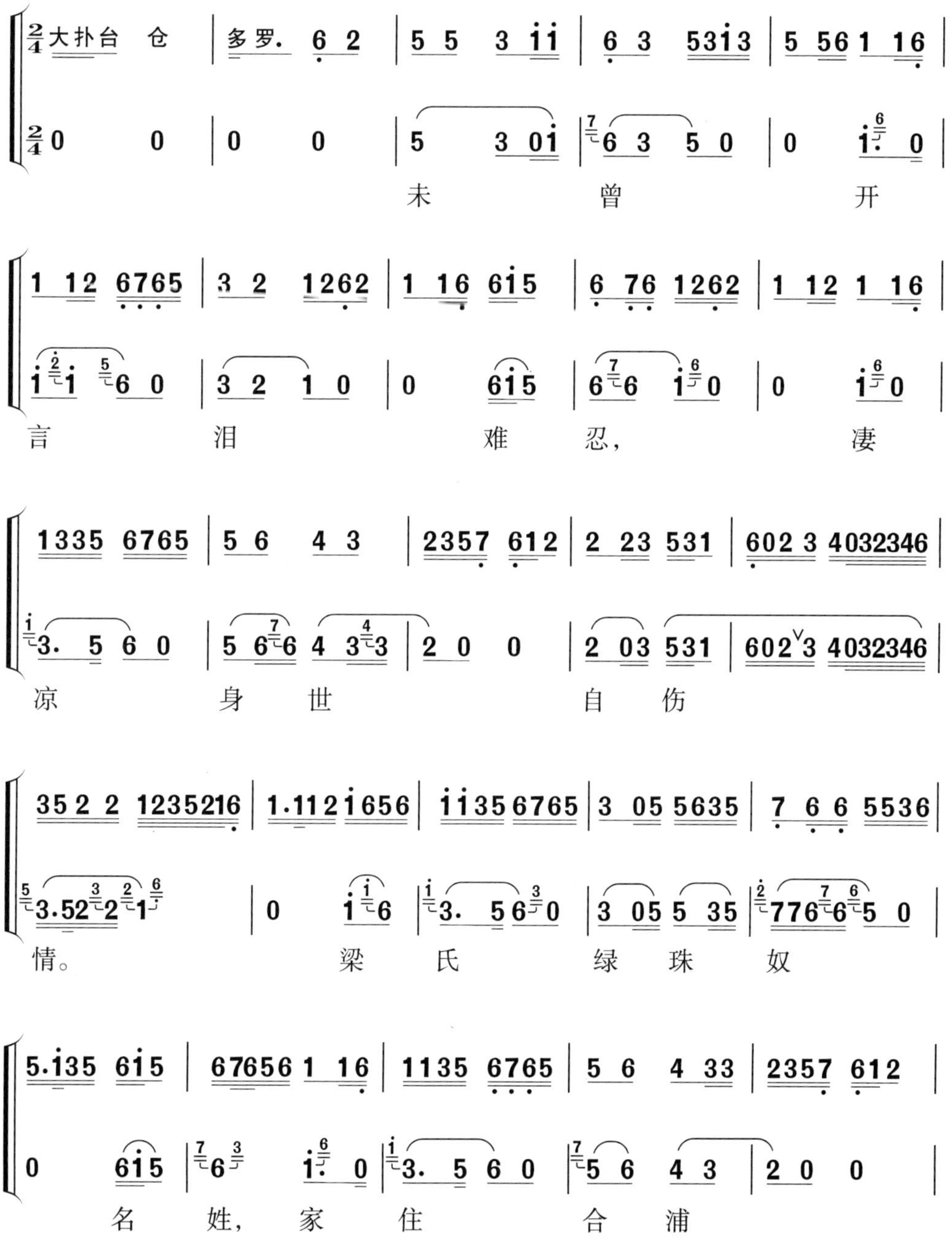

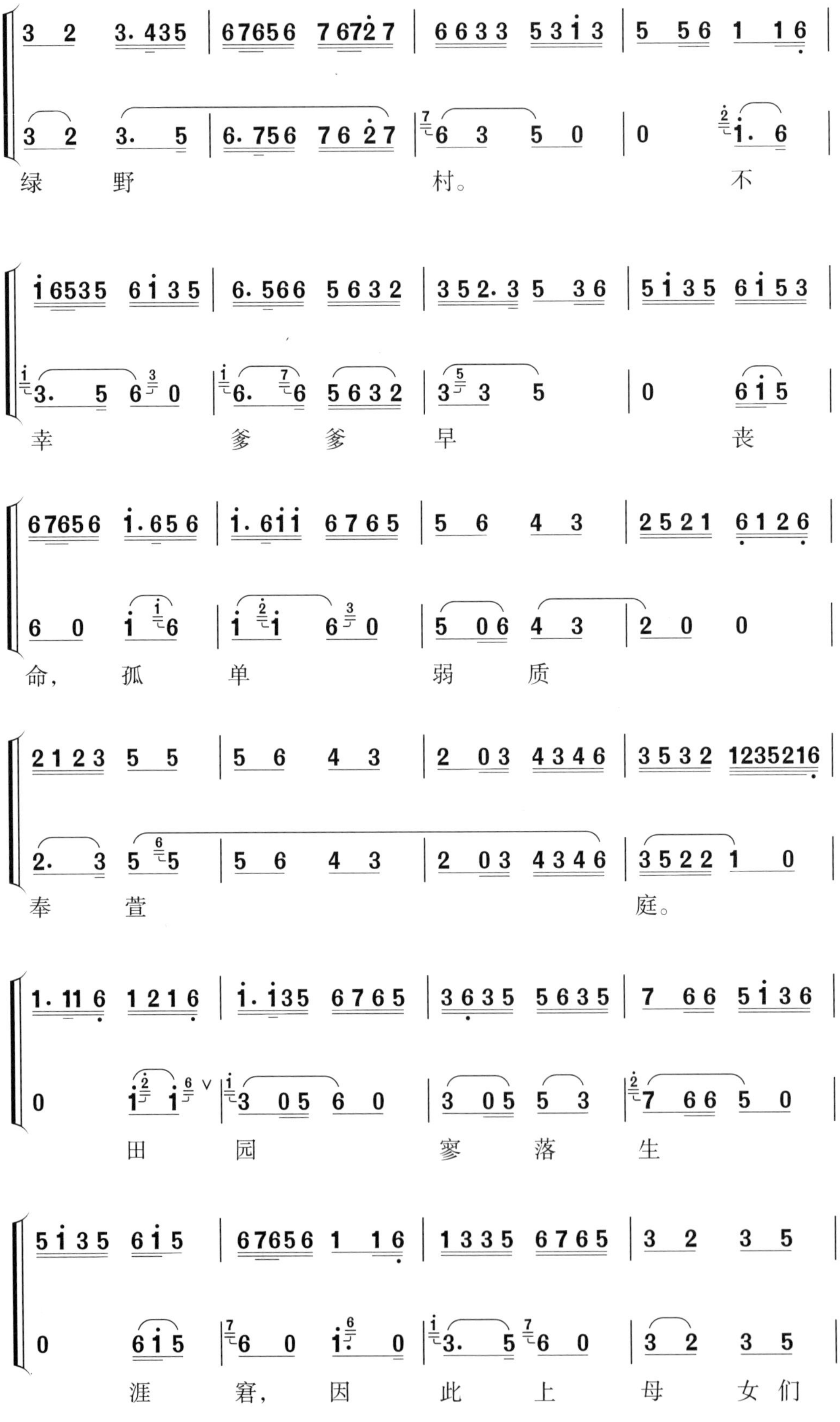
绿 野 村。 不
幸 爹 爹 早 丧
命， 孤 单 弱 质
奉 萱 庭。
田 园 寥 落 生
涯 窘， 因 此 上 母 女 们

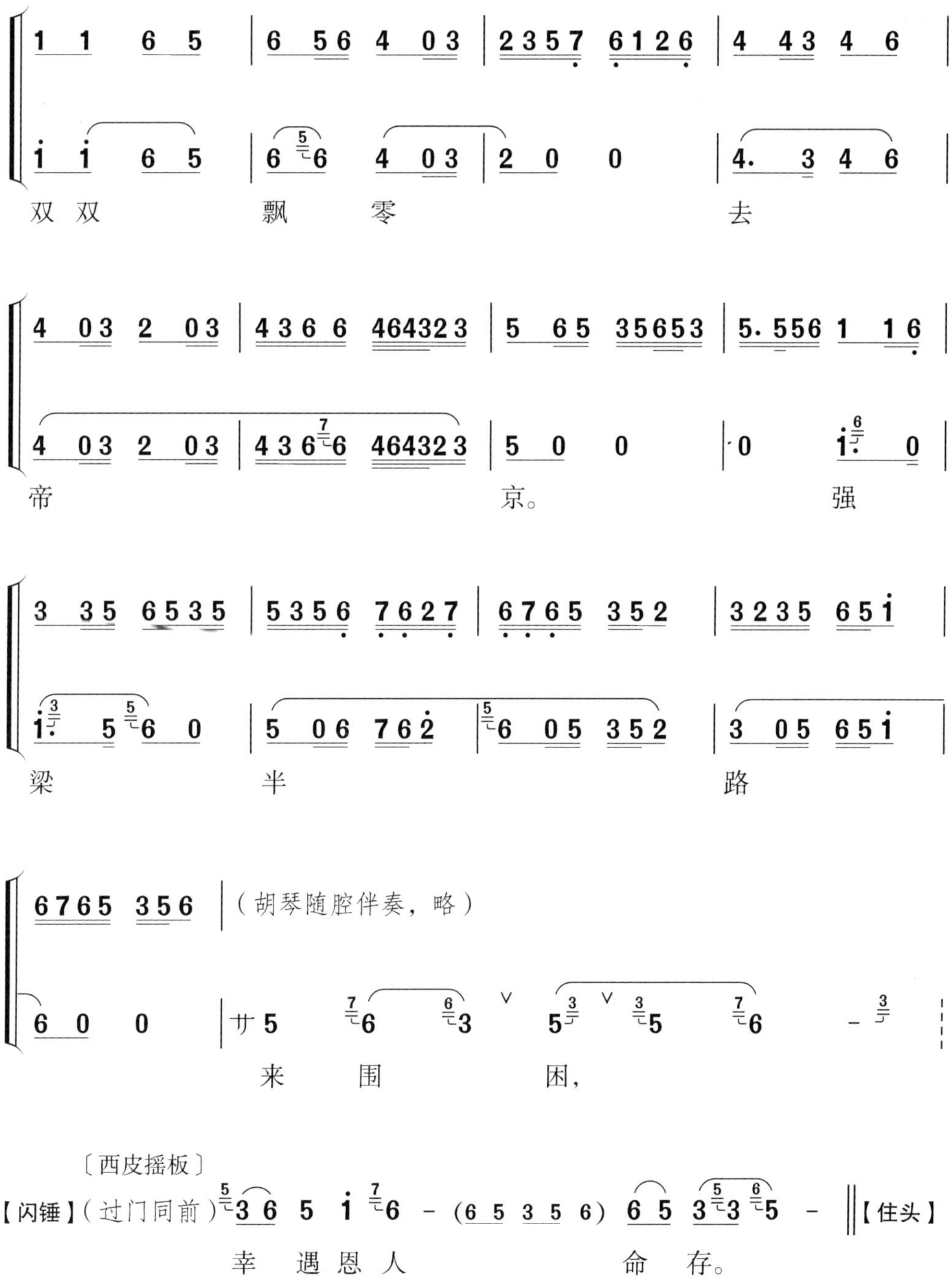

石 崇 （背供）哎呀且住！【大锣五击】听此女之言，情实可悯。我有意将她收留，不知她母女之意如何？（对绿珠）啊绿珠，你母女投奔洛阳，前途凶险莫测。我有意将你收留在我身旁，也免得流落天涯。不知你母女二人意下如何？

梁 母 这个……

石 崇 老夫人不必担忧。家将！

家 将 有。

石 崇 取过明珠三斛。

家 将 是。

〔【大锣五击】家将“下场门”下，取明珠复上，将明珠交给石崇。

石 崇 （对梁母）这有明珠三斛，价值千金，作为绿珠聘金，不致辱没门风。（将明珠交给梁母）想老人家年事高迈，不堪忍受随军劳顿。我派军士送你暂且回家度日，日后我再派车马前来接你回京团聚。

梁 母 这……

绿 珠 母亲哪！古来有多少孝女鬻身养亲留得青史。今日之事，谅不辱没家门也！

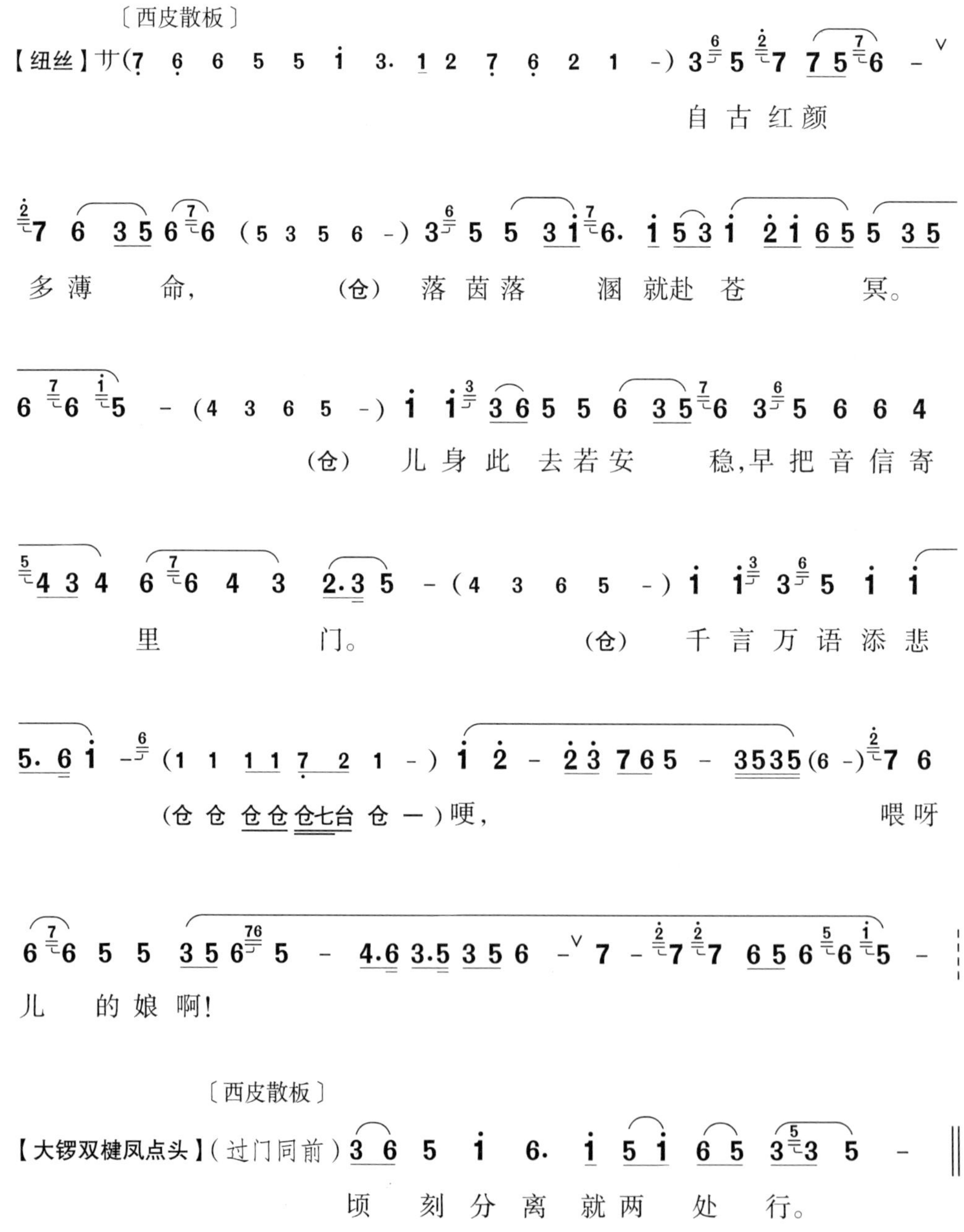

〔西皮散板〕

梁　母　【大锣双槌凤点头】（过门同前）6 2 1 3 ⁵3 – 3 2 1 2 3 –（6 1 2 3 –）
绿珠哭得　咽喉哽，（仓）

2 1 3 1 2 –（1 6 1 2 –）2 1 1 6. 7 6 ²1 –
寸断肝肠　痛我　心。

（7 6 2 1 –）6 2 1 1 3 2 2 ˇ2 1 2 3 ²3 ⁵2 ²2 –
（仓）　善待我儿　回帝京，

〔西皮散板〕

石　崇　【大锣双槌凤点头】（过门同前）1 3 2 ³2 1 2 – ³2 –（6. 1 2 –）³2 6 1 2 2 1 – ‖【住头】
展放愁眉　莫　伤(呃)心。

老人家休要悲伤，回京安排就绪，不久母女就可相见。（对绿珠）绿珠，拜别母亲，我们快些上路吧！

绿　珠　【三叫头】母亲！娘亲！娘啊！

梁　母　绿珠！我儿！儿啊！

梁　母　儿啊……

绿　珠　母亲……（拜别）

〔【冲头】绿珠与梁母相拥，哭。四兵丁冲开母女，里外圆场，一翻、两翻。二兵丁搀扶梁母“上场门”下。

石　崇　家将带马伺候！（家将带马，石崇上马）

〔【冲头】四红龙套、二兵丁、四大铠、四家院、家将“插门”“下场门”下。绿珠、石崇、大纛随下。闭二幕。

第　五　场

〔【撤锣】二幕前。

〔孙秀“小边”侧幕内白：“嗯啧！”

〔【小锣五击】孙秀“小边”侧幕上至台口。

孙　秀　（念）心中只把姣娘想，
　　　　　　痞寐之间挂断肠。

在下孙秀。（扎）昔日曾在潘岳府下为吏。石崇还朝那日，随潘岳前去迎接。那石崇还朝途中收了一名歌姬，名叫绿珠。这绿珠她是天生丽质，娟秀非常。是我看得呆了，口出戏言。不想潘岳那厮倒替石崇吃起醋来了。当着众人之面，将我羞辱一场，又将我赶出潘府。真是叫我丢尽了面子。听说赵王司马伦阴蓄谋士，我便投奔赵王去了。进了王府，倒也权威日重，甚是风光。只是那绿珠还未曾到手，终归令我不悦。今晚信步闲游，不觉竟走到石崇新修建的金谷园。（远处传来音乐声）听得园中笛韵悠扬，煞是悦耳。哎呀呀，这音乐虽是动听，可是这思念么，却又加重了十分，这便如何是好哇？（想）看那边有一土坡，待我上坡偷觑偷觑，得见绿珠，嘿，也未可知哟！正是：（扎）

隔墙窥美色，

稍慰我心肠。

〔【小锣五击】孙秀背手迈着方步“大边”侧幕下。

第 六 场

〔【小锣原场】开二幕。金谷园花园一角。场上置正场桌，八字椅。浅色绣花桌围椅披。“下场门”台口置一段墙片。【小锣帽子头】

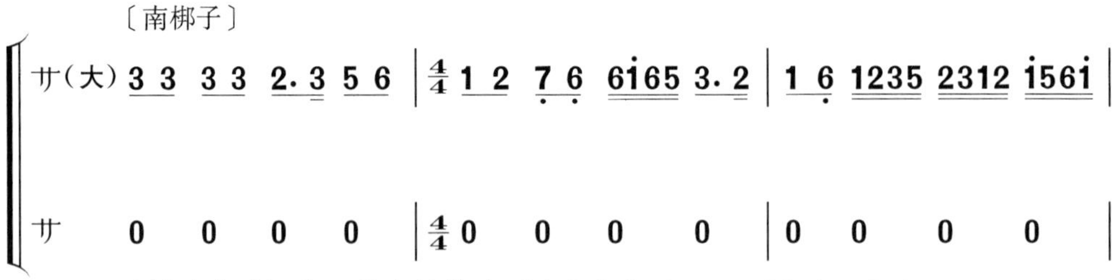

（绿珠在过门中双搭水袖快步“上场门”上，至“九龙口”）

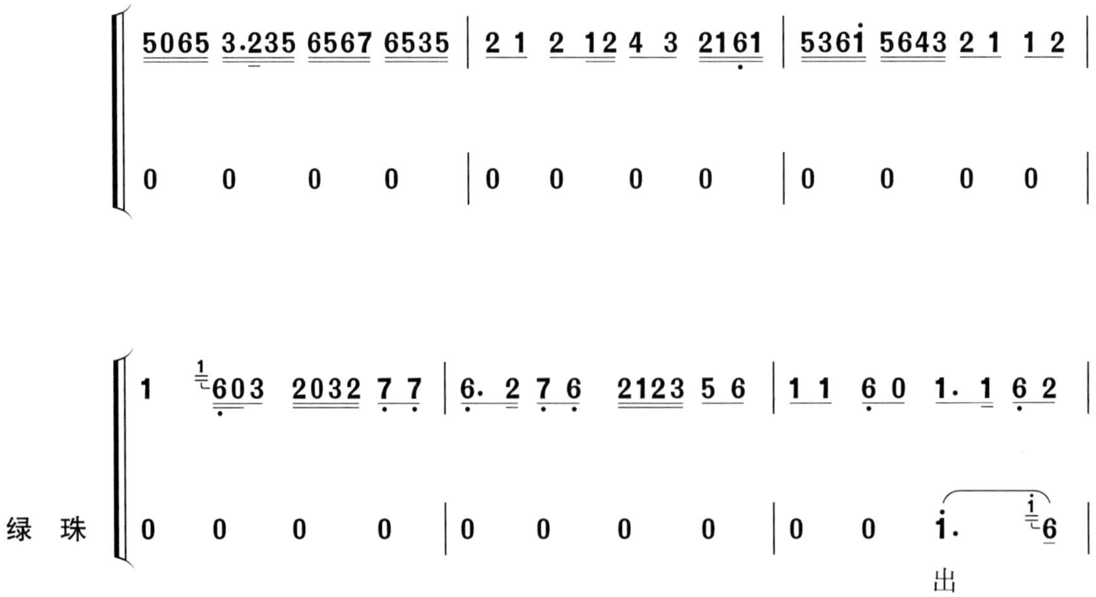

帘 栊
（边唱边归中）
又 只
见 柳 梢 月
上，
（原地不动，向两边环顾）
月 环 顾
花 似 锦 好 似

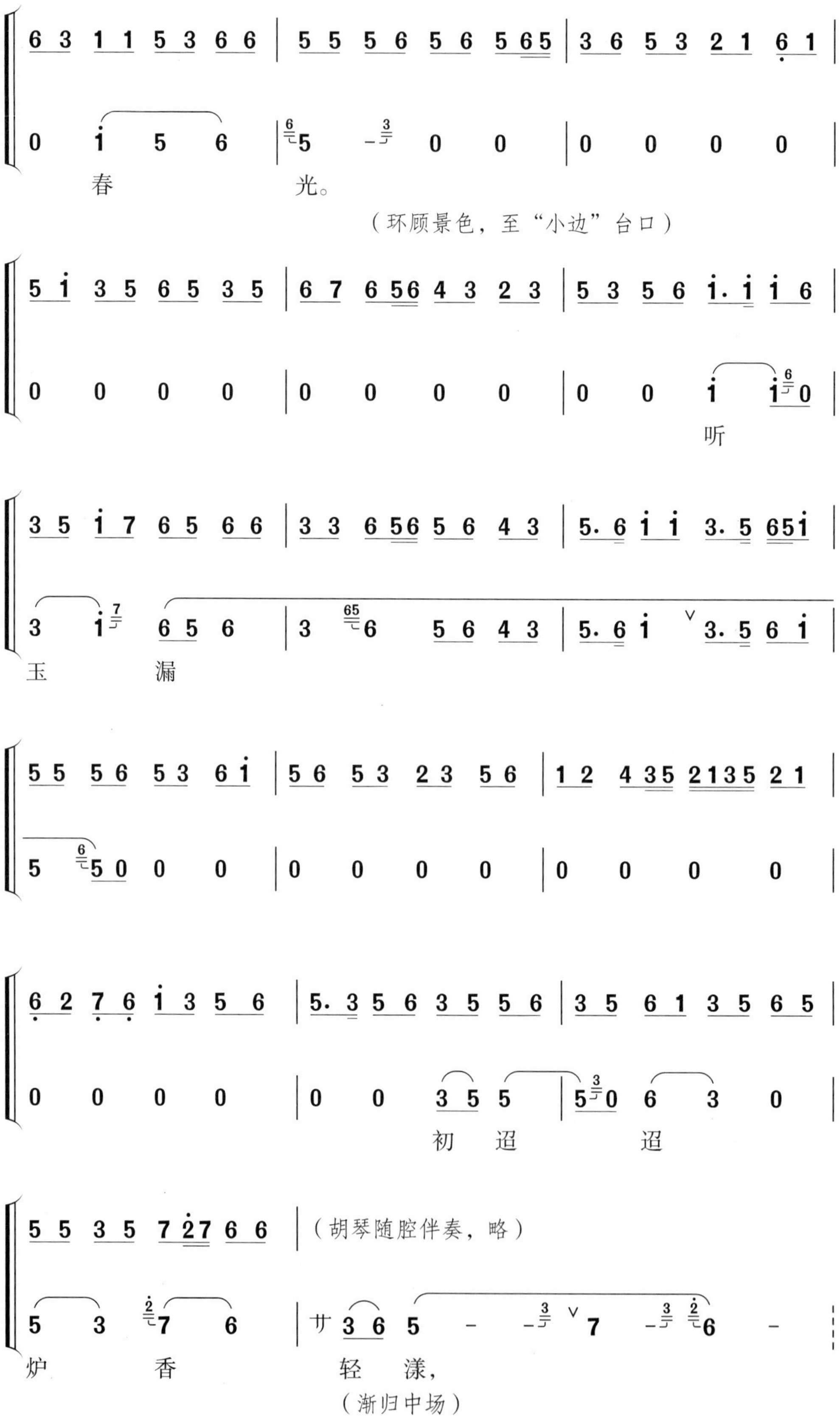
春 光。
（环顾景色，至“小边”台口）
听
玉 漏
初 迢 迢
（胡琴随腔伴奏，略）
炉 香 轻 漾，
（渐归中场）

绿珠坠楼

〔西皮摇板〕

绿 珠 奴家，绿珠。（扎）自归石府，宠爱偏怜。在这金谷园内修建一座“崇绮楼”供我起居。这楼高百丈，楼内饰以琥珀、珍珠、玛瑙、玉石，真乃珠光宝气，金碧辉煌。每日笙歌曼舞，在这罗绮丛中，享尽风流情趣。每逢“金谷雅集”之日，高官贵戚、文人墨客云集园内，吟诗作赋，觥筹交错。我与众家姐妹席间歌舞助兴，出尽风头。看近日又值月圆，将有盛会。新作舞蹈还不甚熟悉，不免请环风姐姐前来，一同演习演习。啊，环风姐姐哪里？（向“上场门”一望）（台）

〔环风“上场门”幕内白：“来了！”

〔【小锣打上】环风上，至“小边”。

环 风 （京白）花前月下心欢畅，
一派笙歌绕画梁。

〔【小锣二击】环风进门。绿珠迎接。

绿 珠 姐姐来了，请坐！

〔环风坐“大边椅”。绿珠坐“小边椅”。

环 风 有座。（台）妹妹唤我何事？

绿 珠 再过几日，又逢“金谷雅集”。你我新编的羽舞，尚不熟悉，今晚月色甚好，求姐姐一同演练一番如何？

环 风 妹妹天资聪明，善度（dúo）新声。这个舞蹈是不会错的。

绿 珠 还是演练演练的好。

环 风 如此，妹妹请！

绿 珠 请！

〔二人转身，在桌上拿起翎子。

〔西皮导板〕

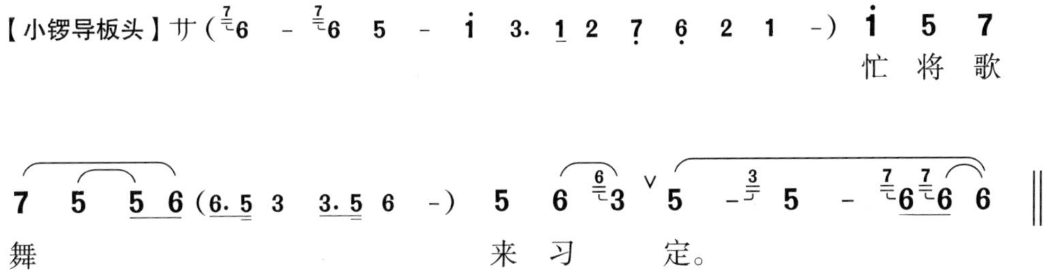

（“大圆场”，绿珠在前，环风随后至“下场门”二人同时三个速转身，一抄，至中场，环风在“小边”，绿珠在“大边”，抱翎子，“合扇”亮住）

〔乐队奏曲牌〈哪吒令〉。绿珠、环风随曲牌作羽舞。舞间孙秀溜上墙头，偷窥窃听。

〔曲牌中二人的舞蹈动作如下：绿珠、环风同时双手分翎子，二人一磕，右转身，绿珠“大边”归里，环风“小边”在外，一亮。二人同时“云步”，耍翎子，绿珠至“小边”台口，环风至“大边”里首，一亮。绿珠、环风一兜，归中场，绿珠矮相、环风高相，亮住。环风漫绿珠头至“小边”台口，绿珠至大边“里首”，一兜一扯，绿珠归中，亮高相，环风亮矮相。绿珠漫环风头至“小边”台口，“卧鱼”，环风至“大边”后场高相耍翎子。二人起来，一兜一磕，耍三个“大刀花”，“过合”，绿珠至“大边”，环风至“小边”，再耍三个“大刀花”，“过合”，绿珠至“小边”，环风至“大边”，二人蹉步，环风至“小边”后场，绿珠至“正场”。曲牌随一锣收住。

〈哪吒令〉小工调

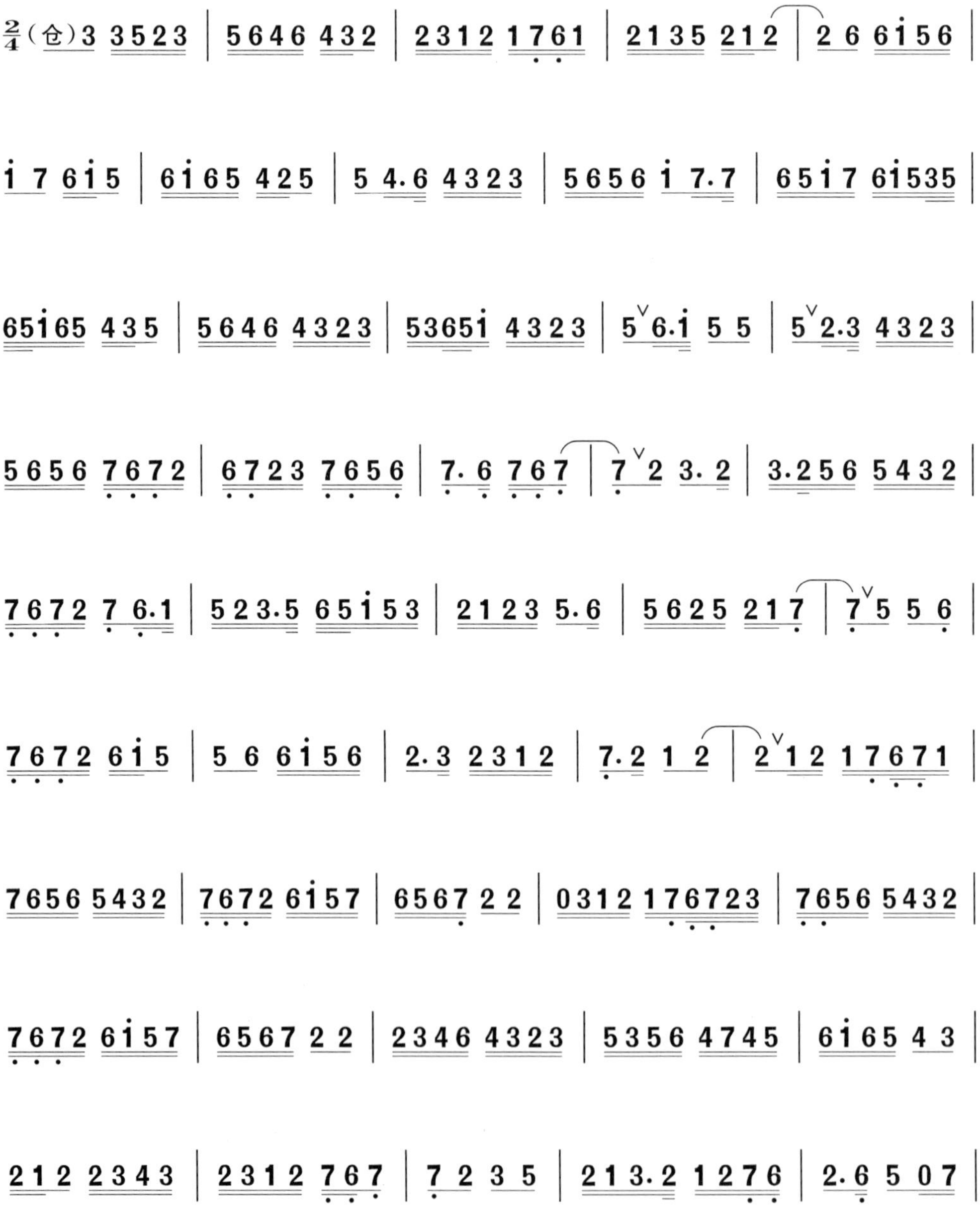

绿珠坠楼

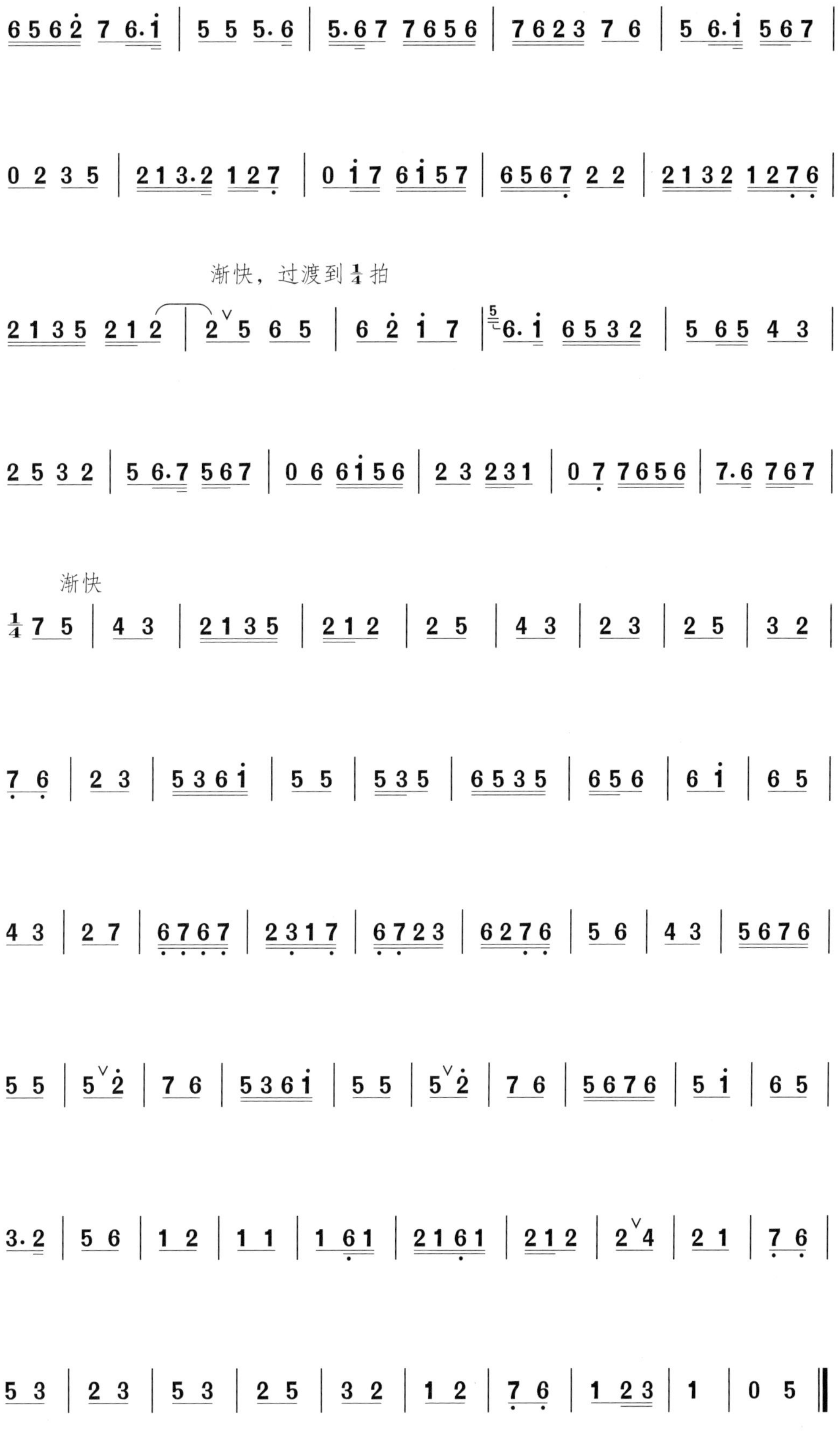

〔（仓）曲牌随一锣收住。【长撕边】环风在“小边”后场“探海”耍翎子。绿珠往前抛翎子，“鹞子翻身”至“大边”前场接翎子，“下腰”，起来。（八大仓）二人同时左手抱翎子，“合扇”亮住。

孙　秀　哈哈哈……（掩口溜下）（台）

〔绿珠、环风做惊讶状。

绿　珠　我们在此练习舞蹈，不料墙外有人窃听，快快躲避内院去吧！

环　风　请！

〔【冲头】绿珠、环风“上场门”急下。闭二幕。孙秀“大边”侧幕上，至正场台口。

孙　秀　【叫头】哎呀且住！刚才在金谷园前，偷窥绿珠舞蹈，我这魂儿么，都被她勾去了。这这这……（大 大 大 大 …… 大大 乙）这便如何是好哇？（想）（台）有了。我不免替赵王出谋划策，除去淮南王等，石崇的靠山一倒，那绿珠何愁不到我手。正是：

（扎）　园中不把春关住，

　　　　哪怕狂蜂过短墙。

〔【冲头】孙秀“大边”侧幕下。

第　七　场

〔【冲头】开二幕。场上置正场桌、“大座”。桌上放官印一方、文房四宝一份、书信一封、令箭及架子一副。红色绣金团花桌围椅披。

〔【快长锤】四蓝龙套、中军“上场门”上，“站门”。

〔司马伦“上场门”上，一亮。走至“九龙口”。

〔西皮摇板〕

司马伦

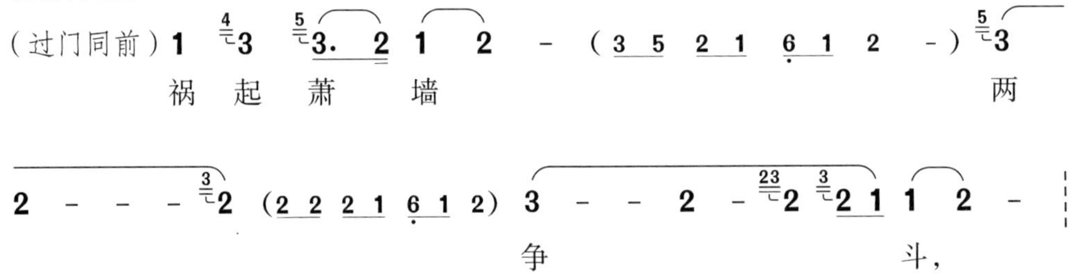

〔【快长锤】司马伦进至正场，抖右袖，提袖。

〔西皮流水〕

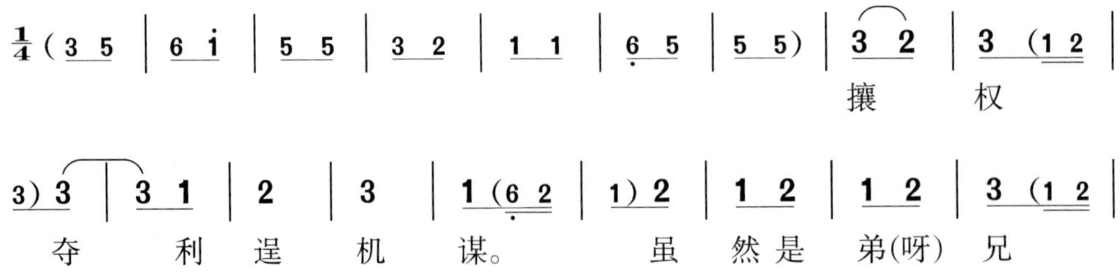

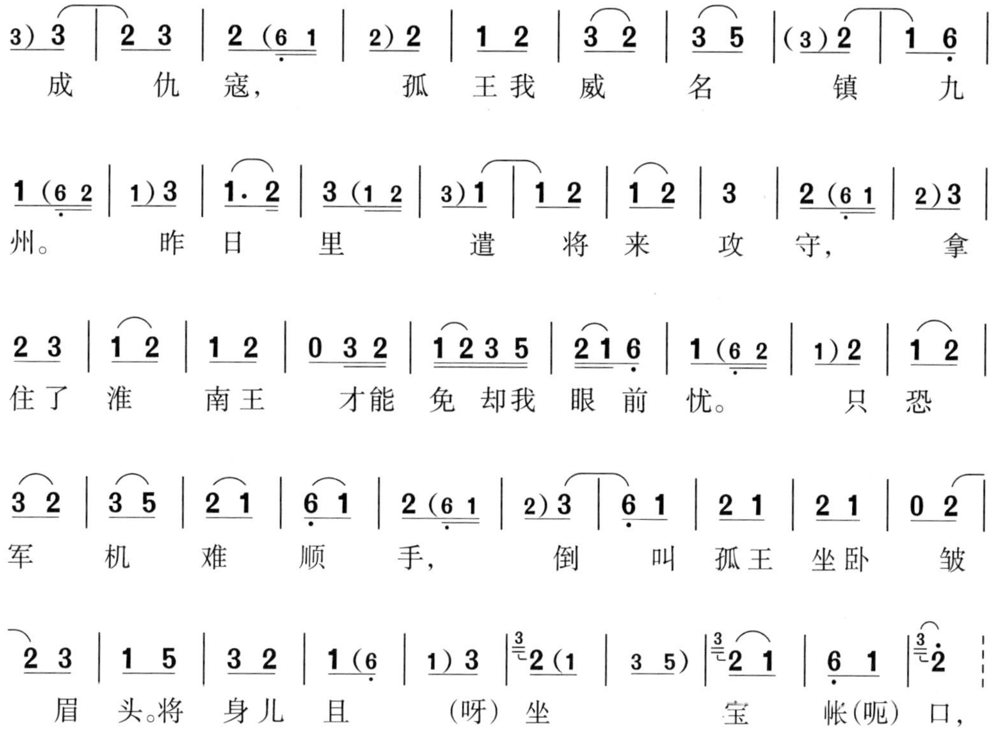

〔【快长锤】司马伦右转身归“大座”。四蓝龙套归“里八字”，中军侍立桌右侧。

〔西皮摇板〕

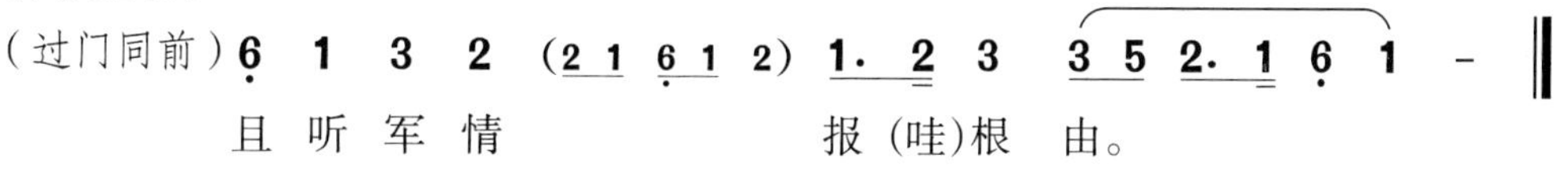

〔【堂鼓架子】【冲头】探子喊：“报——！”执“探”字旗“上场门”上，“挖门”，跪正场，面里。

探　子　启禀千岁：淮南王率大军结阵承华门外，看看就要杀到王府来了。

司马伦　再探！

探　子　得令！

〔【冲头】探子出门，“上场门”下。

司马伦　（折左袖，右手前指）喳，喳，喳，哇呀呀……【冲头】他若杀进府来，孤家性命难保。（想）有了，【大锣五锤】中书令孙秀足智多谋，定有退兵之策。来！

中　军　有。

司马伦　传孙秀进见。

中　军　啊。【住头】（至正场台口）孙秀进见！（回原位）

〔孙秀内白：“来了！”

〔【大锣五击】孙秀“上场门”上，至“小边”。

孙　秀　（念）权势倾天下，

冤仇记在心。（扎）（“挖门”进，站“小边”，向司马伦施礼）

参见千岁。

司马伦 罢了。那淮南王贼子就要杀进王府，有何计策可以退敌?

孙 秀 这有何难！一面命家将轮番抵挡；一面请千岁修书一封，我执书信去宫中矫取圣上的白虎旛，即可退敌。

司马伦 此计甚好。待孤修书。

〔唢呐吹奏曲牌〈急三枪〉。司马伦修书，将信给中军交给孙秀。

司马伦 孙秀，快去索取白虎旛。事成之后，定有重赏。

孙 秀 谢千岁！

〔【快冲头】孙秀持书信出门，“下场门”下。

〔【堂鼓架子·快冲头】“上场门”幕内喊杀声。【堂鼓架子·快冲头】四兵丁两边上，过场下。司马伦折左袖、一望，折右袖、二望，做不安状。

〔锣鼓切住。孙秀幕内白：“白虎旛到！圣上有旨：淮南王听候和解呀。”

〔淮南王司马允幕内白：“待孤下马拜过！”

〔孙秀幕内白：“左右，拿下！”

〔【快冲头】孙秀执白虎旛“上场门”上，“挖门”进，站“小边。

孙 秀 启千岁：擒获淮南王，贼兵已退。

司马伦 【叫头】（三笑）啊哈，哈哈，啊哈哈哈……！孙秀，记你大功一件，赏赐黄金百两！

孙 秀 谢千岁！【住头】啊，千岁！闻听淮南王起兵之事，皆是石崇、潘岳这些人等扇起。

司马伦 依你之见呢?

孙 秀 免除后患要紧。

司马伦 （取令箭）这里有令箭一支，命你相机处理便了。

孙 秀 （接令箭）遵命。

〔【冲头】司马伦离座，“下场门”下。四龙套、中军两边分下。闭二幕。孙秀出门至二幕前。

孙 秀 【叫头】石崇啊，潘岳！你们俩吃饭的家伙交给我了！正是：（扎）

　　　　矰缴安排定，

　　　　飞鸟无处逃。

〔【大锣原场】孙秀左转身“大边”侧幕下。

第 八 场

〔【撤锣】开二幕。空场。

〔潘岳幕内白：“马来！”

〔【小锣抽头】潘岳骑马“上场门”上，至正场。行进中怡然自得地观赏景色。

〔西皮摇板〕

潘　岳

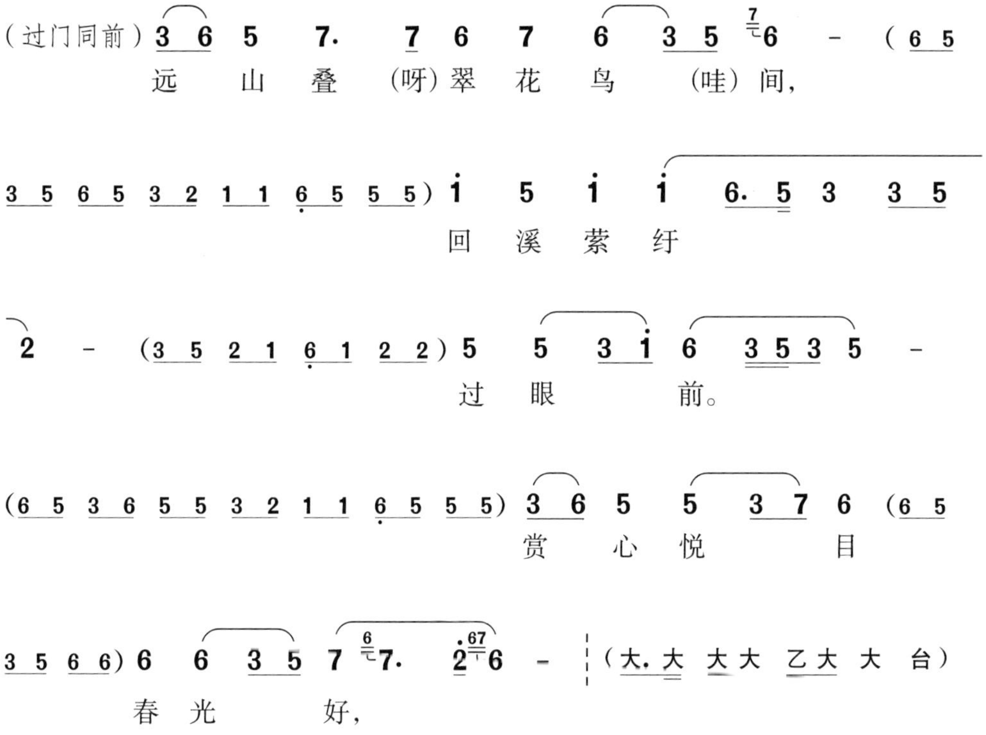

〔张载幕内白："安仁兄慢走！"

〔【小锣抽头】张载骑马"上场门"上，与潘岳同至正场。

〔西皮摇板〕

张　载

安仁兄，久违啦！你莫非前往金谷园聚会去吗！

潘　岳　暮春将至，季伦兄邀请在金谷园清凉台行饯春大会，想孟阳兄也是前去赴会的。

张　载　可不是嘛！

潘　岳　如此，你我并辔而行。

张　载　请！【小锣夺头】

〔南梆子〕

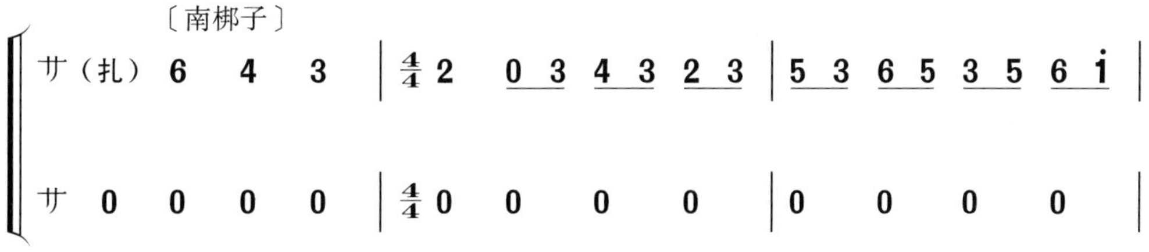

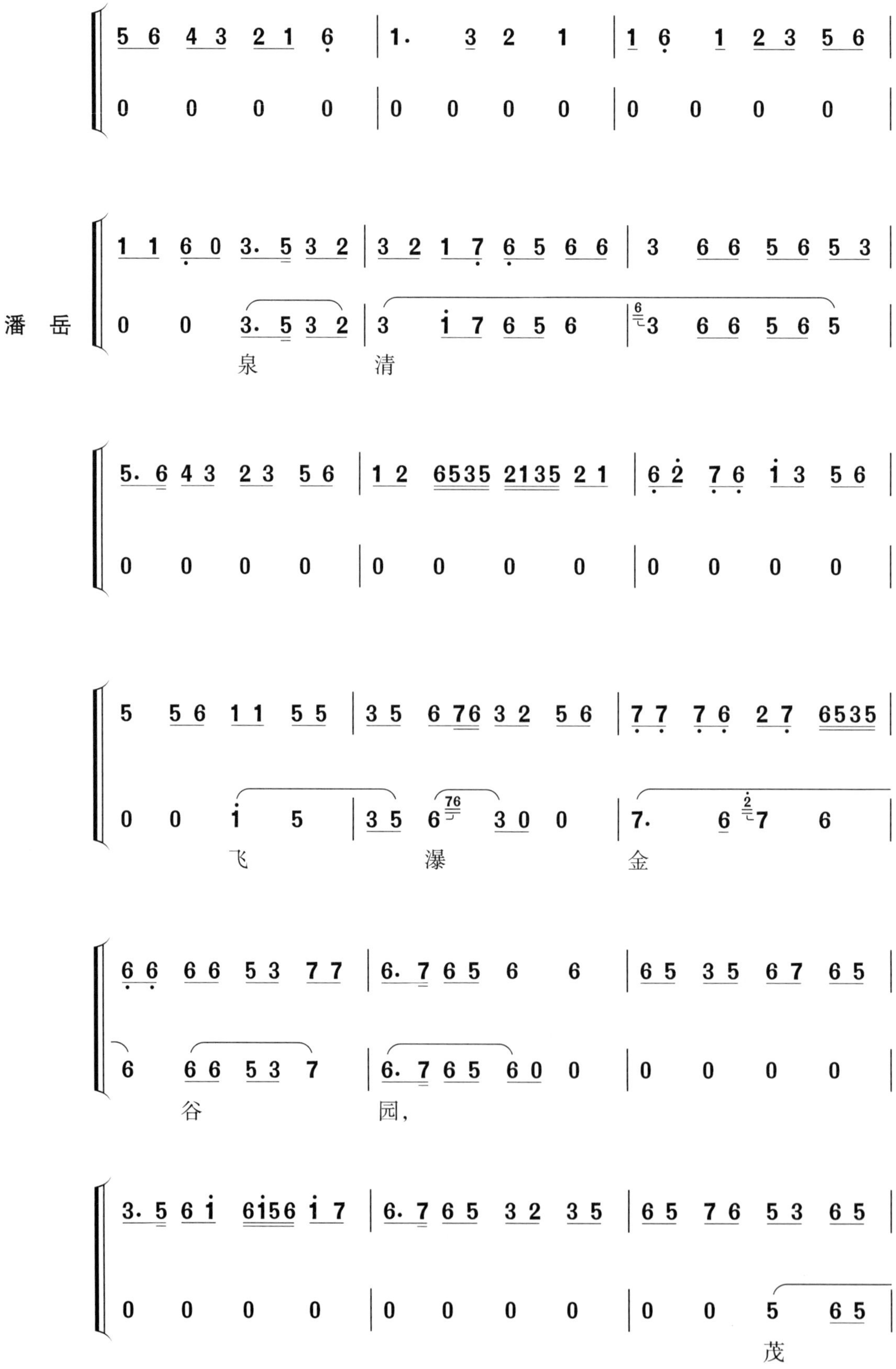
潘岳
泉 清
飞 瀑 金
谷 园,
茂

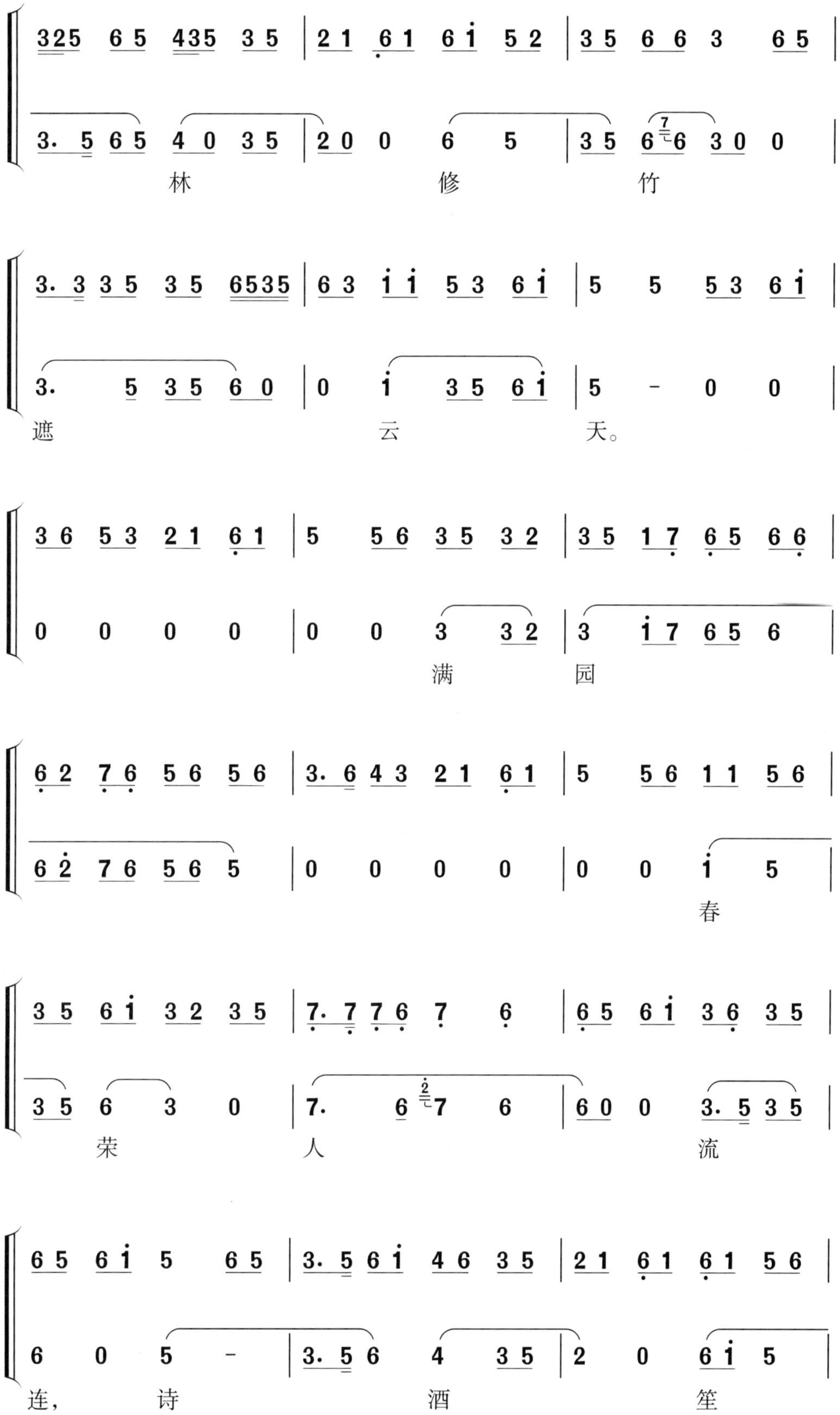
林 修 竹
遮 云 天。
满 园
春
荣 人 流
连， 诗 酒 笙

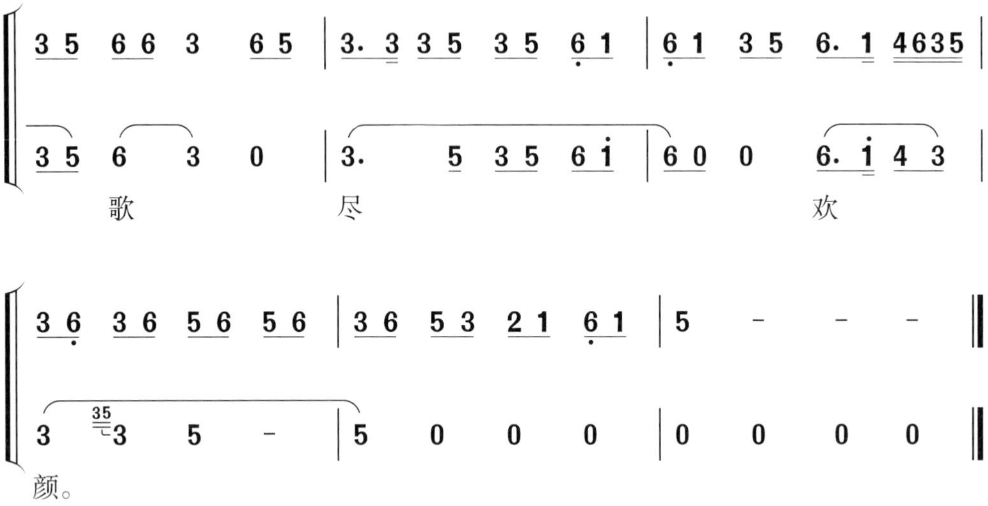

〔【小锣抽头】潘岳、张载并马慢步悠闲地左转身“下场门”下。闭二幕。

第九场

〔【小锣原场】开二幕。金谷园清凉台。场上置正场桌，“小座”，两边置八字桌，正位各置两把椅子。红色绣金团花桌围椅披。

〔【小锣夺头】石崇执折扇悠闲地在胡琴过门中“上场门”上，至“九龙口”。

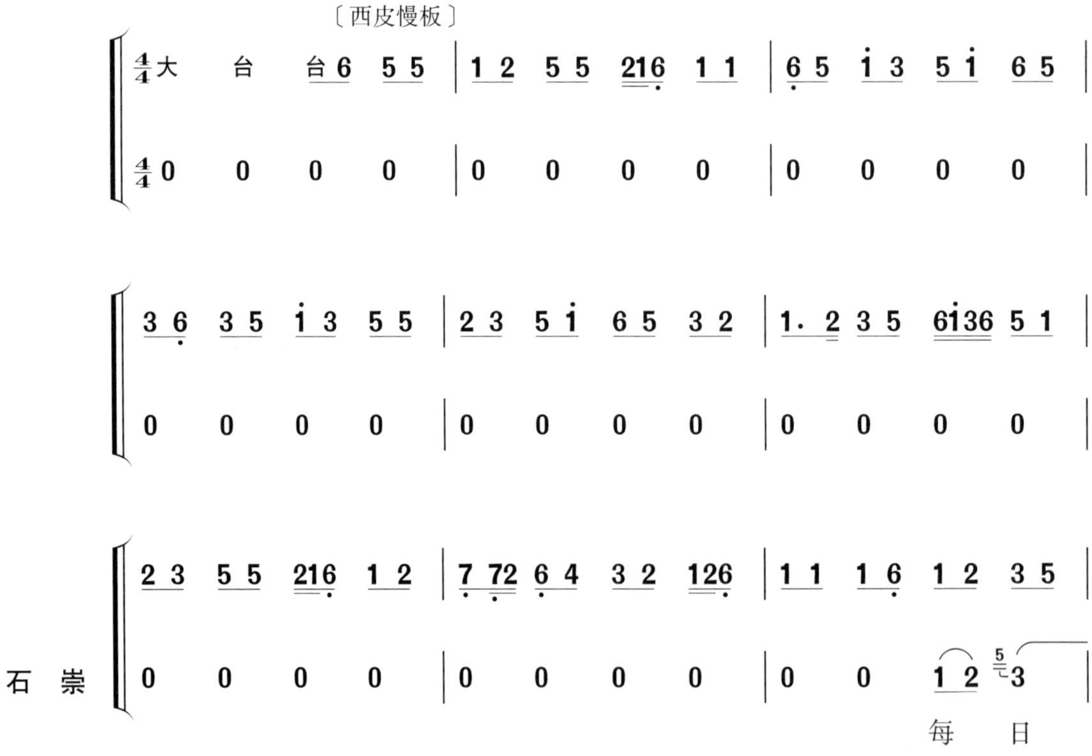

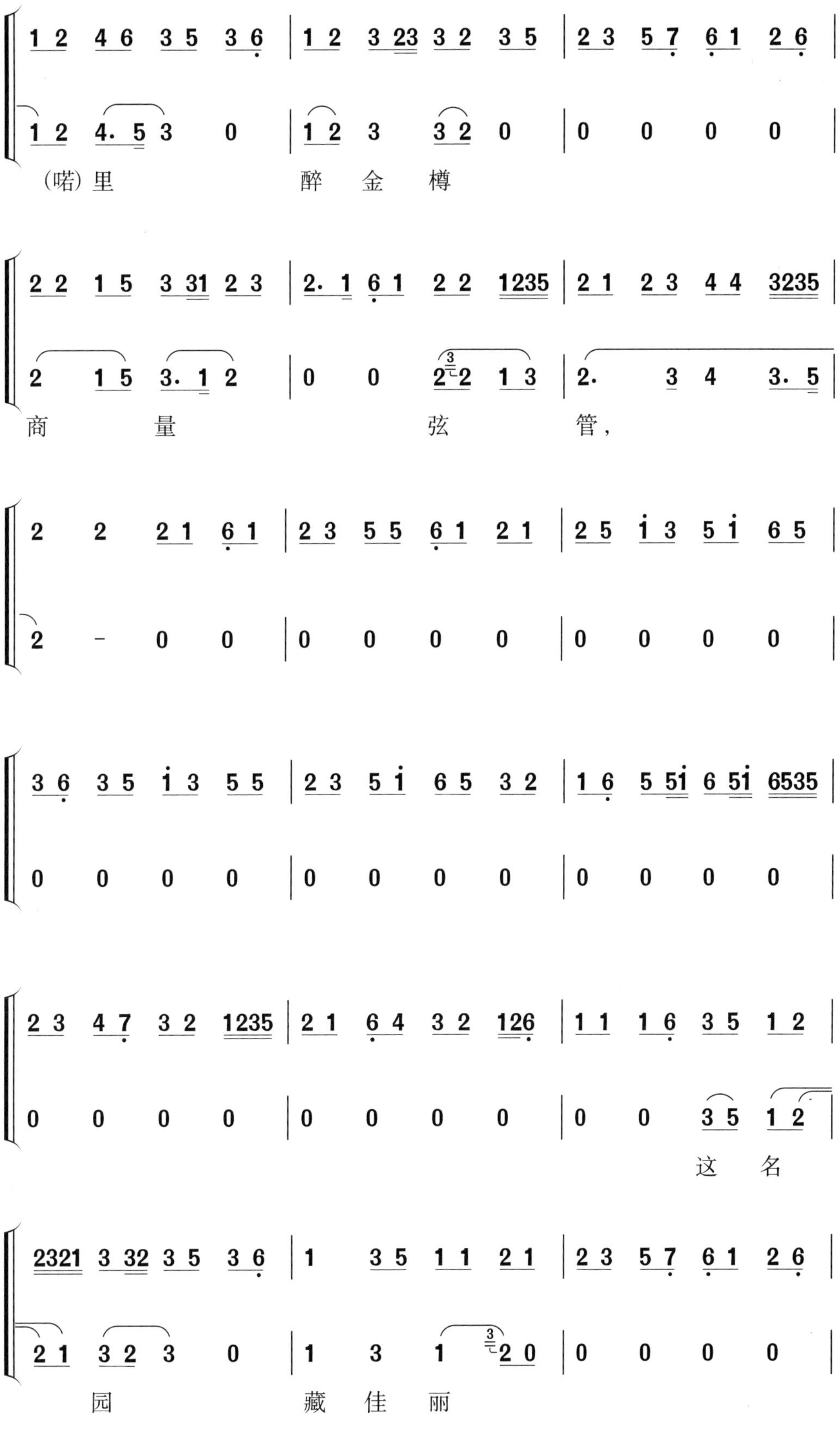
(喏)里
醉金樽
商量
弦管,
这名
园
藏佳丽

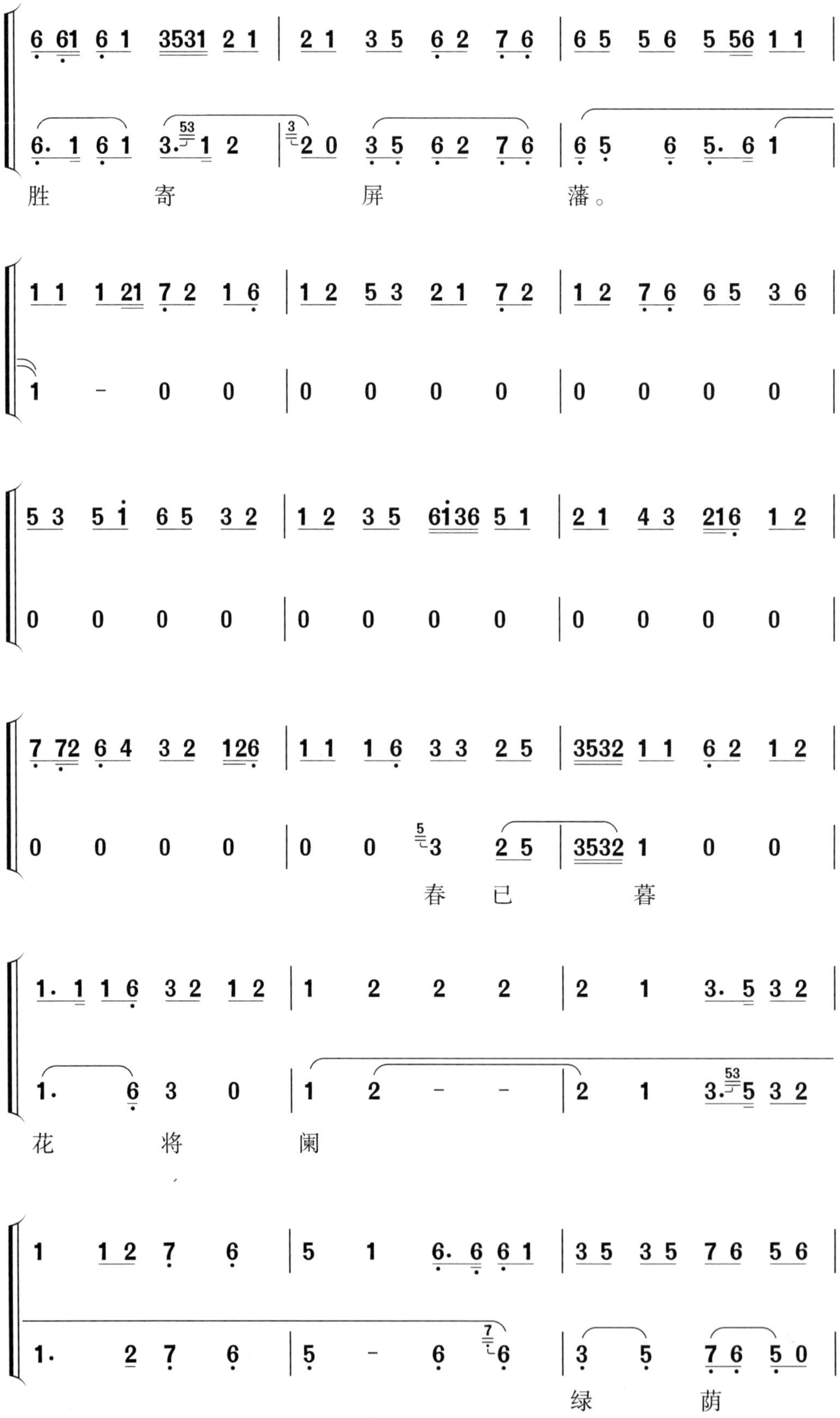
胜 寄 屏 藩。
春 已 暮
花 将 阑
绿 荫

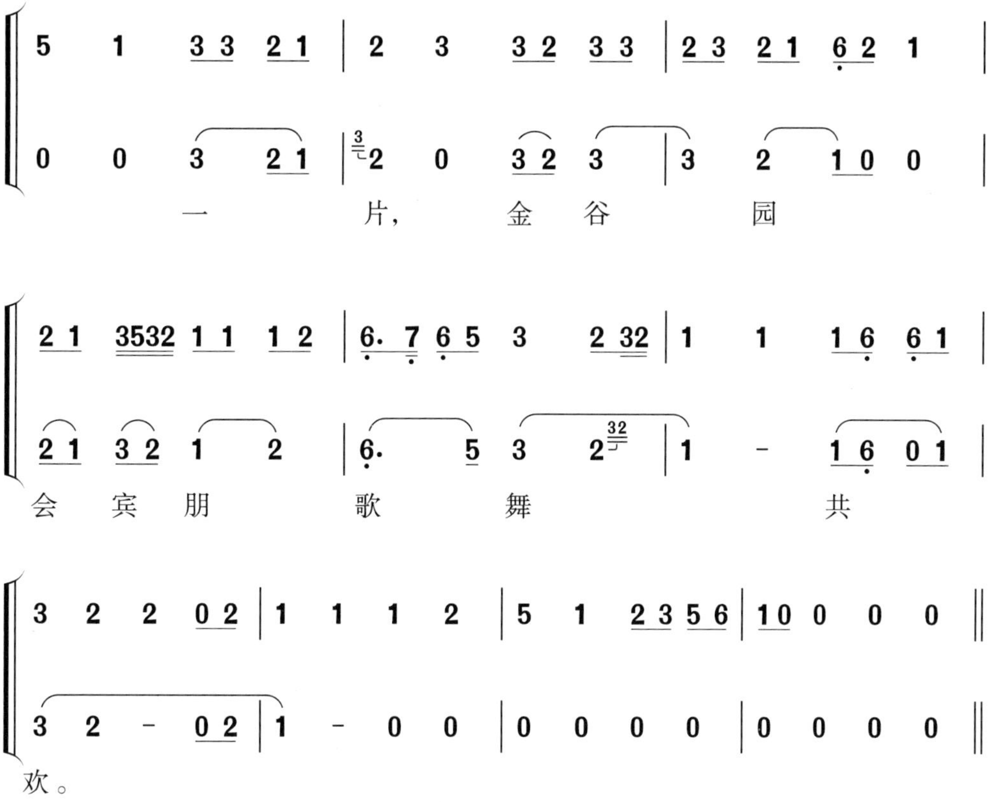

石　崇　暮春已至，百花即将凋谢，我约王恺、潘岳等诸公来作饯春之会。时光不早，诸公想必来了。（台）

〔石崇归“小座”坐。四侍女两边暗上，在正场桌两侧侍立。

〔王恺、潘岳、羊关、张载幕内白：“嗯喷！”

〔**【小锣五击】**王恺、潘岳、羊关、张载“上场门”同上，至“小边”。

王　恺
潘　岳　（同念）春日多佳丽，

羊　关
张　载　（同念）良友约胜游。

王　恺
潘　岳　（同白）来此已是金谷园。

羊　关
张　载　（同白）季伦兄哪里？

〔石崇出门相迎。一侍女将“小座”变为“大座”。

石　崇　（拱手）列位仁兄来了，请至里面。

众　请！

〔石崇与王恺、潘岳、羊关、张载相互躬身拱手。石崇往里相让。

〔**【小锣五击】**王恺、潘岳、羊关、张载“挖门”进，石崇随进。王恺、羊关坐“大边”，潘岳、张载坐“小边”，石崇坐“大座”。

石　崇　侍女们！

四侍女　有。

石　崇　酒筵摆下！

四侍女　是。

〔奏唢呐曲牌〈小傍妆台〉。四侍女摆筵，斟酒。归原位。曲牌止。

石　崇　（举杯）请。

王　恺
羊　关
潘　岳
张　载　（同举杯）请。

〔奏唢呐曲牌〈急三枪〉五人同饮酒。

五　人　（同白）干！【大锣夺头】

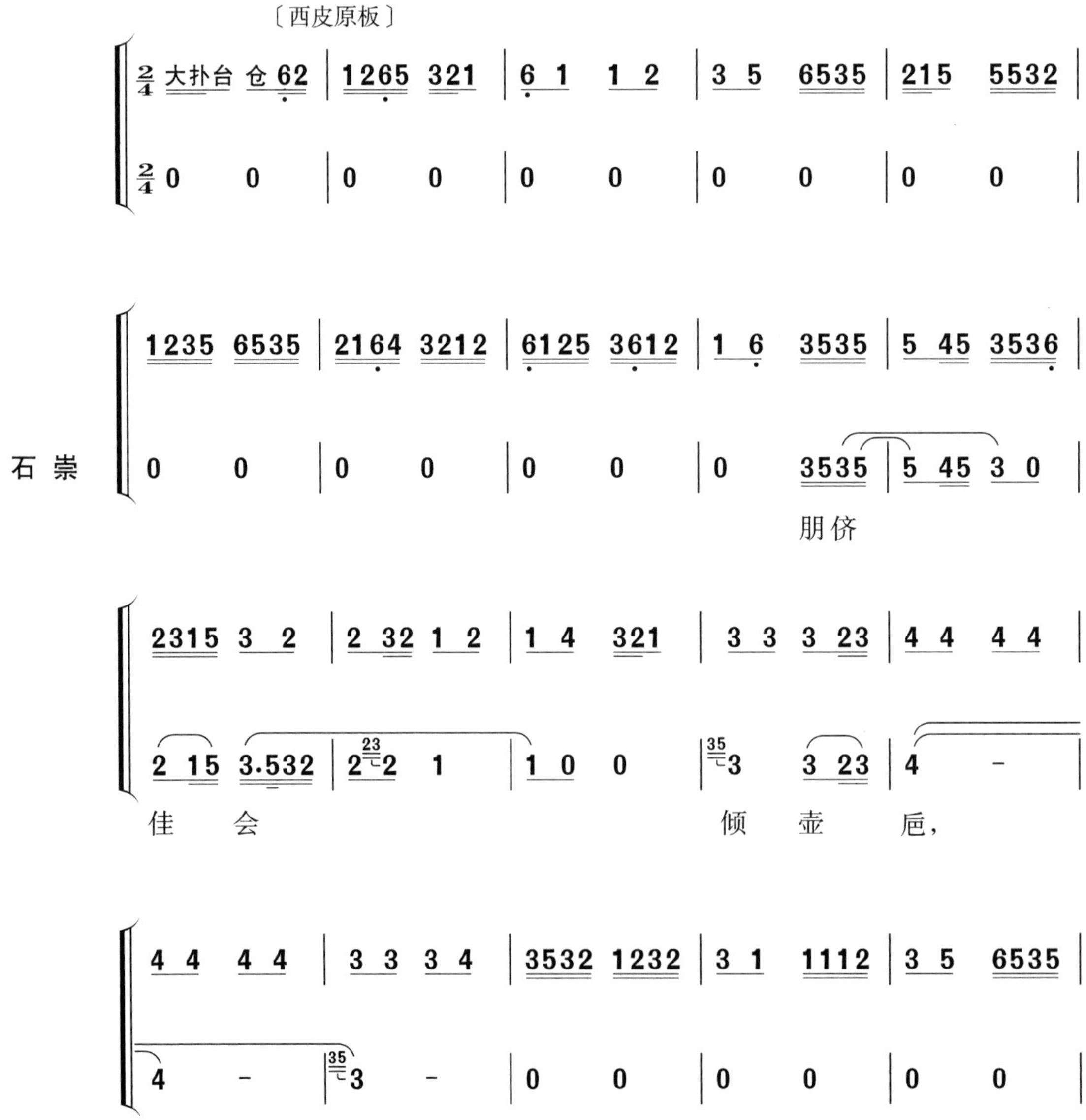

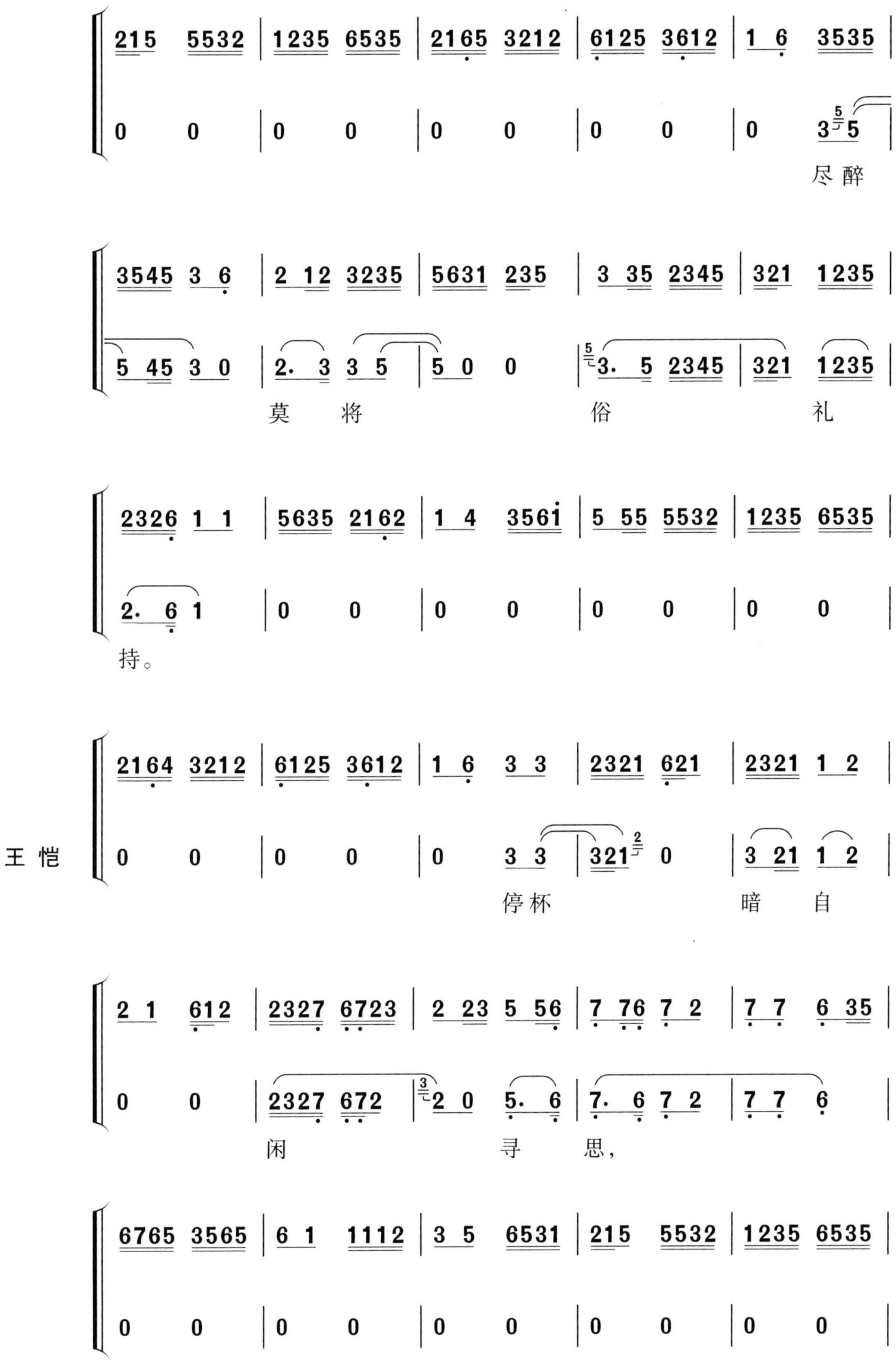

尽醉
莫将俗礼
持。
王恺
停杯暗自
闲寻思，

羊　关　（对石崇）闻听季伦兄出使交趾带回了许多奇珍异宝。我这里有母珠一颗，能将各种珠宝吸过来，除非是比它更珍贵的珠宝，它吸不动。侍女们，取托盘过来，将此母珠呈与列位仁兄观看。（台）

〔一侍女拿托盘接过母珠，给潘岳、张载、王恺观看，三人交口称赞。最后将托盘放在正场桌上，石崇观看。侍女回原位。

羊　关　啊，季伦兄，可有上好的明珠与它比上一比？

石　崇　这等比富，倒也有趣。不妨比个上下。

张　载　且慢！（台）要赌个彩头才好哇！

羊　关　季伦兄若比胜，我情愿献上女乐一班。

王　恺　季伦兄若输了呢？

石　崇　（自信地）唉——！　我岂能败北！

张　载　还是下个赌注有趣。

石　崇　如若败北，金谷园内歌姬任君挑选。侍女！

一侍女　有。

石　崇　取十颗明珠过来。

一侍女　是。（"下场门"下，取托盘，内盛明珠十颗，复上，将托盘放在正场桌上，回原位）

〔王恺、潘岳、羊关、张载离座，站在正场桌两侧，俯身围观。

〔石崇站起取自己的一颗明珠放至盛母珠的盘内。

羊　关　头一颗被吸过去了。

〔石崇再放一颗明珠。

张　载　二一颗么，投降了！

〔石崇又放一颗明珠。

王　恺　哈哈，三一颗也归顺了！

〔石崇放第四颗明珠，又被吸过去，众人讥笑。石崇自信地放第五颗明珠。

羊　关　吸！

张　载　吸！

王　恺　吸！

石　崇　吸！

〔双方不断地喊："吸！"潘岳高兴地拍手。

潘　岳　真真地有趣哇！

石　崇　吸！吸！吸！哈哈，吸过来了！

〔众人交口称赞。

石　崇　在下还有五颗更上等的明珠未曾出手呢，哈哈哈……！

羊　关　老夫甘败下风。少时就将女乐一班送过府来。

石　崇　我岂缺少稚舒兄的一班女乐，不必送了！胜过你的这第五颗明珠也赠与稚舒兄了！啊哈哈哈……（得意状）

羊　关　（取珠观看）真是好宝贝呀！我这里谢过季伦兄了！（台）

〔众人归原位坐。

王　恺　（对石崇）日前圣上赐我几枝珊瑚，不知季伦兄可有此物？

石　崇　皇家宝藏，正想一观。

王　恺　将珊瑚抬了上来！

〔二家院"上场门"幕内白："啊！"【小锣五击】二家院抬珊瑚"上场门"上，放在正场中央，然后转身"上场门"复下。

〔石崇起身观看珊瑚。

石　崇　哈哈哈……

〔西皮散板〕

【纽丝】（过门同前）3 3 4 3 ∨ 3 5 1 2 3 －（6 1 2 3 －）
一 见 珊 瑚 面 前 摆，（仓）

1 2 1 2 2 3 2 1（7 6 2 1 －）2 2
不 由 季 伦 笑 开 怀。（仓） 忙 将
（石崇在正场桌上取如意，王恺、羊关、张载站起探身惊望）

1. 2 1 2（6. 1 2 －）1 2 3 3 － 3 2 2 －
如 意（顷 一 仓） 一（呀）挥 扫，
（石崇用如意击碎珊瑚，王恺、羊关、张载垂落双袖，惊坐）

〔西皮散板〕

【纽丝】（过门同前）1 2 3 1 2 － 7 6 5 6 1 － ‖【住头】
段 段 槎 枒 落 尘 埃。

张 载　季伦兄，你莫非吃醉了么？

石 崇　清醒得很。

羊 关　此乃宫中宝物，你今将它击碎，圣上怪罪下来，如何是好？

石 崇　为这等劣物，要它何用？非是小弟夸口，金谷园中拿出百株千株也不算难。侍女们！

四侍女　有！【大锣一击】

石 崇　将珊瑚抬上，与众位仁兄观赏。

四侍女　是。

〔【冲头】二侍女“下场门”内抬出珊瑚放至正场中央；二侍女将击碎的珊瑚“上场门”抬下，复上。四侍女归原位。

〔王恺、羊关、张载下位观看珊瑚，啧啧称赞。

王 恺　呜呼呀！【单楗大锣一击】高过六尺，宝光灿烂。季伦兄真可谓是富傲王侯，小弟真乃是小巫见大巫了！

石 崇　将此珊瑚搭了下去，少时与王仁兄送过府去。另择三枝珊瑚送与潘、羊、张三位仁兄。

王 恺
羊 关
潘 岳
张 载　（同白）多谢了！

〔【冲头】二侍女抬珊瑚“下场门”下，复上，归原位。

〔四兵士“上场门”上，站“小边一条鞭”。孙秀“上场门”上至“小边”。

孙 秀　来此已是金谷园。（对四兵士）你们暂且在外面埋伏，看我眼色行事。

四兵士　啊！（【冲头】“上场门”下）

孙 秀　石崇将绿珠相赠，还则罢了；如若不然，就将他拿下。（进门，向众人拱手）诸公在此欢乐，何以不来请我？

石 崇　既然来到，就请入席同饮。

〔【小锣五击】一侍女在“大边”桌外侧摆一把椅子。

孙 秀　不速之客，多有叨扰。（归“大边”桌外侧坐）

石 崇　众位仁兄，弟园中歌姬甚多，叫她们前来歌舞一回，以佐清兴，如何？

孙 秀　正要瞻仰名园佳丽。

石 崇　吩咐绿珠领众歌姬歌舞上来。

四侍女　众姐妹歌舞上来。

〔绿珠“上场门”幕内白：“来了——！”【冲头】八歌女两边上，至正场，穿插分站两边，绿珠“上场门”上进门“挖”至“大边”，环风“下场门”上进门“挖”至“小边”，面向里跪拜。

绿 珠　参见大人。

石 崇　歌舞上来。

绿 珠　遵命！

〔绿珠、环风面里站起。

〔西皮导板〕

【大锣导板头】廿（6. 5 3 2 3 5 6 i 5 7 6 0 2. 2 2 2 7 ˇ0 6. ˇi 5 - - i - -

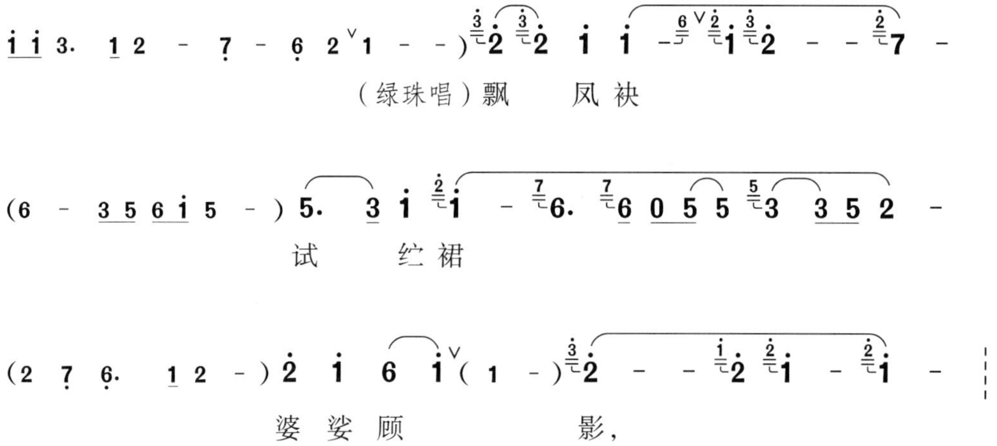

（绿珠、环风转身面向观众）

〔【急急风】绿珠、环风各领四舞女双翻"小圆场"，各归原位，【四击头】众人一同双翻水袖朝外亮相。【撕边】

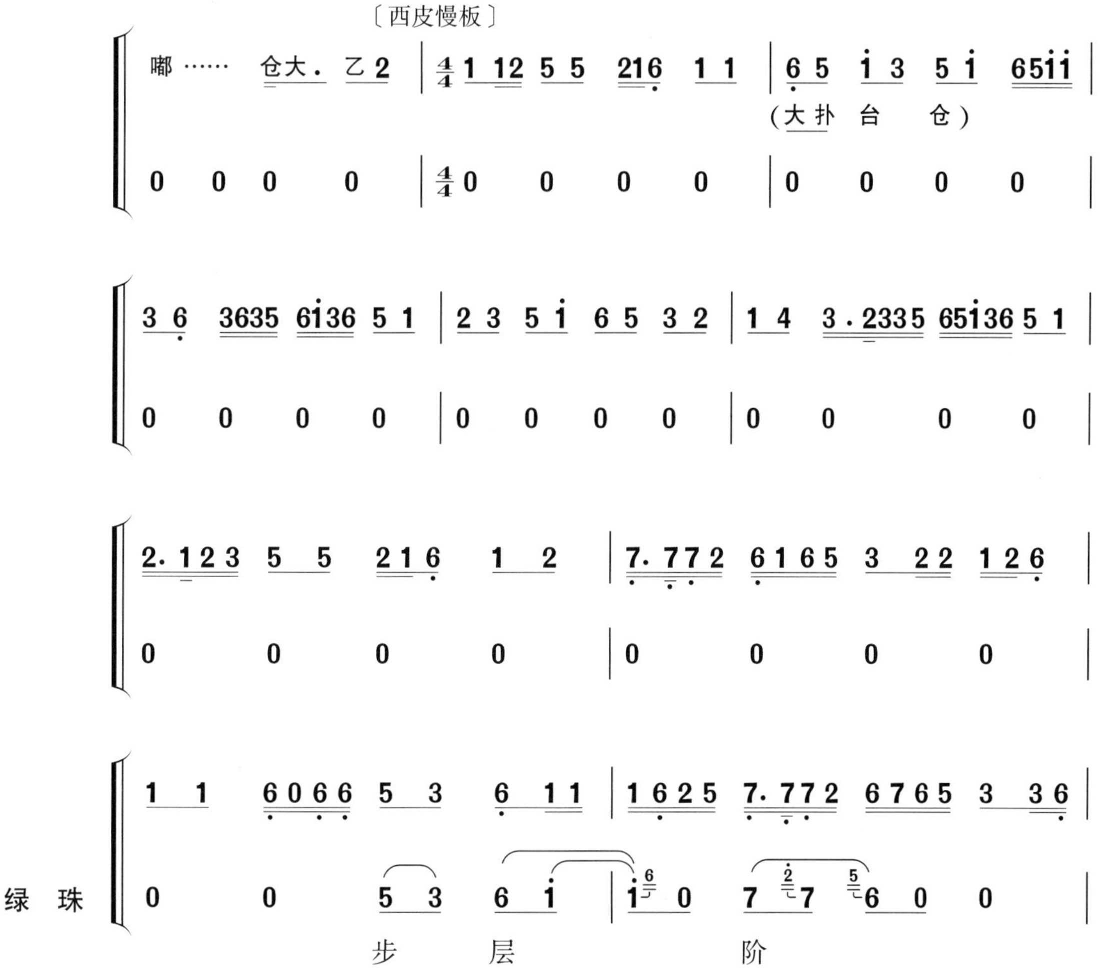

（绿珠、环风翻水袖相互搀扶，二人对视再看脚下，反复三次）

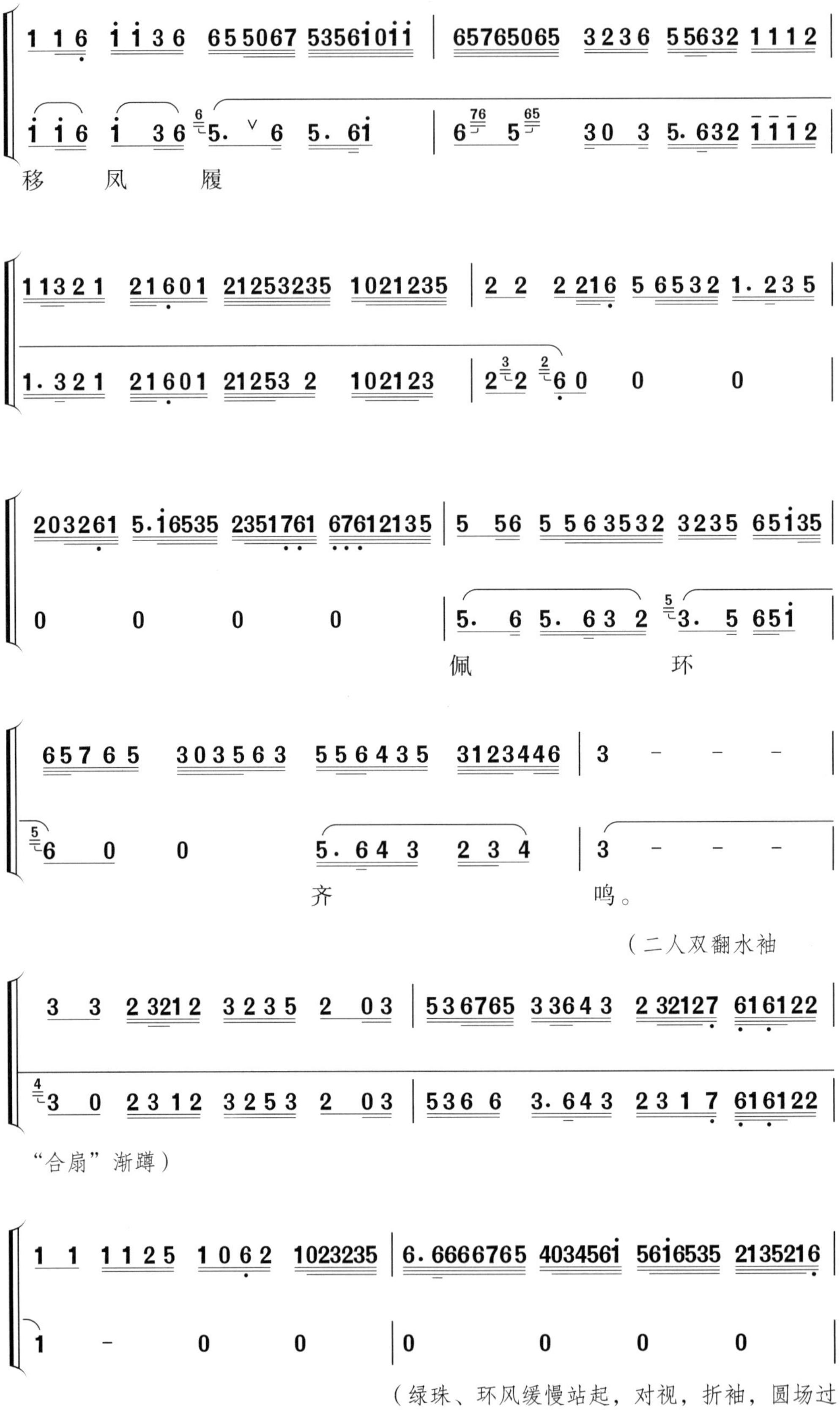
移 风 履
佩 环
齐 鸣。
（二人双翻水袖
“合扇” 渐蹲）
（绿珠、环风缓慢站起，对视，折袖，圆场过

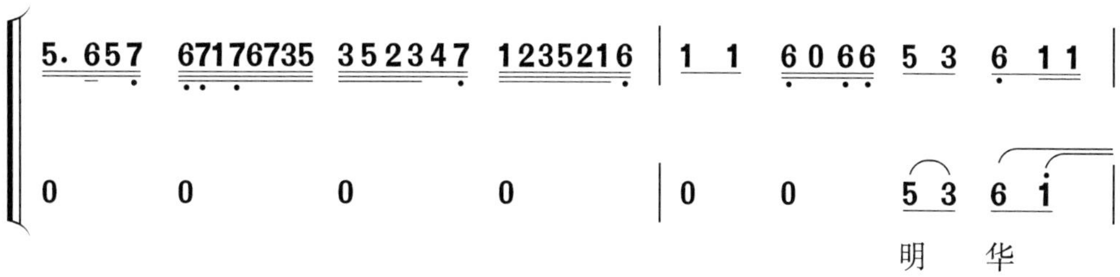

合，再退回原位）　　　　　　　　　　　　（二人相对三抬袖。绿珠先

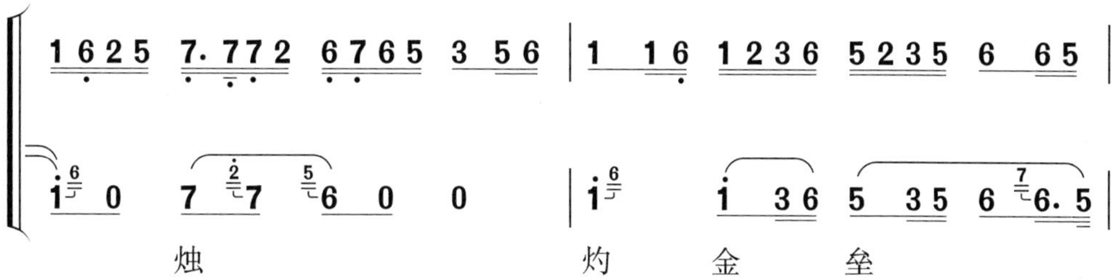

右，后左，再右；环风反之）　　　　（二人相对三鼻嘴。绿珠先右，后左，再右；

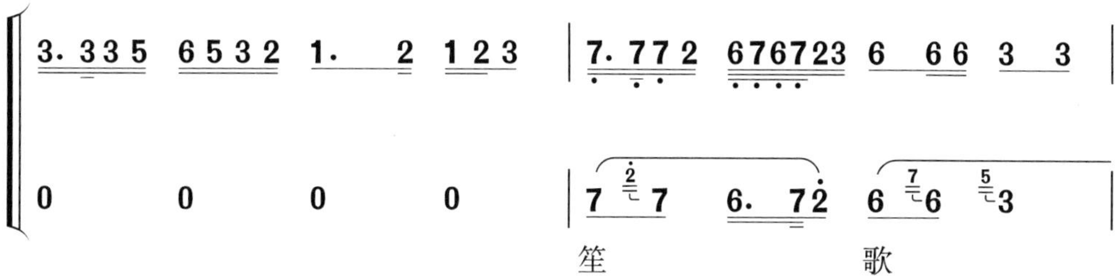

环风反之）　　　　（二人相对三个大掸袖。绿珠先右，后左，再

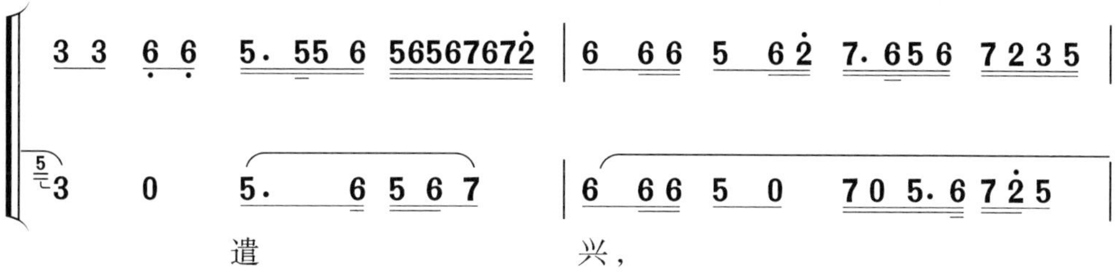

右；环风反之）（二人折袖，转身，绿珠“左顺风旗”，环风“右顺风旗”，亮高低相）

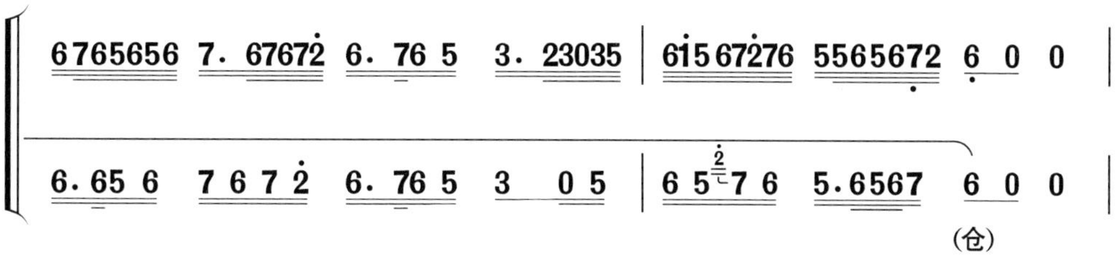

（二人同往“上场门”“斜一字”蹉步。绿珠速绕袖，背手，斜身与环风对视，环风折双袖，下蹲仰视。二人亮住）

【流水】[①]二人圆场，“过合”，换位，再回原位。锣鼓切住。【夺头】

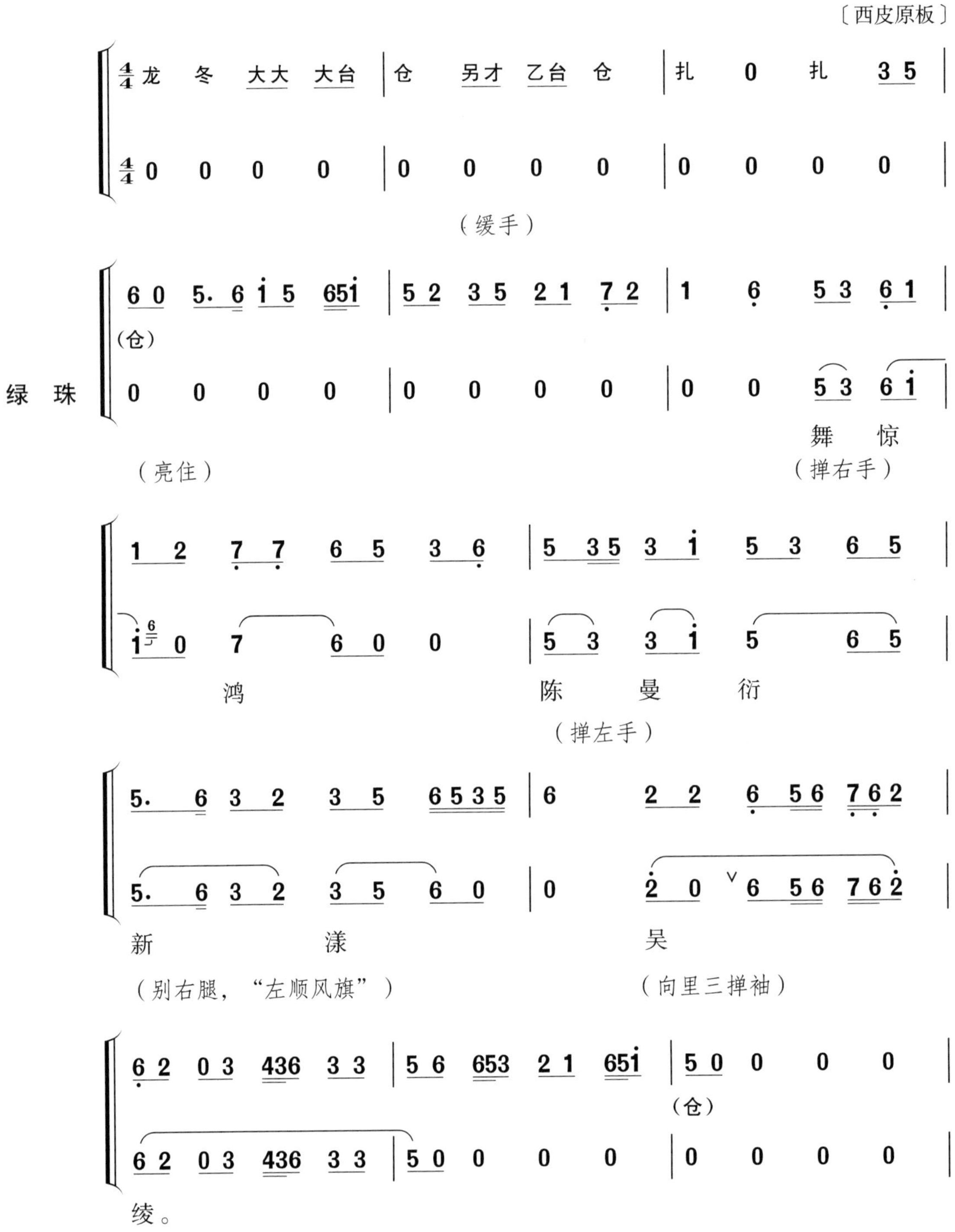

（左手急绕袖背身右腿上步，跨步，向左急转身，急“卧鱼”与环风对头亮住）
（环风在此句中做与绿珠相反的同样动作）

① 在这一段唱中亮相之后的【流水】，都是阴着打（即轻击），缓慢开始，渐快，切住，再起【夺头】。

〔【流水】二人渐渐起来，双翻身，回身到台里。锣鼓切住。

〔西皮原板〕

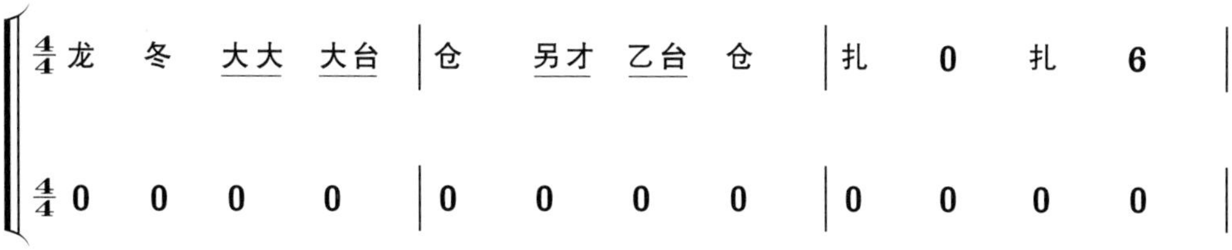

（绿珠、环风再退回至正场，亮相）

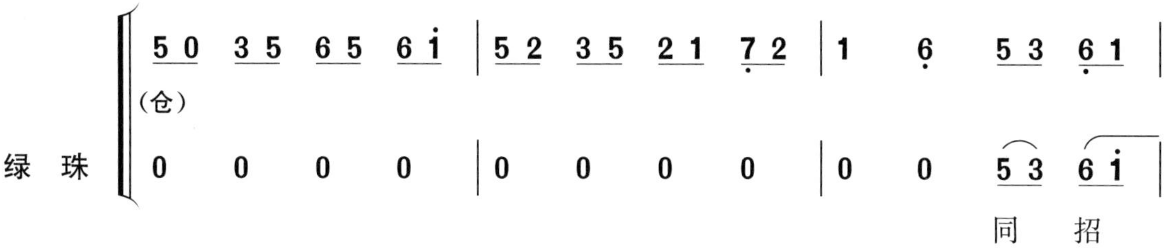

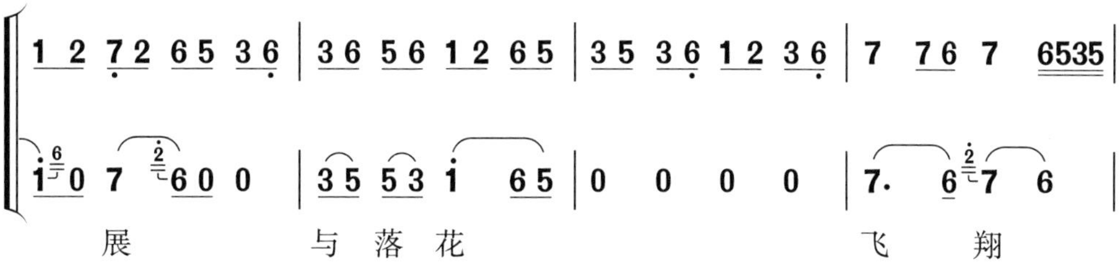

（环风把水袖扔给绿珠，二人别左腿、别右腿，绿珠

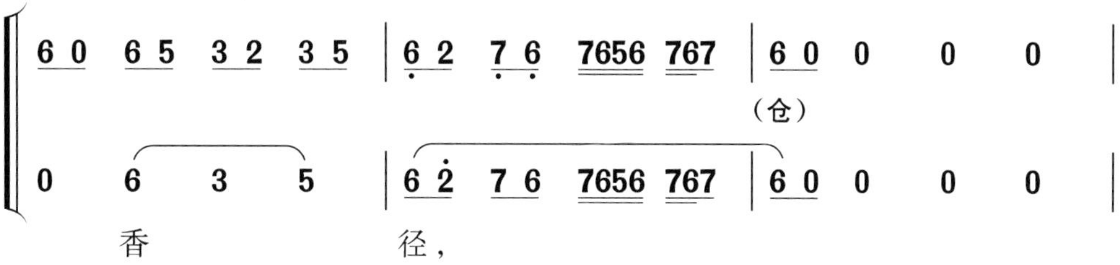

双手袖绕环形圈，抓袖，背手，别左腿俯视，环风盘卧仰视，二人对脸，亮高矮相）

〔【流水】二人渐渐起来，至正场台口，锣鼓切住。

〔西皮原板〕

（回身，亮住）

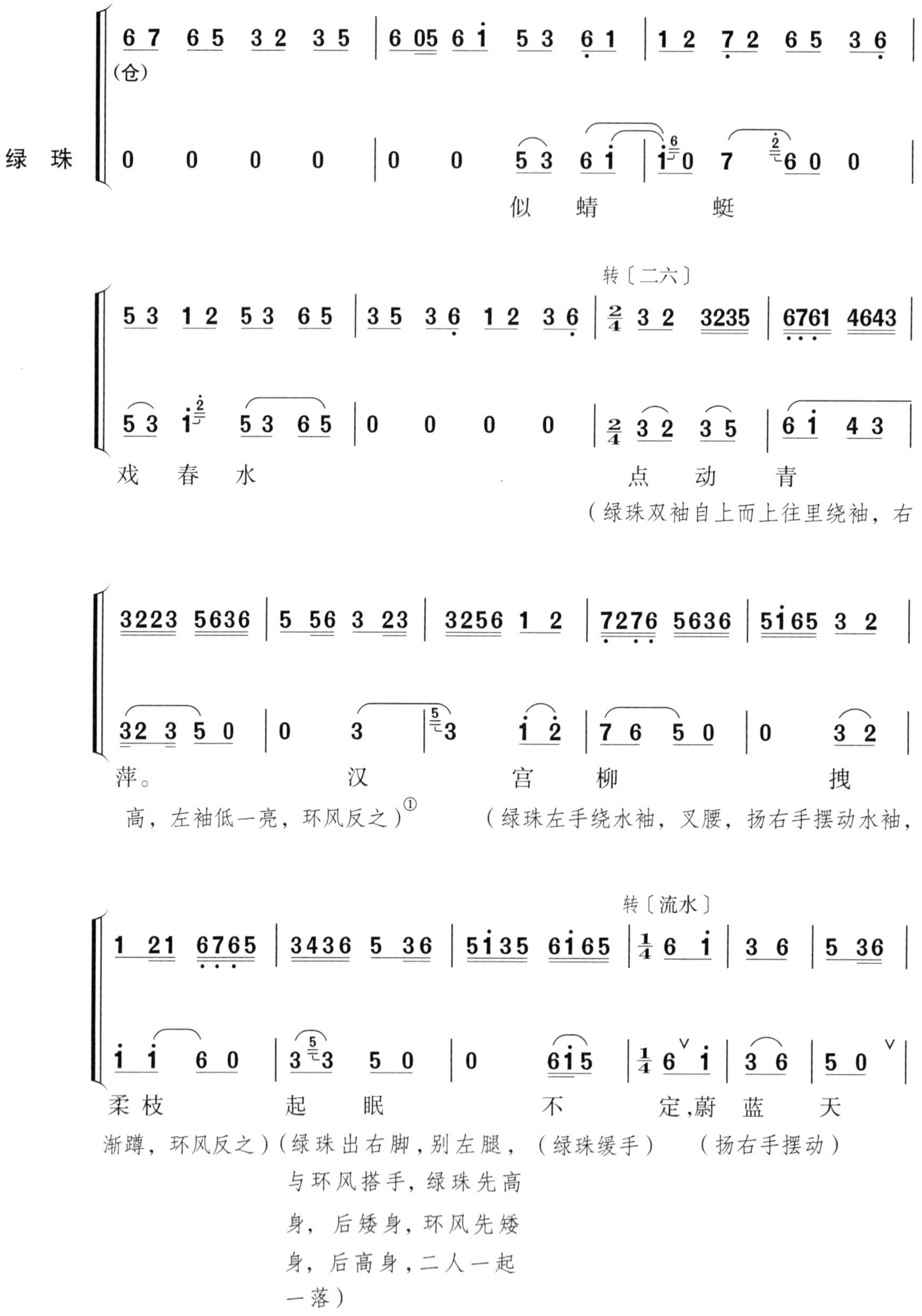

① 唱段中环风的舞蹈动作未注明处，均是与绿珠相反相对。

书 雁 字 纵横 匀 净。 他 那 里
（右手向前一指）
（大 大 大）
尽 三 雅 无闲 能 顾，我 这 里 动 翠
（三推手） （摆右手） （三绕手）
袖 粉 湿 脂 零。 携 玉 手 急 旋 回
（“云手”，左转身） （绿珠绕环风手，抬左手，亮相）
（胡琴随腔伴奏，略）
仙 人
（顷 仓）
（绿珠面向里，环风面向外，互挎左臂，抬右手，亮相）
共 庆，
（二人互挎左臂，抬右手，慢起步，渐快，逆时针大转圈）（亮住）
（仓）
〔西皮散板〕
【大锣双楗凤点头】
率 彩 云 众 歌

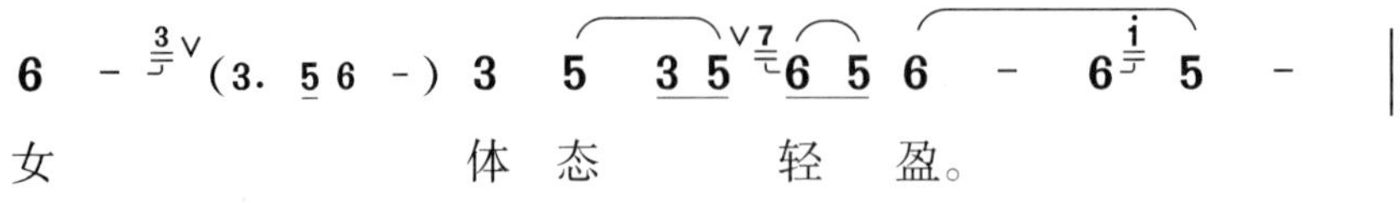

【住头】

（绿珠、环风领八歌姬往里一归成“横一字”，绿珠、环风站前排，八歌姬站后排，面里，施礼）

石　崇　歌姬退下。绿珠、环风在此侍酒。

绿　珠
环　风　（同）是。

〔【冲头】八歌姬“夹饽饽”“上场门”下。绿珠、环风分站正场桌两侧。

石　崇　众位仁兄，请饮一杯！

王　恺
羊　关
潘　岳
张　载　（同举杯）请。

〔唢呐吹奏曲牌〈急三枪〉石崇等饮酒，亮杯；孙秀呆滞，痴望，将酒倒在头上尚不觉。

孙　秀　哎呀，妙妙妙！（背供）真是叫人销魂哪！（对石崇）啊季伦兄，绿珠果然名不虚传。

石　崇　安仁兄，你看呢？

潘　岳　不同凡响！啊季伦兄，我陡起诗兴，愿赋诗一首以赠绿珠。

石　崇　安仁兄有此雅兴，求之不得呢！哈哈哈……

〔绿珠向潘岳福拜致谢。

绿　珠　谢潘大人厚爱！（台）

〔绿珠回原位。孙秀面带醋意。潘岳赋诗时，众人做倾听状，唯孙秀转身面外，不屑一顾。

〔琴曲〕

潘　岳

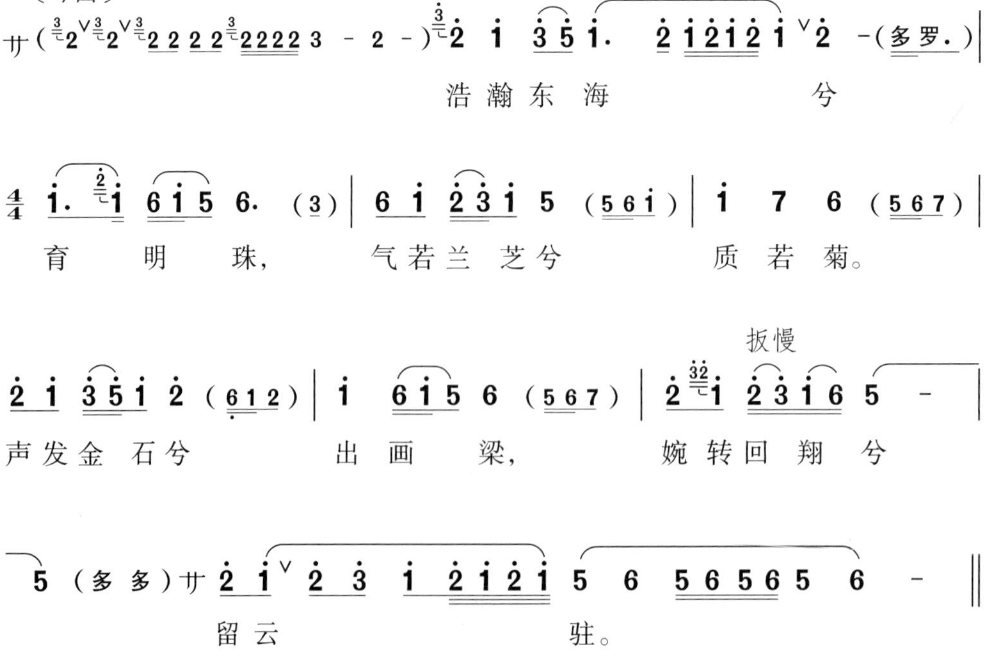

〔（台）绿珠沉思。众人拍手赞赏，孙秀扭头不屑。

石　崇　好好好！

众　妙妙妙！

绿　珠　谢潘大人赠诗。（对石崇）啊使君，妾身斗胆，意欲和诗一首。

孙　秀　（突然兴起）咦，不但是个美人儿，还是个才女儿呢！咦嘻嘻嘻……

石　崇　（得意地）啊，列位仁兄，绿珠不但能和诗，还善于音律呢！

众　我等领教！

石　崇　侍女们将箜篌抬上。（台）

四侍女　是。

〔环风领四侍女“下场门”下，抬箜篌、矮凳复上，摆放在正场桌与“大边”桌之间前面，面向“小边”台口。环风等回原位。

石　崇　绿珠，快将和诗谱之琴弦！

绿　珠　是。列位大人，奴家献丑了！

〔【大锣五击】绿珠坐琴凳上吟诗。

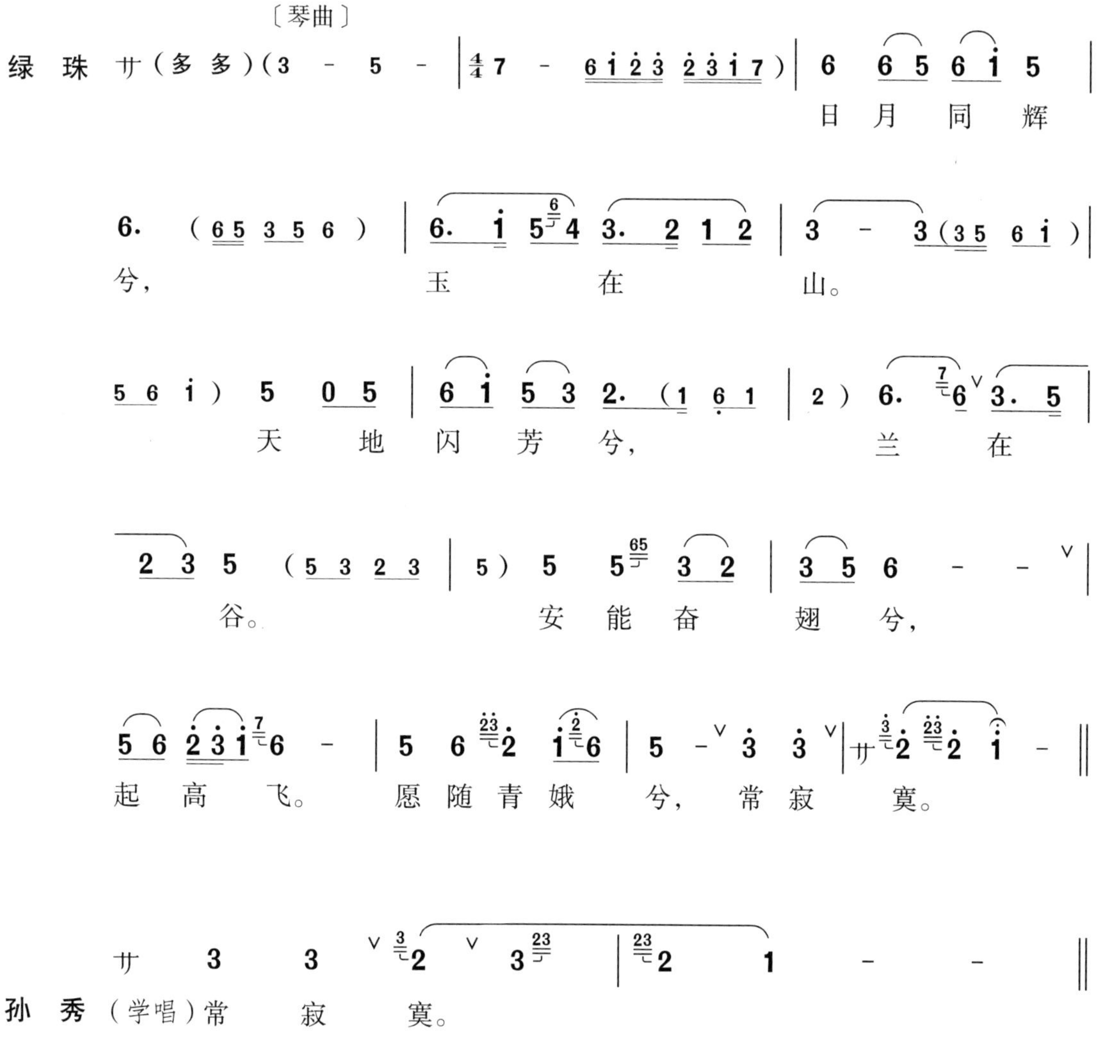

绿 珠　请潘大人指教。（施礼，敬酒）（台）

〔四侍女将箜篌抬下，回原位。绿珠回原位。

潘 岳　（赞叹）难得呀难得！

王 恺　好！好！真是佳句妙音，相得益彰！

〔众人交口称赞。

石 崇　绿珠、环风暂且退下。

绿 珠
环 风　（躬身）是。

〔绿珠、环风“下场门”下。孙秀被绿珠美色才艺惊得目瞪口呆。站起，面向台口，目送二人远去。

〔西皮散板〕　胡琴入

孙 秀　卄（干起）3 1 2 35 3 0 3 2 1 6̣（3 -）3 3 2 1 2 5 3

见绿珠不由我 魂飞魄荡，

（6̣ 1 2 3）1 3 2 3 1 3 2 ∨ 6̣ 1 2 3 2 1（7̣ 6̣ 2 1）

（仓） 这姣娃真美丽盖世无 双。（仓）

2 1 2 3 1 3 2 ∨ 3 2 1 2. 3 2 1 6̣ 1 2 3 5 1 2 2 -

下位来拉季伦忙把 话 讲（啊呃），

〔孙秀向石崇招手。

孙 秀　季伦兄，这里来！

〔石崇出位至中场，孙秀上前拉着石崇双手。

〔西皮散板〕

孙 秀　【大锣凤点头】（过门同前）5̣ 6̣ 2 1 6̣ 1 3 3 2 0 6̣ 1 2 2. 6̣ 2 1 0 ‖【住头】

我与你好朋(啊)友 一块(儿)商量。 啊！

孙 秀　哈哈哈……啊，季伦兄，人家说你慷慨，喏喏喏，大方得紧噢！今日见了你这歌姬，我这心里么，嗨，痒痒得很喏。怎么样，借给我一个，如何？

石 崇　这有何难，少时送一个过府就是。

孙 秀　慢，慢，慢。（露出凶相）别人我无福消受，就要绿珠！【冷锤】

石 崇　绿珠是这金谷园内首席美女，焉能与你？真真地胡闹！（仓）

孙 秀　可知我孙老爷的厉害？

石 崇　未犯王法，怕你何来！（仓）

孙 秀　（京白）什么王法不王法，孙老爷就是王法！（仓）军士们走上！

〔四兵士幕内白：“啊！”

〔【快冲头】四兵士“上场门”持刀冲上，进门，分站石崇两侧；四侍女两边逃下。

〔王恺、羊关、张载双袖抛在桌前，俯身于桌上。

孙　秀　将石崇、潘岳拿下。

四兵士　啊！

〔**【快冲头】**四兵士将锁链挂在石崇、潘岳项上，押石崇、潘岳“下场门”下。

孙　秀　**【叫头】**（三笑）哈哈，哈哈，咦嘻嘻嘻……（京白）回来再领绿珠大美人儿！

〔**【大锣五击】**孙秀绕双袖左转身，背手，跨大步“下场门”下。

〔王恺、羊关、张载起身离座，挥汗，至正场前场。闭二幕。

王　恺
羊　关　（同白）唉！这是哪里说起！
张　载

〔**【冲头】**王恺、羊关、张载“大边”侧幕窝下。

第十场

〔**【冲头】**开二幕。后场正中设桌案，“大座”。桌上摆文房四宝、官印。

〔石崇内唱。

〔西皮导板〕

〔**【望家乡】**二刀斧手押石崇“上场门”上，至正场。

〔西皮快板〕

石　崇

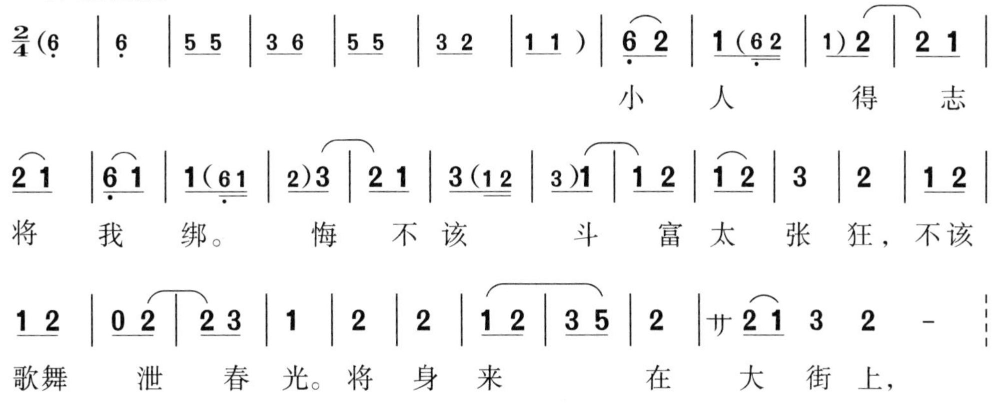

〔**【闪锤】**二刀斧手押石崇半个“圆场”；二刀斧手押潘岳“上场门”上至正场与石崇见面。

〔西皮摇板〕

潘　岳

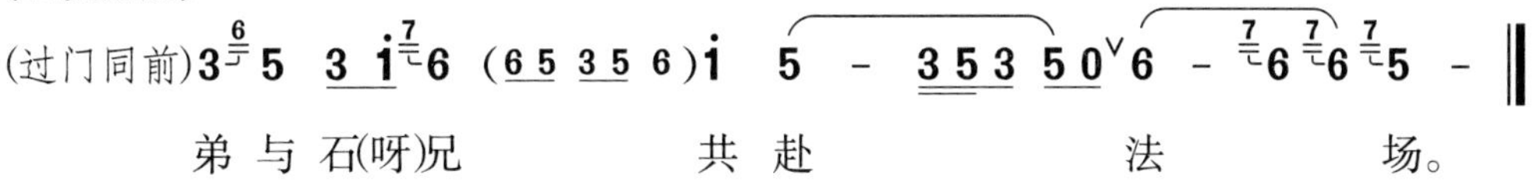

〔【冲头】司马伦“上场门”上，入“大座”。四蓝龙套、孙秀、中军两边上，站“里八字”。四刀斧手押石崇、潘岳圆场，分站两边。

司马伦 时辰已到。孙秀，将他二人开刀！

孙　秀 是。（至正场）将他二人开刀！

〔【冲头】刀斧手押石崇、潘岳至正场。二人相对。

石　崇 安仁！

潘　岳 季伦！

石　崇 你在咏金谷园诗中说：“投诗赠石友，白首同所归。”竟应在今日了！

潘　岳 唉！

〔【冲头】石崇、潘岳二人顿足，左转身“下场门”下。

〔【监斩鼓】【冲头】四刀斧手“下场门”上至正场，面里，验刀，起身，“下场门”下。

孙　秀 千岁，杀了他二人，满朝文武就不敢再诽谤您了！

司马伦 你的功劳不小！

孙　秀 千岁，石崇有一歌姬，名叫绿珠，望千岁赏与小人做个侧室。

司马伦 就赐与你！

孙　秀 谢千岁！

司马伦 掩门！

〔【冲头】司马伦、中军、四蓝龙套两边下。

孙　秀 （出门）孙老爷去金谷园迎接美人去了！

〔【冲头】孙秀得意地“下场门”下。

第十一场

〔二幕前。

〔【堂鼓架子·冲头】四红龙套、四兵丁“小边”侧幕内白：“哦——！”

〔【堂鼓架子·冲头】四红龙套（举标旗）、四兵丁（右手举刀、右手提大带）“小边”侧幕上。司马颖、司马冏举枪随上。圆场，四红龙套、四兵丁分站两边，司马颖、司马冏站正场。

司马颖
司马冏 孤，【大锣报名一击】

司马颖 成都王司马颖。

司马冏 齐王司马冏。

司马颖 请了！

司马冏 请了！

司马颖 只因司马伦矫旨杀害淮南王，孤家甚是不平。联络御弟起兵，将司马伦擒拿到手，只是孙秀那贼还未拿到。

司马冏 适才探马报道：孙秀带人去金谷园搜刮珍宝、掠抢歌姬去了。

司马颖 如此，你我一同前往，擒拿此贼。

司马颖
司马冏 （同）众将官！

众　有。（仓）

司马颖
司马冏 （同）金谷园擒拿孙秀去者！

众　啊！

〔【冲头】四红龙套、四兵丁“插门”“大边”侧幕下。司马颖、司马冏随下。

第十二场

〔【冲头】开二幕。金谷园清凉台。场上置正场桌、“小座”。浅色绣花桌围椅披。

〔【纽丝】绿珠裹斗篷“上场门”上，至“小边”，松开斗篷，抖右袖，提袖。

〔二黄散板〕

绿　珠

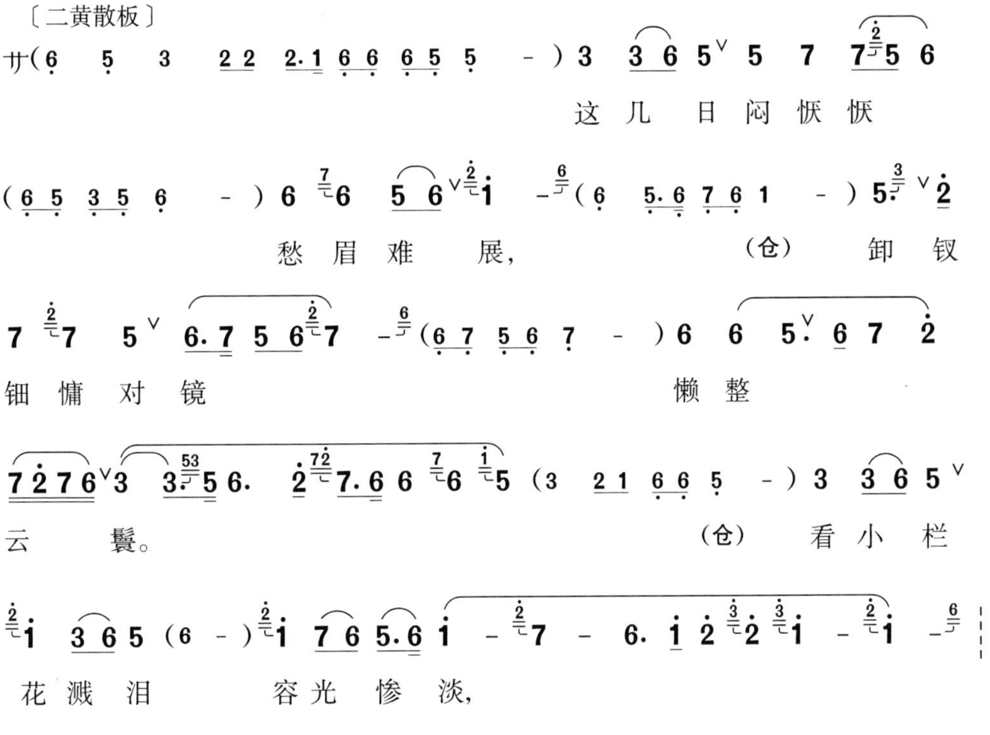

〔【纽丝】绿珠进门，坐“小座”。

〔二黄散板〕

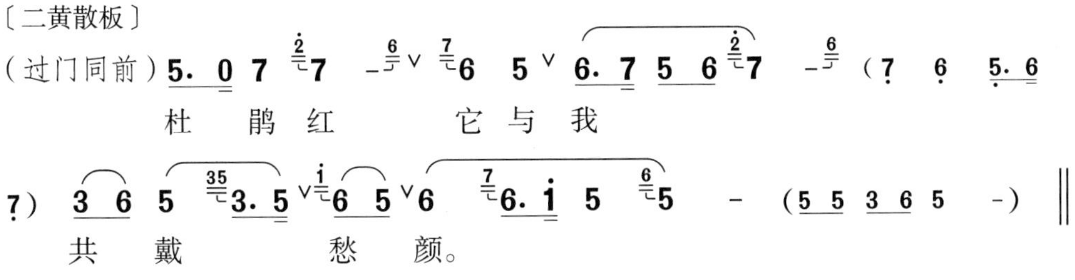

绿 珠 自闻使君被谤，愁锁眉尖。想昔日在金谷园中，清凉台畔，轻歌曼舞，是何等的恩情。今日不知他生死存亡，当此夜深人静，月黯花残，好不凄凉人也！（掸袖、站起）

〔二黄碰板快三眼〕

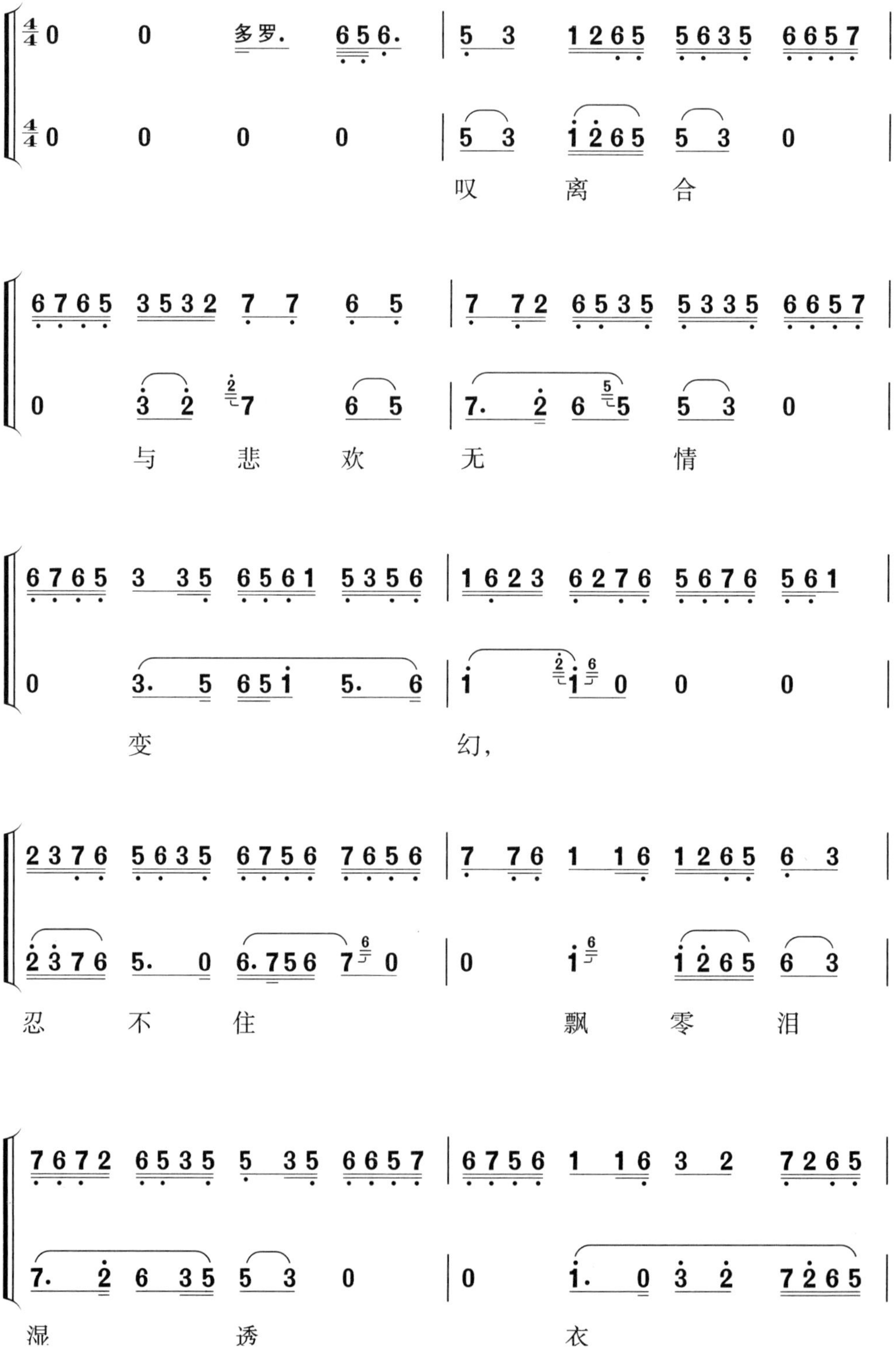

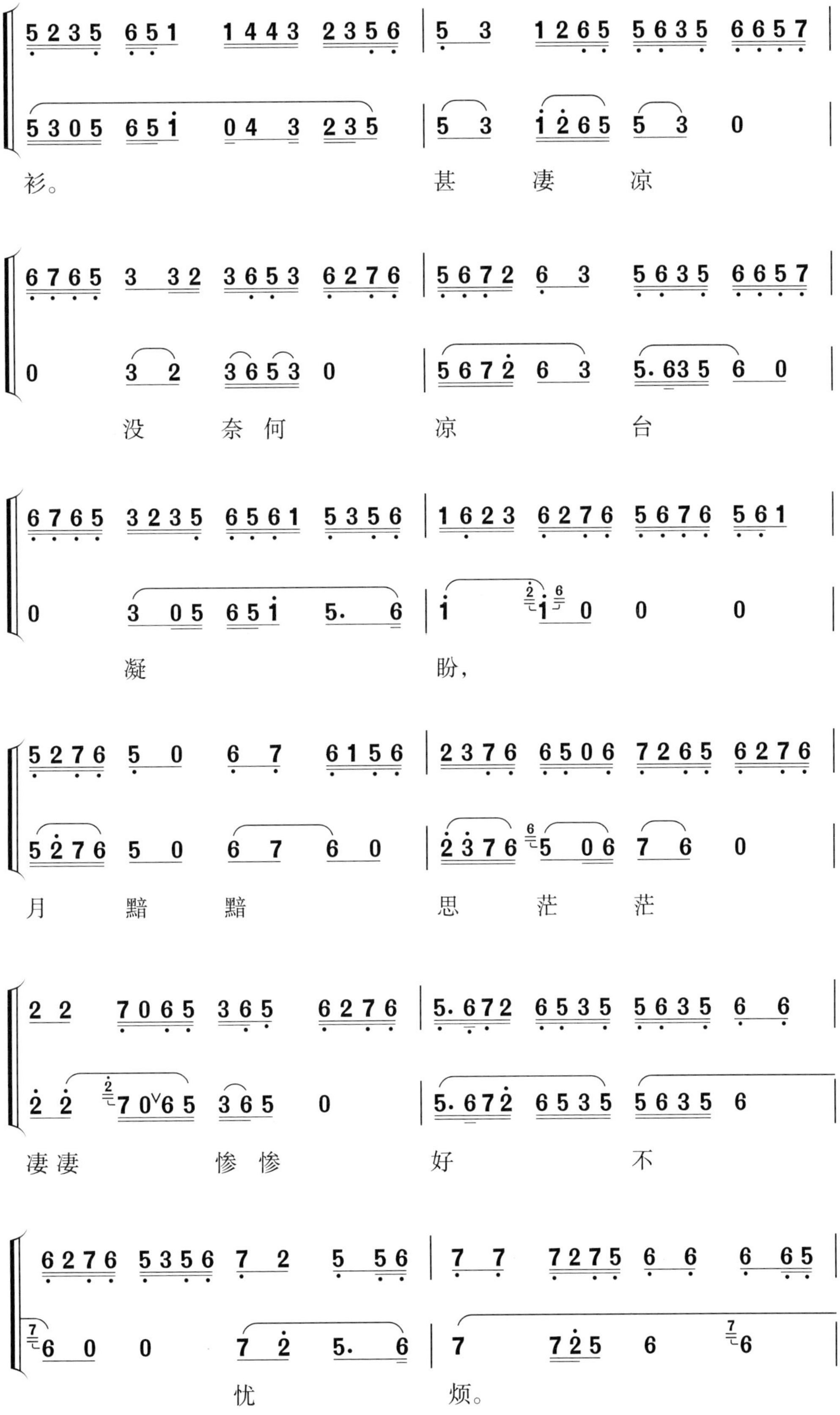
衫。
甚 凄 凉
没 奈 何
凉 台
凝
盼，
月 黯 黯
思 茫 茫
凄凄 惨 惨
好 不
忧
烦。

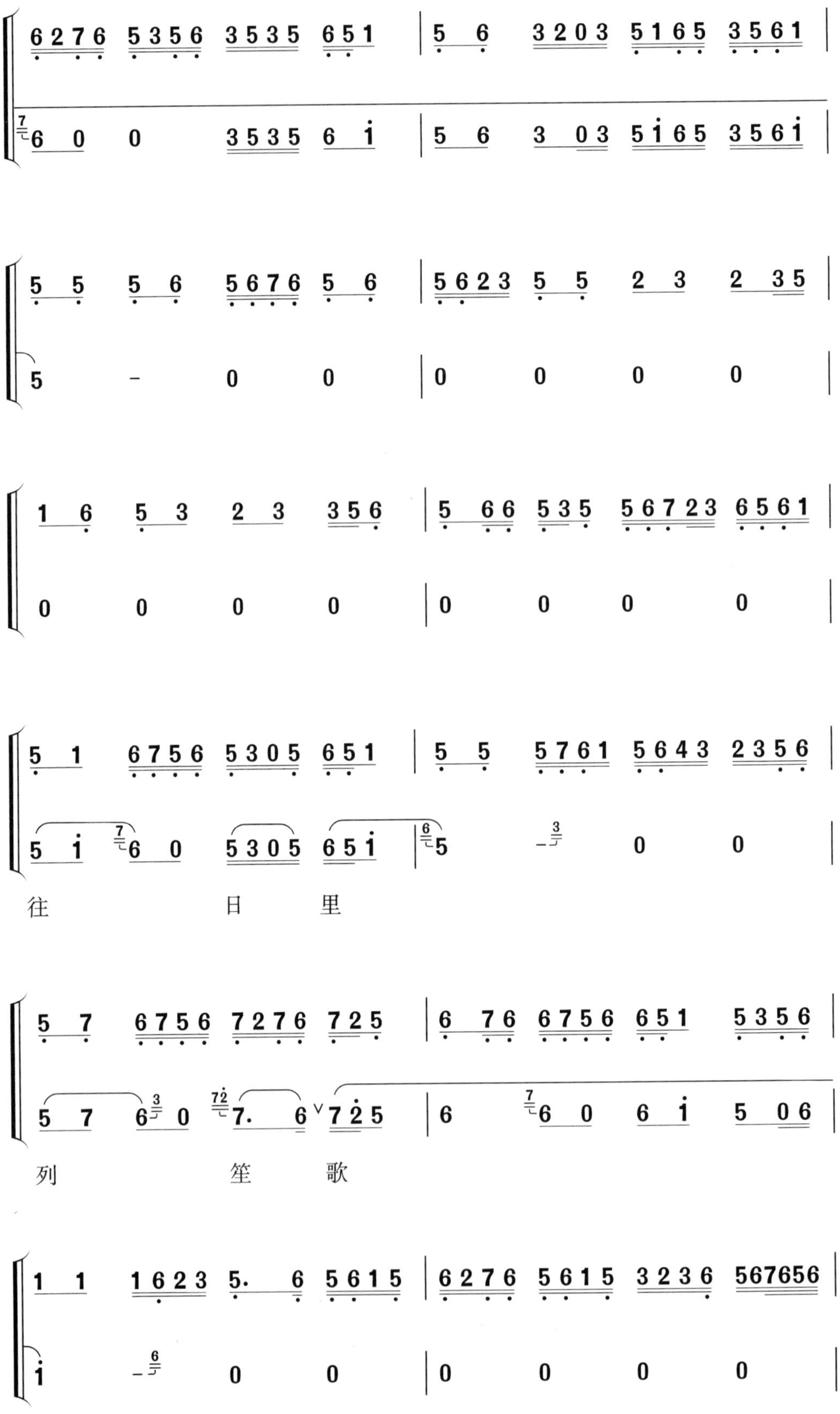
往 日 里
列 笙 歌

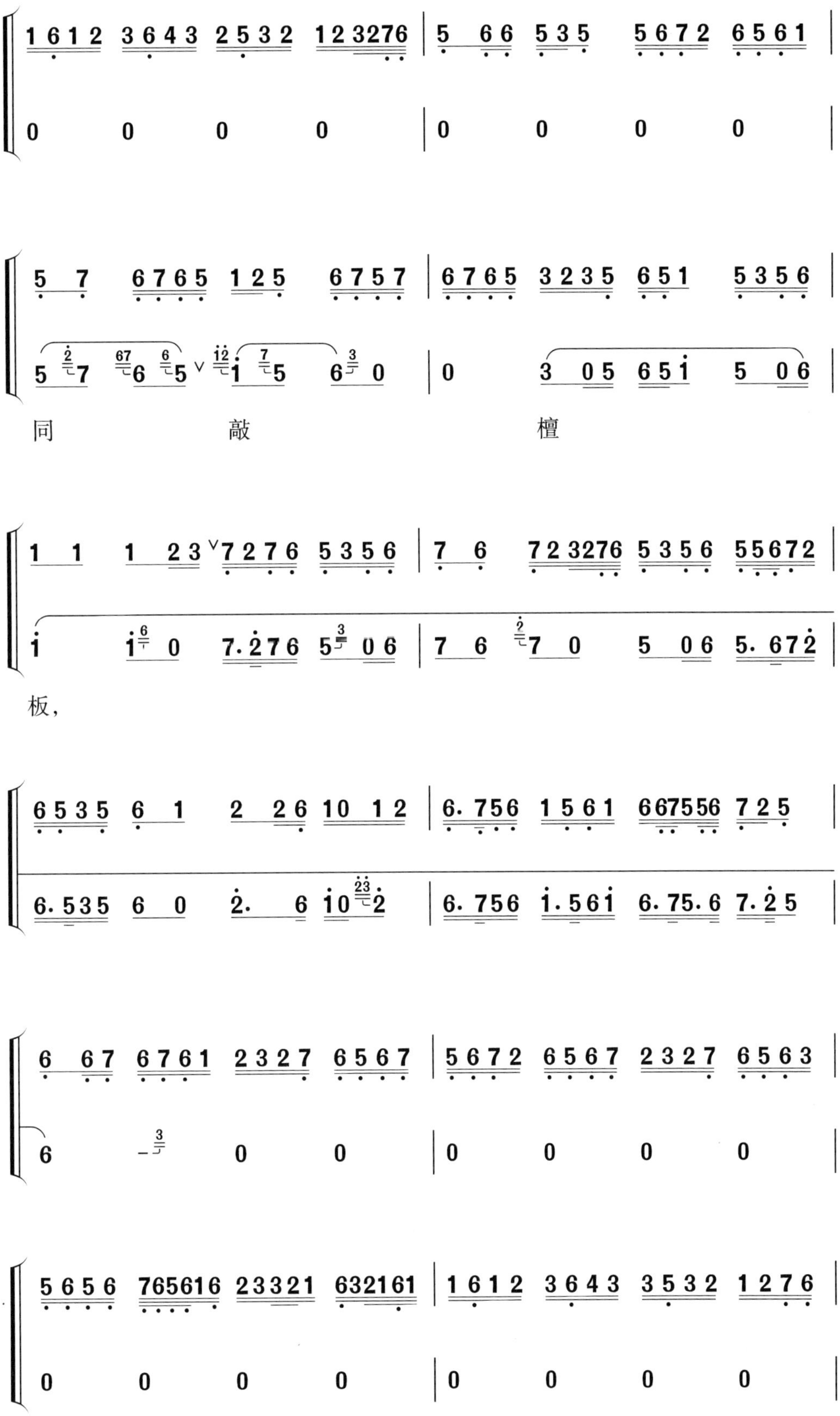
同
敲
檀
板，

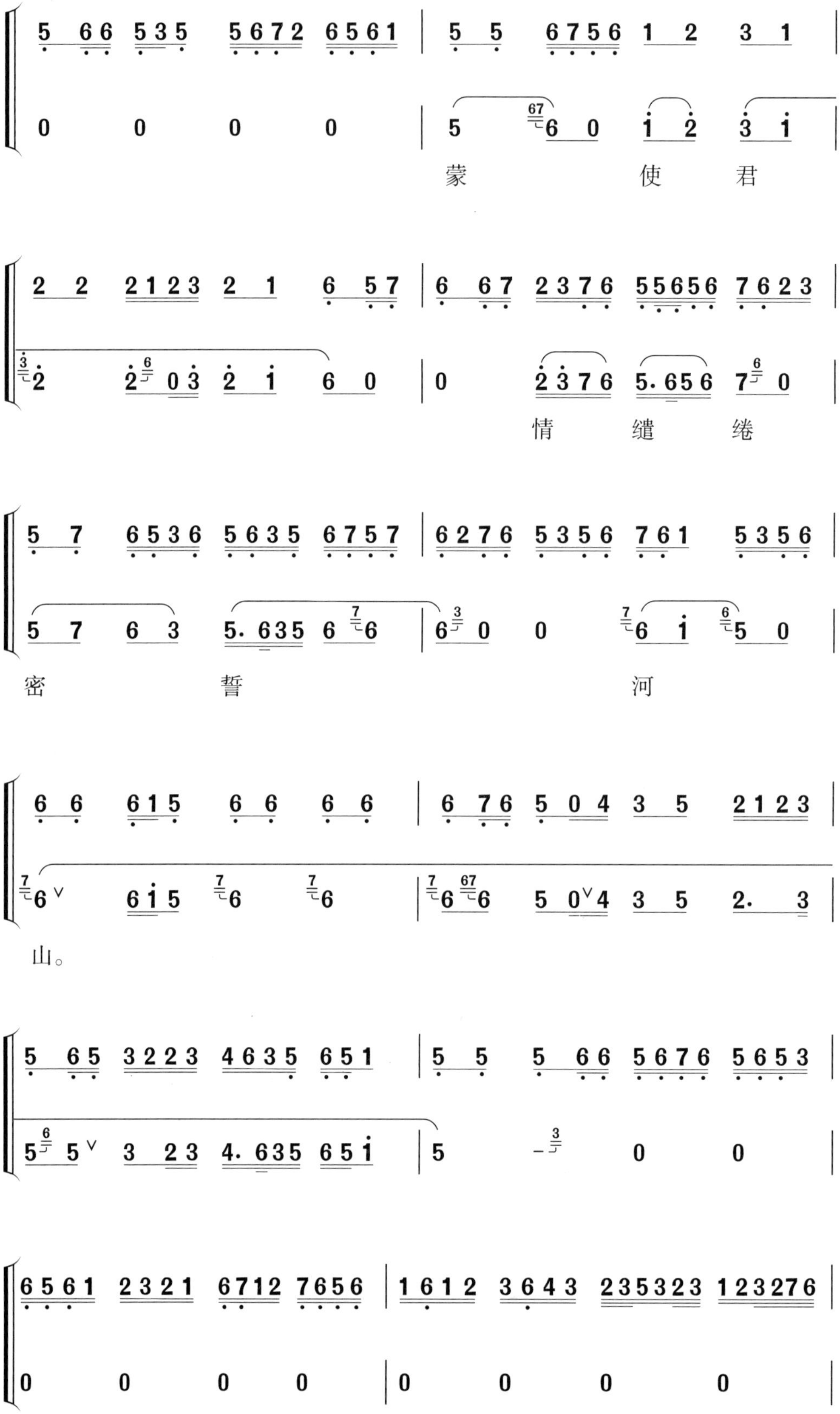
蒙 使 君
情 缱 绻
密 誓 河
山。

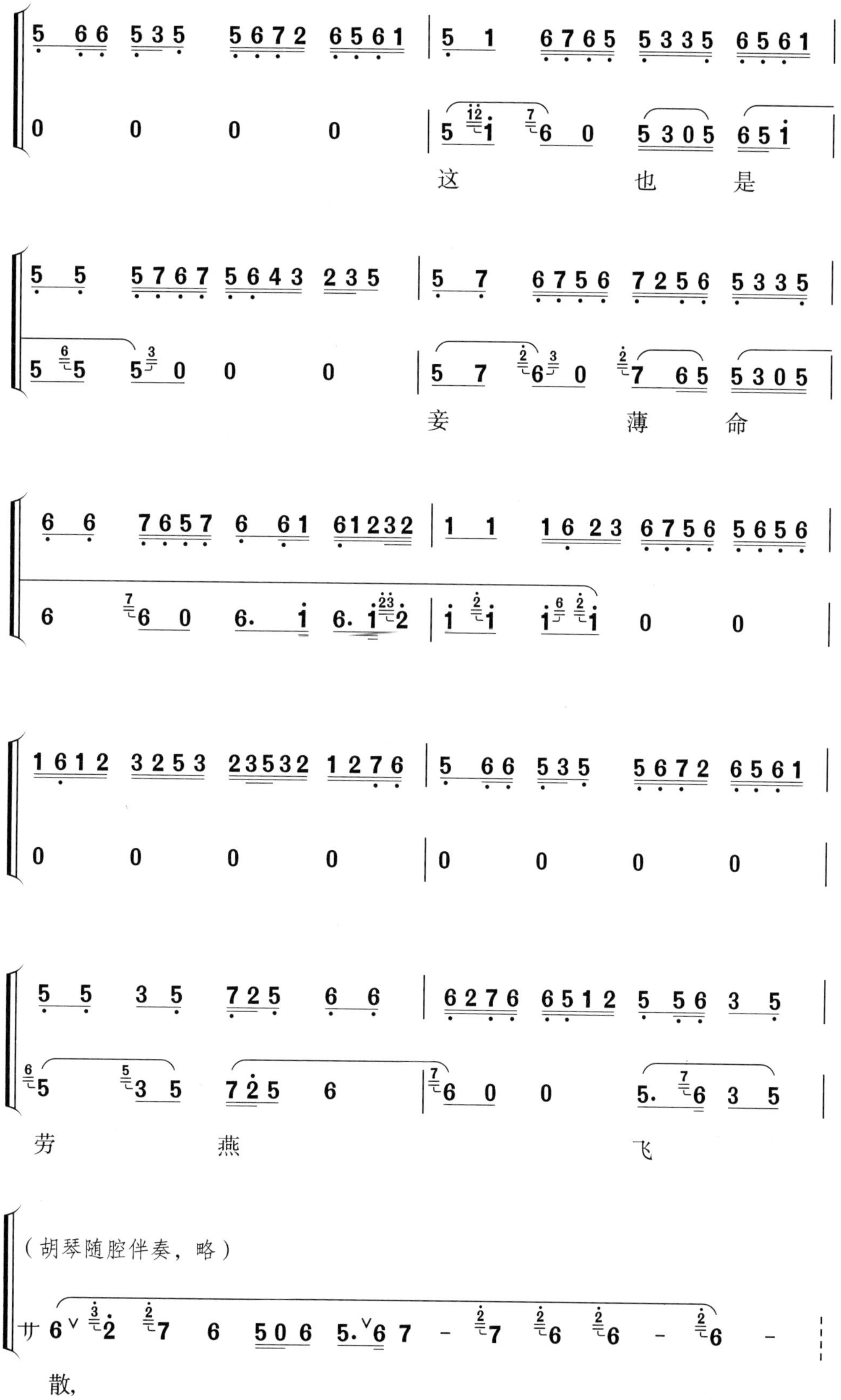
这 也 是
妾 薄 命
劳 燕 飞
（胡琴随腔伴奏，略）
散，

〔二黄散板〕

绿 珠 【大锣纽丝】廿（5 5 3 3 3.2 1 6 6 6 5 －）5 2 3
好 鸳

7（6 7）2 2 7 6 5 － 6. 7 5 6 7 －（6
鸯 拆 比 翼

5. 6 7 －）2 7. 6 5 6 7 2 6. 5 6 6 1 5 － 5 － ‖
孤 影 形 单。

〔【冲头】环风"上场门"急上，进门，站"小边"。

环 风 哎呀绿珠妹妹，大事不好啦！（仓）

绿 珠 （站起）环风姐姐，何事惊慌？

环 风 使君与潘岳先生都被司马伦老贼杀害啦！（仓）孙秀那贼带着军士又冲进金谷园来啦！（仓）

绿 珠 哎呀！（昏厥，向后仰身坐在椅上）

环 风 妹妹醒来！

〔二黄导板〕

绿 珠 【大锣导板头】廿（6 5. 3 2 3 3 2. 1 6 3 6 5 －）2 3 1 2 －
听 说 是

（2 －）3 6 5（6 5 7 6 －）3 6 5 6 1 － 7 6 1 2 2 1 －
使 君 把 命 丧，

喂呀……（站起与环风相拥痛哭）

〔二黄散板〕

绿 珠 【纽丝】（过门同前）3 6 5 2 2 7 6 0 6 5 3. 5 6 6 5 －（3 2 1
死 别 生 离 梦 一 场。

6 6 5 －）1 6 5 3 6 5 5 6 2 1 6. 1 6 1 2 2 1 1 － ‖【扫头】
（仓） 恩 情 往 事 成 追 想。

〔三个（八大仓）环风往"下场门"扶推绿珠，绿珠不走。（崩登仓）绿珠转身撑袖，"下场门"下。

〔【快冲头】环风转身，往“上场门”方向逃，引四兵士、孙秀“上场门”上。闭二幕。环风领圆场，四兵士、孙秀误追环风。进门，环风归“大边”，四兵士归“小边一条鞭”，孙秀归“小边”。

孙　秀　（边追边喊）绿珠，别跑！（进门后发现不是绿珠）绿珠哪里去了？

环　风　金谷园中千门万户，我怎知绿珠何方去了？

孙　秀　两厢搜来！

〔【搜场】四兵士“大、小边”侧幕两番搜场。回原位。

四兵士　绿珠逃走。

孙　秀　把她押了下去！随我追赶绿珠！

四兵士　是。

〔【冲头】四兵士押环风“大边”侧幕下，孙秀“大边”侧幕追下。

第十三场

〔二幕前。

〔【堂鼓架子·冲头】四红龙套（举标旗）、四兵丁（右手举刀、右手提大带）、司马颖（举枪）、司马冏（举枪）“上场门”急上，过场，“下场门”下。

第十四场

〔【大锣原场】开二幕。崇绮楼前的花园。靠近“下场门”台口平置崇绮楼景片（三张桌高）。楼上设有走廊供绿珠在楼上表演，走廊前方和右侧设有栏杆。楼右侧为荷花池，池前有镂空的石栏与楼墙衔接。

〔绿珠幕内唱。

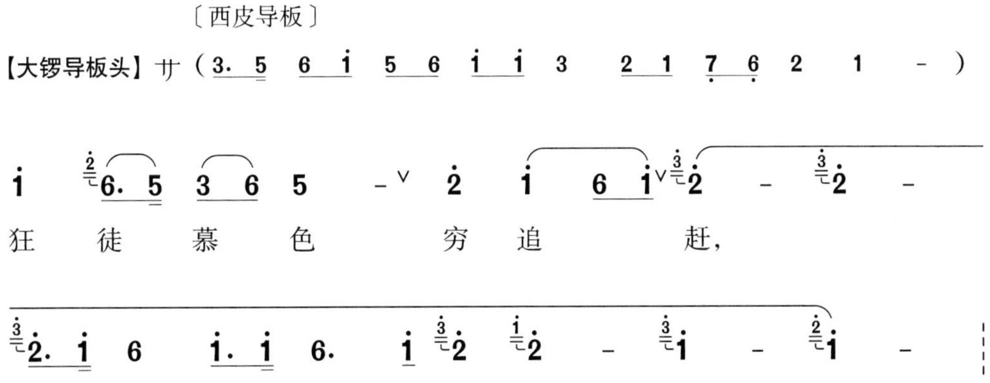

〔【乱锤】绿珠“上场门”揉胸，退步上，至“九龙口”，面向“上场门”滑步做跌倒状。站起，转身，不时地回头向“上场门”张望，归中，抖右袖，提袖。

〔西皮散板〕

绿　珠 【纽丝】（过门同前） i 5 3 i i 6 5 i 5 3 i 6. i 3.5

孤 苦 伶 仃 无 处 藏。

【撕边】

6 6 5 （4 3 6 5 －） i i 3 5 5 7

（仓） 没 奈 何 我 且

7 5 6 2 i 6 i 2 － 2 － i － i －

把 高 楼 上，

〔【急急风】绿珠回身到“上场门”领孙秀、四兵士（举刀）、四兵士（举火把）“上场门”上，大圆场，至“上场门”台口，八兵士归“小边”，在“上场门”台口按“斜一字”站成两排。绿珠转身蹦起，蹉步，孙秀随之蹉步，直到楼门前。孙秀向前抓绿珠，绿珠挥袖将孙秀往后打一个踉跄，绿珠乘机进楼门，关门，登楼，站在楼栏杆前俯视楼下。孙秀缓过神来再向前抓绿珠，碰到绿珠刚好关上的门。

〔西皮散板〕按一板一眼的节奏唱

绿　珠 【纽丝】（过门同前） 3. 5 i. 2 6 5 6 0 i 5 i 6 5 5 3 5 0 ‖

火 烛 光 明 就 照 虎 狼。

（孙秀退至中场偏“小边”一侧仰望楼上）

〔西皮快板〕

孙　秀 1/4（仓. 七 | 仓 | 仓 ）| 6 1 | 3 | (5) 2 | 2 1 | 1 2 | 3 | 2 |

绿 珠 快 把 门 开 放，

（向绿珠招手）

(2) 3 | 3 2 | 1 | 1 6 | 3 | 2 1 | 1 2 | 3 5 | 2 | 1 |

今 夜 良 宵 咱 们 入 洞 房 （呃）。

绿　珠　哇！

〔西皮快板〕

1/4（仓. 七 | 仓 | 仓 ）| 2 | i | (1) i | 6 5 | 3 3 | 3 5 | 6 (5) |

狂 徒 说 话 太 猖 狂，

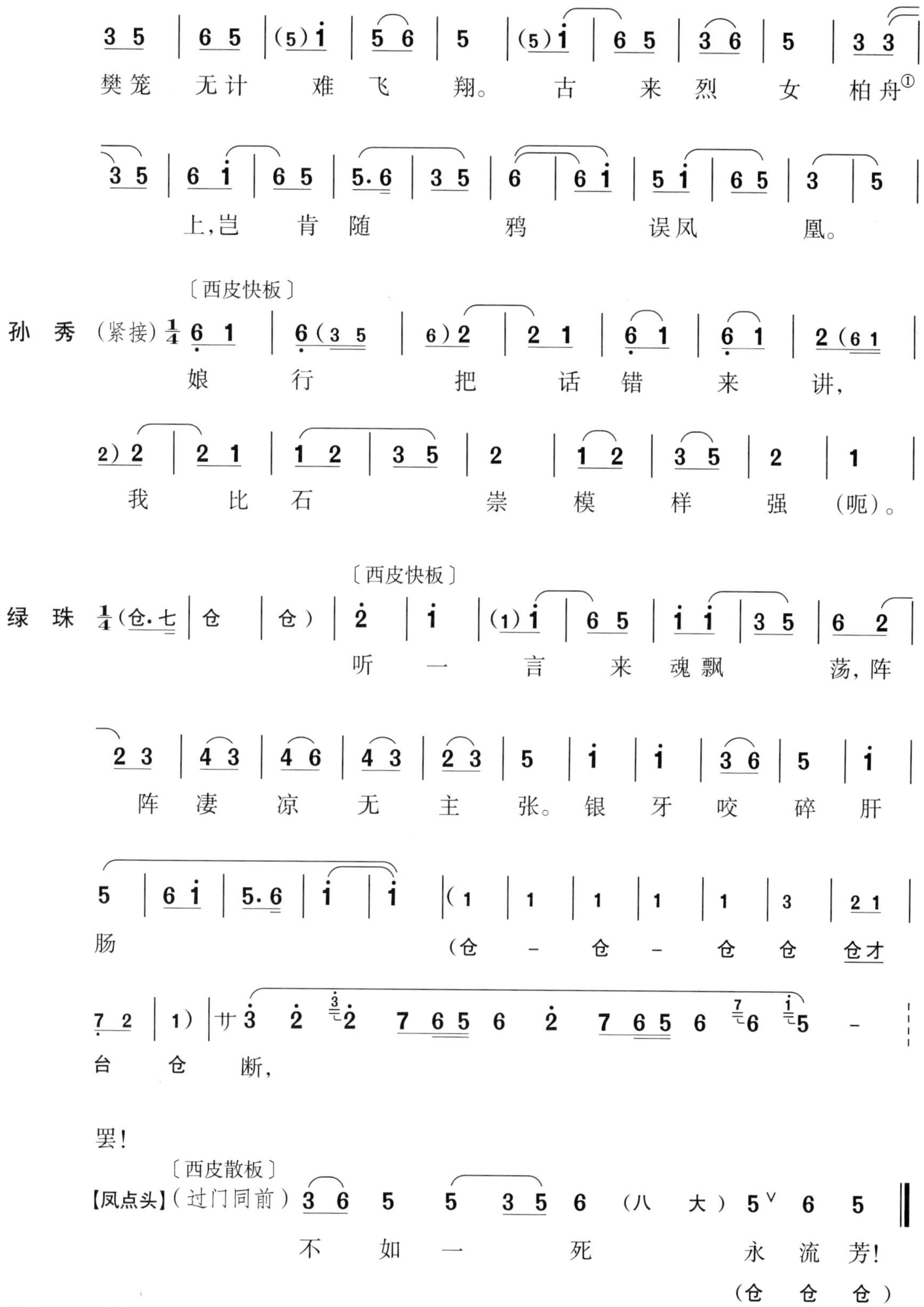

① 柏舟：《诗经·鄘风》有《柏舟》篇，述迫寡妇改嫁而不从的故事，后称妇丧夫为“柏舟之痛”，夫死不嫁为“柏舟之节”。

〔（八）绿珠踹栏杆（仓）往荷花池起“吊毛”跌下，体成“僵尸”—— 坠楼。【水声】

〔孙秀目瞪口呆，僵住。

〔【冲头】四红龙套、四兵丁、司马颖、司马冏“上场门”急上。四兵丁将孙秀四兵士拿住，“上场门”押下。四红龙套站“小边一条鞭”，司马颖、司马冏用枪将孙秀逼住。

司马颖 将他拿下！（四红龙套拿住孙秀）

司马冏 绑至法场，开刀问斩！

众 啊！

〔唢呐吹奏曲牌〈尾声·合头〉。大幕落。

——剧 终

毕谷云　口述　杨凌云　哈鸿儒　整理

翠屏山

毕谷云演出本

19 世纪末，二黄、梆子同台演出风行北京，俗称京梆两下锅。表现形式或同一剧目中梆子演员按梆子唱，京剧演员按皮黄唱；或演员又唱皮黄，又唱梆子。至今，有些剧目仍保留些许痕迹。体现两下锅真实状况的剧目当属《翠屏山》。剧中，石秀、潘巧云既唱京腔，又唱梆子，而杨雄、海和尚全唱梆子。

《翠屏山》又名《吵家杀山》，源于《水浒传》第四十四回至四十六回和明沈自晋《翠屏山》传奇。剧情梗概如下：杨雄酒后被泼皮缠身，石秀路遇解围。二人结拜金兰，杨雄收留石秀在家与其岳父潘老丈做屠宰生意。杨雄妻潘巧云在祭奠前夫时，与海和尚勾搭成奸，被石秀看破，告知杨雄，杨雄酒醉回家撒酒疯露出风声。潘巧云发觉反诬石秀调戏她和使女迎儿。杨雄中计，潘巧云将石秀赶走。石秀至酒楼借得钢刀，夜间将幽会后回庙的海和尚杀死在杨雄家的后门，取得证据。正好遇杨雄夜归，二人消除误会，定计诓潘巧云至翠屏山。问出奸情后，二人将潘巧云主仆杀死，随后投奔了梁山。

早年间，此剧经常演出，谭鑫培与老水仙花郭际湘、田桂凤、路三宝演出此剧很受欢迎。石秀要的六合刀就是谭鑫培创演的。之后的余叔岩、谭富英、露兰春、李少春、王金璐、叶盛兰等扮演的石秀，小翠花、荀慧生、芙蓉草、童芷玲、陈永玲等扮演的潘巧云也曾见诸舞台。后期配演杨雄的演员中以宋遇春最负盛名，配演潘老丈者以名丑朱斌仙的表演最具风趣。

毕谷云此剧师承芙蓉草（赵桐珊）。芙蓉草乃“正乐三杰”之一，也是梆子出身，时与荀慧生、尚小云齐名。毕谷云扮演的潘巧云有如下几个亮点：

第一个亮点是唱功。两段〔南梆子〕很有特色。第一段〔南梆子〕是等待杨雄夜归，她与海和尚偷情还没暴露，心情平静，唱得四平八稳。她仅仅是怀疑石秀看破隐情，站起来回踱步，盘算着把他赶出家门以免后患，情感上略有波澜。然后坐下打着瞌睡，静候杨雄。第二段〔南梆子〕就不一样了。醉醺醺的杨雄一进门就给潘巧云两个嘴巴，潘小心翼翼地伺候杨雄醉卧在床，自己却难以入寐。以“叹五更”的形式唱的这段〔南梆子〕，表现了她的猜疑、妒恨、惊恐等复杂心态。在帐内唱〔南梆子导板〕后，她换了短打扮出帐，唱、念、做、表、跷功浑然一体，展现了其内心世界：恼杨雄、恨石秀、恋和尚，心中惊恐，诅咒夫君。“吵家”一场的最后，潘巧云改唱梆子，用梆子腔高亢的声调表达对潘老丈的不满，表达对海和尚强烈的依恋。第二段梆子是哭海和尚被杀。“罢了，海师父哇！”一句唱得如丧考妣，凄惨悲楚。接下来四个“我为你”的排比句，是戏曲中常用的手法，此处用梆子腔来唱更显悲恸。

第二个亮点是做功。这出戏的做功文武并重，文的细腻，武的火爆。潘巧云回卧房路上的怨恨和思考，“叹五更”听见敲木鱼的心虚与惊恐，杨雄猜心事时的种种嗔怪和做作，与石秀吵架时的泼辣，等等，表演都入木三分，均有可圈可点之处。尤其是洗脸的表演，尤为精彩。一夜的缜密思考，怎样付诸实施呢？以洗脸切入正题。与杨雄争先洗脸是开端，杨雄买好，她不买账，洗的时候卸耳环、戒指，试水温，吹吹烫疼了缩回来的双手，迁怒地把水掸到杨雄身上，得意洋洋地洗手，投手巾，拧手巾，慢慢揩拭面部各处，洗完搭手巾，戴耳环、戒指，拿走手巾，坐在“小边”，慢慢地擦手。杨雄接着洗完脸发现不见手巾，向潘巧云讨要，潘却逗着将手巾扔到地上。整个洗脸过程，充分使用京剧的虚拟手法，虚实结合，这些娇媚与嗔怪的表演目的是促使杨雄主动检讨前一夜的不当，冲淡杨雄对潘巧云的怀疑，过渡到离间与石秀的关系，达到赶走石秀的目的。武的做功集中表现在“杀山”一场。在石秀的逼问、指证下，潘巧云做色厉内荏的垂死前的挣扎与辩解，使用了圆场、跪步、跪蹉、屁股坐子、抢背、扑虎、乌龙绞柱等扑跌动作来表现，直到最后被杀，场上热烈、紧张、火爆，扣人心弦，使全剧达到最高潮。

第三个亮点是念白。花旦念白多用京白，京白好懂却不好念。“叹五更”配合唱段的独白，语言不多，表情变换却非常精彩。唱段中间三段念白，一段表演，道出了潘巧云复杂的心理变化。首先是猜疑杨雄回家后的反常状态，念白表现了她的思考分析——必定是石秀在杨雄面前道破机关，迁怒于自己。因此第二段念白表达的是对石秀的嫉恨情绪和胸有成竹的沉稳。其实自己早已盘算好了要进行离间，赶走石秀。第三段没有白口，听到木鱼声先是一惊，赶紧叫迎儿起来遮掩，后是一怕，自己忙着察看杨雄，生怕提前暴露，后果不堪设想。第四段念白的情绪是庆幸，木鱼声消失了，杨雄醉卧深沉，毫无察觉，自己可以照计而行了。纵观全剧的念白，对白占绝大部分，在对手的配合烘托下，成功刻画了潘巧云的表与里。“吵家”一场对杨雄是娇嗔和实施离间，对石秀是排斥挤对，对潘老丈是遮掩试探。当潘老丈戳穿真相时大吃一惊，强烈不满亲爹不给她留面子。

第四个亮点就是跷功。“吵家”最后的下场的婀娜多姿，“杀山”的扑跌翻腾，都是展现他精湛跷功的看点。

《翠屏山》一剧共八个角色，在表演上大都有可发挥之处。

潘巧云由花旦行扮演。但是她是成年妇女，不是小姑娘，严格说来属于泼辣旦。虽然她是个荡妇，但表面上应有几分端庄。所以，潘巧云头场出来，不能风风火火地跑上，而是缓缓地上来，整妆、念对、归座、念定场诗、表白。随着剧情的展开，才逐渐现出她多变的面孔。

石秀是武生、老生、小生三门抱的角色。“吵家”一场，石秀头戴硬罗帽，足登厚底靴，虽然他是一穷汉，但为人正直有骨气，给人一个高大的形象。这一场他有念、有唱、有做，与杨雄、潘巧云相处，光明磊落、嫉恶如仇，对潘老丈则处处忠厚礼敬。出场与要出门的杨雄相遇，杨的冷淡使机警的石秀明白了潘巧云的离间伎俩，他在杨雄家已无法寄居下去了，离开杨家要把账目交清。与潘巧云争吵唱的〔西皮原板〕是石秀的主要唱段，这段唱有对潘巧云挤对自己的愤愤不平；有因与杨雄结拜的情义而按捺自己的忍耐；有对潘老丈关照自己的感谢；最后用嘎调高腔唱出了对潘巧云的严正警告。后面“酒楼”、“杀海”、“杀山”几场，石秀也唱梆子，用慷慨豪情唱出一身凛然正气，决心杀海和尚取得证据，取得杨雄信任，以达除恶务尽的目的。同时这几场还有繁难的做功，其中最精彩的莫过于酒楼之后的一趟“六合刀”了。

杨雄由梆子老生扮演。他对潘巧云偷情将信将疑，由于长期对潘巧云娇纵，潘巧云的离间取得成功是很自然的，毕竟他们是夫妻。虽然杨雄与潘巧云的对白中有相互的调侃，但不能把杨雄演成猥琐的滑稽人物，他是有身份地位的，对潘巧云只是宠着、哄着。最终他还是念在夫妻一场的情分上，不忍亲手杀她，委托石秀将她杀死。

潘老丈是个憨厚的老者。在戏中，他起着调和潘巧云和石秀之间的矛盾的作用，同时也起着活跃舞台气氛的作用。他在台上插科打诨，抖落出许多笑料，难能可贵的是在他的台词中没有脏口，没有荤段子。他是潘巧云的父亲，却很正直，同情石秀，他不赞成女儿的作为，但很注意身份，言语含蓄而不晦涩。

迎儿是潘巧云的丫鬟，机灵有眼色，知道处处维护主子。她知道杨雄中了主子的离间计，她才敢骂石秀。她才十六岁，涉世不深，因此编造石秀调戏她的谎言不能像潘巧云那样老练，在道白上应有生涩的表现。

海和尚的表演重点是在被杀的一场。“幽会”只是一个过场，传统上也仅仅表现他们是在偷情，而没有露骨的色情表演。

小伙计知道潘巧云的丑闻，他和石秀都不愿戳破隐情。但小伙计给石秀提供刀，支持石秀，又用酒给石秀壮胆，才有“酒楼”一场的表演。

《翠屏山》中有争议的人物是潘巧云。有人认为潘巧云是在争取幸福的爱情，是在争取妇女解放，因此把《翠屏山》改成潘巧云是受害者，将其作为追求个性解放的女性加以歌颂。笔者认为潘巧云应按反面人物来演。《水浒传》中三个女人——潘金莲、潘巧云、贾氏都有出轨行为，除潘金莲是一个受迫害者外，另两人都应对自己的行为负责。传统的《翠屏山》对潘巧云持批判态度，与《水浒传》作者原旨是一致的。

哈鸿儒

人物行当

潘巧云	花旦	潘老丈	丑
石　秀	武生（或老生、小生）	海和尚	丑
杨　雄	老生	小和尚	丑
迎　儿	花旦	小伙计	丑

服装扮相

潘巧云　俊扮。梳大头、水钻头面、草花、线尾子，红绣团花帔、皎月色袄子、裤子、领花、白色绣边裙子、黑色绣花四喜带，硬跷。（"幽会"一场换粉红色袄子、裤子，"哭海"一场加穿粉红色绣花帔，"杀山"一场换素色绣花帔）

石　秀　俊扮。黑绒硬罗帽、茨菰叶、鬓结，黑色蓝边素箭衣、白护领、灰色大带，黑缎子彩裤，厚底靴。（"酒楼"以后换黑色软罗帽、薄底靴）

杨　雄　俊扮。黑色软罗帽、黑三、茨菰叶，黑素褶子、黑色蓝边素箭衣、白护领、杏黄色大带，黑彩裤，厚底靴。

迎　儿　俊扮。梳大头、抓髻、水钻头面、草花、线尾子，领花、藕荷色绣花大坎肩、白色腰巾子、绿色袄子，绿色裤子，彩鞋。

潘老丈　勾老丑脸。白毡帽、白五嘴、白鬓发，白老斗衣、枣红色小大带，黑彩裤，白高腰大袜、皂鞋。

海和尚　勾小丑脸。黄僧帽、佛珠，黄僧衣（内衬彩旦衣）、白水衣子，黑彩裤，白高腰大袜、皂鞋。

小和尚　勾小丑脸。黑僧帽，灰布僧衣，黑彩裤，白高腰大袜、皂鞋。

小伙计　勾豆腐块。蓝毡帽，蓝布大袖衣、小白腰包，黑彩裤，白高腰大袜、皂鞋。

道具

桌　子	两张	灯	一盏
椅　子	五把	铜脸盆	一个
浅色绣团花桌围	一套	盆　架	一个
浅色绣团花椅披	五套	手　巾	一条
浅色绣团花大帐	一份	手　绢	两条
浅色沿边桌围、椅披	一套	竹　杖	一根

蓝色行李包	一个	粗瓷碗	一个
账　本	一个	白搭布	一条
单　刀	一把	红灯笼	一个
白搭布	一块	木　鱼	一个
酒　坛	一个		

第 一 场

吵 家

〔【撤锣】幕启。场上置正场桌，“小座”。浅色团花桌围椅披。桌上放灯一盏。

〔【小锣旦上场】潘巧云“上场门”上，至“九龙口”一亮。双抖袖，提袖，抚鬓，整领口，进至正场台口。【小锣归位】抖右袖，提袖。

潘巧云（念）子燕衔草露，
花开满院香。（扎）

〔【小锣原场】潘巧云抖右袖，提袖，左转身归“小座”坐下。【小锣归位】

潘巧云（诗）昨夜小风过池塘，
吹开荷花满园香。
燕子落在枝头上，
鸳鸯枕上蝴蝶忙。（台·大 台）

我，潘巧云。（扎）配夫王押司，不幸押司早丧。后嫁杨雄。我们大郎啊自幼爱习拳棒，不喜那枕边之欢。（大 大 大 大 大大 乙 台）是我思念前夫，设立水陆道场，超度亡魂。内中有一个和尚，名叫海阇黎。我二人眉目传情，暗地相约，因此常来常往的。我们家大郎有一盟弟，名叫石秀，在我们家中居住。我与海师父之事，不想被他看破。我想，倘若他将此事告诉大郎，焉有我的命在？（大 大 大 大 大大 乙 台）有了，我不免等着大郎回来，用言语搬弄是非，（右手前指）将石秀赶出，方消我心头之恨也！（右水袖垂落，提袖）

〔南梆子〕

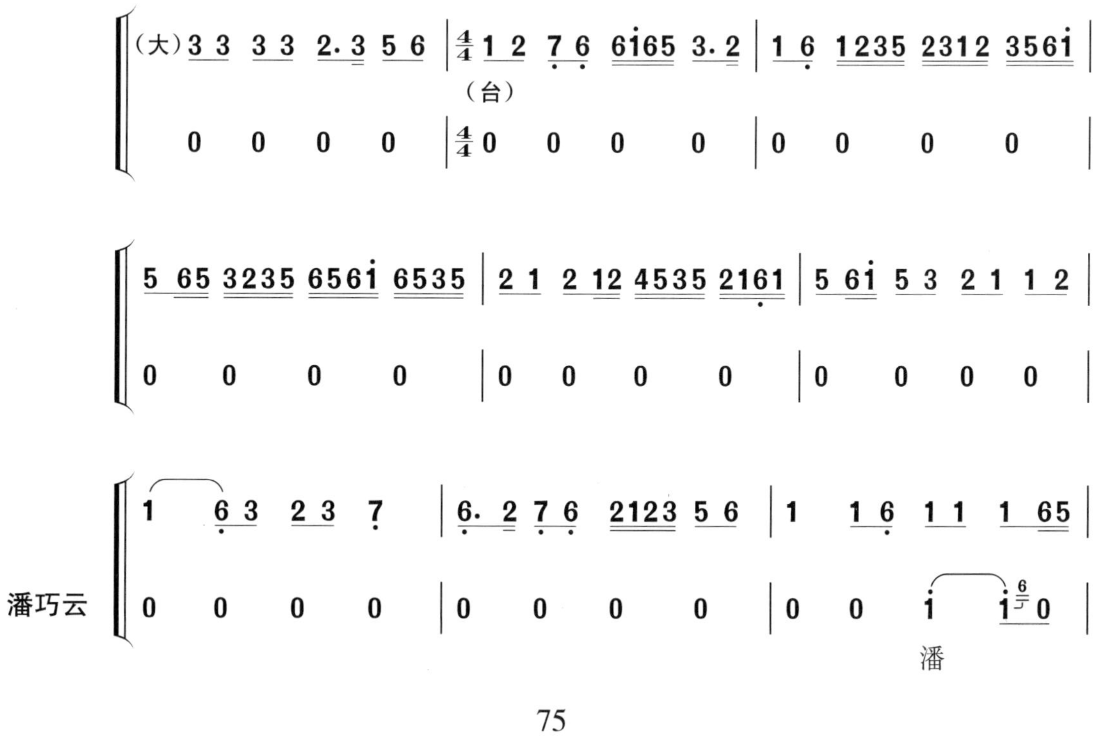

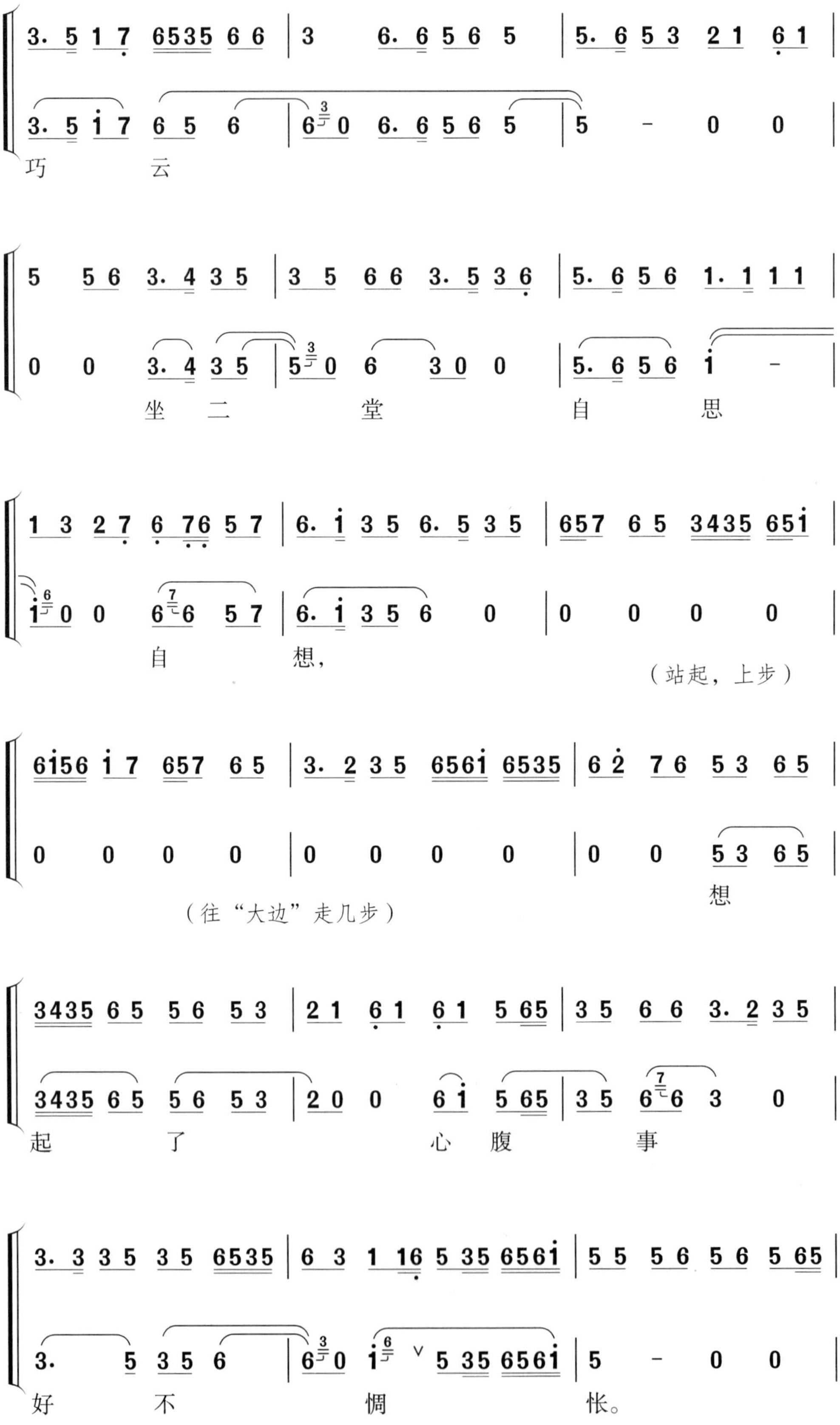
巧 云
坐 二 堂 自 思
自 想，
（站起，上步）
（往“大边”走几步）
想
起 了 心 腹 事
好 不 惆 怅。

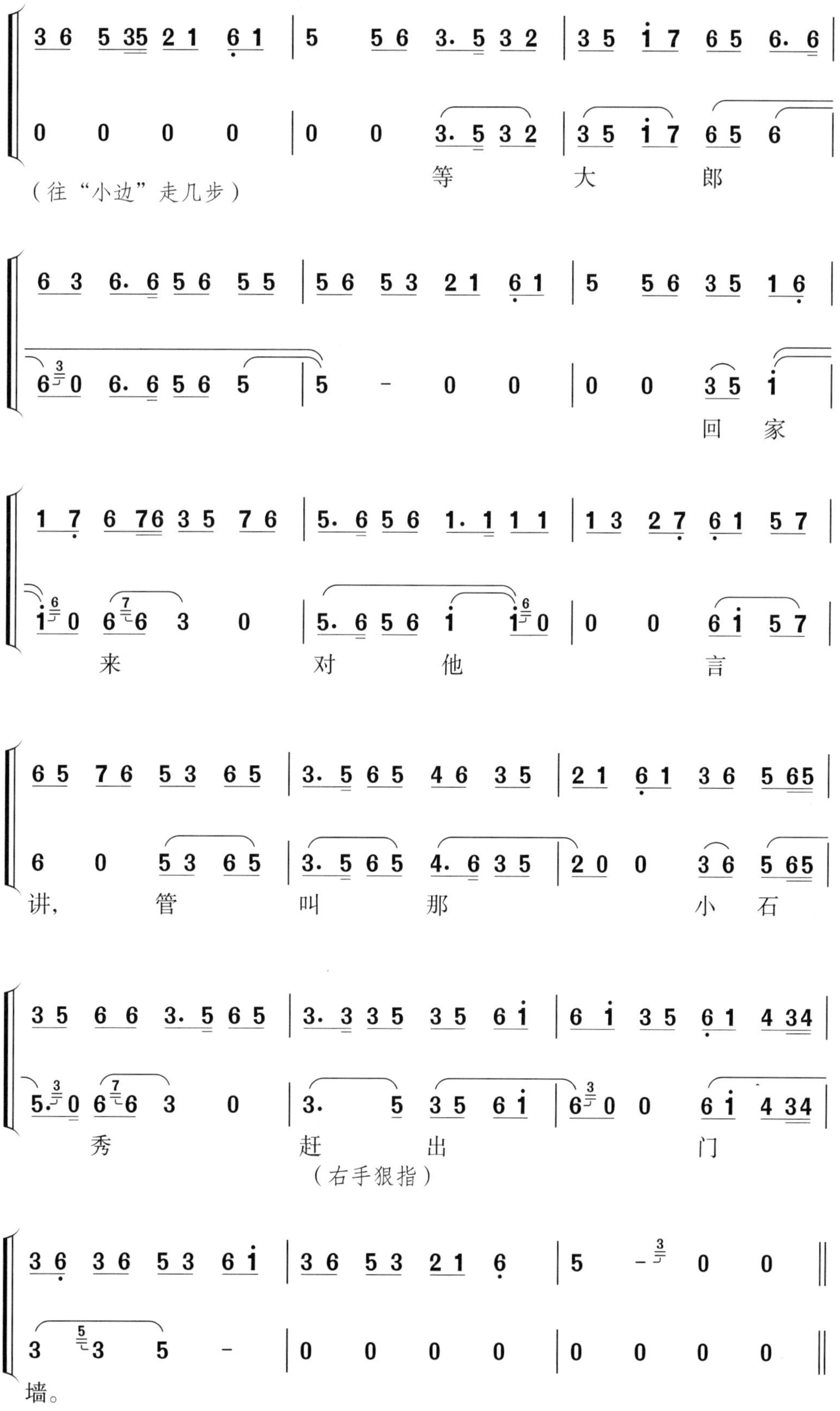
（往“小边”走几步）
等大郎
回家
来对他言
讲，管叫那小石
秀赶出门
（右手狠指）
墙。

〔潘巧云归中，倚椅背而睡等候杨雄。

〔（仓）杨雄“上场门”幕内白：“好酒！”

〔【乱锤】杨雄双手敞开褶子“上场门”醉步上至“九龙口”，抬头醉眼一睁，醉吐状。醉步进至“小边”台口。

杨　雄

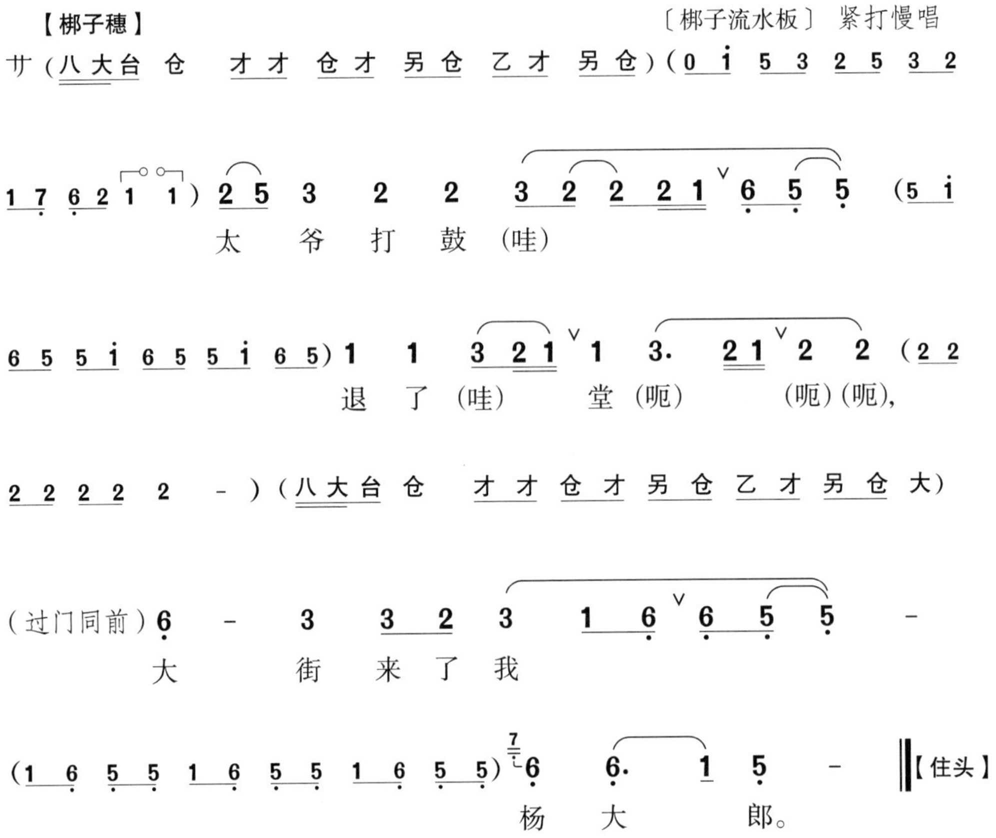

杨　雄　俺，杨雄。在这蓟州大堂，当了一名捕快。今日太爷退堂甚早。是我到酒肆之中，遇见了石秀贤弟。我二人，你一杯，我一盏，呃，（打嗝状）故而吃得这……呜噜……（醉吐状）【乱锤】吃得这般大醉呀！哎，那石秀贤弟对我言道，我妻子潘氏私通了一个海……（嘟……仓）（一望）（嘟……仓）（两望）私通了一个海和尚。【住头】这话呀，又信呐，嘿嘿，又不信呐！哦呵，有了。【大锣五击】我不免回家观其动静，再作道理——。

〔【大锣水底鱼】杨雄醉步走一个圆场至“小边”，醉吐。

杨　雄　（嘟……仓）呜噜……（右手捋髯，抬头一望，指门）唔，到了。（叫门）开门来！（仓）开门来！（仓）呔！（仓）（不耐烦，右手抓袖，抬右手扔出水袖，做捶门状）开门来呀——【脆头】呜噜……（做呕吐状）

〔（大大 大大 大大 大 乙 台）潘巧云醒，双手拭眼，杨雄在门外醉吐。

潘巧云　外面有人叫门，想是大郎回来啦。你等着，待我与你开门。（开门）

杨　雄　（进门，打潘巧云嘴巴）好贱人！

潘巧云　啊？

〔唢呐吹奏曲牌〈急三枪〉。潘巧云右手捂脸，退一步，右转身，进门。“挖”至“小边”，做躲避状。杨雄追进门，右手威胁地指着潘巧云，又不胜酒力，左转身，左手扶着桌案左角低头面向“下场门”而立。曲牌止。潘巧云右手暗指杨雄，摊双掌，掂掌，不知所措，看杨雄一眼，战战兢兢地走近杨雄。

潘巧云 （试探地）大郎，你回来啦！

杨　雄 （抬头，回首瞟视，右转身，打潘巧云嘴巴）好贱人！

［唢呐吹奏曲牌〈急三枪〉。潘巧云双手捂着脸左转身一周退至“小边”后场，左手暗指一下杨雄，摊双掌，掂掌，急上步，右转身向“上场门”招手。曲牌止。杨雄不胜酒力地扶着桌案右角，左转身面向“小边”台口低头坐“小座”。

潘巧云 迎儿快来呀！

［**【小锣打上】**迎儿拿着手绢“上场门”跑上，边跑边应：“来啦，来啦！”至潘巧云身边。

迎　儿 大奶奶，什么事呀？

潘巧云 你大爷回来啦，想是没吃饭呐，好孩子，快给端饭去！

迎　儿 是啦！（欲去端饭）

杨　雄 回来——！（**台**）不用。（转身面向“大边”台口坐）

迎　儿 （回身对潘巧云）不用啊！

潘巧云 噢，饭吃过了，想是酒还没喝足呢。好孩子，快给烫酒去！

迎　儿 是啦！（欲去烫酒）

杨　雄 （招手）回来——！（**仓**）（摆右手）也不用。

迎　儿 （回身对潘巧云，摊双掌）这是怎么回事呀？

潘巧云 （转身对杨雄）我说大郎，你今儿个回得家来酒饭不用，你心想怎样哪？（摊双掌）

杨　雄 （不理睬潘巧云，抬头斜视）迎儿。

迎　儿 有。

杨　雄 （面向前，右手指出）掌灯！

迎　儿 哟——！闹了半天，我们大爷要睡觉啦！

［唢呐吹曲牌〈梆子吹打〉（见附录）。迎儿至桌案左角取灯，左手擎灯，杨雄站起左手搭在迎儿肩上出门。潘巧云随之出门。闭二幕。迎儿扶着杨雄往“大边”走，潘巧云在杨雄背后不满地指点着，杨雄扶着迎儿肩突然回头斜视，看到潘巧云将指向杨雄的右手渐渐收回。杨雄伸出右手威胁潘巧云，潘巧云后退转身，脸朝外不敢正视杨雄。杨雄抓右袖，（**台**）拂袖醉依着迎儿，打着嗝，“大边”侧幕下。

［潘巧云上步，转身，右手抚鬓，眺望杨雄回卧房。右转身回至正场，左手捏右袖口，右手指出，摊双掌，（**台**）思索杨雄撒酒疯的原因。左手捏右袖口，右手忿恨地前指，一定是石秀告诉了杨雄自己（双手抚胸）（**台**）与海阇黎（左手在前，双手指向“小边”台口）偷情。（面向前，身体前倾，低头看着比做成双的双手）自己挺直身体一惊，（**台**）想到此祸非同小可，得想个主意设法避过，双手齐乳相按，转眼珠，做思考状。左手击右掌，有主意了，点点头。（**台**）右手将左袖口交给左手捏住，下垂右袖，抬右臂收抓右袖自外向内反绕双袖，背双手，（**台**）左转身面向“大边”侧幕，思索着走碎步，慢起、渐快，由“大边”侧幕急下。

［连场。唢呐曲牌继续吹奏。开二幕。台上置浅色绣花大帐，帐帘卷起，帐内正中摆两把椅子，帐外两侧各置一椅，“大边椅”外侧斜放一“骑马桌”。浅色绣花桌

围椅披。

〔迎儿右手擎灯，杨雄右臂搭在迎儿肩上，走醉步，二人"上场门"上。进门，"挖"至"大边椅"，迎儿扶杨雄坐"大边椅"，并将灯放在"骑马桌"上。潘巧云抱腹"上场门"上，至房门口往内一望，左手遮挡，不满意地用右手指点着杨雄，拂左袖，下垂双袖，提袖，进门。唢呐曲牌止。潘巧云坐"小边椅"。（此时用唢呐哨子吹"鸟架子"表示鸟叫）

〔下接三人对白。

杨　雄　迎儿。

迎　儿　有。

杨　雄　看看外面什么喧哗？

潘巧云　孩子，快去，外面看看去。

迎　儿　是啦。

〔迎儿至门口看。此时吹"鸟架子"发出"吱、吱、吱"声，转身回至"大边"。

迎　儿　（拱双手）大奶奶，（盘左腿，斜身双手左斜上指）乃是梁上燕子争巢呢！（站起）

杨　雄　可恼哇！（顷－仓）可恨呐！（仓）

潘巧云　哎呀，我说大郎，想那燕子争巢，你恼它何来，恨它何故呢？

杨　雄　想那大雁，乃是节烈之雁。夫死妻不嫁，妻死夫不娶。想这小燕乃是下贱之燕。一到晚来，成双作对。俺杨雄今日回得家来，燕儿入巢，怎不叫人好恼哇，（仓）好恨！（仓）

潘巧云　如此说来，你该恼。

迎　儿　该恨。

潘巧云　恼吧！

迎　儿　恨吧！

杨　雄　哎咦呃！【大锣归位】（站起，上步，左手拢住袍襟叉腰，右手握拳抬起，左丁步）

（念）清晨起来入公衙，

　　一片心事乱如麻。（台 大七 台）

　　猛虎口中夺脆骨，【大锣撕边一击】

　　事到头来不自辖。

【大锣三叫头】哈哈，呵呵，啊呜噜……（醉吐）

〔【大锣脆头】潘巧云、迎儿背供。二人用手在鼻前扇动，表示嫌其酒味。

迎　儿　呵，吐一身！（给杨雄脱下褶子，放到"大边椅"上）

潘巧云　你少喝点儿好不好哇！

〔杨雄入帐坐在右侧椅子。迎儿将帐帘放下。【小锣一击】

迎　儿　（到潘巧云身旁）大奶奶，大爷睡啦。

潘巧云　你把门关上，你也睡吧。

迎　儿　是啦！（取过杨雄的褶子，欲出门）

潘巧云　回来！

〔迎儿回身，潘巧云与迎儿"咬耳朵"，迎儿会意。【起更鼓】迎儿出门，关门，"上场门"下。潘巧云同时进帐，脱帔。交【一更】。

翠屏山

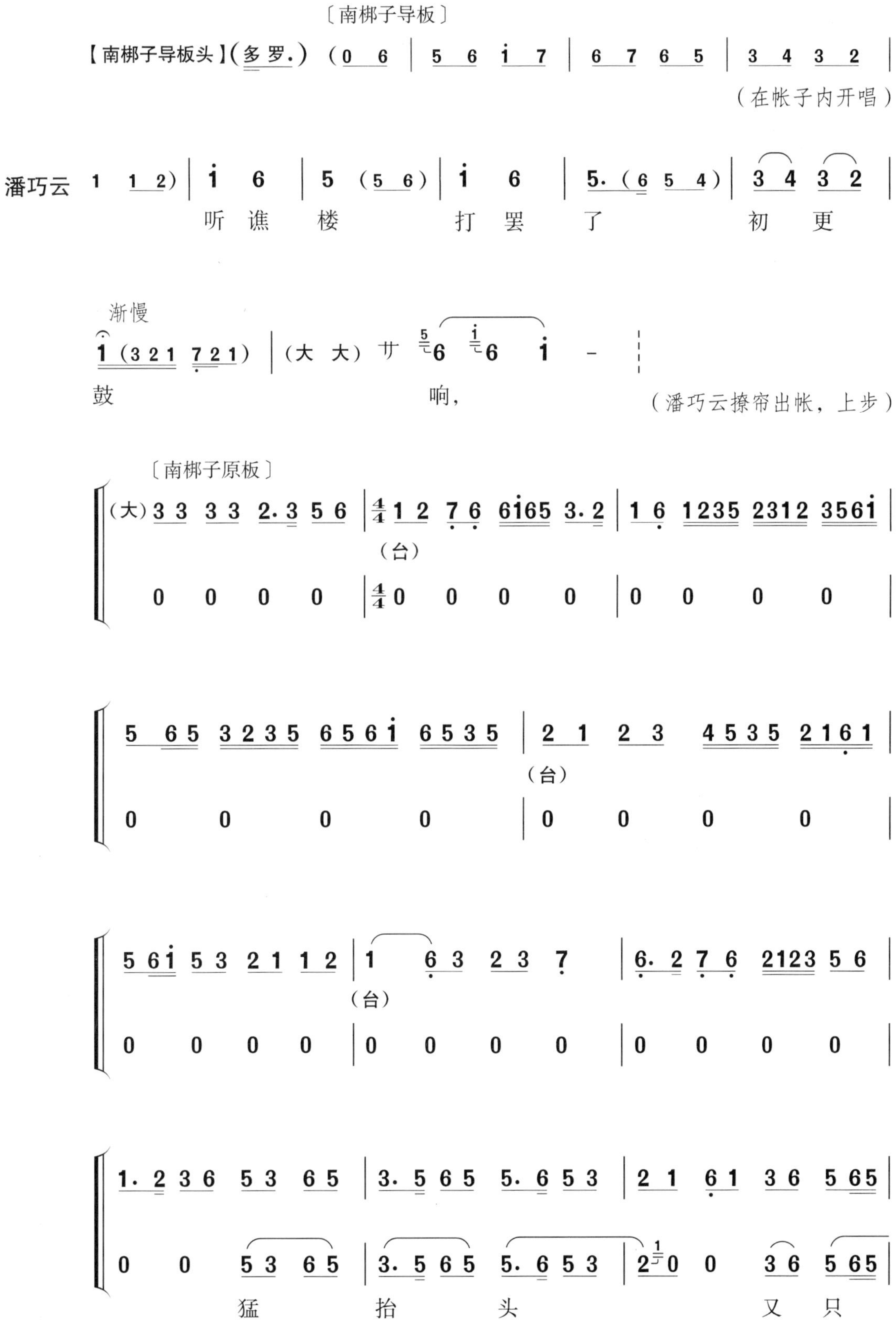
〔南梆子导板〕
【南梆子导板头】（多罗.）
（在帐子内开唱）
潘巧云
听谯楼打罢了初更
渐慢
鼓响，
（潘巧云撩帘出帐，上步）
〔南梆子原板〕
（台）
猛抬头又只

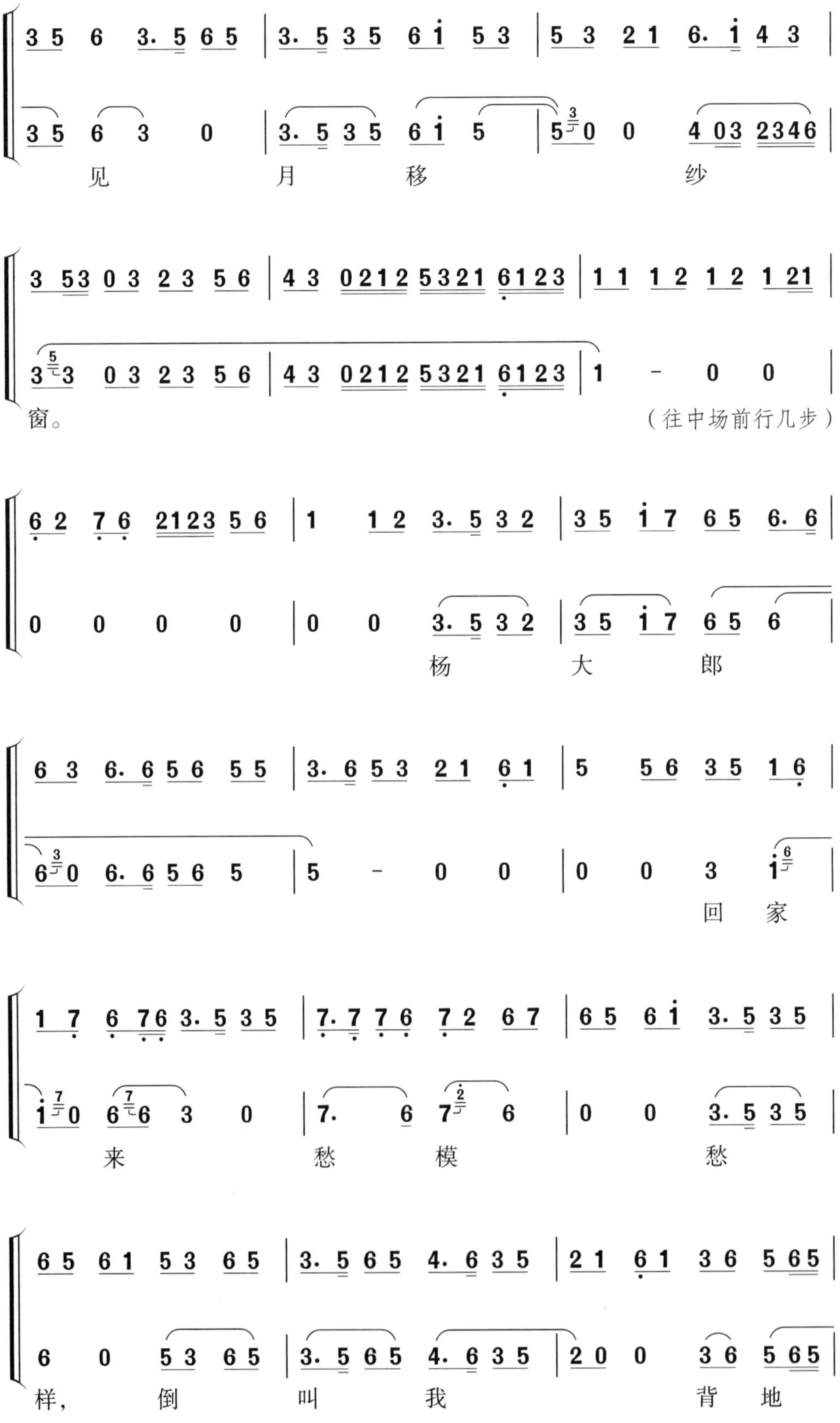
见 月 移 纱
窗。
（往中场前行几步）
杨 大 郎
回 家
来 愁 模 愁
样， 倒 叫 我 背 地

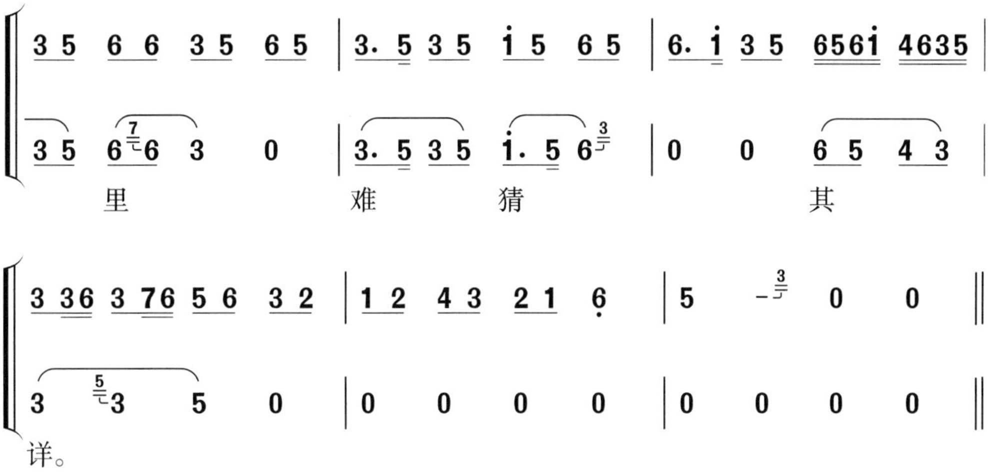

哎呀，慢着！往日大郎回来欢天喜地的，为什么今儿个愁眉不展呢？（台）哦，哦，是了！

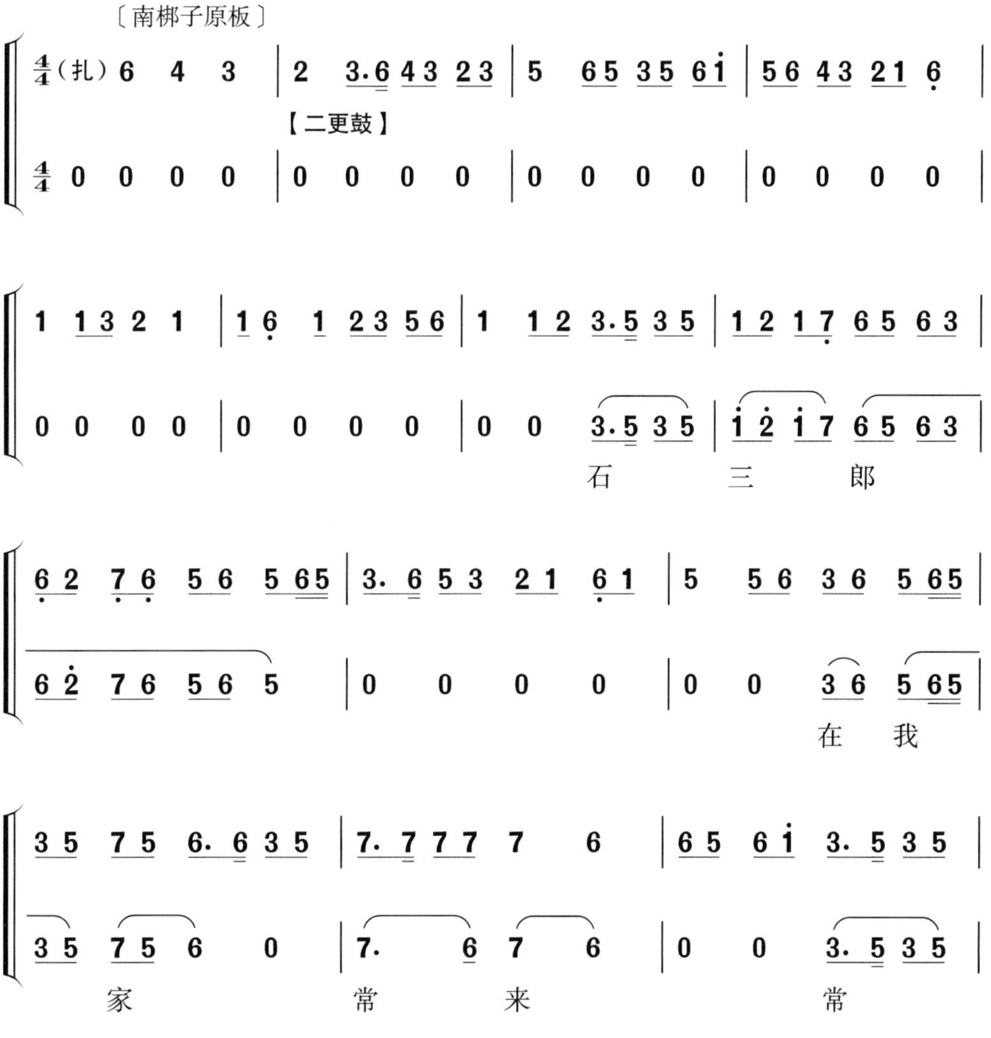

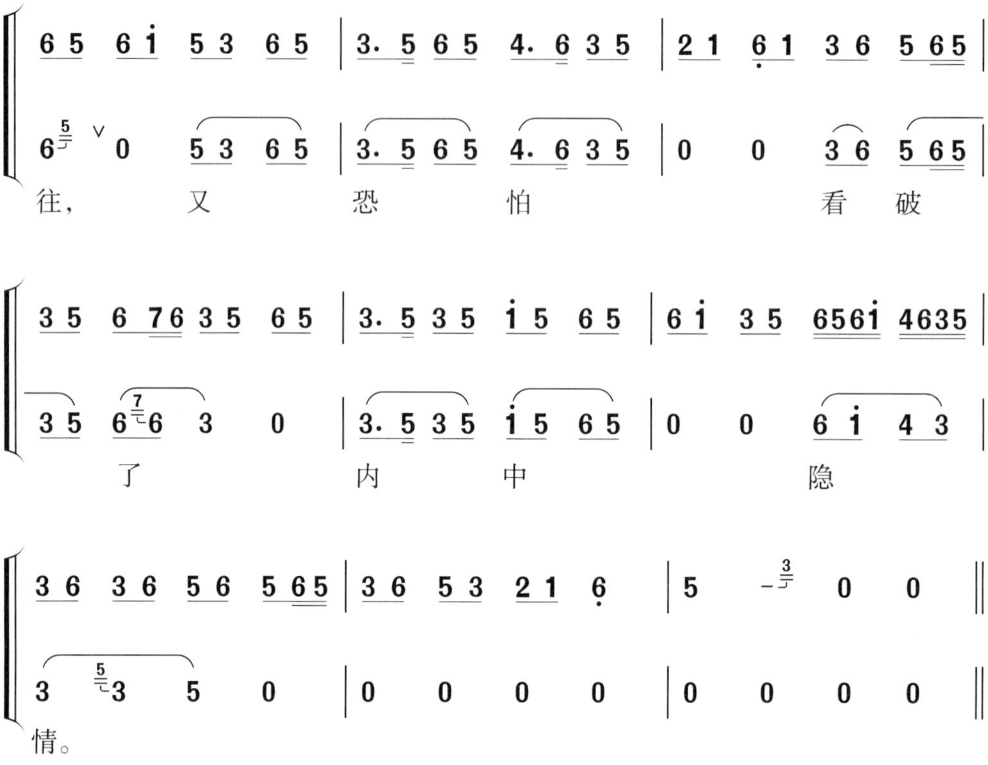

哦，是啦。想是石秀对大郎讲了些什么了吧？石秀哇石秀，无有此事便罢，若有此事嫂子岂肯与你甘休哇！

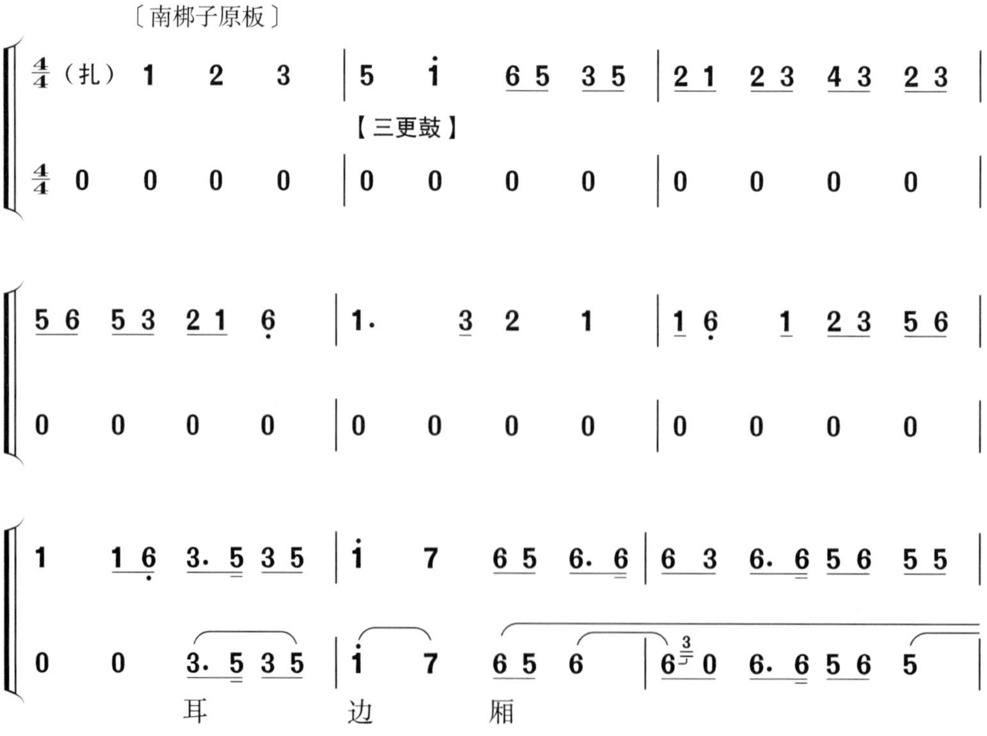

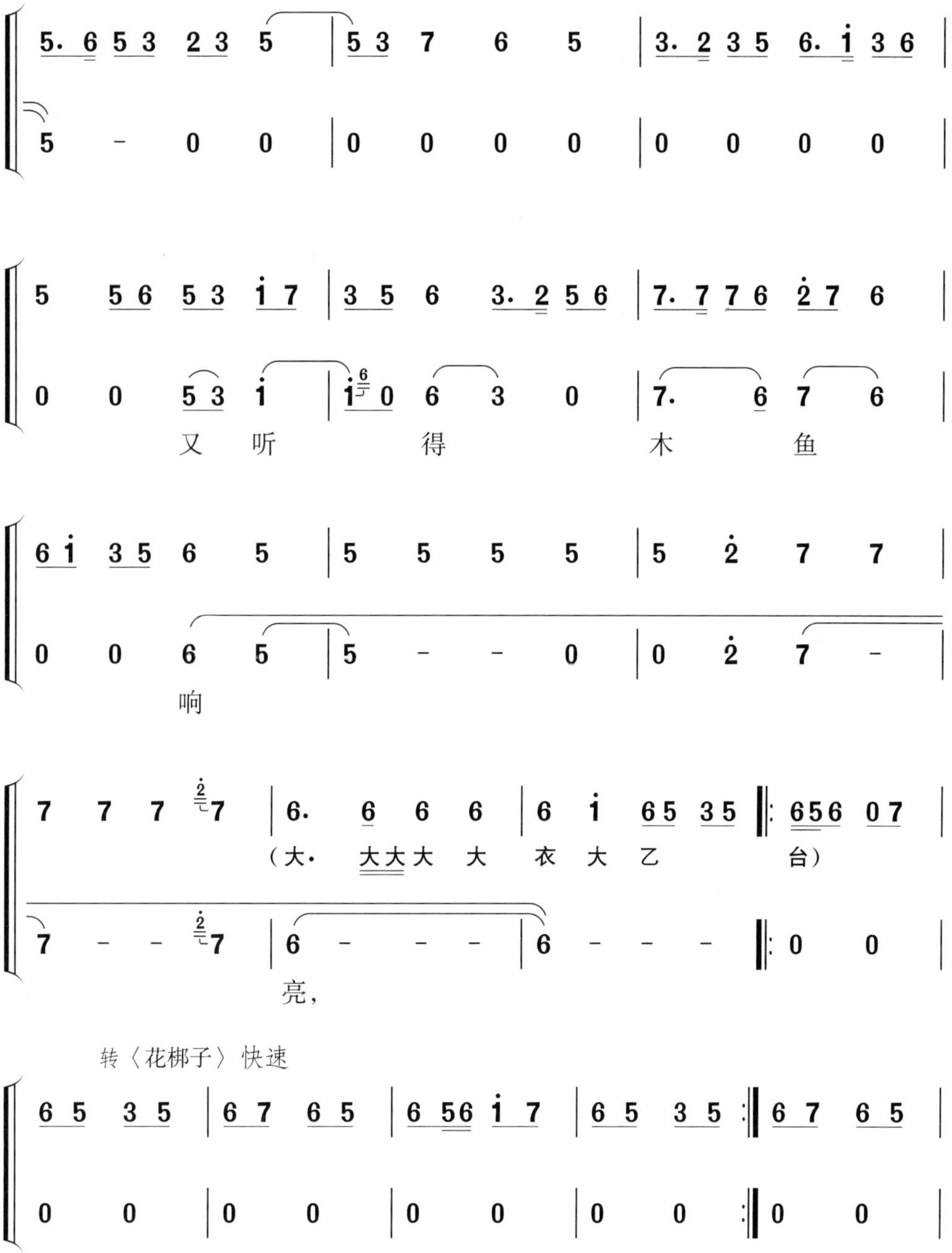

〔小和尚敲木鱼“上场门”上，至正场杨雄家门外，坐在地上，按〈花梆子〉的节奏敲木鱼。

〔潘巧云至“上场门”听木鱼声，双手绕手绢，“云步”至中场，回身击掌叫迎儿。迎儿迷迷瞪瞪地伸着懒腰“上场门”上，潘巧云示意迎儿：海和尚来了。

〔迎儿急步至正场杨雄家门里。同时潘巧云转身在帐外观察杨雄的动静。

迎　儿（轻声地）哎，别敲啦，我们大爷在家呢！

〔小和尚一惊，停敲木鱼，站起，急转身“上场门”下。

迎　儿（回身对屋内）大奶奶，是猫儿捕鼠呢！（“上场门”下）

哎呀慢着！（大 大 大大 乙 台）刚才海师父到来，幸而没被大郎看见，若被大郎看见，那还了得！（大 大 大大 乙 台）海师父哇，海师父，你今儿个来得好不凑巧！

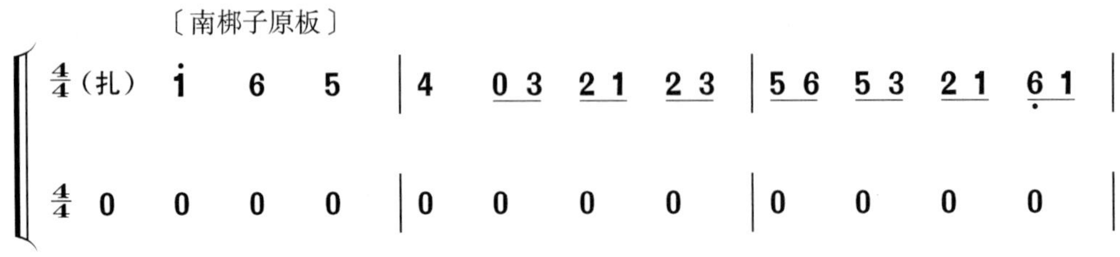

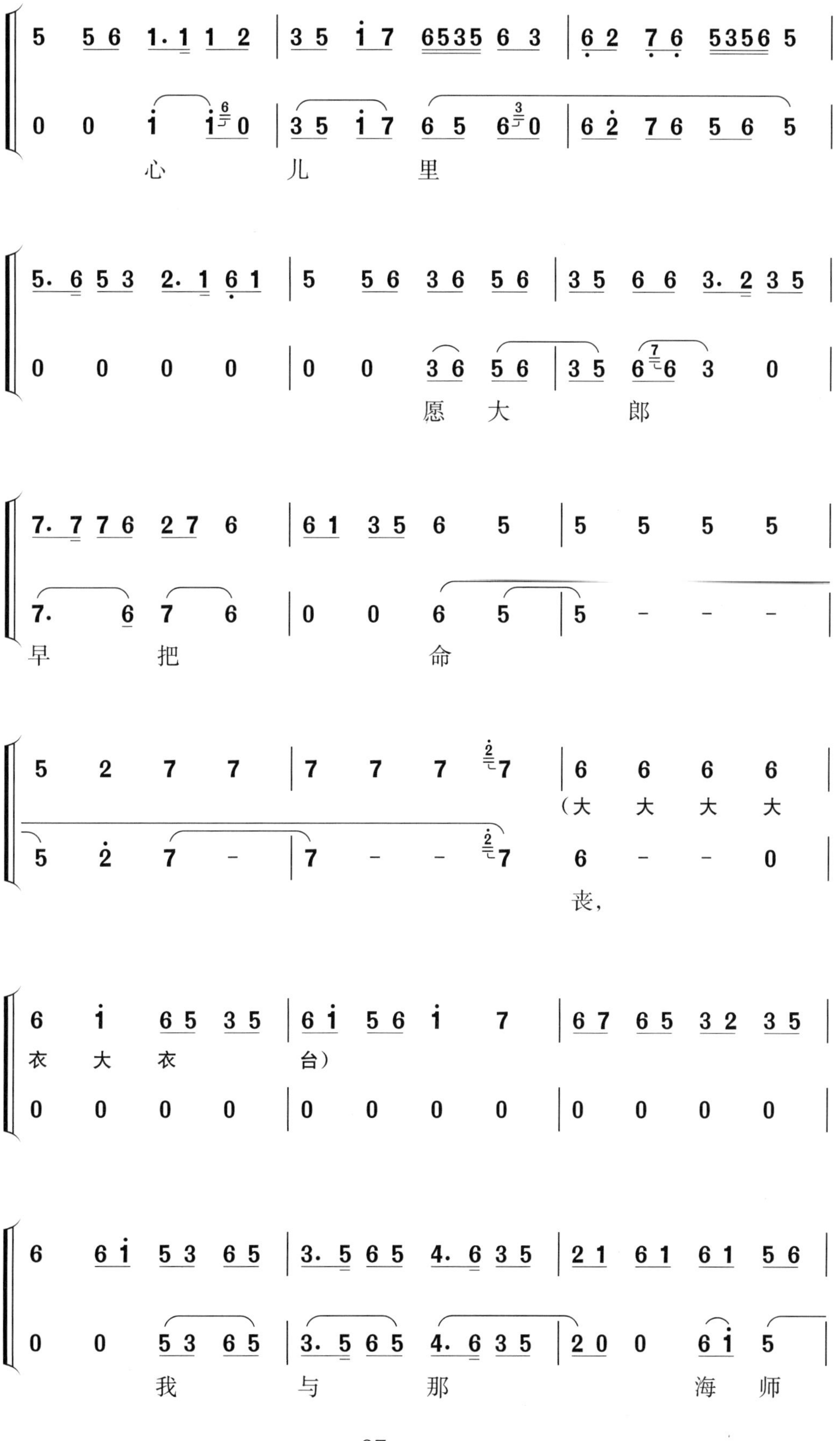
心 儿 里
愿 大 郎
早 把 命
（大 大 大 大
丧，
衣 大 衣 台）
我 与 那 海 师

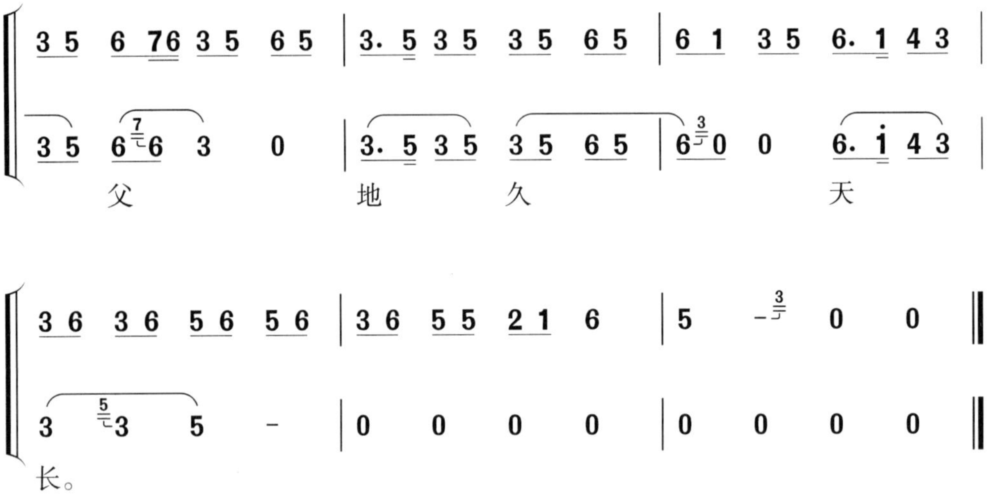

〔潘巧云伸懒腰，进帐子内睡。

〔静场。**【收更鼓】【五更鼓】**（唢呐吹“鸡架子”效果）迎儿伸着懒腰“上场门”上，至“小边”。

迎　儿　哟，天都亮啦！（边跑边说，进门，打开帐帘）哟，大爷、大奶奶，天儿可不早啦。该起床啦！

〔潘巧云拭目，醒来。杨雄伸着懒腰，迷迷瞪瞪地欲将手臂搭在潘巧云肩上，潘巧云将其推开。杨雄清醒。

杨　雄　迎儿。

迎　儿　有。

杨　雄　洗脸水伺候。

迎　儿　是啦！（“上场门”下）

〔以下奏胡琴交替演奏曲牌〈海青歌〉〈柳青娘〉。①杨雄下床，“下场门”下。潘巧云随杨雄下床，“下场门”下。闭二幕。

〔转场。开二幕，场上置正场桌，正场摆一椅，桌后摆两张备椅。

〔迎儿端脸盆架、脸盆“上场门”上，将脸盆架放在“正场椅”前面。杨雄“上场门”上，坐在“正场椅”上，撸袖子，准备洗脸。潘巧云“上场门”随上，迎儿到潘巧云身后伺候。

〔潘巧云至脸盆架旁抱臂、噘嘴。向杨雄示意：“我先洗！”杨雄看看潘巧云，再看看脸盆，（**台**）赶紧站起，至“大边”躬身相让。潘巧云坐“正场椅”，迎儿“小边”侍立，杨雄站“大边”观看。潘巧云欲挽衣袖，杨雄上前巴结着帮她挽，潘巧云故意高抬左臂，杨雄往上够，潘巧云故意把左臂放下来，杨雄又没够着，潘巧云自己挽起左袖，随后欲挽右袖，杨雄忙从潘巧云身后绕到其身右侧，重复挽左袖的身段。杨雄摊双掌，做无奈状，讪讪地回“大边”原位。

---

① 二曲牌交替演奏的方法见附录一。有时也可以单独演奏〈柳青娘〉或〈海青歌〉，但本剧此时表演很细腻，演奏时间较长，用两个曲牌交替演奏，可避免单调。

〔潘巧云卸耳环、戒指，放在盆边。潘巧云伸伸手臂，双手伸进脸盆，水烫，忙缩回双手，嗔怪地用右手往杨雄身上掸一下水。杨雄摊双掌，做无奈状，蹲在“大边”抱双臂等候。潘巧云吹吹双手，慢慢将手浸进脸盆，晃一下眼珠，得意地洗双手。投搓手巾，拧干，擦脸，捩双颊、额头、鼻子、下巴。投手巾，拧干，搭在脸盆架上。戴耳环、戒指。迎儿将一备椅摆成“小边跨椅”。潘巧云站起，拿过手巾，由迎儿服侍着坐“小边跨椅”。

〔杨雄赶紧站起到“正场椅”前洗脸。洗完，弯着腰双手摸脸盆四周寻找手巾。发现手巾在潘巧云手中，先招手，潘巧云不接茬儿，横蹉两步推潘巧云左臂要手巾。潘巧云看看杨雄，看看手巾，往过一送，杨雄欲接，潘巧云急撤回，抬左腿，将手巾从腿下扔到脸盆架旁地上，然后站起。迎儿把椅子摆成“小边椅”，潘巧云拉出腋下的手绢，揩拭着脸，归“小边椅”坐。

〔杨雄拂袖嗔怪，不情愿地至“大边”，面里，用衣摆擦拭脸。然后自己搬“正场椅”摆成“大边椅”，坐。（**台**）

〔迎儿同时捡起手巾，在盆内投一投，拧干。端起脸盆涮盆、泼水，端起脸盆架“上场门”下。胡琴曲牌止。

杨　雄　啊巧姐，愚下昨日吃酒带醉回来，可曾讲些什么呀？

潘巧云　你倒是没说什么，就是跟我们撒了一通儿酒疯来着。（假哭）呜呜呜……

杨　雄　啊，杨雄啊杨雄，你在外面吃醉了酒，怎么，回到家中撒起酒疯来了哇？啊巧姐，我下次再也不敢也就是了哇。

潘巧云　真的？

杨　雄　我呀，从今以后我要戒酒了。

潘巧云　真的要戒酒啦？

杨　雄　嗯，戒酒了。

潘巧云　哎哟，那狗，还改得了吃屎呀？少喝点儿就成了。（**大　大　大大　乙**　）（做满腹心事状）唉！（**台**）

杨　雄　啊，巧姐，你面带愁容，莫非有什么心事不成？

潘巧云　心事呀，一肚子呢，就怕你猜不着。

杨　雄　嘿嘿，慢说是你的心事，就是我家大爷的心事，我不猜便罢。

潘巧云　要猜呢？

杨　雄　要猜么，哼，（翘起“二郎腿”）（京白）猜它个八九不离十。

潘巧云　喝，你还来劲儿啦。那么着，今儿个闲着没事儿，您就猜猜不沾[1]？

杨　雄　（京白）好，那我就猜猜不沾？（想）呃，（韵白）猜上一猜……啊，猜上一猜。呃……啊巧姐，莫不是街坊四邻得罪了巧姐？

潘巧云　你这头一猜呀……

杨　雄　猜着了。

潘巧云　猜错啦。

杨　雄　怎么错了？

潘巧云　想我们街坊是好街坊，邻居是好邻居。我们不得罪人家，他们谁也不敢来惹我。纵

---

① 沾：河北冀中方言，是“行”、“可以”的意思。“不沾？”就是“行不行？”。

然有这么三言两语的，不看在我们，也要看在大爷你衙门里头出衙门里头进，这么一个大红人儿呀！那面子大着呢！不是的。

杨　雄　噢，不是的？

潘巧云　不是的。

杨　雄　哎呀，这头一猜就猜错了。哎呀这个……（再想）嗯……啊，巧姐，莫不是潘老丈得罪了巧姐？

潘巧云　噢，你说的是我爹？

杨　雄
迎　儿　（同时）哎！

潘巧云　唉，我说，你们怎么啦？

杨　雄　呃，答应你的话头儿呢！

潘巧云　瞧这寸劲儿的！

杨　雄　呵呵呵……

潘巧云　（对迎儿）这孩子，越学越坏啦，敢跟你大奶奶开玩笑啦！

迎　儿　跟大奶奶闹着玩儿呢！

潘巧云　往后可别这么答应啦。

迎　儿　我们不敢啦。

潘巧云　潘老丈乃是我爹，打也打得，骂也骂得，我还把您老人家怎么样吗？

杨　雄　噢，又不是的？

潘巧云　不是的。

杨　雄　哎呀又不是的。呃……真真叫人难猜。（想）哎呀又不是的……啊巧姐，莫不是迎儿这个丫头得罪于你？（摩拳擦掌地站起，指着迎儿）我打她几下。（欲打迎儿）

迎　儿　（躲在潘巧云身边）大奶奶！

〔潘巧云站起，伸出右臂护着迎儿，让她躲在身后。

杨　雄　（上步，欲打迎儿）与你出出气。

潘巧云　（推开杨雄右臂）你这是干吗呀？

杨　雄　（摊双掌）（京白）给你出出气呀！

潘巧云　咳，迎儿这孩子是我花自己银子钱买来的。我叫她往东，她不敢往西；我叫她打狗，（左手拍打杨雄肩头）

杨　雄　唉——！（拂开潘巧云左手）

潘巧云　（自语）哎哟，打错了。（偷偷一笑，对杨雄）她不敢骂鸡。我们娘儿俩高兴起来，想怎么玩儿，就怎么玩儿。

迎　儿　对啦！想怎么玩儿，就怎么玩儿。

潘巧云　你管不着！

杨　雄　哦，不是的？

潘巧云　不是的！

杨　雄　哎呀呀，（双掌互击，摊双掌）实实地叫人难猜呀！（拍着头想）哎呀，实实叫人难猜呀……

〔（**大 大 大大 乙 台**）迎儿欲把话挑明，潘巧云暗中制止。杨雄左手托髯指自己。

杨　雄　呃，巧姐，莫不是昨晚我带酒而归，酒言酒语得罪了巧姐？

潘巧云 哟哟哟，大郎，您说的是谁呀？
杨　雄 （京白）就是您的小女婿子我呀！（站起）
潘巧云 （站起来，走向杨雄，亲昵地拍着杨雄肩膀，二人互相调侃）哎哟，我的大爷呀！
杨　雄 （京白）哎哟，我的大奶奶呀！
潘巧云 哎哟哎哟，我一个人儿的大爷呀！
杨　雄 哎哟哎哟，我一个人儿的大奶奶呀！
潘巧云 想我们残花败柳的，蒙您不嫌弃，我们就感恩不尽啦！说什么得罪不得罪的呢？就是有这么三言两语的，常言说得好哇，夫妻不记隔（读如“节”）夜之仇。到了晚上，关了门儿，咱们俩个人儿（潘巧云一边说，一边与杨雄与有节奏地拍着巴掌打着板）是说说 笑笑，打打 闹闹，依依 靠靠，搂搂 抱抱，睡上这么一觉，也就没事儿啦不是？不是的！
杨　雄 （上步）不是的？
潘巧云 不是的！
杨　雄 我想也不是的。
潘巧云 不是的，不是的，不是的……（二人分别归原座）
杨　雄 （右拳击左掌，摊双掌）哎呀，不是我，又是哪个呢……（苦想）
潘巧云 （与迎儿一起“敲边鼓”）你们大爷能猜的都猜过了。（比划做杀宰状）
迎　儿 是呀，（学着潘巧云比划着）他怎么不往这儿猜呢？（右手伸出三指，比做石三郎）
潘巧云 （故意拦着迎儿）别比划啦，回头让他瞧见了。
杨　雄 呃，是了。（左手拍左腹部腰带）（台）这一下可猜着了。（右手前指，上步）
潘巧云 谁呀？
杨　雄 敢是那石三郎，石秀哇？
潘巧云 你说谁？（站起）
杨　雄 石三郎石秀。
潘巧云 （抢着话尾）石三郎，还嘚儿……石四郎呢！
迎　儿 这下儿可猜着啦！
潘巧云 【大锣三锣】（转身坐“小边椅”双手抱着“二郎腿”佯装大怒）哎哟！（仓）可气死我啦！
杨　雄 啊巧姐，提起石三郎为何如此地动怒哇？
潘巧云 你问他哪？
杨　雄 呃，讲啊！
潘巧云 哎哟，我们不说了。
杨　雄 怎么？
潘巧云 说了你也不信的。我们打掉牙往肚子里头咽得啦，我才不说呢！
杨　雄 说说何妨呀！
潘巧云 你能信吗？要是不信，还说我们妇道人家吃饱了，喝足了，闲着没事儿，坐在坑头上嚼老婆舌头，挑唆你们兄弟不和，我们才不是那种人哪！
杨　雄 哦，不不不……如今的人儿呀，都要听老婆的话呀，我么，也听你的话呀！
潘巧云 怎么着，你听我的话了吗？
杨　雄 （京白）我改了脾气，听你的话了。
潘巧云 哟，大郎，那你可要发财啦！

杨　雄　（京白）哦，怎么，要发财？
潘巧云　听老婆的话就要发财啦。迎儿，
迎　儿　有。
潘巧云　打座向前。
〔迎儿和杨雄搬椅并排摆在正场台中。潘巧云在“小边”，杨雄在“大边”。
潘巧云　哟，大郎，您刚来呀？
杨　雄　（京白）什么时候来的您呐？
潘巧云　您有座儿没有哇？
杨　雄　（京白）您请坐。
潘巧云　您坐这儿。
杨　雄　（京白）您坐这儿。
潘巧云　那么咱们就自个儿坐自个儿的。
杨　雄　（京白）两便，两便。
〔潘巧云坐右侧，杨雄坐左侧。迎儿侍立潘巧云身边。
潘巧云　别忙，我得想想。是哪天来着……
杨　雄　想想。
潘巧云　是哪天来着……
杨　雄　哪天来着？
潘巧云　噢，是刮风的那天……
杨　雄　刮风的那天。
潘巧云　不对，不对，不对。是下雨的那天……
杨　雄　下雨的那天。
潘巧云　也不对。反正有那么一天吧 。
杨　雄　有那么一天。
潘巧云　那天下着小雨儿。石秀来啦。我瞧他头上淋着，脚底下湿着，我就说了：“石秀兄弟，上我屋里头坐一会儿吧。”进来啦，椅子也不坐，凳子也不坐，你猜他坐哪儿啦？
杨　雄　坐哪里了？
潘巧云　他一屁股就坐在为妻我的床上啦。
杨　雄　啊，坐在你的床上了。
潘巧云　大郎，你想想，你媳妇的床也是外人能坐的吗？
杨　雄　呃，这。石秀乃是自家兄弟，坐坐又待何妨啊？
潘巧云　我也是那么说。自己兄弟坐坐有什么要紧的呢！
杨　雄　是呀！
潘巧云　嗯，可是他坐着坐着可就不老实啦。
杨　雄　怎么样啊？
潘巧云　他跟我呀，就这么挤，（靠在杨雄身上）怎么着？
杨　雄　啊？
潘巧云　（抓住杨雄的右手）他的手就好比我这只手，你的手就好比我的手。他抓着我的手就说：“嫂子！（右手挠着杨雄的手心）嫂子！哎哟，我一个人儿的好嫂子！”
杨　雄　那石秀他有什么毛病不成吗？

潘巧云 哟！你们把兄弟多年啦，还不知道他这毛病吗？

杨　雄 我哪里晓得。后来便怎么样？

潘巧云 他还说啦："哟，嫂子！我哥哥不在家，（与杨雄搂搂抱抱）咱们要不就这么来着，要不就那么来着。"

杨　雄 怎么来着？

潘巧云 哎哟，他要跟我们好一好。

杨　雄 什么好一好？

潘巧云 哟，你怎么连好一好都不懂吗？

杨　雄 （京白）不懂。

潘巧云 说白了吧，他要跟我们不规矩。我看他那个劲头儿呀，可有点不对。那时候我可就说啦，石秀哇石秀，你可不准这个样子，你要再这个样子，等你哥哥回来我告诉他，打断你的狗腿！

杨　雄 提起我来他就不敢了！

潘巧云 哎哟，我要是不提你还好，这么一提你呀，他倒疯了。

杨　雄 怎么疯了？

潘巧云 他把我按到了床上说："嫂子呀，嫂子！你从我此事便罢。"

杨　雄 不从呢？

潘巧云 "如若不然，我就给您来个霸王硬上弓！"

杨　雄 哈哈！好个厉害的霸王，跑到我杨雄家里上起弓来了。啊，巧姐，这张弓可曾让他上去？

潘巧云 别忙啊！要让他上了去，还能让您在衙门里当个头儿吗？

杨　雄 呃，巧姐，后来便怎么样啊？

潘巧云 你听着：石秀给我一个"饿虎扑食"。（台）他坐在上头，我在底下，这两头儿都够不着，哎哟，干着急呀。

杨　雄 快讲，快讲！这是紧要的关头。

潘巧云 那时候就想起您来啦！您不是会把式吗？

杨　雄 啊，啊！

潘巧云 有一天你在那儿练，我偷偷儿地学了一手。我把这手抓住他两个手腕儿，这一脚对着他小肚子上来了一个"喜鹊登枝儿"，奔儿，愣把他给登走了。

杨　雄 好，到底是我杨雄的老婆，会"喜鹊登枝"！

潘巧云 大郎，幸亏是我哇，要是娶了个不三不四的娘儿们，你早就当了王八小子啦！话儿我可就说到这儿啦，信也在你，不信也在你。迎儿，打座！（台）

〔迎儿将两把椅子摆成"八字椅"。潘巧云站"小边椅"前，迎儿侍立其身边，杨雄到潘巧云跟前。

杨　雄 啊巧姐，那石秀贤弟不是那下贱之人，决不会做出此事呀。

潘巧云 你瞧，不说吧，你叫我们说，可说了你又不信。大郎，你要是不信呀，问问迎儿去。这孩子还吃过他的亏呢！

〔潘巧云坐"小边椅"，杨雄坐"大边椅"。

杨　雄 哦，迎儿也吃过亏。快些过来，告诉你大爷。

潘巧云 迎儿过去，告诉你大爷去。（迎儿归中）

杨　雄 把石叔叔的话，说给我听听。

迎　儿　我可不敢说，待会儿，石叔叔该打我啦！
潘巧云　看看，把孩子都给打怕了。
杨　雄　咳，有你大爷与你做主，快快讲来。
潘巧云　有大爷给你做主呢，快快讲来。
迎　儿　那让我想想啊。
杨　雄　呃，想上一想。
迎　儿　是昨天。
杨　雄　昨天。
迎　儿　不是，不是，不是。啊是前天。
杨　雄　呃，前天。
迎　儿　哎，也不是。反正有那么一天。
杨　雄　有那么一天。
迎　儿　我在屋里梳头呢！
杨　雄　梳头。
迎　儿　石叔叔在外头宰牛呢！
杨　雄　宰牛。
迎　儿　我头刚刚梳好，他的牛也宰完啦。他就走到我们房门口来啦。
杨　雄　他怎么样啊？
迎　儿　他进了我的屋，抓住我的手。他说："迎儿，我的小宝贝儿，你多大啦。"我说我是苹果桃儿。
杨　雄　什么叫苹果桃？
迎　儿　十六啦。
杨　雄　哦，十六了。
迎　儿　他又问我，有婆婆家没有？
杨　雄　有婆家无婆家与他什么相干？
迎　儿　我说也是呀。他说："往后你听石叔叔的话，我给你买金簪子、玉镯子，再给你打个金镏子。"
杨　雄　给你买这么多好东西。
迎　儿　我说，我不要，你快出去吧！你要是不出去，待会儿我给你告诉大爷、大奶奶去！
杨　雄　提起我来，他一定出去了。
迎　儿　嗯，不提还好，一提呀，他说："你们大爷、大奶奶都不是好东西！"
潘巧云　（双手一拍双腿，站起，对杨雄）听见了没有？这都是你交的好朋友！大郎你近前来！
〔迎儿回到"小边"站，潘巧云双手叉腰与杨雄同至正场，二人相对。
潘巧云　**【大锣三锣】**（逼着杨雄）呸，呸，呸！
〔**【乱锤】**杨雄退到"大边"后场，用手挡头，摊双掌，上步，低头做生气状。潘巧云对迎儿表示气着了杨雄。然后到杨雄身旁。
潘巧云　（拍着杨雄肩膀）别生气，别生气啊！（给杨雄抚胸）
〔杨雄抬头一想，再看潘巧云，看出她故意做作。（**台**）潘巧云回到"小边椅"坐。
杨　雄　（双手托髯）我呀，没生气。（右转身回到"大边椅"，边走边说）你二人说了半日，（京白）我呀，是一概的不信。（坐"大边椅"）

潘巧云　啊？（站起）好哇你！我们不说，你催着我们说。说了吧，你又不信。
杨　雄　啊巧姐，你们不要在背地里说他呀，他也在背地里说过你们。
潘巧云　我们一个老娘儿们家的，有什么给他说的，你说给我们听听。
杨　雄　他说你们……
潘巧云　什么？
杨　雄　呃，呃，（回避）无有什么，无有什么！
潘巧云　你怎么吞吞吐吐的，有什么难为情的呢？（逼杨雄）快点儿说，快点儿说。
杨　雄　呃，呃，这话说不出口来。
潘巧云　有什么话说不出口来的，快给我说，给我说！
杨　雄　当真要说？
潘巧云　当真要说。憋在心里头是块病。
杨　雄　他说你们私通了一个海……
潘巧云　海什么，海什么？
杨　雄　唉，说出来你们不好看哪！
潘巧云　海什么，快说。有什么不好看的？（**大 大 大大 乙 台**）没做亏心事儿，不怕鬼叫门。跟我说，快说！
杨　雄　噢，好，你听了！
潘巧云　嗯。
杨　雄　海和尚！

〔（**大 大 大大 乙 台**）潘巧云大惊状。退到椅子上，哆嗦。

杨　雄　我可算猜着你的心事，和尚！（**大 大 大大 乙**）
潘巧云　哎哟！（**台**）这是谁说的？是石秀说的吗？
杨　雄　不是他说的，还是我自己要这个好看么？
潘巧云　哎哟，石秀哇石秀，我把你这个小挨修脚刀儿的！你说我什么不成啊，单说嫂子我偷和尚。这么多有头发的我都不要，我又偷和尚啦！我可不活着啦！迎儿，给我拿剪子去，我铰头发，我当姑子去，（坐在地上撒泼）我可不活着啦！我的天儿呀！
杨　雄　啊巧姐，不要啼哭！
潘巧云　我的天儿呀！我不活着了。
杨　雄　巧姐，不要啼哭，我有了主意了，有了主意了！
潘巧云　什么主意呀？
杨　雄　叫石秀算清账目，早离我家，也就是了！
潘巧云　（站起）你们兄弟的事，（佯哭）我是管不着喽，呜呜呜……（坐“小边椅”）
杨　雄　我的主意已定。（坐“大边椅”）迎儿。
迎　儿　有。
杨　雄　请你家爷爷。
迎　儿　是啦。（至台口）有请爷爷！

〔潘巧云、杨雄将坐椅摆成两边的跨椅，迎儿将备椅摆成“小座”（桌前正中椅）。
〔潘老丈“上场门”幕内白：“啊哈——！”
〔**【小锣五击】**潘老丈拄竹杖“上场门”上，至“小边”台口。

潘老丈 （念）老汉今年七十七，
我的老伴八十一，
生个儿子九十九，
抱个孙子一百一。
杨　雄 （迎出，躬身作揖）岳父！
潘老丈 （作揖还礼）呵呵呵，亲戚。（进门，杨雄随进门）
杨　雄 （让座）请坐。
潘老丈 两便，两便。（站“小座”前，杨雄站“大边跨椅”前）
潘巧云 爹我……（施礼）有礼啦！
潘老丈 你是爹呀，你有理，我没理！好啦，您坐着吧，啊！
〔潘巧云回至“小边跨椅”坐。潘老丈坐“小座”，杨雄坐“大边跨椅”，迎儿上前施礼。
迎　儿 我爷爷我……有礼啦！（回原位）
潘老丈 对，一个儿跟一个儿学吧，呵呵，没出息！嗯，大清早上的，把我作弄出来，什么事儿呀？
杨　雄
潘巧云 （同）把您请出来！
潘老丈 甭管怎么出来的！什么事儿呀？
杨　雄 如今这买卖做不成了哇！
潘巧云 对啦，买卖做不成啦！
潘老丈 哟，挺好的买卖，怎么做不成啦？
杨　雄 如今是人心大变哪！
潘巧云 人心大变喽！
迎　儿 对啦，人心大变啦！
潘老丈 嘿嘿，这倒好，异口同声！呵呵，（站起）人心大变。（至台口）嗯，人心大变是怎么回事儿？（看看迎儿）这个丫头鬼着呢，我来问问她。迎儿，嘘……（示意迎儿过来）过来！
迎　儿 哎，干吗呀爷爷？（至正场潘老丈身旁）
潘老丈 爷爷问你点儿事儿。
迎　儿 嗯。
潘老丈 呵呵，这人心大变是怎么回事情啊？
迎　儿 哟，您这么大岁数儿，胡子都白啦，连人心大变都不懂啊？
潘老丈 嘿嘿！你别看我白子都胡啦……
迎　儿 哎，胡子都白啦！
潘老丈 呃，对对对，胡子都白啦，我没赶上过这逆事儿。
迎　儿 人心大变哪，（用天津口音说）就是大变人心吧您啦！
潘老丈 （天津口音）嘿好嘛，真哏儿！哼哼，（京白）你不说我还明白点儿，一说我更糊涂了。我说，到底儿应在谁身上吧？（归“小座”坐）
杨　雄 石秀的身上。
潘老丈 唉，石秀那可是我好伙计呀！
杨　雄 不用你管。迎儿。
迎　儿 有。

杨 雄 取我的衣帽过来，到衙中去了。正是：【大锣住头】站在人前当自强，（迎儿到“上场门”内取褶子，复上，站潘巧云身旁）

潘巧云 （站起）酒后莫把廉耻忘。

杨 雄 栽花休栽无结果，

潘巧云 大郎！（仓）（上前拉住杨雄右手）交友休交无义郎！（仓）（右手指向“小边”台口）

杨 雄 好哇！（左手叉腰，右手上扬亮相）【软四击头】（左手握拳收在腰间，右手握拳前伸亮相）好个交友休交无义郎！（崩登仓）（“右山膀”叉腰亮相）

〔杨雄接过迎儿递过的褶子，左手提着褶子出门。

〔石秀“上场门”幕内白：“啊嘿——！”

〔【软四击头】石秀“上场门”上至正场与出门的杨雄相对。

石 秀 （拱手）啊，杨仁兄【撕边】起床甚早！

杨 雄 哼，（仓）

贫贱之子不压富，

石 秀 背听妻言反谗我。（台 大台·）

杨 雄 沙滩无水怎撒网，

石 秀 哎呀！（仓）

有目不识俺大丈夫！（仓）

杨 雄 哪个是丈夫？

石 秀 俺是丈夫。

杨 雄 好近前讲话。

〔石秀上步。

杨 雄 【大锣三锣】呸，呸，呸！

〔【乱锤】石秀退让，左手遮面。杨雄甩髯至右臂，用“剑指”指石秀，往“大边”退步。

杨 雄 哼，匹夫之辈！

〔（崩登仓）石秀右手抄大带，抡大带穗花，左手按掌，右弓箭步亮相；杨雄双手扯褶子左高右低亮相。【撕边】杨雄左转身“下场门”下。石秀望着杨雄走去，一亮。（仓）放下大带，【大锣三锣】往“大边”三跨腿，（台 台 台）遥望杨雄。【撕边】转身面向前。

石 秀 （摊双掌）啊？（仓）我与杨仁兄朋友相交，今日为何这样待我？（掂双掌）（仓）也罢，算清账目，早离他家。（嘟 八〇 仓）（“上场门”下）

潘巧云 哟，爹呀，早上您吃了饭没有？

潘老丈 吃了，吃了。

潘巧云 您吃的什么呀？

潘老丈 烙饼卷山药。

石 秀 （取账本复上）正是：（扎）

久住令人厌，

贫寒亲也疏。（进门）

再住三五载，（“挖”至“大边”）（大 大 大大 乙）

潘巧云 他又来啦。迎儿，打座！（站起）（台）

〔迎儿将“小边跨椅”外移，潘巧云坐。

石　秀　（接念）相交不如初。（**大 多罗 · 台**）

啊，老丈！（施礼）

潘老丈　（还礼）啊石伙计来啦，哈哈，（转身招呼）啊迎儿！

迎　儿　干吗呀？

潘老丈　给你石叔叔看个座儿。

迎　儿　我管不着。

潘巧云　石秀，你到这儿来。（石秀上步）我们这儿也不是招商旅店，爱来就来，爱走就走。迎儿，给我把他骂出去！

迎　儿　（走至石秀面前）石秀我把你……

〔石秀打迎儿嘴巴。（**仓**）

迎　儿　哎哟，他打了我啦！

〔【**乱锤**】迎儿捂着脸回原位。石秀拿取账本。

石　秀　【**叫头**】嫂嫂！俺无非欠你几两银子，为何这样叫骂英豪？算清账目，早离你家。（**八 0仓**）（上步，左手按掌，右手将账本递到潘巧云面前，左丁步，亮住）

潘巧云　拿过来吧！该我们的不要了。迎儿，给他拿包袱去。（石秀回原位）

迎　儿　是。（拿过账本至“上场门”，放回账本，取出包袱，复上）大奶奶给您。

潘巧云　包袱在这儿呢！好比乡下佬卖布，夹着给我【**大锣三锣**】走，走，走！

〔石秀在右边接包袱，潘巧云故意往左递；石秀左接，潘巧云右递；石秀再右接，潘巧云再左递，扔到地上。

〔（**八 仓**）潘巧云双手叉腰斜身看着地上的包袱亮住；石秀左手插腰，右手握拳看着包袱亮住。

〔【**大锣乱锤**】石秀抖动双手，交替上下划，左手收至腰间托掌，右手前指，亮住。

石　秀　噢……！

〔【**大锣夺头**】石秀捡起包袱，掖在腰间。锣鼓切住。

石　秀　呸！

〔（**嘟……**）石秀举拳欲打潘巧云，潘老丈站起拦住石秀。

潘老丈　唉唉！

〔（**嘟……**）石秀退回。（**仓大**）（下面紧接〔快三眼〕过门）

〔西皮快三眼〕

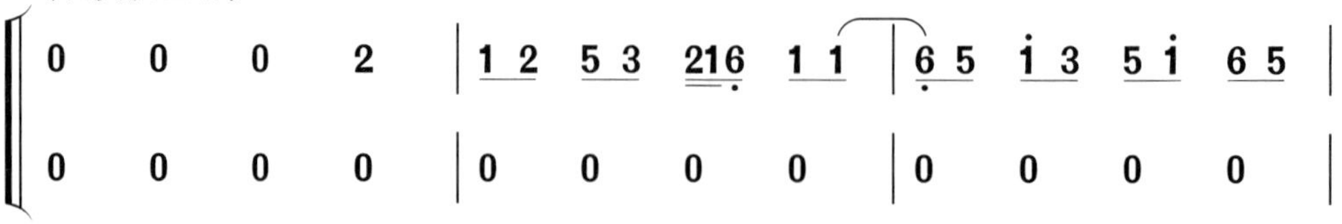

潘老丈夹白：“（天津口音）这敢情就是人心大变呐，呵呵呵……”（回“小座”坐）

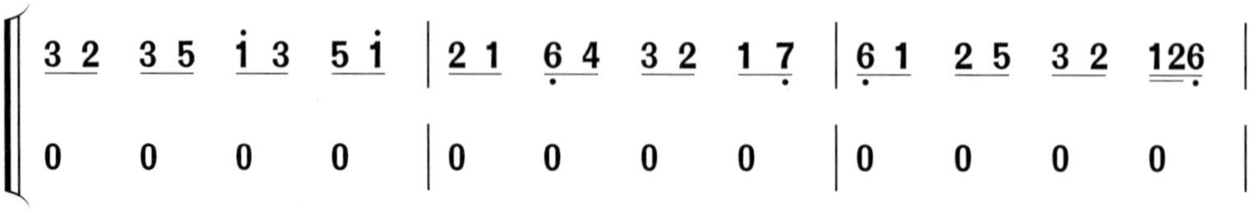

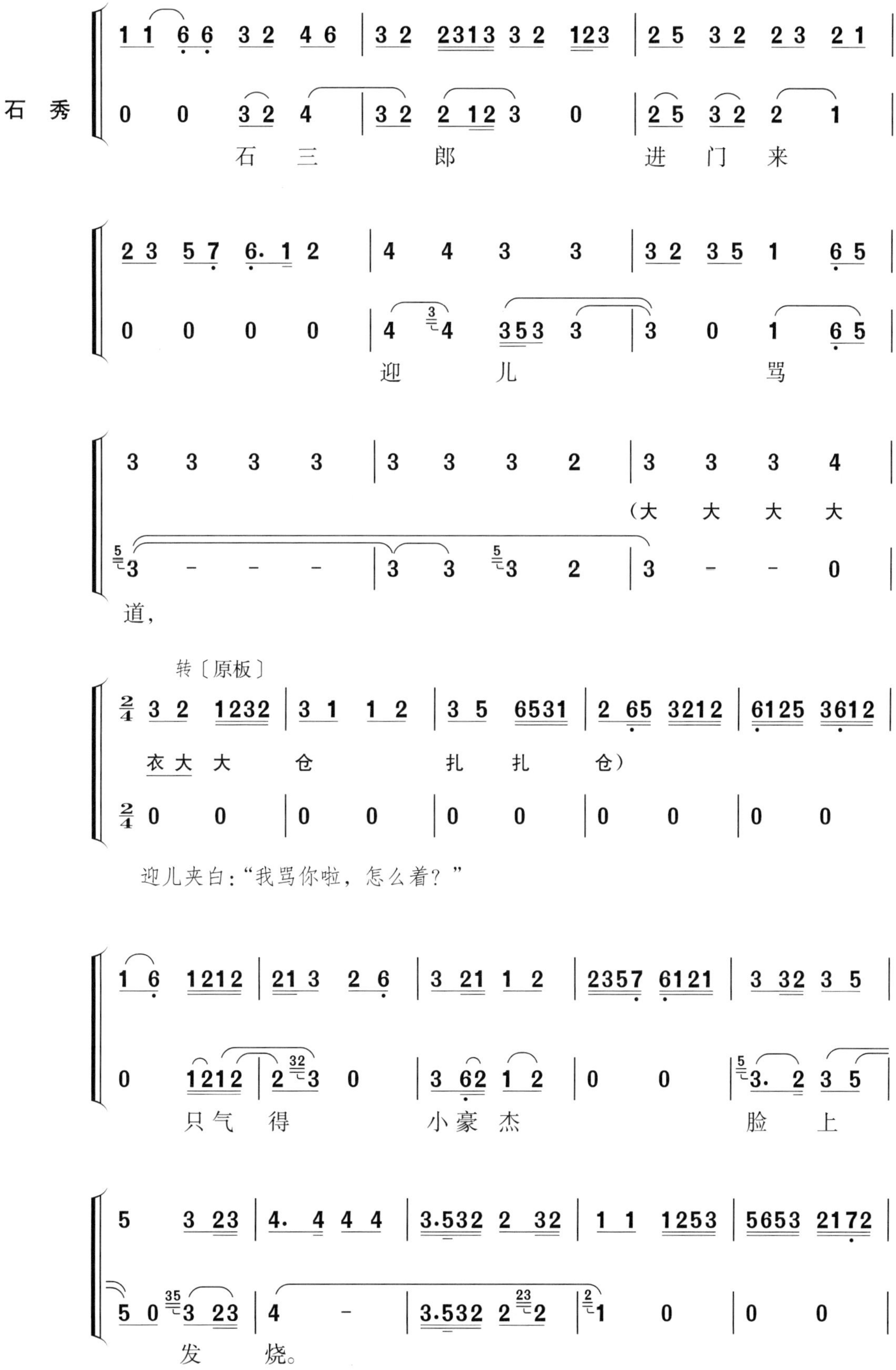
石　秀
石　三　郎　进　门　来
迎　儿　骂
道，
（大　大　大　大
转〔原板〕
衣大　大　仓　扎　扎　仓）
迎儿夹白：“我骂你啦，怎么着？”
只气　得　小豪　杰　脸　上
发　烧。

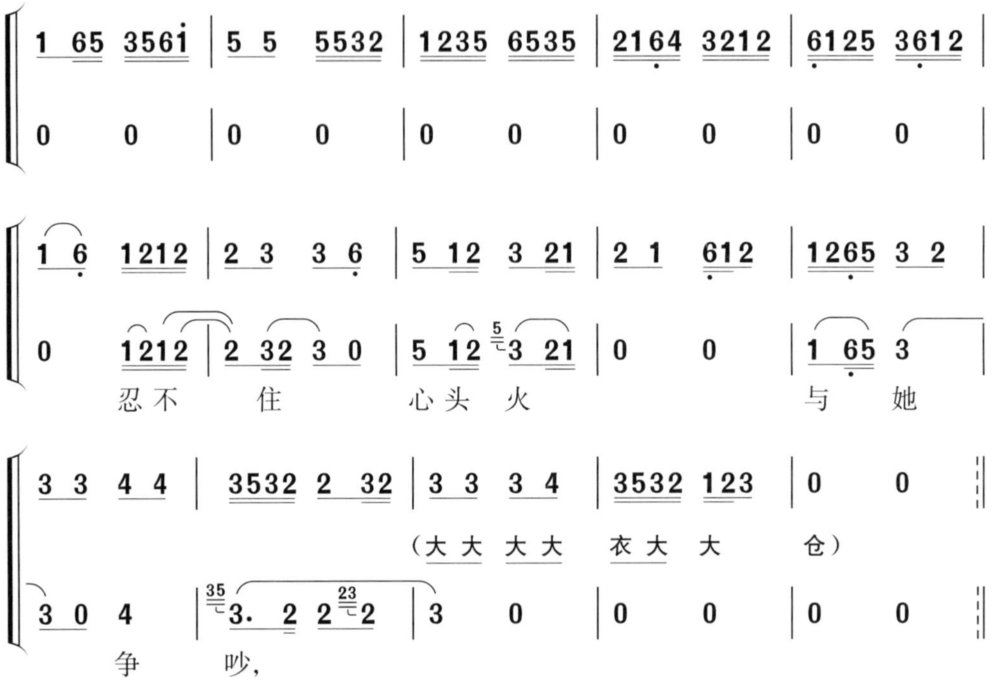

潘巧云　哎哟，我说你这捋胳膊、挽袖子的，你想干什么呀？你敢骂我吗？

石　秀　不敢。

潘巧云　你敢打我吗？

石　秀　不敢。

潘巧云　你干吗，你敢吗？敢吗，敢吗，敢吗？（潘老丈站起劝）

潘老丈　哎哎哎，得得得，（推开潘巧云）干什么呀，这是！（转身劝石秀）嘿嘿，石伙计，听我的，呵呵，常言说得是好男不跟女斗，好鸡不跟狗斗，有什么对不对的，都看在爷爷我——

潘巧云　　　　哎！

迎　儿　（同时）哎！

石　秀　　　　噢！

潘老丈　这倒好，叫一个来仨！这倒好养活！（归座）

〔西皮原板〕

石　秀

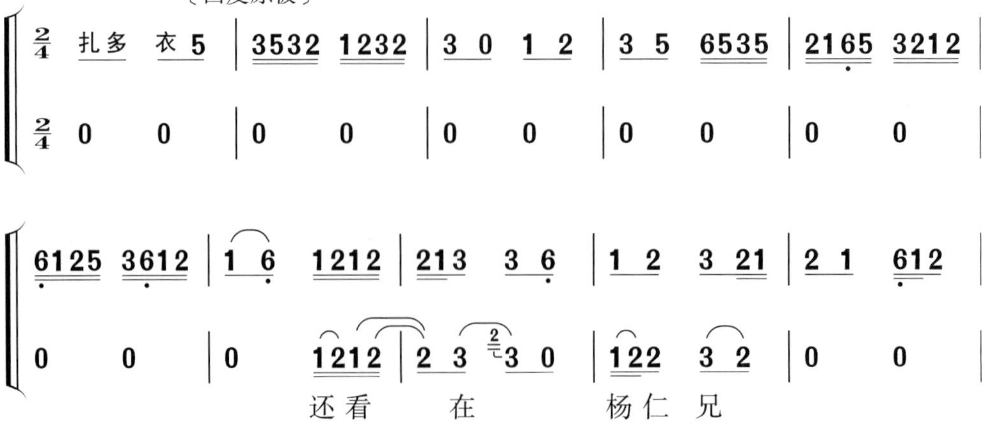

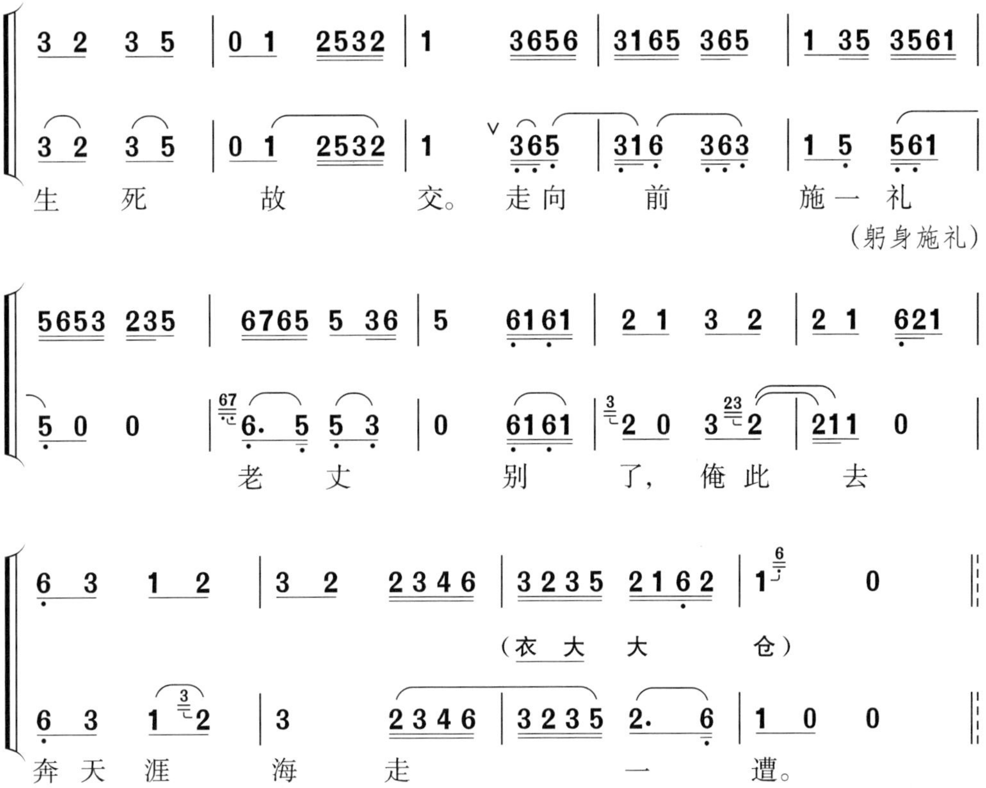

潘老丈 （站起）哎哎，石伙计，你这就要走哇？

石　秀 再住就无益了。

潘老丈 唉，可也说的是啊。我说，你可有盘缠哪？

石　秀 这个……（台）惭愧！

潘老丈 哎，别惭愧呀，年轻人儿，好挂盘儿火。你等着，你等着。哎，我说迎儿！

迎　儿 干吗呀？（到潘老丈身旁）

潘老丈 给爷爷开库去！

迎　儿 哟，您要造反哪？

潘老丈 什么造反哪！

迎　儿 什么官儿呀，开库？

潘老丈 嘿，我那个棉裤。裤腰那儿有一包银子，给我拿来。嘿嘿嘿……

迎　儿 瞧搁这地儿。（迎儿“上场门”下，取银子包，复上）

潘老丈 哎，那是我的棺材本儿！哼哼哼……（大大台）

迎　儿 （把银子包给潘老丈）爷爷给您。（回原位）

潘老丈 哎，拿过来。呃，就是这个。（对石秀）我说石伙计，我这儿有点儿意思，您哪，吃饭哪，不饱，喝酒哇，不醉。您弄包耗子药，您搬搬家得啦。一分短八厘，大小二十四件儿！

石　秀 噢……愧领了！

潘老丈 哎，不成敬意！（回原位）

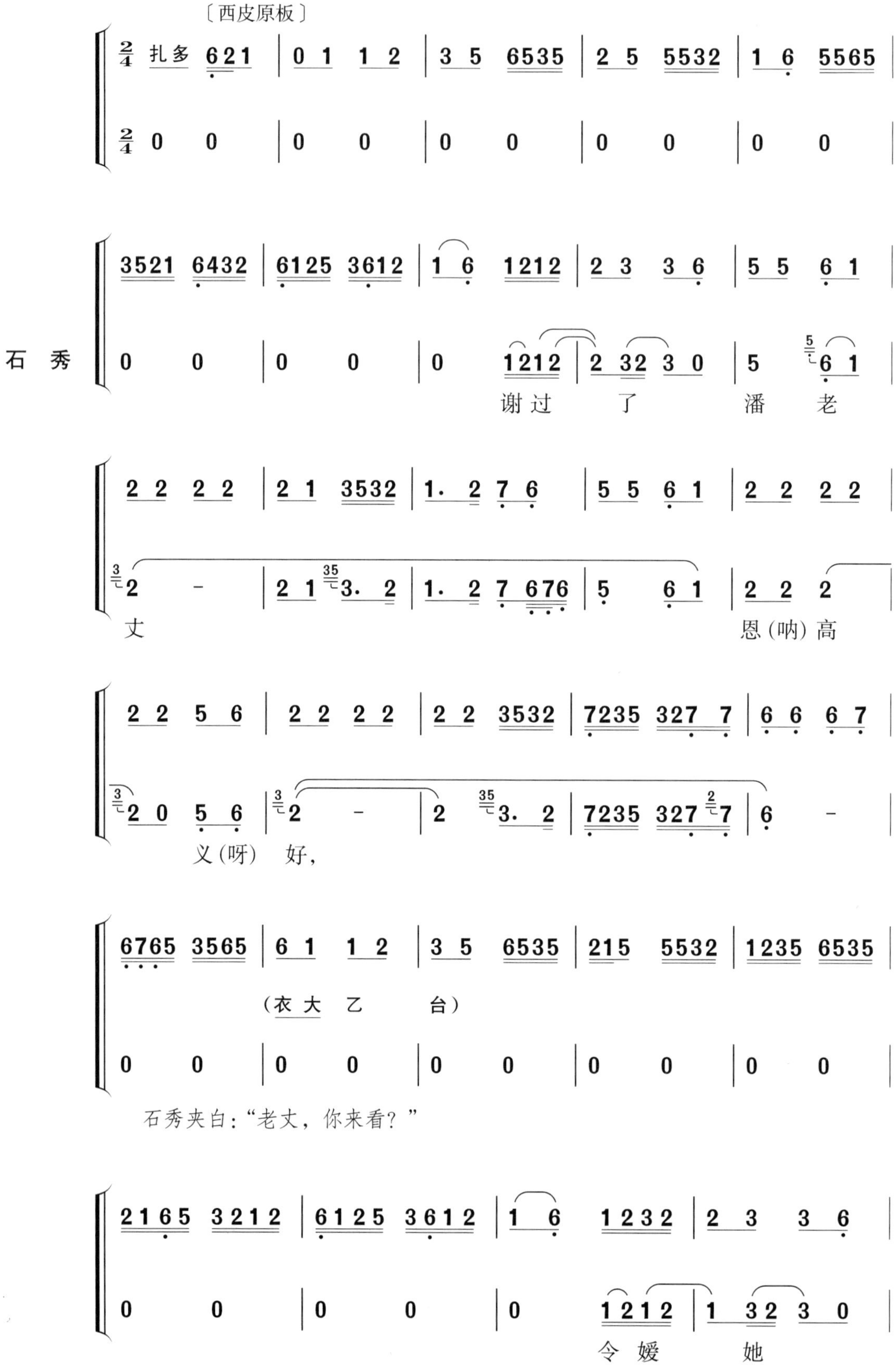
〔西皮原板〕
扎多
石秀
谢过了潘老
丈
恩(呐)高
义(呀)好，
(衣 大 乙 台)
石秀夹白：“老丈，你来看？”
令媛她

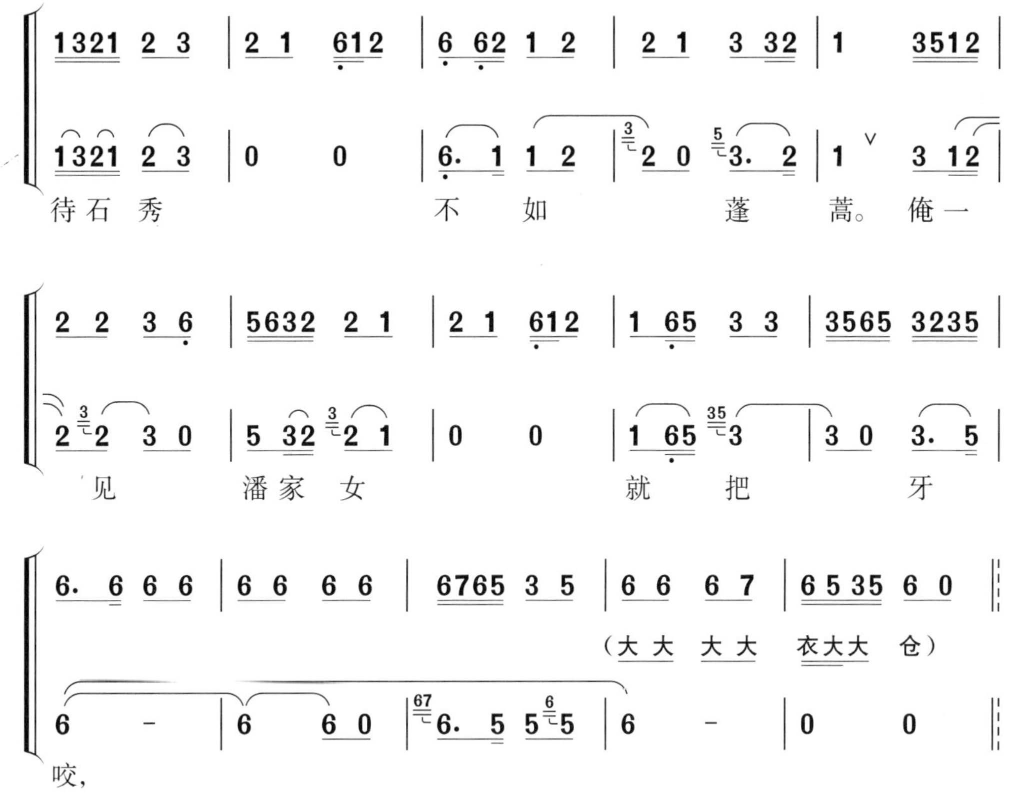

潘巧云　（逼近石秀）你咬哇，你咬哇！

潘老丈　（站起，劝石秀）哎哎，别上火，我给你出气去！

〔潘老丈转身拿竹杖，打潘巧云所坐的椅子背。

潘巧云　（故意做作）哎哟！

潘老丈　怎么了你？

潘巧云　（京东白）打了我的腰味！

潘老丈　你演的可真玄乎，真会做戏！我打的是椅子背儿，打你腰啦？

潘巧云　我说怎么不疼呢！

潘老丈　又不疼了又。唉，姑娘哎！

潘巧云　什么事呀？

潘老丈　嗯，人家石叔叔要走啦！

潘巧云　好事儿！越走越远，拐了弯儿瞧不见啦，哟，留神别掉到沟里！

潘老丈　常言说得好，这不吃的还吃，不交的还交呢。不要让人家走后还骂你。你过去跟人家说两句好话儿！

潘巧云　我哪儿来的那么多的好话！

迎　儿　（劝）大奶奶，说两句好话儿，让他走得了。

潘老丈　灌两句米汤不就得啦！

潘巧云　灌米汤啊，那是我拿手好戏。

潘老丈　这不就得啦！

潘巧云　（站起）哟，你瞧，我看见了他就有气。这好话儿打从哪儿说起哟！（假变笑脸，走向石秀）石叔叔，石叔叔，哎哟，我的石叔叔喂！

石　秀　哼！

潘巧云　（背供）嗬，这还来劲儿啦！嫂子我不会喝酒，清晨起来喝了几杯早酒儿，酒言酒语的，把您给得罪啦。得啦，您把包袱拿回来，在我这儿再住三两天……

潘老丈　对啦，再住上三两天！

石　秀　三两天？

潘巧云　一半天。

潘老丈　得，罐里养王八，越养越抽抽儿。

石　秀　一半天？

潘巧云　要不说，你不走了。

潘老丈　那就别走了。

石　秀　不走了！

潘巧云　哎哟，你呀，你真是个属猴儿的，顺着竿儿往上爬。这话可又说回来啦，你哥哥不在家，嫂子可做不了主。干脆，你还是给我走吧你！（仓）

潘老丈　这是米汤吗？都成了凉水儿啦！

〔潘巧云、迎儿往里推潘老丈。

〔西皮原板〕

石　秀

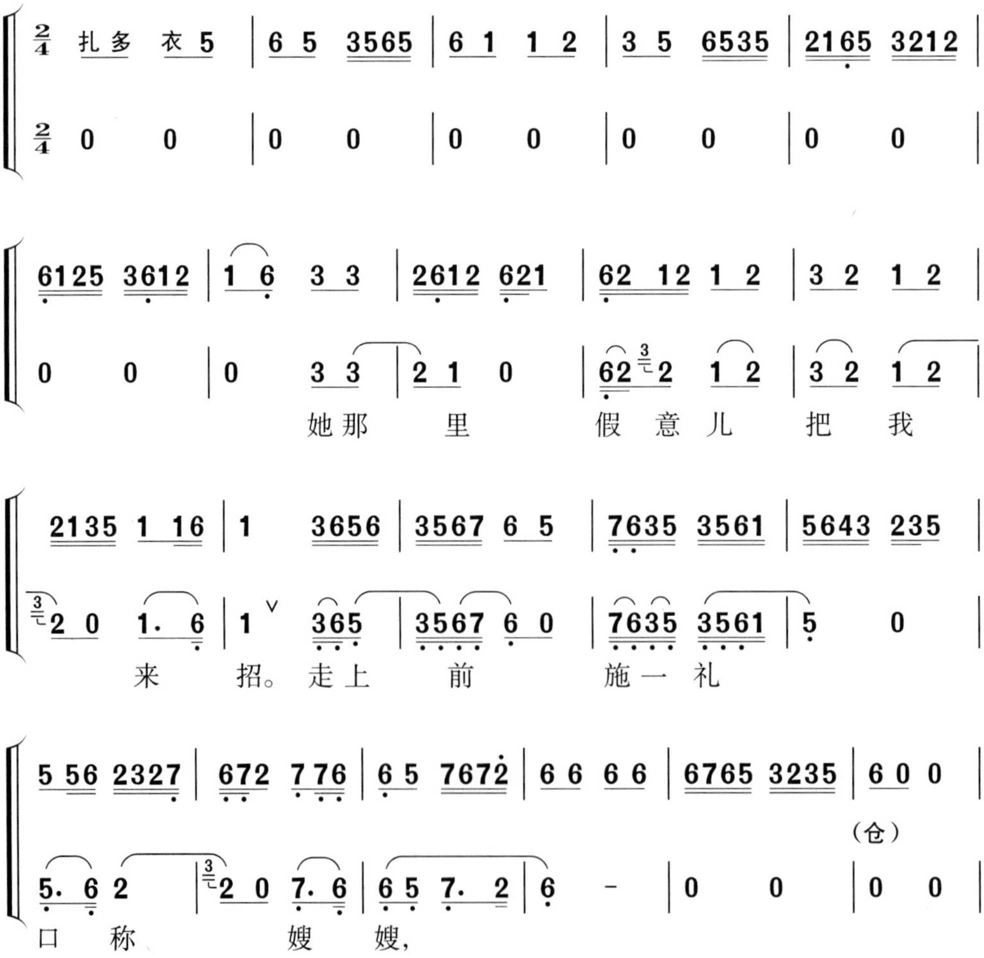

潘巧云 （托左掌）罢啦！

石　秀 哼！（拂右手）

潘巧云 （撤回左手）没打着！你张口嫂子，闭口嫂子，嫂子我待你没有好处。

石　秀 （回原位）有好处！

潘巧云 有什么好处你说说，你说说，你说说！

石　秀 有好处！

潘巧云 没好处！（站起）

石　秀 有好处！

潘巧云 没好处，没好处，没好处！

〔潘巧云边说边往正场走，双手叉腰跺脚亮住。石秀左手握拳收在腰间，右手握拳伸出，上步。潘老丈站在二人中间拦住。

潘巧云 你敢！

潘老丈 唉唉唉，又来了不是！嘿嘿，有好处，没好处，我心里有数。

〔潘巧云、石秀回原位。

潘老丈 我还是那句话，你们呢，别的都不看，就看这……（托髯）

潘巧云
迎　儿 （同）哎！

潘老丈 哎呀，得嘞！留神别卡着，没这么多好事儿！

〔西皮原板〕

石　秀

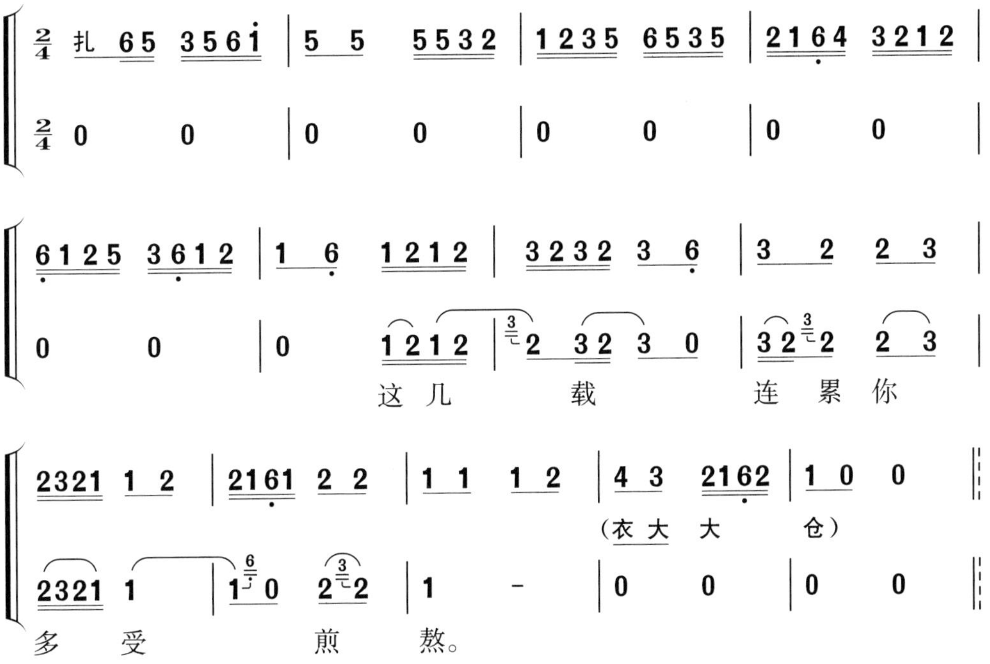

潘巧云 说了半天，才说出一句良心话儿来。嫂子我清晨起来头也不梳，脚也不裹，打前厅跑到后院儿，后院儿跑到前厅，我为的是谁呀？

石　秀 你为的是哪个？

潘巧云 我为的就是你这小没良心的！

石　秀　你为的是我？

潘巧云　为的是你，是你，是你！

〔潘巧云边说边往正场走，双手叉腰跺脚亮住。石秀上步争辩，潘老丈站到二人之间相拦。

潘老丈　嘿嘿嘿，有话儿好好说，这是干什么呀，这是？（潘巧云回原位）急赤白脸的，又怎么回事儿？

石　秀　老丈。

潘老丈　哎。

石　秀　令嫒言道，清晨起来，前厅跑到后院，后院跑到前厅，她为的是我，（右手托掌指自己）她好一个为的是我！（右手“山膀”将潘老丈碰倒）（仓）

潘老丈　啊！（倒在地上）

〔迎儿过去欲扶起潘老丈，却拉着潘老丈的腿。

迎　儿　快起来，快起来！

潘老丈　啊，啊，别抻，在这头呢！这头儿，这头儿！

〔迎儿走过去将潘老丈扶起。迎儿回原位。

潘老丈　哎呀，嘿嘿。石伙计，你这抬手动脚的，我这岁数可搁不住哇！你还是踏踏实实说说，是怎么回事呀？

石　秀　附耳上来。

〔（大 大 大大 乙）石秀与潘老丈耳语。

潘老丈　噢！（台）好嘞，你甭管我。我问她去。（走到潘巧云身旁）你说怎么着，清晨起来，跑前跑后的，你，你为的是谁？

潘巧云　为的是他！（自语）我不为他为谁呀？

潘老丈　为的是他呀，塌了盖新的！为的是塌了哟，你呀！（高声）别招说喽！

〔西皮原板〕

石　秀

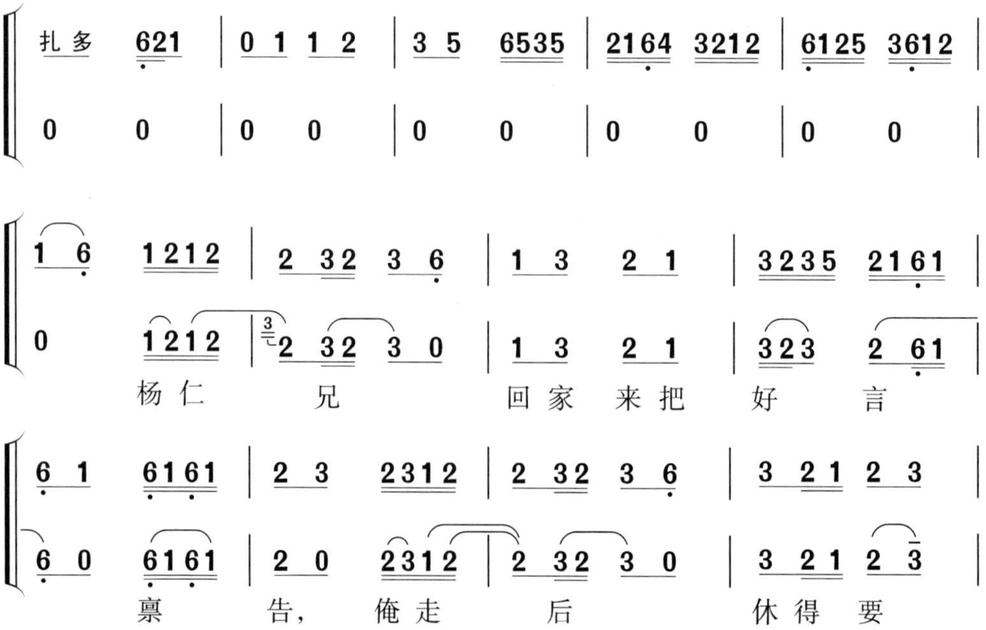

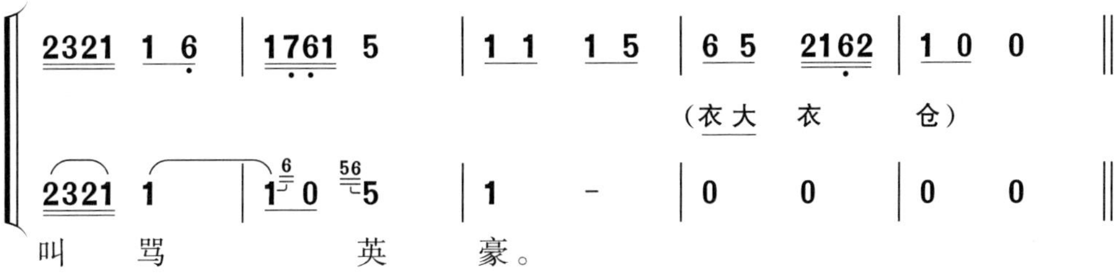

潘巧云 （站起）你住了！嫂子我一生一世就不会骂人。

石　秀 你不会骂人？

潘巧云 不会骂人。

石　秀 不会骂人？

潘巧云 不会骂人，不会骂人！

〔潘巧云、石秀再次冲突，潘老丈再次拦阻。

潘老丈 有话不会好好说，干什么这么鸡吵鹅斗的！（潘巧云回原位）石秀，怎么回事儿？

石　秀 老丈。

潘老丈 啊。

石　秀 令媛言道，一生一世不会骂人，她好一个不会骂人！（仓）

〔石秀抡右臂用“剑指”指潘巧云，潘老丈举竹杖，防备石秀碰倒自己。

潘老丈 嘿嘿嘿……我这儿有防备。老这么着我可受不了。

石　秀 哼！

潘老丈 不会骂人？我问问去！（到潘巧云身旁）哎呀姑娘哎，你说怎么着？一生一世不会骂人？

潘巧云 爹呀，我不会骂人。

潘老丈 你呀，你要是骂起人来呀，好比是葡萄拌豆腐。

潘巧云 此话怎讲？

潘老丈 那是一嘟噜一块儿的。

石　秀 着哇！

〔西皮散板〕

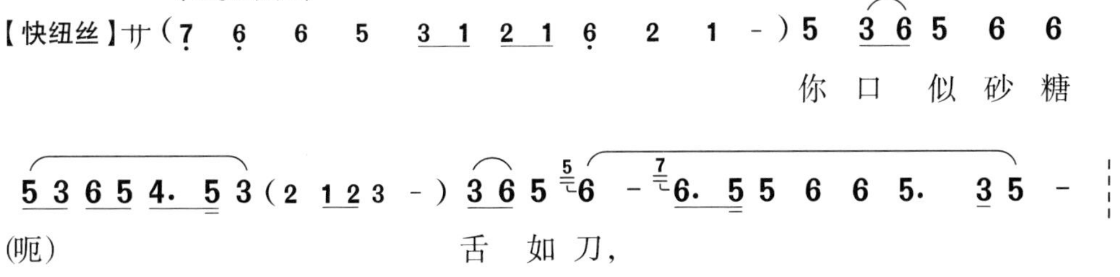

潘巧云 （站起）你住了吧！（仓）你说嫂子我口似砂糖舌如刀。听我告诉你，我们妇道人家一要行得正，二要走得端，三条大路走中间。

石　秀 我问你这一？

潘巧云 一不做贼。

石　秀 我问你这二？（逼近潘巧云）

潘巧云 二，二……你管得着吗你！

石　秀　我问你这二？

〔潘老丈又插在二人中间拦开。

潘老丈　（对石秀）又怎么回事儿？告诉我说。（对潘巧云）哎，哎，坐，坐，坐。（潘巧云回原位）

石　秀　老丈，令嫒言道，三条大路走中间。我问她这一？她言道，一不做贼。

潘老丈　对。

石　秀　我问她这二？

潘老丈　呃。

石　秀　（举右臂伸出手指比做二）我问她这二？

潘老丈　（躲过石秀的手臂）对不起，（天津口音）你留神我的眼珠子。怎么的了你是？（京白）呵呵呵……这二你甭管，我问问去。这二里头她扣着"孤丁"[①]呢！我得问问她去。（走到潘巧云身旁）嘿嘿嘿……姑娘唉，你说什么三条大路走中间，哎这一，一怎么着？

潘巧云　一不做贼。

潘老丈　嗯，这给爸爸长脸。这，这二呢？

潘巧云　二呀？爹耶，你问它干吗？我不偷人家的，你就坐着吧！

潘老丈　你呀，你就坏在这二上啦！

石　秀　着哇！

〔西皮散板〕

【快纽丝】（过门同前）3 3 23 5 – 2 35321（7 6 2 1 –）1 2

心 如 狼 虎 未 长 毛。 (仓) 有 朝

1 2 3 1 2（7 6 1 2）3 i i –（iii）5 3 235 1

犯 在 三 郎 手， (仓) 这 钢 刀 (仓) 之 下 定 不 饶！

石　秀　嫂嫂！（过去拉潘巧云左臂至正场，潘巧云挣开）

〔西皮散板〕

【纽丝凤点头】（过门同前）2 2 1 2 3 2 2

今 日 你 我 分 别 了，

石秀夹白："你死！"（右手指潘巧云）

潘巧云夹白："你死！"（仓）（左手指石秀）

石秀夹白："俺活！"（右手伸大拇指指自己）

潘巧云夹白："我活！"（仓）（上左步，双手叉腰亮住）

石　秀　（接唱）51 2 10 ‖

两 开 交！

（双手互击，托掌撒开双臂，将潘巧云打得揉胸后退）

---

① "孤丁"是"推牌九"赌博的术语，借用到这里，是一句歇后语。

〔【大锣原场】石秀出门往“下场门”走至“大边”，潘巧云欲追出，潘老丈劝拦，潘巧云挣扎。

潘老丈 （在锣鼓中）哎姑娘，得了。您回来，回来！多让人笑话，回去！

潘巧云 （挣扎着）您别拦着我。

〔【冲头】石秀在“大边”“云手”右转身，上步。

石　秀 【三叫头】啊哈，啊哈，啊哈哈哈……

〔迎儿出门轰石秀，潘老丈跟出。

迎　儿 （推石秀）你快点儿走吧，你！

〔（嘟……）石秀推倒迎儿。迎儿碰倒潘老丈。（崩登仓）石秀左拳收在腰间，右拳前伸，右丁步亮相。

潘老丈
迎　儿 （同）哎哟……哎哟……

石　秀 俺再也不来了！（八仓）（左转身，“右山膀”，亮背相）

〔【冲头】石秀“下场门”下。迎儿扶起潘老丈，搀扶其进门归“小座”前站，迎儿侍立潘巧云身旁。

潘巧云 （在石秀下场后）阿弥陀佛！这可好啦，去掉了眼中钉、肉中刺！

潘老丈 （边进门边哭）哎……石伙计也走了，哎呀，这是怎么话儿说的，咦……

潘巧云 哎哟，您哭什么呀？

潘老丈 我哭什么，石伙计人多好哇！他在这儿，刀前刀后，肥的瘦的，都给我留着。他这一走，我，我吃什么呀，我？我怎不哭哇！啊呵呵……（哭）

潘巧云 哟，这怕什么的，让迎儿做给您吃，不就得了！

潘老丈 唉，得了？你们呢，那是一块方砖落了地儿了！嘿（指潘巧云）你高兴啦，（指迎儿）你也兴高啦。你们……得嘞，你们就修吧，哼，修得你们有儿有女呀，有儿有女……唉，有了儿子，让他往上长。（欲走）

潘巧云 您回来，回来，回来！您这话儿里有话儿。

潘老丈 回来啦，怎么着？

潘巧云 不往上长，还往下长？

潘老丈 哦，往上长！（欲走，边走边说）养儿子，千万让他姓杨！

潘巧云 回来，回来，回来！还是话儿里有话儿。这杨雄的儿子，不姓杨，姓什么？

潘老丈 噢，杨雄的儿子，是姓杨啊？（又欲走）

潘巧云 您回来，您把话说明白，杨雄养的儿子，不姓杨，姓什么？

潘老丈 （敷衍）姓杨就姓杨吧！

潘巧云 您得给我说明白了，要不，不放您走。

潘老丈 真要让我说明白了，有点儿难为情，不好意思说。

潘巧云 不要紧的，您说吧！

潘老丈 呃……好！杨雄养的儿子，千万让他姓杨，别姓海！（仓）（嘟……）海和尚，海阇黎！（仓）（“上场门”下）

〔潘巧云大惊，退坐在“小边椅”上。用手绢挡脸，羞臊地站起。

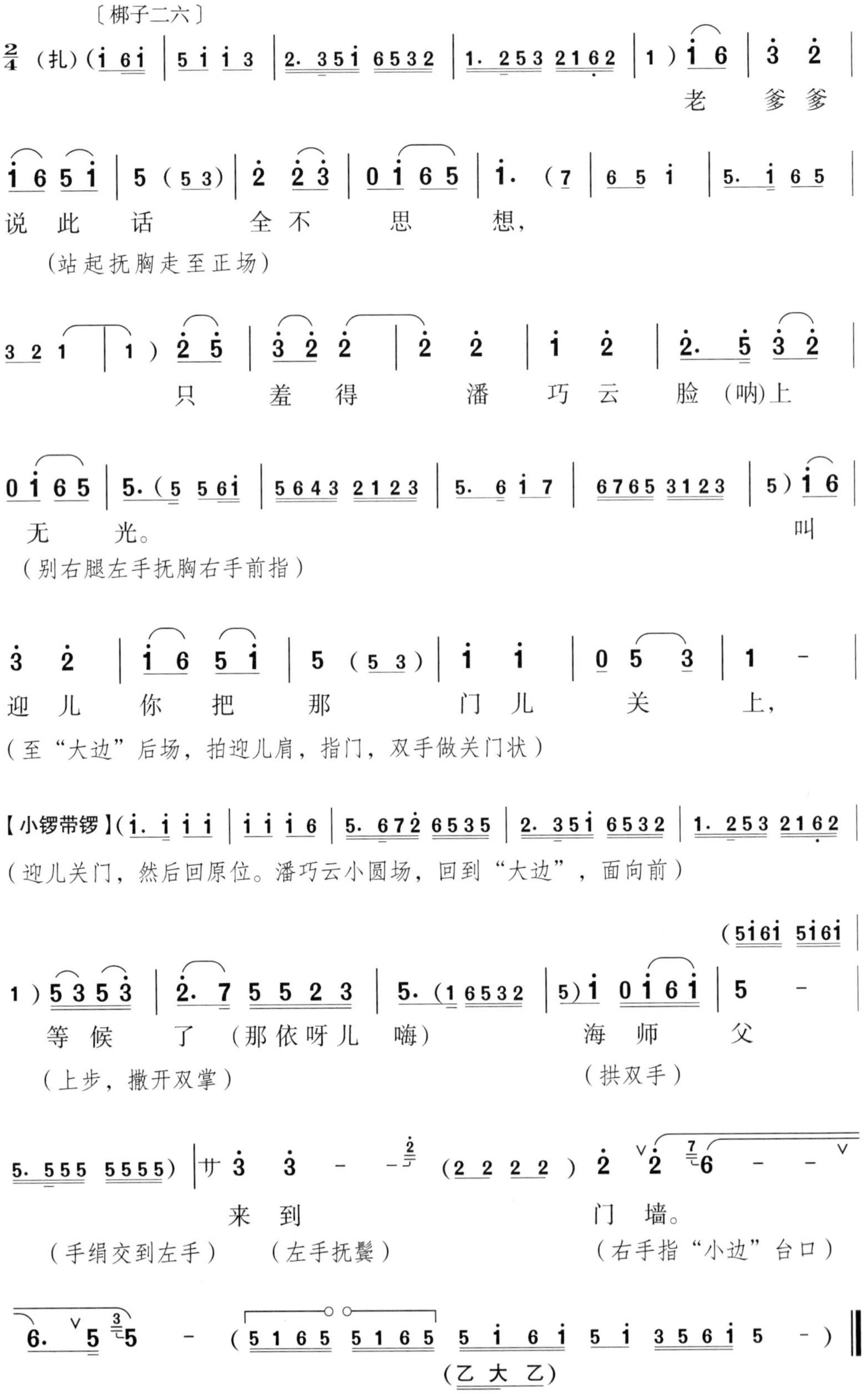

〔【小锣带】潘巧云左转身“下场门”下。迎儿随下。

第二场

幽会

〔【小锣抽头】小和尚拿木鱼“上场门”上，站“小边”；海和尚穿僧衣戴僧帽“上场门”上，耍佛珠至正场。

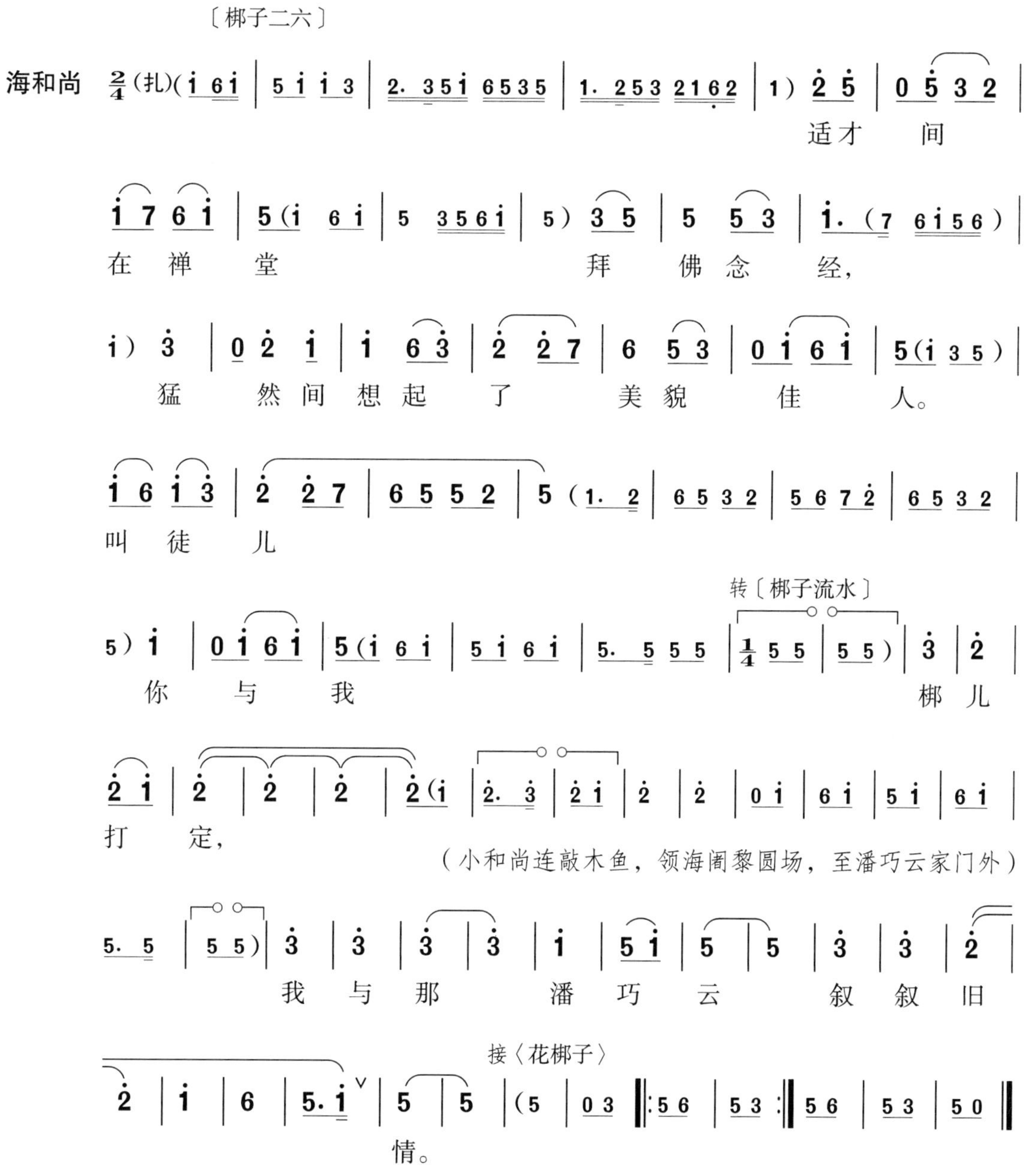

〔小和尚不停地敲木鱼，迎儿“上场门”上，至正场，在大门里侧耳听，转身至“大边”面向“下场门”。

迎　儿　有请大奶奶！

〔潘巧云“下场门”上，站“大边”，迎儿做手势告知海和尚来了。

〔梆子二六〕

潘巧云

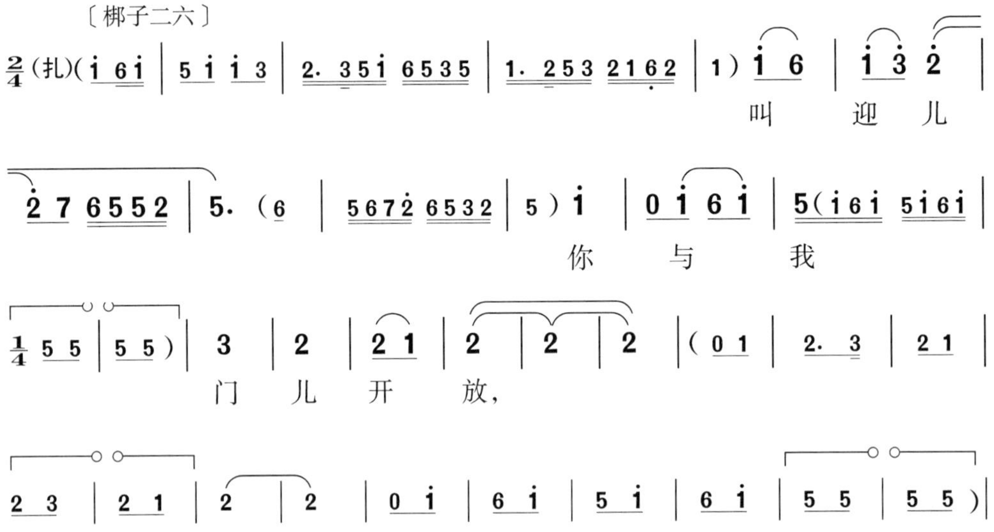

（迎儿领潘巧云圆场，至大门里。海和尚敲门，迎儿开门，海和尚进门与潘巧云二人往里一翻，潘巧云搭海和尚胳膊一亮，转身至台中进门。小和尚敲木鱼“上场门”下，迎儿关门，“上场门”下）

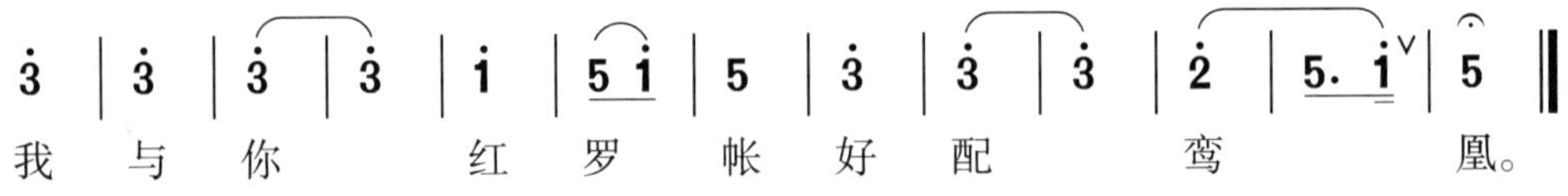

〔**【小锣旦下场】**潘巧云关门，把手绢一角抛给海和尚，海和尚接手绢一亮，潘巧云碎步，海和尚牵手绢蹲腿前后伸缩着脖子“下场门”下。闭二幕。

第　三　场

酒　　楼

〔**【急急风】**开二幕。空场。

〔石秀“上场门”幕内白：“好恼哇！”

〔**【九锤半】**石秀右手提大带“上场门”上，绕大带穗子花一亮，“反圆场”上至正场。（**顷－仓**）右手绕大带穗子花，齐腰拉大带，后背右手，左手扣腕前伸，左丁步，亮相。（**嘟　仓**）（**嘟　仓**）**【流水】**一望，两望，上左步，上右步，右转身，扔大带，扑步，右手齐腰扣腕，左手握拳伸出，右脚戳地向“上场门”一望。双手抖动，面向“上场门”退步，“捯手”，至正场，左转身，右手上托，左手栽锤，双手叉腰，低头前倾，蹲裆一亮。抬头一望，收左腿，左手叉腰，**【马腿儿】**缓右手往右斜上方一指，拧身右手叉腰，左手往左下方一指，收左手，划一圈，握拳从怀里往前一伸，再收回左手，同时右手握拳左伸，跨右腿，同时收右拳，左手平划一圈，跨右腿，【三锣·阴锣】右拳击左掌，上步，翻腕摊双掌，左丁步一亮。掂双掌，搓手，“捯手”，退步，跨左腿，抬左手，左脚落地，双手叉腰，低头前倾，蹲裆一亮。撤左步，跨抬右腿，右栽锤，【流水】左手上托。右脚落地，上左步，“云手”，左转身一周，成“右顺风旗”，【马腿儿】半个圆场，跨右腿，“云手”，左转身，跨左腿，左手扣腕，右手前指“小边”台口，跨左腿，右转身一周，【三锣】双臂右高左低张开，再左高右低张开，跨右腿，左手齐腰托掌，抬右手劈下，右拳击左掌，右弓步，翻腕，摊双掌，一亮。【阴锣】掂双掌，拉回左脚，成右丁步，左手叉腰，右手做杀状。摇头摊双掌，跨抬左腿，搓手，左脚落地，面向“大边”台口，双手叉腰，低头前倾，蹲裆一亮。缓右手俯身抄大带递给左手。【流水】左脚向左跨出一步，收右脚，成反丁步，左手提大带，右手前按，半个“反圆场”到正场后场，右转身面向前，左丁步，右“山膀”，往台口上步。锣鼓收住。【四击头】左手扔大带左脚踢大带到右肩，右手抄住大带俯身别右腿，“鹞子翻身”，右手绕大带穗花，将大带交左手提大带，右手按掌右弓箭步，在二幕前亮相。闭二幕。

〔梆子流水〕

石 秀 【梆子穗】1/4 (扎 1 | 5 3 | 2 5 | 3 2 | 1 7 | 6 2 | 1 | 1) | 3 | 3 | 3 |

我 与 那

（左手提大带，右弓箭步，

3 | 3 | 3 | 3 | 3 4 | 3 | (3. 3 | 3 3 | 3 3) | 3 | 3 | 2 | 0 |

潘 巧 云 几 句 争

举右手指右上方，缓右手再指右上方） （左手扔大带，收左腿，别

2 | 2 | ♭2 2 | 2 | 【流水】接【梆子穗】（过门同前）1 1 | 1 1 | 1 1 |

吵， 不由 得小 豪杰

左腿，“鹞子翻身”撤右脚，收左脚，上两步，右手握拳前伸，右丁步亮住。蹉步 ）

1 | 1 | 1 | 5 | (5 6 | 5 6) | 3 3 | 3 3 | 3 3 | 3 | 2 2 |

怒 满 胸 膛， 一马 儿来 至在 乡 间路

♭2 | ♭2 | ♭2 | 2 | (2 3 | 2 3 | 2 1 | 6 1 | 2 | 0) ‖【快扫头】

上。 (衣大 乙仓)

（“反圆场”自后场到“大边”，背右手，按左掌，圆场）

〔开二幕。正场设“骑马桌”、“大边椅”。素色沿边布桌围椅披。

〔【撕边】小伙计“下场门”暗上至正场,(崩登仓)与石秀相撞。推小伙计退到“大边”，石秀退到“小边”。

小伙计　嘿，我说石伙计，别走，别走，别走哇，你！（端详石秀）这不是石伙计吗?

石　秀　正是。原来是小伙计。

小伙计　你慌里慌张地，这是要上哪儿呀?

石　秀　另有别事。

小伙计　噢。哎呀，您的气色可不对呀！这是跟谁呕气哪?

石　秀　杨仁兄不在家中，命俺巡更守夜，只是俺这手中……【撕边大锣一击】

小伙计　怎么着哇?

石　秀　连个称手的兵刃也是无有。

小伙计　嘿，巧啦。我说石伙计，我这儿有把刀！

〔（八0仓）小伙计左手捏右袖，右手做刀劈状。石秀左手拉住小伙计右手，二人亮高低相。

小伙计　唉，我说，你干什么?

石　秀　怎么讲，有刀?

小伙计　哎，哎，有，有，有刀哇！

石　秀　好，借来一用。(将小伙计的手甩开，小伙计跌一个趔趄）

小伙计　我说，你慢点儿呀！（揉着右臂）你等着！

〔【小锣长丝头】小伙计“下场门”下，取出单刀一把，复上至正场，双手托刀。

小伙计　刀，您瞧！

〔（八0仓）石秀接过刀，右丁步，右手提刀，一看。

小伙计　称手儿不称手儿呀?

石　秀　不轻不重，刚刚称手。

小伙计　噢。

石　秀　俺便去也！

〔石秀上步用刀漫过小伙计头，二人换位，小伙计拉住石秀右臂。石秀右手出刀，左手按掌，左弓箭步亮住。(八0仓）

小伙计　我说石伙计，您先别走哇！您听我说，我这儿有酒！您喝会子，壮壮胆子，您瞧好不好呢?

〔（八0仓）石秀右腿撤回半步，虚右丁步，横刀一亮。

石　秀　怎么，有酒?

小伙计　有酒。

石　秀　好，酒保！

小伙计　啊！

石　秀　（八0仓）(再撤右腿虚丁步横刀一亮。）抱酒来！

小伙计　在这儿呢！

〔【撕边大锣一击】石秀上一步削小伙计一个“萝卜头”，往地上拍刀，抡刀，左“山膀”，披刀，右弓箭步，一亮；小伙计往前一扑，扶地躲刀，向后一个“小锞子”，滚身站起。

小伙计　嘿，我说，你等着吧！（“上场门”下）

〔【九锤半·阴锣】石秀撤回右腿，右手抡刀交到左手，左手反握刀，撩大带，右转身进门，到“大边椅”前站。

〔小伙计抱酒坛子和碗“上场门”上，至“小边”将酒坛子放在地上，扣在酒坛上的碗也放在地上，打酒坛上的泥封。

小伙计 乒乓扑赤，奔儿！（将碗扣在酒坛口上，抱起酒坛，放在桌上，倒酒）我给您满上。咕咚，咚，咚。我说，您喝吧！

石　秀 （饮酒）干！

小伙计 好酒量！来来来，再给您满上。（倒酒）咕咚，咚，咚，咚。石伙计，您喝着！

〔石秀饮酒。

小伙计 真是好酒量啊！我再给您满上。（欲倒酒）

〔【大锣五击】石秀抓住酒坛口提起酒坛。【大锣搜场】摇摇酒坛，【大锣脆头】抱着酒坛饮酒。饮毕,【大锣脆头】将酒坛放在桌上。醉状。小伙计抱起酒坛和碗“上场门”急下。复上，在“小边”看石秀。

小伙计 醉啦！（抬头看时光）（台）天儿不早啦，该打发他走了。（走到桌前）哎，我说石伙计，天儿不早啦，您该走啦！（捶桌）咳！（仓）天儿不早啦，您该走啦！

〔（崩登仓）石秀抬刀，按在桌上。与小伙计一起从后面掀起桌子，一亮。【撕边一击】再掀高一些，又一亮。【大锣脆头】石秀醉吐，按下桌子。小伙计忙往“小边”躲，擦脸。

石　秀 小伙计。

小伙计 哎，在这儿呢，我。

石　秀 酒钱上账。

小伙计 哎……甭客气了您呐！

石　秀 （指刀）这刀，来日奉还。

小伙计 哎，您……拿去用吧！

石　秀 （拱手）告辞了！

小伙计 哎，不送。

〔【九锤半】石秀右手倒提刀，醉步向前上步，【阴锣】吐，擦嘴。左手撩大带，跨左腿，出门。警惕地环视。闭二幕。撤桌椅。开二幕。走醉步左转至正场，其间将刀变成正握，【流水】向左拧身面向“大边”，右手往右抡刀，撤右脚成右丁步，扭头面向台口，掂刀。右手缓刀，跨右腿，左转身，踢左腿，右手往回撤刀，“缠头裹脑”。锣鼓收住。右转身，右手横刀，左手上托，右反丁步，亮相。

〔梆子流水〕

石　秀 【梆子穗】1/4 (扎 i | 53 | 25 | 32 | 17 | 62 | 1 | 1) | 3 | 3 | 3 | 2 | 3 | 5/3 |

在 酒 楼 我 得 了

（收右腿，收刀，翻腕，左转身一周，刀向右上一刺，收回右手，立刀，左手往右推掌，左腿左跨，成左弓箭步，亮住。左手指刀，双手抖动）

接〈花梆子〉慢起渐快

(3 | 3) | 2 | 2 | 2 | 2 | 2 | 2/2 | 2 | 3/2 | 2 |(21 | 23 | 21 | 21 | 61 | 2 | 0) :||

钢 刀 一 把，　　（衣大 乙 仓）

〔下面是石秀“六合刀”套路的身段动作：

石秀收右腿，两番往下抡刀，右手上扬，“反缠头”，右手将刀搭在左臂，跨左腿，右转身，跨抬左腿，半个“反圆场”至正场，面向前。“反缠头”，右转身一周，刀交到左手，抱刀，再左转身一周，左手抱刀，右“山膀”，跨抬左腿，向前急走几步至前场。左脚上半步，右脚后撤，右转身面向“小边”，左腿前弓，拉回右脚，左脚右伸成左虚丁步，左手抱刀。拉回左脚，右脚左跨一跳，左腿左弓，右手左推。双手抱刀往右划，变成右腿右弓，再双手抱刀左划，变成左腿左弓。站起，右手握刀右划，翻腕背刀，左盘坐，俯身左拧身跳，右脚飞起，左手打右脚，落地，右手将刀拉回，身体斜向“小边”台口后仰，左腿弓右手自下而上迎面抡刀花，掴手。左转身面向“大边”台口，右刀与扬起的左手一触，右手翻腕，反向迎面抡刀，别右腿下盘，往右拧身一周，右腿左盘，身体前探，右手将刀后拉，撩起刀，左手上托，左脚翘起，成“回头望月式”，（**崩登仓**）亮相。左脚前迈，身体前探，弓左腿，右手握刀前刺，左脚后退，往后蹉步，“反缠头”，左弓步，左手往左上斜推，右手握刀后砍连续两个“缠头裹脑”，同时连续两个向“大边”左转身，右弓步，面向里，右手一个迎面刀花，再向右砍出。撤回左脚，左丁步，刀拉回至左手处，双手抱刀，一亮。右手向右下砍，迈右腿拧身，面向“大边”，“反缠头”，右腿左盘，右手将刀后拉，身体前探，左手前推，翘起左脚，（**崩登仓**）一亮。左脚落地，拧身，面向里，右手拉回刀，往左抡，至右下方，翻腕，左拧身，面向“小边”撤左步，后别，举刀往左下砍，左拧身，面向前，左弓步，左手上举，右手横刀从左侧向右划。高抬右腿，往右跨，右手翻腕，跨左腿，右拧身，面向里，“反缠头”，右拧身，面向前；第二个高抬右腿，往右跨，右手翻腕，跨左腿，右拧身，面向里，“反缠头”，右拧身，面向前；第三个高抬右腿，往右跨，右手翻腕，跨左腿，右拧身，面向里，“反缠头”，右拧身，面向前。右手抡刀至腰间，横刀，（**崩登仓**）往右撤刀，左掌左推，跨抬左腿，亮相。（**仓 仓 仓**）右手左右抡刀，三跨腿。（**崩登仓**）右手翻腕提刀右伸，左手往右推掌，左盘卧，仰身，面向右斜上方，亮相。站起，握刀，右脚略抬起，右转身一周，别左腿，左腿左跨成左弓步，收右腿，别右腿，右手握刀往上逆时针划一圈到左臂，别左腿，右腿右跨一步，右手翻腕往上顺时针抡刀一圈，向右砍。跨抬左腿，左手右推，右手往回收刀，左拧身，再刺出，左脚落地成左弓步。右手持刀翻腕花二次，收右腿，左转身面向里，成左弓步，右手持刀刺出，翻腕花二次，收右腿，左手叉腰，右手抡掖刀花，右转身，左手叉腰，右手举刀抡刀花。**【一锣】**收住〈花梆子〉。**【撕边】**收刀，四个“缠头裹脑”，左转身一周。（**崩登仓**）刀交左手，骗左腿，左手背刀，往左抡右臂二周，右手握拳左按，左弓箭步亮相。

〔梆子流水〕

石　秀　**【梆子穗】**（过门同前）$\frac{1}{4}$ $\underline{\dot{1}\,\dot{1}}$ | $\underline{\dot{1}\,\dot{1}}$ | $\dot{1}$ | $\dot{1}$ | 5 |（5 | 5）| $\underline{\dot{3}\,\dot{3}}$ | $\dot{3}$ |

不由　豪杰　动　无　名。　　寻找　奸

（站起，左手反提刀）

$\overset{5}{}$3̇ | 3̇ | (3̇ | 3̇) | 2̇ 2̇ | 2̇ | 2̇ | ♭2̇ | $\overset{3}{}$2̇ | (2 | 2) | 【流水】|

人　　　　　　　　不见 影，

（到“小边”台口右转身，左“山膀”，面向“下场门”亮住）

〔梆子散板〕

【尖板头】廿（5 i i i 6 5 3 5 6 5 i i 5 -）| 3̇

（八大台　仓　才　仓　浪 当 七 当 一个当 0　仓）　我

（向“下场门”上两步，右转身，横刀，左拳收在腰间，右丁步，亮相）

3̇ 3̇ - (3 3) 3̇ 3̇ 3̇ 3̇ 3̇ 3̇ 3̇ ∨ | 6

不 杀　　　　潘 巧 云　　　　　　　　（呐）

6 6 6 $\overset{7}{}$6 $\overset{7}{}$6 $\overset{7}{}$6$\overset{7}{}$6 ∨ 6 5 5 5 5 | 0 i i 5 i 5 ‖

（嘿 嘿）　　　　　　（仓）誓 不 为　人。

〔（八大大仓）石秀右手护刀式，右丁步，一亮。（龙冬）跨抬右腿，右手持刀，双手撇开，（大大 大台 仓）“缠头裹脑”，同时右转身，面向里，跨左腿，右转身，面向前。（另才 乙台 仓）刀交左手，左脚踢大带，右手在右肩抄住大带，绕穗，扔大带，握拳左按，左手背刀，右弓箭步亮相。（嘟……）刀交右手，“鹞子翻身”，（崩登仓）左脚踢大带，左虚丁步，压刀式，面向“下场门”亮相。【大锣抽头】醉步“下场门”下。

第四场

杀海

〔【小锣抽头】迎儿引海和尚、潘巧云“下场门”上。

〔梆子流水〕

海和尚 【小锣穗】（过门同前）3̇ | 3̇ | 3̇ | 3̇ | 3̇ | i | 5 | $\overset{3}{}$2̇ | 2̇ | (2 3 | 2 1) |

今 夜 好 比 七 月 七 哟，

i | i | i | 5 | 5 3 | 5 1 | 5 | (5 6 | 5 6 | 5 i | 3 6 | 5 0) ‖

牛 郎 织 女 会 佳 期。

（海和尚回头看潘巧云，潘巧云含羞左手挡脸）

〔归中，坐八字，海和尚坐“大边”，潘巧云坐“小边”。迎儿在潘巧云身旁侍立。

海和尚　唉！

潘巧云　海师父，为什么唉声叹气的呢？

海和尚　昨晚偶得二梦，未知其详。

潘巧云　你说出来，我给你圆圆啊！这头一梦？

海和尚　梦见高楼品箫。

潘巧云　高楼品箫，好哇，好哇！这是你的声名在外。

迎　儿　不是的，不是的！

海和尚
潘巧云　（同）怎么不是的？

迎　儿　高楼品箫是海师父有出去的气儿，没有回来的气儿。

〔潘巧云以袖掸迎儿，阻止迎儿说。

海和尚　胡说八道。

潘巧云　第二梦呢？

海和尚　梦见茫茫大海漂来一口棺材，飘来飘去，不知道漂到何地啦！

潘巧云　哎哟，海师父，你要发财啦！

迎　儿　不对，不对。海师父姓海，海上漂棺材是海师父死无葬身之地。

海和尚　住口！

〔梆子流水板〕

【小锣穗】（过门同前）3̇ | 3̇ | 2̇ | 2̇ | 2̇ | 2̇ | 2̇ |(2 3 | 2 1)| i | i | i |

迎　儿　丫　头　太　无　情，　开　口　说

接〈花梆子〉

i | i | 6i | 5 |(5 6 | 5 6)| 3̇ | 3̇ | 2̇ | 2̇ | 2̇ | i | 2̇ | 2̇ |(2 3 | 2 1)‖

话　竟　伤　人。　迎　儿　与　我　门　开　定，

〔小和尚“上场门”暗上，在大门外敲木鱼。迎儿开门，海和尚出门。迎儿搀扶潘巧云“下场门”下。小和尚领海和尚“反圆场”。石秀“上场门”上，在正场与海和尚相遇。石秀杀小和尚。小和尚“上场门”滚下。（仓）〈花梆子〉收住。

石　秀　什么人？

海和尚　海……

石　秀　海什么？

海和尚　海……

石　秀　海什么？

海和尚　海阇黎，海和尚。

石　秀　做什么来了？

海和尚　我……我……化缘来了。

石　秀　白日为何不化？

海和尚　白天我没工夫，我化的是夜缘。

石 秀 讲了实话便罢，如若不然，（举刀）我就要哇……（八大 仓 仓 仓）（石秀砍三刀，“削”海和尚头，石秀用刀“欺”海和尚）

海和尚 别价，别价。我说，我说。是潘巧云叫我来的。我与她做下苟且之事。

石 秀 嘿嘿，（仓）果有此事。海和尚，将僧衣僧帽留下。

海和尚 凭什么给你呀！

石 秀 你脱是不脱？

海和尚 不脱！

石 秀 不脱，（举刀）我就要哇……（八大 仓 仓 仓）（石秀砍三刀，“削”海和尚头，石秀用刀“欺”海和尚）

海和尚 我脱，我脱，我脱。

〔**【九锤半·阴锣】**海和尚脱僧衣僧帽，交给石秀，露出女式坎肩。[1]脱毕。石秀将衣帽扔在一边，锣鼓收住。

石 秀 （指着海和尚穿的女坎肩）这是什么？

海和尚 这个……

石 秀 是哪里来的？

海和尚 这个……这乃是潘巧云送与我的人情表记。

石 秀 也与我脱下了！

海和尚 这件衣裳我可舍不得脱。凭什么给你呀！

石 秀 脱是不脱？

海和尚 杀死我也不脱！

石 秀 你不脱？

海和尚 不脱！

石 秀 （八大 仓 仓 仓）（石秀砍三刀，“削”海和尚头，石秀用刀“欺”海和尚）你与我脱！（八仓）（举刀“欺”海和尚）

海和尚 别，别，我脱还不成吗？我脱、脱、脱！

〔**【九锤半·阴锣】**海和尚脱掉坎肩。锣鼓收住。

石 秀 下次来是不来？

海和尚 下次再也不来了。

石 秀 我却不信。

海和尚 情愿盟誓。

石 秀 盟誓上来！

〔梆子散板〕

海和尚 **【尖板头】**廿（5 i i 6 5 3 5 6 5 i 5 – ） i i i

（八大台仓 才 仓 浪 当 七 当 一个 当 仓） 海 阇 黎

（海和尚单腿跪地，石秀左脚踩在海和尚右腿上，左手搭海和尚肩膀，右手举刀，海和尚举双手做惊吓状）

---

① 早年演此剧，海和尚内穿“彩旦衣”。

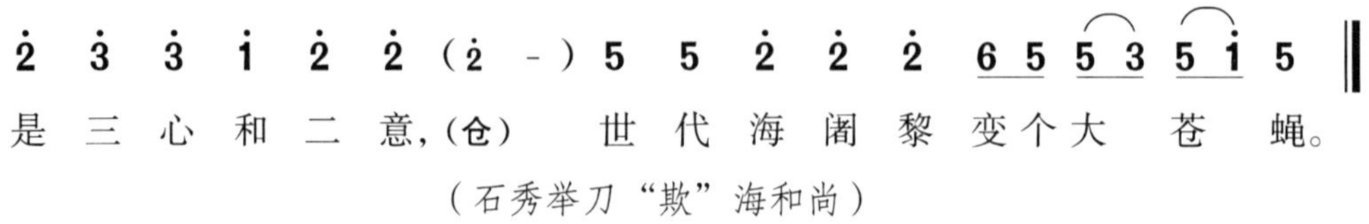

〔石秀“削”海和尚“萝卜”，海和尚“滚毛”到“大边”，石秀横扫一刀，海和尚“扑虎”，石秀上右步踢左脚，海和尚“翻身扑虎”，右腿弓，左腿跪地，石秀上步，左脚蹬在海和尚的右腿上，左手抓住海和尚右腕，横刀架在海和尚项上。

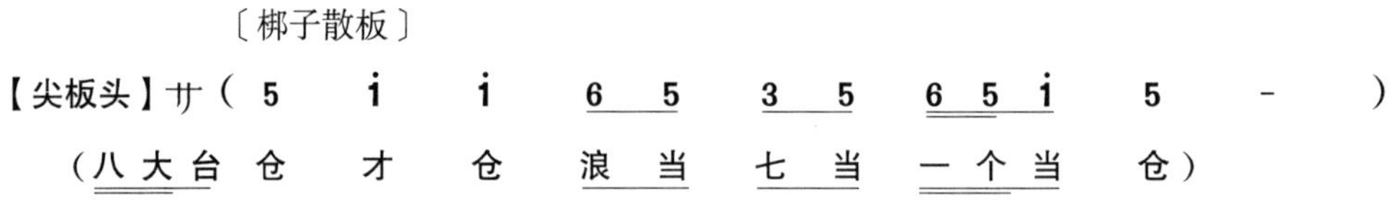

石 秀

〔【七锤子】石秀右手持刀“漫”海和尚头，一个腕刀花，举刀。

石 秀

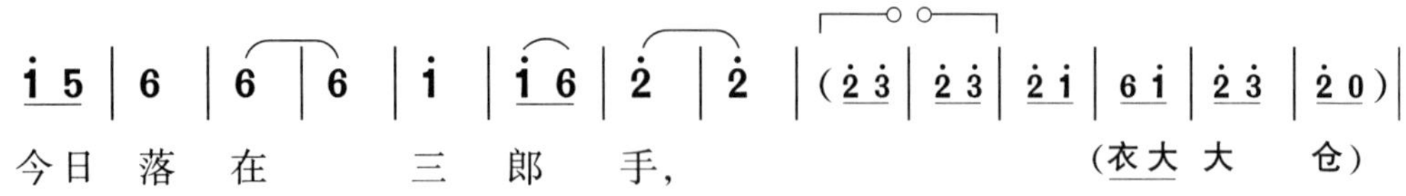

石 秀 钢刀下，送你——（八 大.）

（石秀在海和尚的头上磨刀）（杀死海和尚，海和尚“下场门”跑下）

〔【阴锣】石秀右手掂刀，抬左腿在鞋底上擦拭，刀交左手倒提，俯身拾起地上的僧衣帽等，送至“下场门”内。【阴锣】收住。【大锣五击】石秀复上回到正场。【回头】

圆场，右手指海和尚尸体。刀交右手。石秀横刀，左手撩起大带放在刀背上，用嘴衔住刀和大带，俯身双手做托起尸体状。“反圆场”至“小边”，蹲下，锣鼓收住。**【撕边】**将尸体放至“九龙口”。同时，杨雄“下场门”上至“大边”，见家门有人，过去，拍石秀肩膀。（**崩登仓**）石秀转身“削”杨雄头，右手斜提刀，左手按掌，右弓箭步，杨雄俯身躲过，退到“大边”，撑左袖，二人亮相。

杨　雄　什么人？

石　秀　石秀。

杨　雄　哎呀，你怎么还不曾走哇？

石　秀　那贱人果然做出苟且之事。

杨　雄　我却不信。

石　秀　海阇黎被俺杀死，你去看来！

杨　雄　待俺看来。

〔**【大锣五击】**杨雄去“小边”看，石秀换位至“大边”。

杨　雄　哎——呀！（**仓**）贱人做出此事，俺不免回得家去，将贱人杀死！

石　秀　且慢！（**仓**）若将贱人杀死，你我弟兄难出蓟州。

杨　雄　依贤弟之见？

石　秀　将贱人诓至翠屏山烧香还愿，那时再杀，也还不迟。

杨　雄　就依贤弟。

杨　雄
石　秀　（同）正是：**【住头】**

杨　雄　二人定计二人知，

石　秀　不要走露这消息。

〔（**八仓**）石秀、杨雄相互拱手。**【冲头】**石秀“下场门”下，杨雄“上场门”下。

第 五 场

哭　海

〔**【冲头】【五更】**唢呐吹“鸡架子”。迎儿伸着懒腰“上场门”上，开屋门至正场，再开大门，往“小边”走，海和尚尸体绊住迎儿。（**台**）迎儿低头一看。

迎　儿　哎哟，我的妈吔！（**台**）（急忙回身）有请大奶奶！

〔（**台**）潘巧云“下场门”上至正场。

潘巧云　何事惊慌？

迎　儿　大奶奶，海师父不知被何人杀死啦！

潘巧云　啊？（**仓**）在 哪儿呢？

迎　儿　现在门外。

潘巧云　待我看来。

〔（**嘟……仓**）二人一块儿出门，潘巧云看到海和尚尸体，一惊。

3̇ 3̇ -

潘巧云 （干唱）罢了！

〔杨雄"上场门"幕内白："嗯啧！"【大锣五锤】杨雄"上场门"上，至"九龙口"。同时，潘巧云与迎儿回身一同进门，至"大边"，迎儿到潘巧云身旁，二人相对而泣。

杨　雄 （念）二人把计定，

回家观动静。

〔【大锣住头】杨雄进门，站"小边"，见潘巧云、迎儿哭。

杨　雄 啊？（台）为何啼哭？

潘巧云 （掩饰）哪儿呀，我和迎儿闹着玩呢，不小心碰着眼睛啦。

杨　雄 迎儿，取我的香袋、戒刀过来。

迎　儿 是。

〔迎儿"下场门"下，取香袋、戒刀，复上，交给杨雄，回原位。

潘巧云 要香袋、戒刀何用哪？

杨　雄 翠屏山还愿。

潘巧云 我也要前去。

杨　雄 嗯，原也要你去呀！

迎　儿 我也要去。

杨　雄 小孩子懂得什么！

迎　儿 不是的，要死，我也跟我们大奶奶死到一块儿呀！

杨　雄 哼，这是怎样讲话，快些准备，俺在前厅等候。

〔【大锣五锤】杨雄"下场门"下。潘巧云出门，哭海和尚。

潘巧云

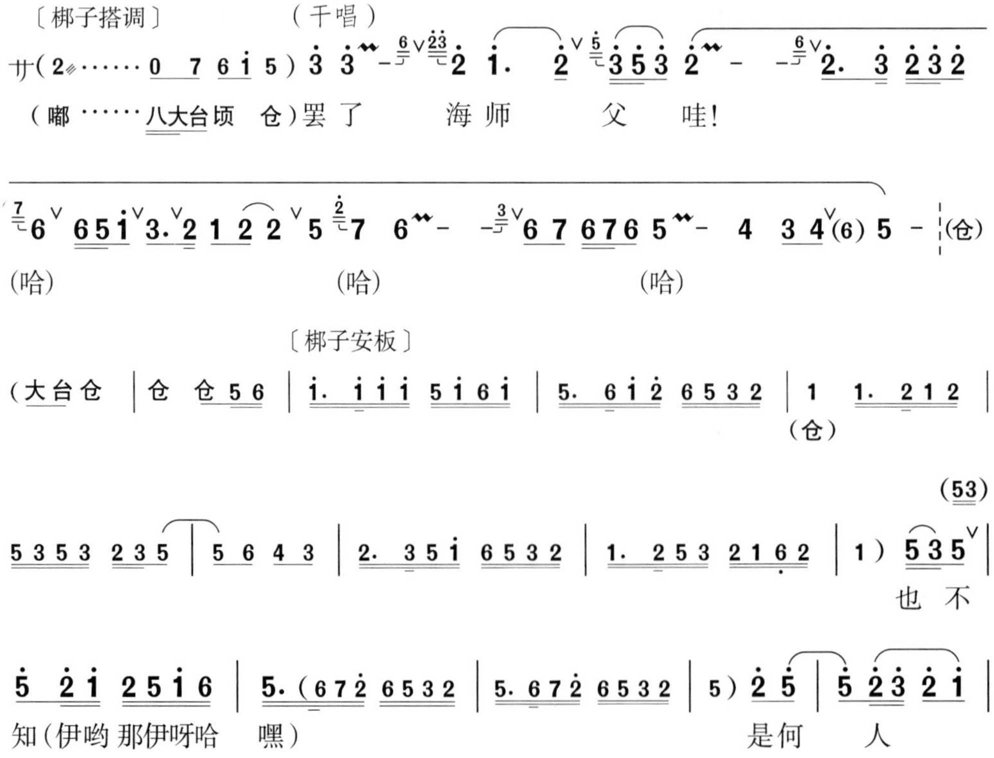

翠屏山

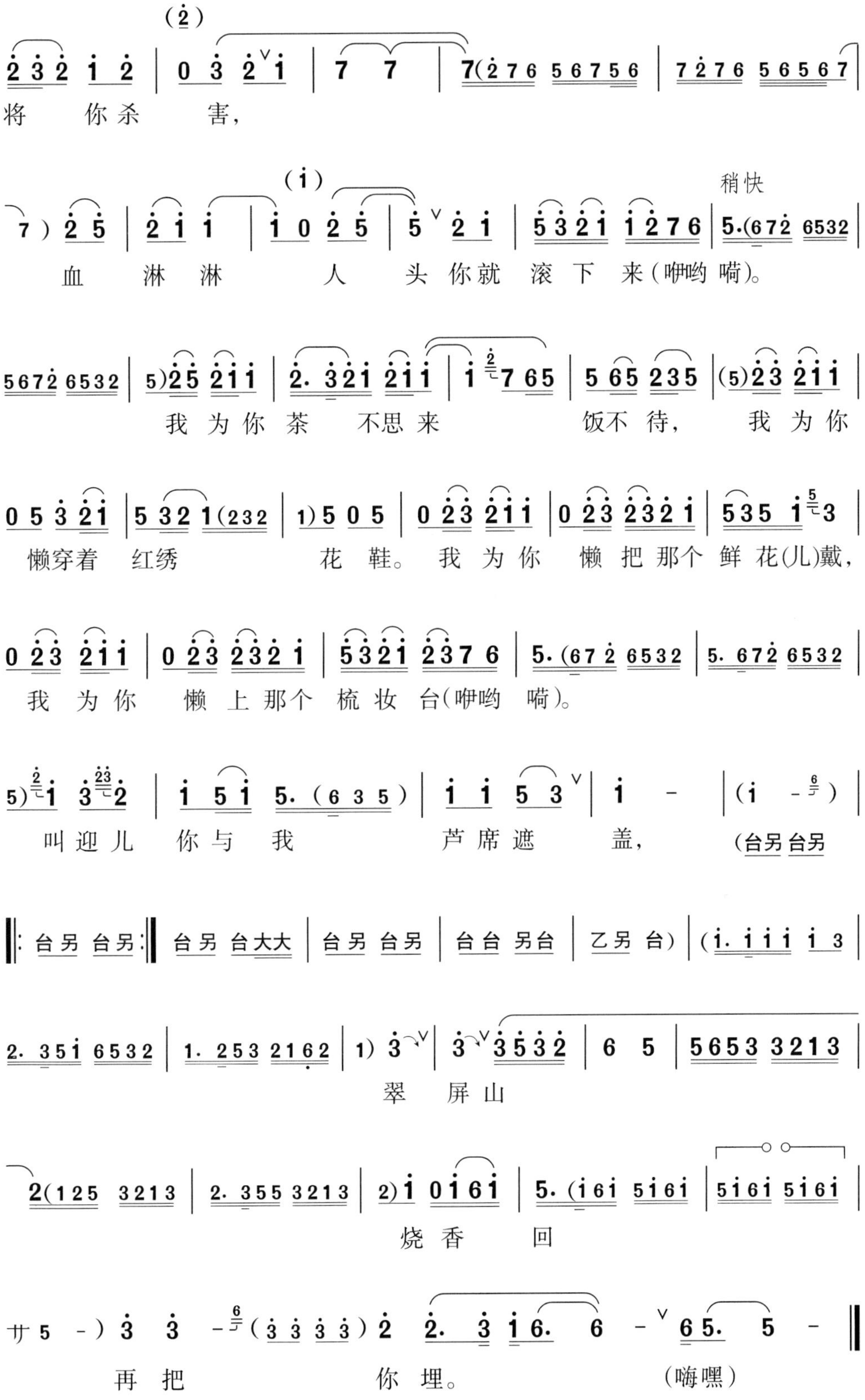

〔【带锣】潘巧云、迎儿“下场门”下。

第六场

杀山

〔【急急风】【撕边】石秀左手提棍，右手撩大带“上场门”“反圆场”上至正场，（八大台顷一仓）跨右腿，上左步，左丁步亮相。一望，（嘟仓）两望。【上天梯】退步至“九龙口”扔大带，右手按掌，左手提棍半个“反圆场”到正场后场，面向里，左手缓一个棍花，右弓箭步往“上场门”一望。起身，半个圆场回到正场亮背相。【急急风】收住。【梆子穗】右转身，左手提棍，右手握拳前按，上步。

〔梆子流水〕

石　秀　（过门同前）3 | 3 | 3 | 3 | 3 | 3 | 5/3 |（33 | 33）| 3 | 2 | 2 |

我与那杨仁兄　设下计

（23 | 23）| 3/2 | 2 | 7/2 | 2 |【流水】【梆子穗】〔梆子流水〕（过门同前）1 | 1 |

巧，　诓贱

（右手前指）　（“右山膀”，上步）

1 | 1 | 1 | 1 | 1 | 1 | 1 | 5 |（51 | 61）| 3 | 3 | 3 | 3 | 3 |

人翠屏山去把香烧。　眼望着翠屏

（右手左推，向

3 | 5/3 |（23 | 23）| 3 | 3 | 2 7 |（22 | 22）| 7/2 | 2 | 2 | 7/2 | 3/2 |

山　一条小　道，

“大边”遥望）　（“右山膀”，远望）

〔【流水】石秀“小圆场”至“小边”跨右步，上左步，左腿前弓，“右山膀”，一望。【马腿儿】棍交右手，左手前伸做拉藤条上山状，到山顶（“大边”台口）。棍交左手贴腰式，右弓箭步，俯视山下。

〔梆子流水〕

石　秀　【梆子穗】（过门同前）2 | 2 | 2 | 2 | 2 | 1 | 1 | 5 0 ‖

杨仁兄到此把手招。

〔【软四击头】石秀右丁步，右手举起向山下招手一亮。退步，转身 面向“下场门”站。【撕边】杨雄右手提大带，左手提箭衣下摆“上场门”急上至“小边”，（八大台 顷一仓）亮相。【流水】杨雄吹胡子，全身抖动，双脚两侧横跨上步至正场，一个趟趄，扔大带，左手掌心向上握拳收在腰间，右手掌心向下握拳前伸，上步成右丁步。

翠 屏 山

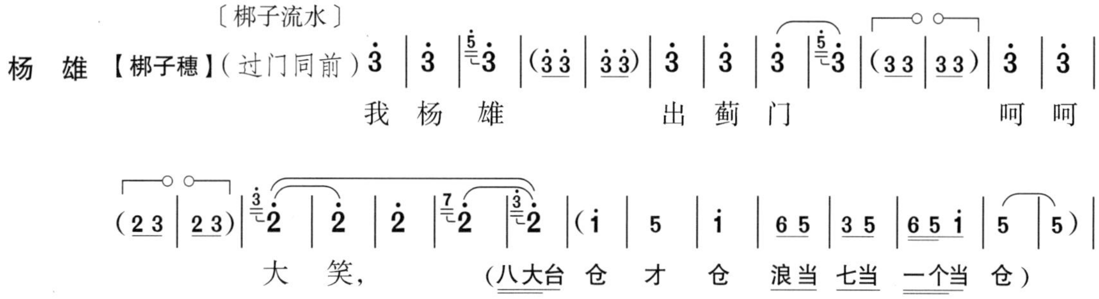

哈哈哈……

〔【流水】杨雄上步，拉“右山膀”。

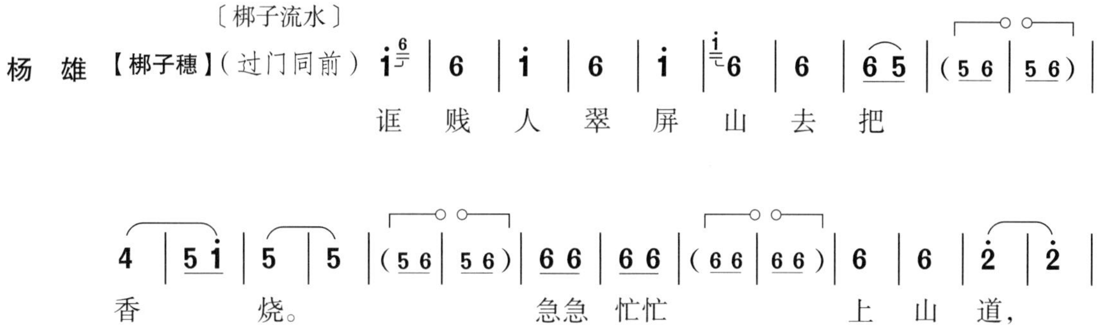

〔【流水】杨雄右手搂髯，“反圆场”至“小边”“右山膀”往“下场门”望，见到石秀。髯口甩至左臂，做上山状。至“大边”与石秀相见，互拱手。二人用手势说明潘巧云即将到来。

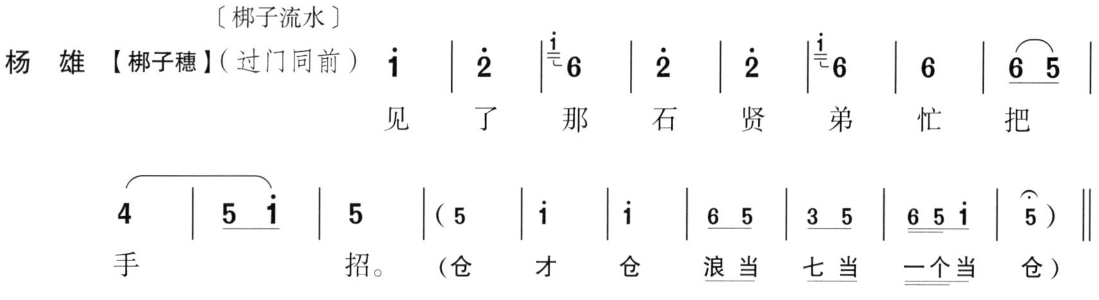

(杨雄在“小边”，石秀在“大边”。杨雄远望，一边向潘巧云招手，一边示意石秀躲藏，二人退至“下场门”下)

〔潘巧云内唱。

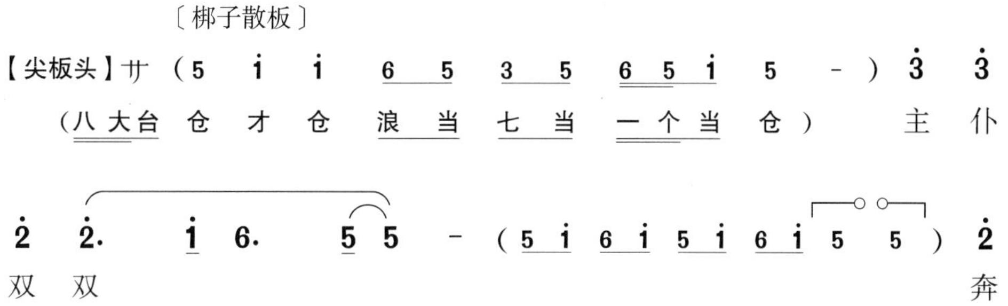

5 2 1 6 5 - ∨ 2 - （1 5 1 6 5 3 5 6 5 1 5 - ）
古 庙，（八大台 仓 才 仓 浪当七当 一个当 仓）

〔【撕边】潘巧云撑双袖“上场门”上，至“九龙口”一亮，（仓）【乱锤】捯双手，上几步，至正场台口向前一扑。迎儿“上场门”上，上前搀扶潘巧云起来，【梆子硬三锤】二人互挽左臂向左大转身开唱。

〔梆子快板〕

（0 | 0 | 5 | 5 | 5 | 1 5 | 6 1 | 5 ）| 1 | 1 | 0 1 | 0 1 | 1 | 6 1 | 5 |
（八大 台 仓 仓 仓） 翠 屏 山 上 把 香 烧。

稍慢

0 1 | 0 5 | 1 | 6 | 0 1 | 0 5 | 1 | 0 1 | 0 5 | 1 | 5 | 3 5 | 6 1 | 5 0 ‖
将 身 来 在 阳 关 道， 只 见 石 秀 在 荒 郊。

〔潘巧云归正场，迎儿站“小边”。杨雄“下场门”上，与潘巧云相见。石秀随后跟上。

杨 雄 你来了。

潘巧云 我来啦。

石 秀 嫂嫂，（仓）你来得好！

〔石秀往地上摔棍，险些砸在潘巧云脚上。（仓）潘巧云做惊慌状。

潘巧云 看他颜色不对，迎儿，咱们回去。（与迎儿欲回）

杨 雄 迎儿，哪里走？

潘巧云 今儿个日子不好。

杨 雄 今天是良辰吉日。

潘巧云 今儿个我有点儿不舒服，附耳上来。（与杨雄耳语）

杨 雄 呸，着打！

〔（八大仓）杨雄打潘巧云嘴巴，潘巧云左转身一周，面向迎儿，暗摊双掌。

杨 雄 石秀，你说你嫂嫂与海和尚有染，有何凭证？（仓）

潘巧云 呀呀呸！（上前抓住石秀的手臂）石秀！你说嫂子我偷和尚，我来问你，这拿贼？

石 秀 要赃！（仓）

潘巧云 捉奸？

石 秀 要双！（仓）

潘巧云 有何凭证，拿来我看！

石 秀 不看也罢！

潘巧云 一定要看！

石 秀 你站定了！（甩开潘巧云，潘巧云往“上场门”摔“屁股坐子”，迎儿忙上前将其扶起）

〔梆子流水〕

【梆子穗】（过门同前）3 | 3 | 3 | 3 | 2 | 2 2 | 2 | 2 | 2 2 | 2 |
翠 屏 山 前 举 家 到，

嫂嫂!

〔梆子流水〕

【梆子穗】(过门同前) i | 5 | i | i | i | 6 i | 5 ‖

休 得 撒 野 来 放 刁。

(上步)

〔(八仓)石秀抓潘巧云的帔,潘巧云往"上场门"台口摔抢背。迎儿将其扶起,归中场。

杨 雄 你取来!

〔【流水】石秀"下场门"下。潘巧云上步眺望石秀,与迎儿不知所措,相互摊掌,迎儿暗示逃走,二人欲下山。杨雄阻挡二人的退路。石秀拿着女坎肩、僧帽、僧衣"下场门"复上,站"大边"。

〔梆子流水〕　　扳慢

石 秀 【梆子穗】(过门同前)6 5 | 6 6 | 3 | 3 | 3 |(0 0 | 0 0)| 5 3 | 5 i | 5 ‖

取过 嫂嫂 香 莲 袄、僧衣、(仓)僧帽、(仓)僧 罩 袍!

(提着女坎肩)　(将衣服一件一件地扔与杨雄)(仓)

〔杨雄将衣物扔与潘巧云,(仓)潘巧云接过扔与迎儿。(仓)迎儿接过扔进"上场门"。

石 秀 杨仁兄!

〔梆子流水〕

【梆子穗】i 5 | i 5 | i | i | i | i. i | i i | i | i | 5 ‖

自己 妻室 不 训 教, 反 赖 为弟 骂 故 交。

(招呼杨雄,杨雄上步)近前来,呸,呸,呸!(杨雄抬左臂遮羞,回原位)

(仓 仓 仓)

〔【乱锤】杨雄击双掌,抖动髯口,上步,右手狠狠地指着潘巧云。潘巧云欲逃走,被杨雄拦住,拉到"大边"。迎儿上前欲保护潘巧云,石秀上步杀死迎儿(迎儿"上场门"下),石秀归"小边"。

〔梆子散板〕

潘巧云 【尖板头】艹(5 i i. 2 6 5 3 5 6 i 5 -) 3 3 2 2 2

(八大台 仓 才 仓 浪当 七当 一个当 仓)　一 见 迎 儿 命

i 2 3 5 3 2 2 - (2 -) 3 2 2 i 6 5 (5 -) i i i i

丧 了,　(仓)　不 好 了!　(仓)　大 谅 今 日

1 6 1 5 (5 -) 2 2 5 2 1 6 5 - 1 5 1 6 5 1
命 难 逃。(仓) 转 面 来 我 把 石 叔 叔 告,

6 6 6 5 5 - (5 -) 2 5 2 1 1 - 3 3 1 6 5 - (5 -)
石 叔 叔(哇)! (仓) 哎, 石 叔 叔! (哇) (仓)

〔【流水】潘巧云面对石秀跪步相求,石秀趋步逼潘巧云,【夹饽饽】潘巧云往“上场门”走“跪窜”,“跪窜”再返回原位,【流水】石秀用脚“漫”潘巧云头,往“上场门”踢潘巧云抢背。潘巧云起来归中。

〔梆子流水〕

潘巧云 【梆子穗】(5 1 6 1 | 7 6 7 2 | 6 5 1 1) | 1 | 5 | 0 1 | 0 1 | 1 | 6 1 | 5 |
苦 苦 哀 告 不 肯 饶!

〔梆子散板〕

【尖板头】廿(5 1 1. 2 6 5 3 5 6 1 5 -) 2 2 5 2 1 6 5 - 6 5 1 5
(八大台 仓 才 仓 浪当 七当 一个当 仓) 转 面 来 我 把 大 郎

1 6 6 6 5 5 - (5 -) 2 5 2 1 1 - (1 -) 3 3 2 5 2 1 1 6 6. 5
告,大 郎 夫 哇! 哎…… 大 郎

(潘巧云“跪窜”抱住杨雄后腰后撤,再往前推,杨雄做王八状)

5 - (5 -) 3 3 2 2 2 1 1 - 2 1 1 5 1 6 5 - ‖
啊! 饶 了 为 妻 这 一 遭, 下 次 不 饶!

〔杨雄抽潘巧云嘴巴,潘巧云归“大边”,杨雄归中,石秀在“小边”逼杨雄杀潘巧云。杨雄欲杀潘巧云,潘巧云拉杨雄晃动身体撒娇,杨雄难以下手。

石　秀　你为何不杀他?

杨　雄　夫妻一场,难以下手。

石　秀　(夺过杨雄手中的刀)你不杀她,我杀你!

杨　雄　贤弟与我代杀。

石　秀　难道连累我人命不成?

杨　雄　我杨雄对天可表。

〔杨雄中场跪,石秀在其左侧举刀听状。

〔梆子散板〕

【尖板头】廿(1 5 1 6 5 3 5 6 5 1 5 -) 3 3 3 3 3 2
(八大台 仓 才 仓 浪 当 七 当 一 个 当 仓) 走 上 前 来 忙 跪

(潘巧云左回身至杨雄右侧,摆手不让杨雄起誓,石秀拦潘巧云)

2̇ (2 -) 1̇ 1̇ 1̇ 1̇ 1̇ 1̇ 5 (5 -) 6 6 6
定，(仓) 过 往 神 灵 听 分 明：(仓) 我 若 是
（潘巧云回身至杨雄左侧，摆手

6 6 6 2̇ 2̇ (2 -) 1̇ 5 1̇ 1̇ 1̇ 6 1̇ 5 0 ‖
三 心 并 二 意，(仓) 叫 我 死 后 不 转 人。
（八 大 仓）
示意，石秀又拦潘巧云）（潘巧云又回“小边”，石秀又拦）

〔【急急风】杨雄站起，石秀欲杀潘巧云，“过合”，潘巧云推着杨雄归“大边”。石秀与杨雄、潘巧云转身，再“过合”，石秀用刀“漫”潘巧云头，杨雄归“大边”，潘巧云归中场叼住甩发。石秀“扫”潘巧云“爬虎儿”，潘巧云走“乌龙绞柱”一圈，起来，抓住石秀右腕，放甩发，凝视石秀手中的刀，做惊恐状。转【大锣原场】石秀领潘巧云走一个圆场。两个【软四击头】逼潘巧云先往前再往后。（八大 仓 仓 仓）杨雄至正场后场，潘巧云在后场转身面朝里下腰，杨雄弯腰在下，潘巧云下腰躺在杨雄身上。【撕边】石秀转身，掂刀，刺潘巧云胸膛。（仓）【冲头】石秀抓潘巧云送进“上场门”，复上。

杨 雄 潘巧云已死，你我弟兄何处安身？

石 秀 你我投奔梁……

杨 雄 噤声。（仓）

〔杨雄、石秀分到两边一望。

杨 雄 梁什么？

石 秀 投奔梁山！

杨 雄 梁山去者！

石 秀 请！

杨 雄 请！

〔唢呐吹奏〈尾声·合头〉杨雄、石秀“推磨”换位，亮高、矮相。幕落。

——剧 终

附　　录

一　〈柳青娘〉〈海青歌〉的收头及相互转换

（西皮）〈柳青娘〉

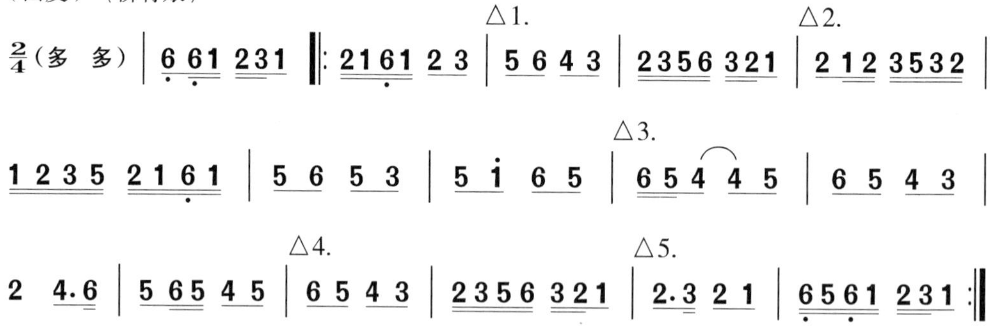

收头：

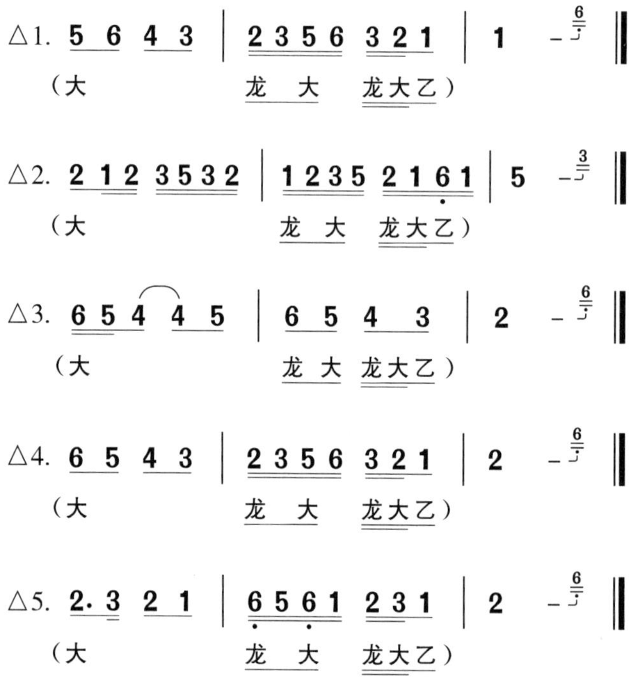

（西皮）〈海青歌〉

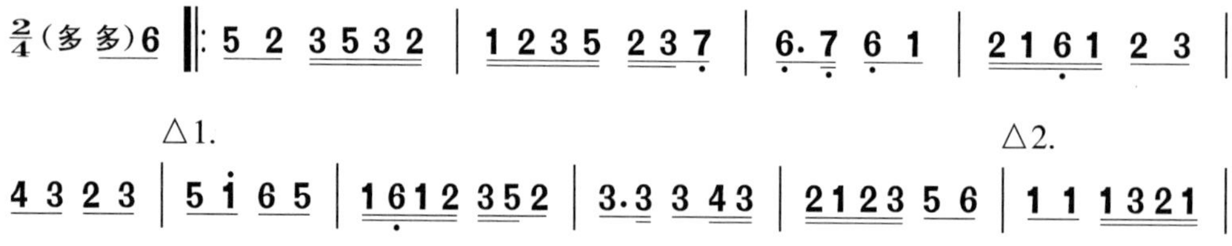

翠屏山

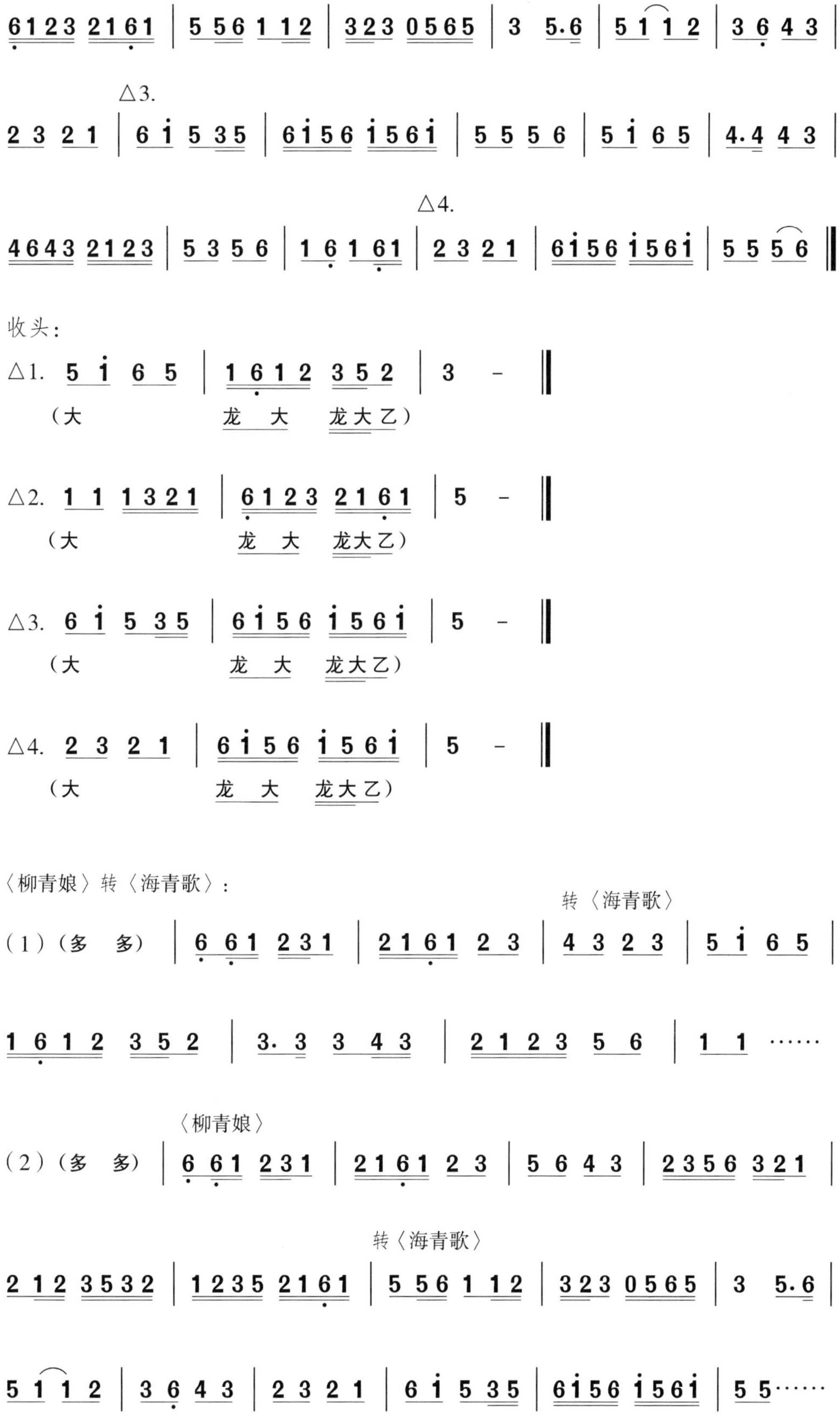
△3.
△4.
收头：
△1.
（大 龙 大 龙大乙）
△2.
（大 龙 大 龙大乙）
△3.
（大 龙 大 龙大乙）
△4.
（大 龙 大 龙大乙）
〈柳青娘〉转〈海青歌〉：
转〈海青歌〉
（1）（多 多）
〈柳青娘〉
（2）（多 多）
转〈海青歌〉

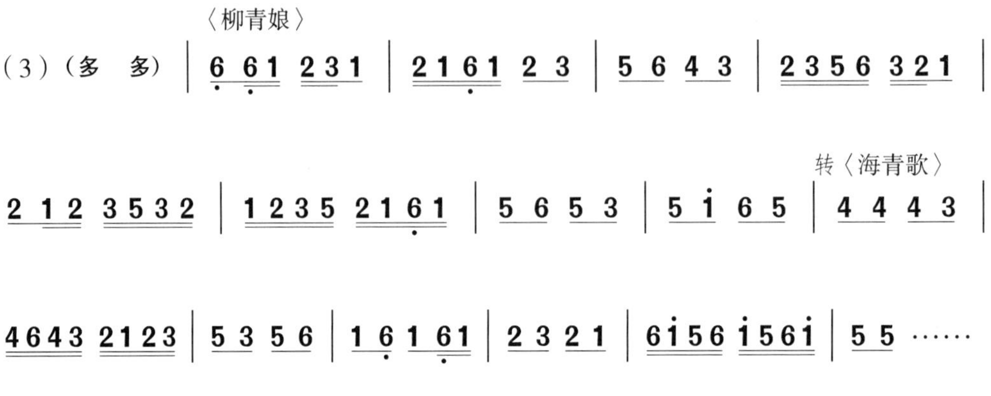

〈海青歌〉转〈柳青娘〉：

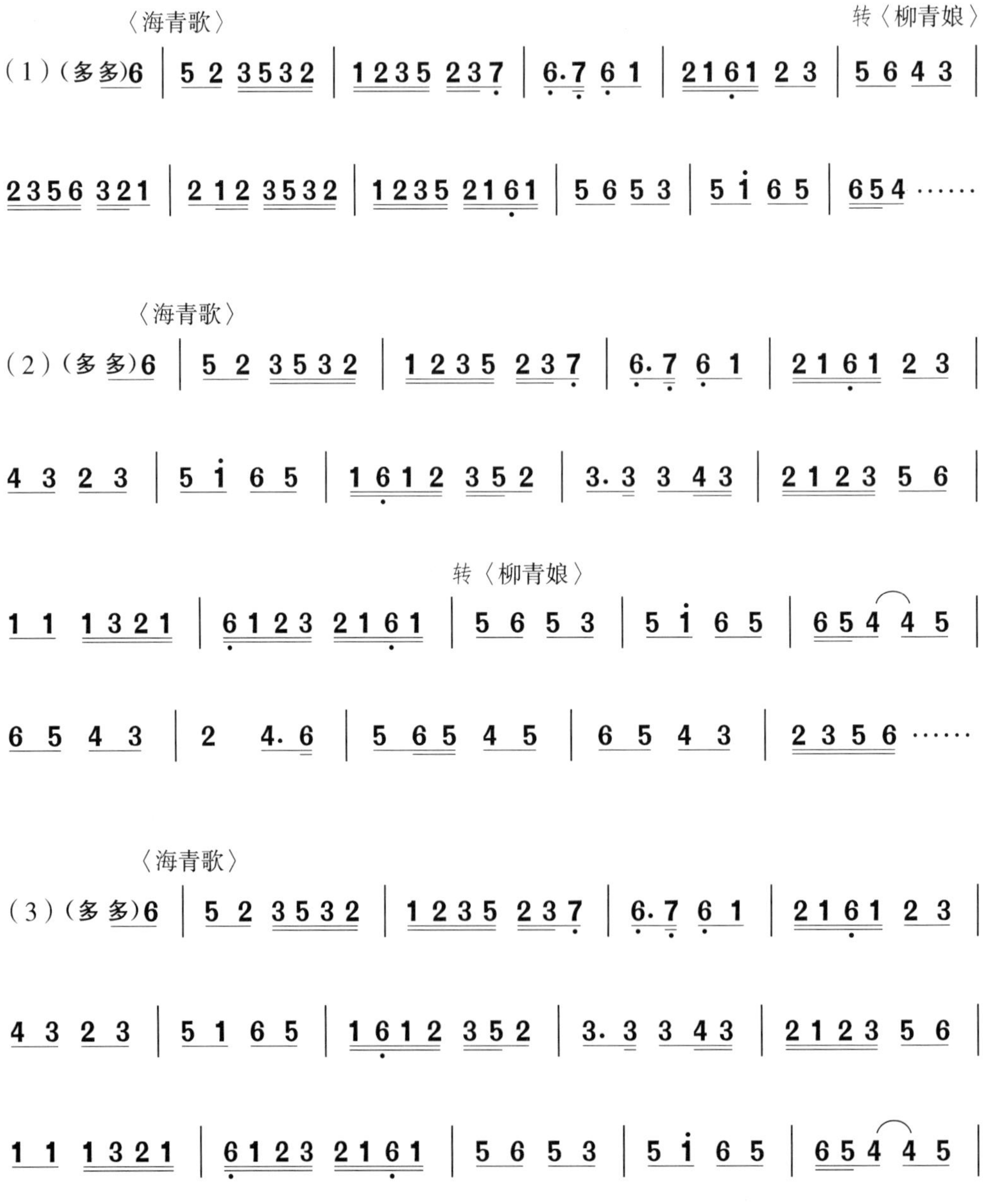

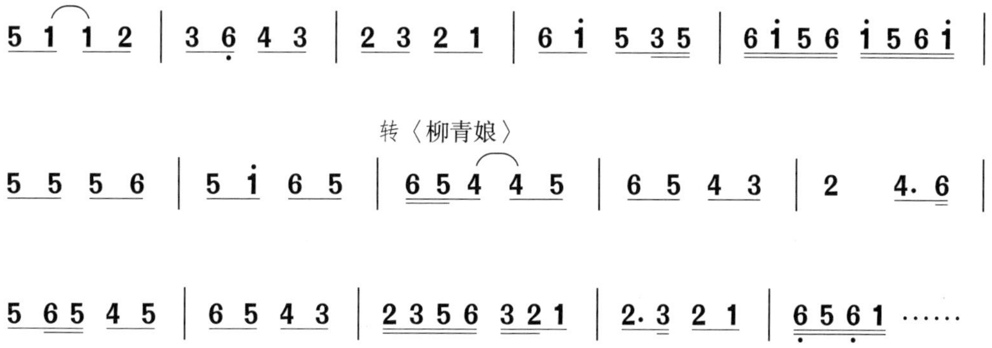

注：以上各收头听鼓板的指挥。

二 〈梆子吹打〉曲谱 凡字调 $1={}^{\flat}E$

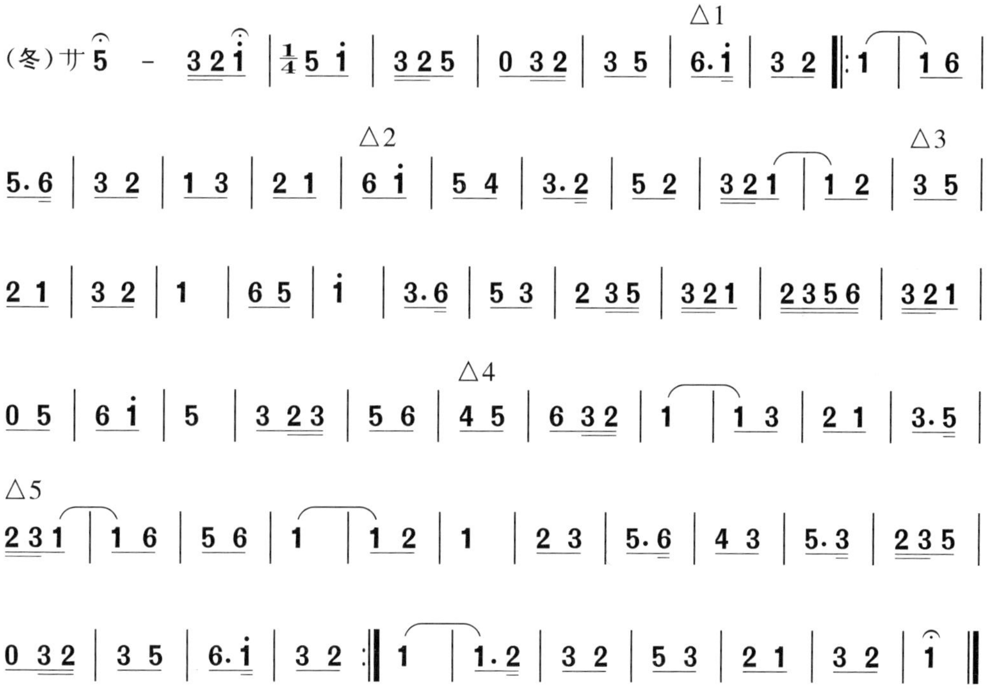

〈梆子吹打〉的收头可以有如下五处：

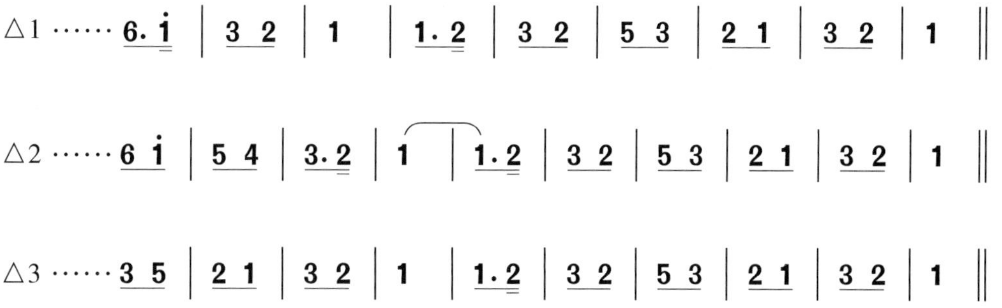

△4 ……4 5 | 6 3 2 | 1 | 1·2 | 3 2 | 5 3 | 2 1 | 3 2 | 1 ‖

△5 ……2 3 1 | 1 6 | 1 | 1·2 | 3 2 | 5 3 | 2 1 | 3 2 | 1 ‖

宋燕玲 整理

扈家庄

宋德珠演出本

《扈家庄》一名《夺锦标》，是武旦行的重头戏，剧情源于《水浒传》第四十七回“一丈青单捉王矮虎，宋公明二打祝家庄”。剧情与小说有出入：祝家庄和扈家庄结盟与梁山为敌，梁山宋江引兵攻打祝、扈二庄。扈家庄扈三娘身材高大骁勇善战号称“一丈青”，一战生擒王英，再战又伤李逵，得意洋洋忘乎所以，最后陷入林冲所布之阵，被擒。

《扈家庄》是武旦名伶“九阵风”（阎岚秋）的代表作之一。“九阵风”的艺术特色是武打“勇猛彪悍，排风驭电，非常火炽”。阎氏曾在中华戏校执教，那时宋德珠就是他的得意学生。

先师宋德珠是一位勇于改革创新的艺术家，在舞台上他注重突出旦（女性）之美。如“云手”是各行都用的程式，戏曲有“生齐胸、旦齐乳、净齐肩、丑齐脐”之口诀。旦的“云手”为什么要齐乳呢？这是因为妇女受封建意识的影响，乳不但要束紧更不能外露，所以旦角做身段都用手将乳遮住，因此就形成了“旦齐乳”的程式。他在画报、电影中见到外国女性都袒胸、突出乳部，强调曲线之美，于是大胆“拿”来，将“旦齐乳”的程式，改成手的部位下移，露出乳部，使人物更加妩媚多姿。

1962 年我有幸拜在宋师门下，学的第一出戏就是《扈家庄》。清晨，师父带我到保定人民公园，您提着鸟笼在一旁遛鸟，叫我先压腿、踢腿、下腰，待我活动开了，您往长椅上一坐，叫我跑圆场。“想跟我学戏，得先跑好圆场。”——这是师父教学生的原则。您说“基功好不好，先看你一跑”，“咱们台上一走一动，处处离不开圆场功”，因为“脚下是根”。您规定跑圆场“四不准，一压步”，即不准晃、不准窜、不准颠、不准扭，必须要压住步。您曾多次给我做示范，常说“练功其实是磨功，珠宝玉器不打磨不光亮，咱们京剧台上的功夫是磨出来的”。所以每当我跑圆场时不管跑多长时间，跑得多么累，师父不叫停，我是不敢也绝不会停下来的。有时师父还用枪头顶着我的腰跑，每次叫停前您会先“嗯”一声，然后才会说“行了，歇会儿吧”。

师父在教戏过程中，反对单纯对他进行模仿。您说：“向我学戏，不仅仅学个表面的样儿，更重要的是要明白其中的情理，知道一字一句为什么要这么唱、念，一招一式为什么要这么做。”您说：“我是男的演女的，你本来是女的，我是在模仿女的，你就不必再要去模仿我的模仿，要从学习我的表演特点中，发挥你的特点。”“美、媚、帅、脆”就是师父的表演特点，充分体现在您饰演的各个人物的身上。师父说：“演扈三娘要表现人物的傲气，尤其是亮相要体现人物的性格特征，动作不到位，力度不够，功夫欠缺，必然把人物演得软弱无力，含含糊糊。功夫是否到家，动作是否到位，尤其是亮相是否有力度，都关系到对扈三娘这个人物形象的刻画是否准确。”

我在多年的演出生涯中与宋派的《扈家庄》有着不解之缘，不仅多次演出该戏，还相继教给了一些学生，其中有山东的董翠娜、王晓燕，天津的李唤弟、赵士慧，大连的李萍以及烟台戏校的一些学生。我在教学过程中也是从圆场开始，有时候我可以领着学生跑正、反各五十个圆场，以至有的学生叫苦不迭，但我深知这是无论如何也不能丢掉的。

传统京剧艺术各种流派都印记着一种时代的特征，当然也检验着一个流派的美学特征能否广为流传，被时代接受。有人说宋派表演艺术风格的形成并广为流传至今，正是先师的美学观具有紧跟时代甚至是超前的艺术特征。在我们思考京剧的前途时，我想宋派的表演艺术会有重要的启迪作用。现我应《中国京剧流派剧目集成》编委会之邀将宋派的《扈家庄》整理出来，既是对先师的怀念，也想对宋派艺术的传承尽一份微薄之力。

宋燕玲

人物行当

扈三娘	武旦或刀马旦	黄　信	武生
四女兵	旦	花　荣	武小生
四庄丁	武行	秦　明	净
纛旗手	旦	阮小二	武丑
宋　江	老生	阮小五	武丑
吴　用	老生	阮小七	武丑
林　冲	靠把武生	八梁山兵	武行
李　逵	武净	报　子	丑
王　英	短打武生或武丑		

服装扮相

扈三娘　俊扮。包大头（不带线帘）或蝴蝶盔（配皎月色花后兜），皎月色绣花改良女靠，粉红彩裤，皎月色花薄底靴。

四女兵　俊扮。粉红色头巾、红绒球小额子，粉红色战衣战裙，粉红色彩裤，皎月色薄底靴。

四庄丁　揉脸（也可俊扮）。紫色头巾，紫色打衣打裤，黑薄底靴。

纛旗手　俊扮。粉红色头巾、红绒球小额子，粉红色战衣战裙，粉红色彩裤，皎月色薄底靴。

宋　江　俊扮。草王盔、双翎、狐尾，红蟒（不挂带），黑彩裤，厚底靴。

吴　用　俊扮。蓝道巾（系飘带）、黑三，蓝褶子、绦子，红彩裤，厚底靴。

林　冲　俊扮。白色虎头盔、黑绒球大额子、双翎、狐尾、黑三，白色硬靠，红彩裤，厚底靴。

李　逵　勾李逵脸。黑鬃帽、黑扎、耳毛子、红色英雄花（插左鬓），黑侉衣（左后侧内衬白色蓝花腰巾）、白绦子、大带，黑彩裤，厚底靴（或薄底靴）。（第一场外穿黑色绣蝴蝶或蝙蝠花纹褶子）

王　英　武生扮：俊扮。红色花软罗帽、黑茨菰叶、杏黄色偏球（左插），红色抱衣抱裤，黑薄底靴。（第一场外穿红花褶子）

武丑扮：勾窝头形丑角脸。红色虎头盔，蓝花箭衣、红色下甲，红彩裤，黑薄底靴。

黄　信　俊扮。杏黄色软罗帽、黑茨菰叶、蓝色偏球（左插），黄色花抱衣抱裤、蓝色绦子、大带，薄底靴。

花　荣　俊扮。粉红色花软罗帽、黑茨菰叶、红色花偏球（左插），粉红色抱衣抱裤、紫色绦子、紫色大带，黑薄底靴。

秦　明　勾红碎脸。红色花软罗帽、黑茨菰叶、黑偏球（左插），红色抱衣抱裤、绦子、大带，黑薄底靴。

阮小二　武丑脸。小鬏帽、蓝布绸条、黑茨菰叶、白色偏球（左插），黑侉衣黑彩裤，鱼鳞绑腿、鱼鳞靸鞋。（第一场外穿黑花褶子）

阮小五　武丑脸。蓝毡帽、黑绸带，黑侉衣黑彩裤，薄底靴。

阮小七　武丑脸。蓝毡帽、黑绸带，黑侉衣黑彩裤，薄底靴。

八梁山兵　俊扮。黄色小倒缨盔，黄色绣边打衣打裤，薄底靴。

报　子　勾丑脸。蓝毡帽、蓝绸条，黑色箭衣、红卒坎（斜披），黑彩裤，薄底靴。

道具

皎月色方纛旗（上有“扈”字）	一面
皎月色剑鞘宝剑（粉红色剑袍）	一把
粉红色马鞭	一根
金杆（或包红带）方天画戟	一杆
白缨双头枪	一杆
女单刀	四把
刀马大刀	一把
男单刀	二十把
杂色马鞭	数根
男单头红缨枪	一杆
板　斧	一对
黑缨花杆单头枪	八杆
桌　子	一张
椅　子	两把
红桌围	一个

第 一 场

〔正场高台座。

〔【缓锣】林冲随【四击头】"上场门"上,"九龙口"亮相。【大锣回头】黄信、秦明齐上站林冲两侧;李逵、花荣齐上站外侧;王英、阮小二上站外侧;阮小五、阮小七上站外侧。【大锣原场】众站一排做简略的整束后行至台口。【大锣归位】众双称亮"合扇",左、右"顺风旗"。

〈粉蝶儿〉(唢呐)小工调 1＝D

众 廿 6 7 6 - ᵛ5 57 653 2 3 2 - 【小锣二击】 72 67 23
占 水 泊 替 天 行 道, 忠 义

2 - ᵛ6 6 3 5 - 【小锣三击】 2 23 12 7 - ᵛ2 3 2 67 5 - ‖
堂 排 列 着 旌 旗 枪 刀。

〔众人随【大锣归位】归成一队齐拱手。

众 俺——【撕边一锣】

林 冲 豹子头林冲。

秦 明 霹雳火秦明。

黄 信 镇三山黄信。

花 荣 小李广花荣。

王 英 矮脚虎王英。

李 逵 黑旋风李逵。

阮小二 (京白)立地太岁阮小二。

阮小五 (京白)短命二郎阮小五。

阮小七 (京白)活阎罗阮小七。

〔【住头】林冲站中央,众人站"八字"。

林 冲 众家哥弟请了。

众 请了。

林 冲 大哥排山,你我两厢伺候。

众 请。

〔唢呐吹奏〈水龙吟〉林冲对众人拱手"下场门"下,众人分对拱手分"上、下场门"下。八梁山兵"大站门"——即分对上场"九龙口"一站,再行至台口一站,然后对面转身分列两侧。【四击头】接【吊钹】吴用引宋江"上场门"上,吴用站"大边"一侧,宋江抖袖、理髯至台口中间,抖袖站稳。【大锣归位】

扈 家 庄

〈粉蝶儿〉

宋 江 廿6 7 6 －˅5 5 7 6 5 3 2 3 2 －【小锣二击】7 2 6 7 2 3 2 －˅

众英雄 聚义 山 岗， 杏 黄 旗

6 6 5 3 5 －【小锣三击】2 2 3 1 2 7 －˅2 3 2 6 7 6 5 －‖

云中荡， 除暴 安 良。

〔唢呐吹奏〈水龙吟·合头〉宋江理髯检阅梁山兵，然后左转身上高台就座。吴用随上高台于“大边”椅站立。林冲引众梁山将分从“上、下场门”上，至台口中央对拱手入帐，站一排面向宋江拱手。音乐止。

众 参见大哥。

宋 江 众家哥弟少礼。

众 啊！

〔【大锣归位】众梁山将分“八字”站立两侧。

宋 江 （诗）威风凛凛坐梁山，

盖世英雄非等闲。（台台）

除暴安良本夙愿，

誓将朝廷一手翻。【住头】(两侧梁山兵归里站“八字”)

宋 江 某——【撕边一锣】及时雨宋江。

吴 用 智多星吴用。（仓匝）

宋 江 可恨祝家庄勾结朝廷，屡屡与我梁山作对。我与晁盖大哥商议，带领大兵攻打此庄，怎奈扈家庄扈三娘十分骁勇，两庄勾结，互为接应，必须先擒扈三娘方能破得祝家庄。为此，今日点兵攻打扈家庄，啊吴用贤弟。

吴 用 大哥。

宋 江 如何破敌，请来点兵。

吴 用 遵命。王英贤弟！

王 英 （出队拱手）在！【撕边一锣】

吴 用 命你攻打头阵。

王 英 遵命。（归队肃立）

吴 用 黄信、秦明。

黄 信
秦 明 （同，出队拱手）在！【撕边一锣】

吴 用 二队接应。

黄 信
秦 明 遵命！（归队肃立）

〔李逵焦躁不安跃跃欲上。

吴 用 林冲贤弟。

林 冲 在。【撕边一锣】

〔李逵惊、退步。

吴 用 命你率领众家哥弟各路都救应。

林　冲　遵命!

吴　用　(对宋江)大哥,分派已毕。

宋　江　但愿此去旗开得胜。

众　马到成功!【大锣一击】(李逵悄悄出帐)

李　逵　(京白)没我的事,我先走一步了。("下场门"下)

宋　江　众家哥弟!

众　有!

宋　江　扈家庄去者!

众　啊!

〔【急急风】梁山兵分下,持马鞭复上,"合龙口"。宋江、吴用、林冲、秦明等上马。梁山兵举刀转向台口,然后"插门"领起一队圆场"下场门"下。众梁山将随下,宋江、吴用下。

第　二　场

〔空场【急急风】收住。

〔探子内白:"马来!"持马鞭、别单刀随【撕边一锣】"上场门"急上。【水底鱼】至台口。

探　子　(念对)梁山发大兵,回庄报军情。

咱——【一锣】扈家庄探子是也。(仓才)今有梁山贼寇发兵直奔我庄而来,待俺回庄报于小姐知道,就此马上加鞭!(【撕边一锣】接【水底鱼】加鞭"下场门"下)

〔【缓锣】突转【急急风】四女兵"站门"结对直冲台口中央,每对到台口时分踏左、右步对称分开,翻转至舞台后区横排而立。

〔【急急风】戛然而止,空场片刻,突起【慢四击头】扈三娘"上场门"出场"起霸":(大台)扈三娘左手扶宝剑右手下垂在舞台后侧直线奔至舞台中心,随【四击头】的第一锣涮右手右回身面向观众下垂,左手扶宝剑略抬右腿(要绷脚面)展示。然后急行"乙"字形圆场至"九龙口"右手掏翎。垫右步跳左步侧身向前方亮住(要求掏翎右臂下垂齐腰,左手扶宝剑,全身挺拔)。【一锤锣】接【冲头】原地微晃上身,脚下踏三至五步"花旦步"(透出一股孩子气和女性的娇媚),踏步由慢到快成圆场,从右向左行一弯线至"下场门"口,右手向下一点翎子,右脚向右侧一蹬,随【冲头】收住,左脚在前向左前方亮住。随(八大仓)快扔翎子,左脚点地踏步,换右脚滑步在前,同时起"云手",平伸左臂,右掌在乳下亮相。【冲头】原姿势向后退步,同时右手掌在前点动,先左脚向后滑步,随右手点动右脚向后滑步,再左脚向后滑步,然后急退至"九龙口"处,拉右"山膀"亮住。【五锤】走"云手"上抬左臂,右手掌齐腰,前滑右步,向右倾身,再起"反云手",向右转身,至"小边"台口亮"顺风旗"式。【撕边】(八大仓)双手掏翎向左侧大涮腰顺势半转身面向里侧,双手交叉绕翎子,上抬右臂、平抬左臂后抬右腿向里"软跺泥"亮住。慢起【撕边】转【急撕边】接【一锤锣】,展开双臂如雄鹰展翅由慢到快"反圆场",至舞台中心面向观众右踏步左滑步,双手绕翎子后放扔双翎子,向左侧转身圆场起"云手"面向"上场门"亮住【慢冲头】向前点右掌,向后退滑三步,然后快退至"下场门"台口处,展开右臂"山膀"亮住。随两个(八大大仓)双手掏翎先跨右腿提左腿后别步半蹲,左手高抬,右手平伸,右半转身向外一亮。再左转身右手高抬，左手平伸向外一亮。（八大大仓）快速重复上面两个左、右半蹲转身身段，随（八大仓）再左转身上跨右步，双手持翎向左前方探出，半蹲一亮。随【四击头】中（大台）起身，撤回右步，持双翎向右绕三圈，顺势向右“大鹞子翻身”接右“串翻身”两个，顺势右腿在前、左腿后别走“硬屁股坐子”向外侧左手高抬，右手平伸持翎亮住。随【软四击头】起身，双手持翎在身前并拢，一点右脚，左步平滑，双手持翎展开，形体呈“大”字，顺势急向前左转，张开双臂放开翎子，原地向左小圆场起“云手”向前方右掌在下，左臂平伸，略抬右脚，随【软四击头】中的末锣右脚点地亮住。【慢冲头】扈三娘依前面退步的要求滑步后退至“九龙口”处“山膀”亮住，随两个【撕边·回头】两整袖：第一个整袖起“云手”向左随行两步，左臂略侧下伸出，右手在左腕处一拉，同时左腿略抬顺势向右倾身，然后起“反云手”，随势向右随行两步，左步在前一踏，右臂抬、左手扶右手腕，向左前方亮住。【软四击头】双手整冠，双眼略上看，双手翻挑起双靠绸，分搭在双臂上，身向前倾，顺势上两步，同时双手向里侧交叉绕动，然后前踏左步，双手做紧绳扣状，握双拳左拳在下右拳在上向前方亮住。【一锤锣】接【慢冲头】扈三娘双臂向下一垂身子略一晃动，将搭在臂上的双绸顺势放下，双臂下垂顺势向左小圆场，右手掏翎子，在“上场门”处向正前方一亮（姿势同第一个上场），上身略晃动，脚下随滑行三至五步，急行至“大边”台口处突向左后侧直行，顺势将右手翎放开，右步滑行向右回身至台口中心，右臂伸出，左臂一涮，展开双臂身右倾左脚后别步，双手心向上亮“托月式”（左臂略高、右手平伸）亮住。【慢冲头】滑左步向左侧转身小圆场，随着起“云手”拉开，【帽子头】身向右一倾左手掏翎、再右手掏翎，顺势向外上两步，右腿别步、左手齐腰，右手高抬，向左侧亮住。

〈醉花荫〉正宫调 1＝G

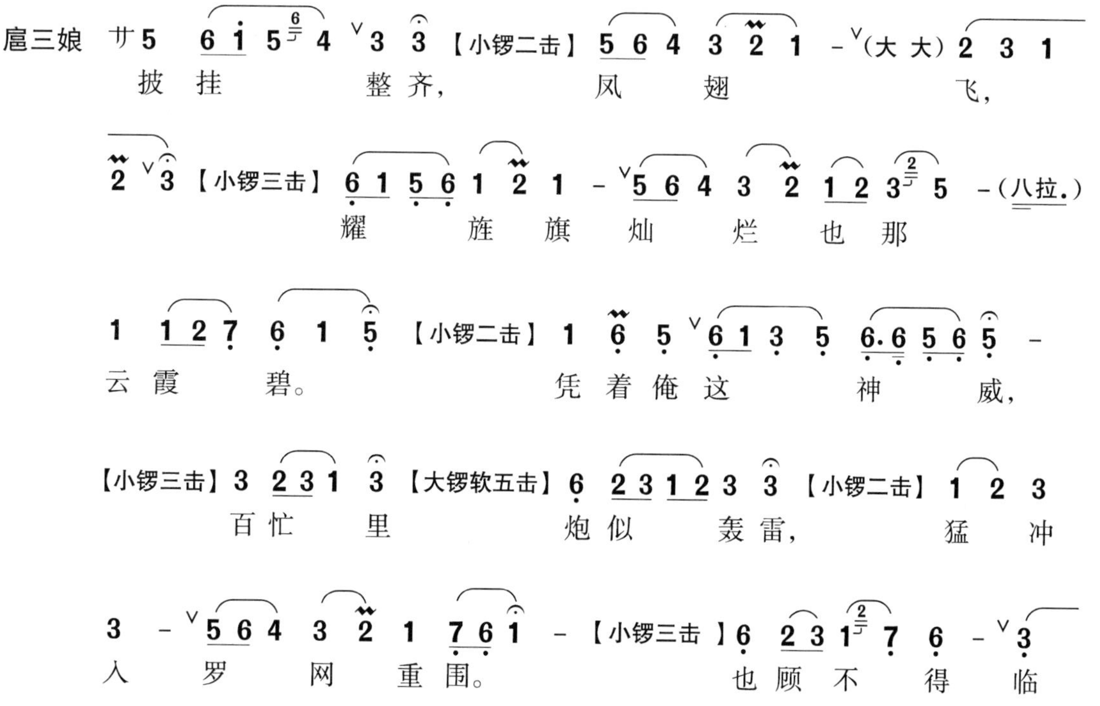

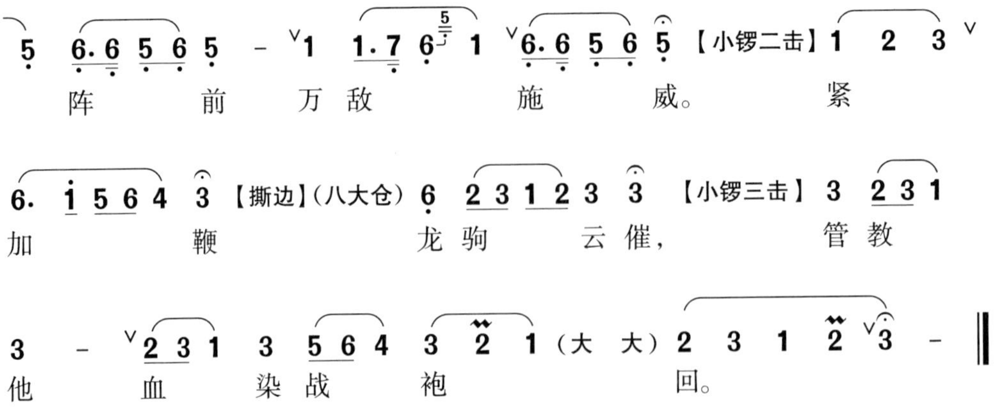

〔动作提示:唱“披挂”时持双翎右绕向里撤右步、别左步,双翎向里下侧伸,撤左步再上左步别右步。唱“整”字时双翎左绕下蹲,向外上右步跟左步站立,双翎对绕向上齐托起唱“齐”。“凤翅”时向左前上左步、行两步,双翎随之涮动向前方伸出。随鼓楗(**大大**)一挺身。“飞”字时双手在前抖动双翎同时向后撤三步(先撤左步),随小锣右翎高抬,左翎平伸右脚在后抬起。“耀旌旗”双翎交叉一绕、放扔翎子,右脚落地,滑左步,双手心朝下向右前方伸展,然后向左前方行至台口左转归中,撤左步右掌高托,左掌在腰部下按右掌在前轻点,右侧身向前一亮。“灿烂”双手向右一绕,上右步别左步,再撤左步上左步、别右步,双手翎向左一绕,半蹲式向前伸出双手。“也那”撤右步起“反云手”右转身左手按剑,右手上托,左点步左侧身随鼓楗(**大**)一亮。“云霞碧”时起“正云手”前滑左步,向左转,顺势右手正抄剑把,向右一别,从后将剑穗甩至右臂上,右手上抬右脚后别步,向左侧身一亮。随【**二三锣**】右步滑动向前伸右手,右转身将剑穗拉下复原处,面向观众“右山膀”,左手扶剑把。“凭着俺”时起“正云手”左滑步向左转,左步在前右步后别,左臂平伸握拳,右手在面前一绕向下低身。“俺”字将右手抬至头顶亮“顺风旗”式。“这”字起“反云手”右脚滑步向右转右脚在前左后别步,右臂平伸握拳,左手在面前一绕向下低身,随“神威”将手托至头顶亮“反顺风旗”式。“百忙里”原地不动,随【**五锤**】左右手掏翎子滑左步向左转身,双手翎向前一点,然后右手高抬左手齐腰右步在前一点向右前方亮住。“炮”字右滑步,双翎向右侧伸出。“似”字再滑右步,向右半转身(朝里)双翎向左侧伸出。“轰雷”顺势再右半转身,双翎“小云手”一挽一垫右步跟左步右转身向前方上两步,别左步,双翎向右前方伸出,半蹲式亮住。“猛冲入”半蹲原地向左转身。“罗网重围”顺势左步在前右后别步,双翎向右一涮,向左前方伸出双翎“卧鱼式”亮住。随【**二三锣**】扔翎子起身向右转。“也顾”右手在前向下摆动,左手背后(右步在前)。“不”字撤右步,左手在前右手背后,左手向下一摆动(左步在前)。“得”字撤左步右手在前下侧一摆动,左手在后。“临”字向左一扭身左手扶剑,右手向前一挥动然后向左前方行三步至舞台中间。“阵”字前跨右腿,右手在胸前挥。“前”字右脚落地,右手挥出正前方一亮。“万”字撤左步双手向左侧一挥。“敌”字撤右步双手挥向右侧,然后向左一扭向正前方跑三至五步(如花旦夹膀子跑)至台口上右步别左步,双手正向前下方一挥绕动低身。“施威”二字双手同向里在胸前一绕,然后向上伸出“托月式”。随【**二三锣**】撤两步拉开“山膀”。“紧”字左手挑翎左脚前滑步,随之左转身右手掏翎至台口,右滑步双翎在前一绕接展开形体呈“大”字右滑步“反圆场”至“上场门”处突然停住,向左三个急转身,随【**撕边**】(**八大仓**)顺势向前方硬“卧鱼”,双翎向左上方伸出亮住。“龙驹云催”顺势起身向右后急行几步,双翎一绕右手上抬,左手在胸前下方,右脚抬后别步亮住(呈“金鸡独立”式)。“管叫他”落下右步、左脚一点,上跨右步,双手持翎耍“大刀花”,右手伸出、左手齐腰半蹲。“血染”二字起身点左步上跨左步,双手持翎耍“大刀花”,右手伸出、左手齐腰半蹲。“战袍”二字起身点左步上跨右步,双手持翎耍“大刀花”右手前伸左手齐腰半蹲(以上三个相同的身段也称“反正跨虎”)。随鼓楗(**大大**)双翎向下一点、再前伸,眼睛一看再看前方(三个“跨虎”皆向左前方)。“回”字向右跨左腿,右平转至台中央,顺势左跨步面向里半蹲下腰,随强【**撕边**】起身走“小反云手”顺势向右转,右腿前别随【**一锤锣**】接【**回头**】挺身“卧鱼”左翎高抬,右翎平展,向外正前方亮住。

〔【**慢冲头**】扈三娘双手绕翎边起身边放开翎子,向左转双手扶剑向里侧慢行走至大纛旗下,看到旗为之振奋,一挺身。【**快冲头**】(长调门)向左一偏左回身向外冲至台口,左手扶剑,右拉开“山膀”亮住。(**嘟仓嘟仓**)扈三娘随之整两腕,随【**软四击**】整冠双抖靠绸于双臂,垫右步起左步向前急行两步,双手绕动握拳做勒紧式亮住。随(**八大仓**)放靠绸双手一捂靠绸左步点地,右脚为轴心向左急“点转身”左手扶剑右手在前推掌亮住。【**慢冲头**】扈三娘向左上方一望,身向右倾(充满自信地)右滑步,右手一挥动,左腿向左侧略抬,然后向右跑“反圆场”归台中心后侧(略偏“上场门”),出右手涮左手拉开“反顺风旗”式,然后滑左步转圆场至台口起“云手”拉开,左手一抬下按拳,右手压在左拳上(拱手状)。

扈三娘 俺——【**撕边一击**】一丈青(略一摆头,向右一侧身伸右手拇指,骄傲地)扈三娘。【**大锣住头**】(拉“山膀”、左手扶剑)正在花园游玩,(右手上指)忽听(右手左向前方挥动,随之上两步)庄丁来报,言说宋江(右手往下方一指)带领人马(右手左手分别向外一挥齐展开)攻打我庄,(双手一缓抚己胸,左步略踏地)为此全身披挂,(双手左右摆平,随撤两步,再起“云手”向左前方上两步,双手握拳做“平拉弓”式)准备御敌。【**撕边一击**】宋江啊宋江(略摆摆头)!这才是太岁头上动土!(左手握剑柄,右手上指己头,上左步踏右步随【**住头**】向里侧出右手,上右步右转身右手“山膀”向外站住,接右手按剑柄,左手扶剑鞘向左、右两侧身两望)庄丁!(随【**冲头**】向前一甩剑穗,再向左一挑剑穗顺势向左转,面朝里,平拉右手“山膀”向里走两步。此时庄丁举刀“两边”上,为首者左手提刀右手持戟扛肩上)随姑娘(双手抚胸)出庄!〔起“云手”向左转身面向前方指右手,左手平抬式。随【**帽子头**】中的(**台**)右手掏翎,右步向前一滑向右后侧转身至“上场门”外侧,左手扶剑向左前方亮住〕

〈喜迁莺〉

扈三娘

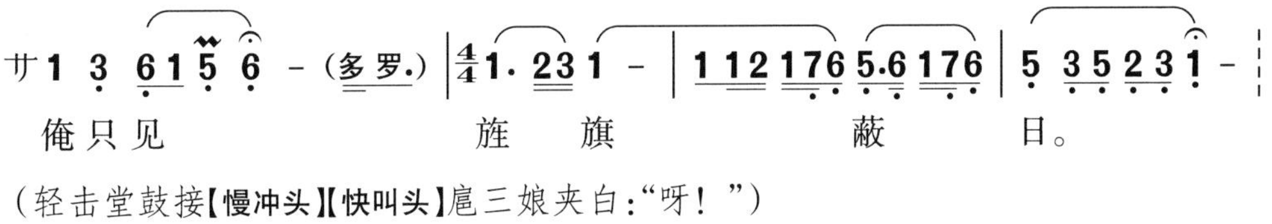

(轻击堂鼓接【**慢冲头**】【**快叫头**】扈三娘夹白:“呀!”)

〔动作提示:唱“俺只见”原姿势不动,随(**多罗.**)左手掏翎。唱“旌旗”时双右缓翎向前方指, 上左步右后别步(半蹲式连做三个相同身段)。随唱“蔽日”双手绕翎右滑步向右“反圆场”至“下场门”前侧,向右前方左臂上举,右臂平抬亮“顺风旗”式(亮住前双手一绕翎)。(轻击鼓声)庄丁、女兵向两侧分开翻对“上场门”站“斜胡同”队形(翻前每对要向中间一并拢再翻开)。扈三娘在众走动时站中间款款走“花旦步”(左手扶剑、右手摆动）由中间走向“下场门”外侧，面向“上场门”处远望。

〔【叫头】扈三娘一提身，王英在内白“哈哈”。扈三娘向左一倒步，略抬左手，王英又白“哈哈”。扈三娘向右倒步，略抬右手远望，王英再白“哈哈——”。众随【快冲头】向外翻开归两边站，扈三娘同时伸双手向“上场门”后退，急掏双翎，滑左步向左侧“半圆场”至“大边”台口处向右前方“反顺风旗”式亮住。

扈三娘 呀！

〈喜迁莺〉

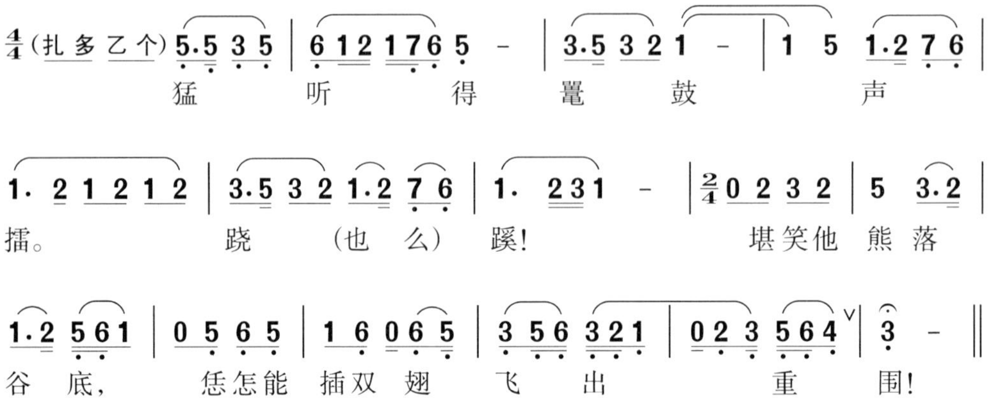

〔动作提示：（扎多乙个）略欠起身后抬左脚向右走“反圆场”归舞台中心，双手绕翎展开平伸（左步在前略伸出）。唱“鼍鼓”时顺势向右翻身，翻过后伸出右手、左手一盖起“反大刀花”，跨右腿踢左腿下蹲亮“顺风旗”式。唱“声擂”时顺势起身一跳跨左步，右前跨步顺势向左前方伸出右手，出左手向左翻身吸右腿起身下蹲亮“反顺风旗”式。唱“跷”时起身上右步顺跨左步，向右前方穿出右手、出左手，走右翻身，再出右手、盖左手吸左腿提身下蹲亮“顺风旗”式。唱“蹊”起身顺时一跳动。唱“堪笑他熊落谷底”同时双手放开翎子向右后侧垫右步，后起左步向右后侧连走三个“正串翻身”，归舞台中心。唱“恁怎能”右手在前伸右侧身，平抬左臂右手拍己腰挺身一亮。唱“插双翅”时做平伸“一整两整”，右脚随之左、右滑动。“飞出”时垫右步上左步向右连走两个翻身随起“大蹦子”接翻身，随【夺头】双手向右向左两挥动，随末锣双手心朝上向右前方挥出，右腿前跨亮住（【夺头】的末锣落在“重围”的“围”字上）。

〔报子内喊：“报——”，扈三娘听后精神为之一振。报子举刀“上场门”上，见扈三娘单腿跪。

报　子 王英讨战。

扈三娘 （闻听后略整左腕右手指出）再探！

报　子 啊！【冲头】（提刀“下场门”下）

扈三娘 枪来。

庄　丁 啊！

〔【急急风】庄丁左手提刀右手持戟指舞台中间右弓箭步向外亮住。扈三娘左、右两望检视群情，然后向后退步，至舞台中区整左腕侧看己左脚（左脚略点步），再整右腕侧看己右脚（右脚略点步），双手抬起整冠，再双手抚腰带一挺身。【急急风】（长调门）扈三娘走至庄丁后侧，右手向右平挥，随向右走两步，做理马鬃状，再回中间右手向前一推，做推马鞍状，随【四击头】右手心朝上接戟，左手在前伸出理戟杆，左脚跨抬起双手起半个“剜萝卜”枪花，左脚落地右脚向前随上，右手将戟放出握鐏处，戟头放地上，左手掏翎亮住(左手高举、右手平握戟)。

〈喜迁莺〉

〔动作提示：扈三娘随(扎)提起戟撤右步，双手耍“提枪花”，上右步时枪花顺势改“倒提柳”向右转身，右手将戟伸平向正前方顺势右翻身唱“我提画戟”，随(扎)右手将戟退回一半握戟杆中间，方向变至右前方，右步随后撤，左手上抬右手平握提戟，右腿前别步然后右手耍“剜萝卜”向右转，再耍一个“剜萝卜”。唱至“落地”右转身随耍花左后别步，左手上托右手将戟背在后身，半蹲式一亮。然后右手耍“上膀子”将戟抱托右臂上向左转身，顺势将戟交左手，左手接戟后向左侧一甩，将戟背在身后。唱“哎俺”时，右手对己胸右滑步，随【平板夺头】向左侧走小“半圆场”归舞台中间(此时庄丁、女兵齐向左调扯“斜胡同”)。唱“俺可也”左手将戟从下面“剜花”交右手，当右手接过戟时人顺势向左急行三步，戟在身后拖拉着。唱“无敌”时急回身向右前方一垫左步，随上右步(右步要一提一点地)，左手向右前方一指，随【四击头】掂戟“剜萝卜花”将戟背身后，顺势向右侧一摆翎侧上左步一摆身，顺势侧抬右步向“下场门”疾驰而下。庄丁、女兵“双进门”分对挥刀下。

第三场

〔空场。

〔【急急风】四梁山兵举单刀“挖门”引王英“上场门”上。梁山兵分列两侧，王英居中。

王　英　俺——王英。奉宋大哥将令攻打扈家庄，众家哥弟！

众　有。

王　英　扈家庄去者！

〔【抽头】梁山兵“插门”从“下场门”下，王英平提双刀向远处观望，然后至“小边”台口甩双刀高举向“下场门”一亮，下。

〔【抽头】四庄丁、四女兵举单刀“斜一字”“上场门”上，面向正前方站立，扈三娘随上：【抽头】【撕边】扈三娘右手举戟左手无名指挂马鞭上，(仓仓才七才仓)右垫步左跟步亮在舞台中心处(面向左前方左手呈拉马式)。众兵丁同时向右转身平提刀呈横队形向右前方亮住。扈三娘按原上场路线向后滑行四步(先右后左)，然后改为小碎步退至“九龙口”处，将戟交左手(拿中间)右手提握马鞭，用马鞭推戟头同时向右侧移动，至"小边"台口处向左里侧半转身,左手将戟背身后,同时右手把马鞭抖出反握手中,向"下场门"方向亮住。然后走"反圆场"行至"九龙口"处,右手将马鞭绕回正握,左手戟倒至正提,向右后侧打马鞭同时向里垫左步右步略向后抬起,顺势向左前方急行至"大边"台口处,再将马鞭和戟同时向左一绕,顺势向右侧加鞭垫右步向左侧转身,面向"上场门"处,在舞台中心左手横提戟、右手提马鞭亮住。然后轻轻点步向后退至"大边"台口处,扈三娘双手将马鞭与戟交叉再展开仰身前滑步左半转身朝左前方起鞭与戟"大刀花"同时走左整转身,左手戟"剜萝卜花"提在背后,右手绕鞭反提鞭向外左前方亮住。然后向右"反圆场"同时右手戟将马鞭绕回放下,左手戟从背后倒至前面,行至"上场门"处右手握戟把、挺杆突向左前方,右手马鞭在下甩动,【**撕边**】(**八大仓**)将戟刺出又抽回,右步在前左手上扬配合成"软跺泥",然后滑步随(**台**)右手将马鞭向右一甩,同时戟随鞭齐向右甩涮(鞭在外侧戟在里侧),随甩动同时向右后侧上三步,戟随甩动交左手(握把头处搭在左臂上)马鞭一抖反握亮"抱枪反提鞭"式。起【**帽子头**】

〈刮地风〉

扈三娘 廿 2 1 3 - ┆ $\frac{2}{4}$(扎)231 | 3.2 3(大大 乙 仓)| 0 3 1 2 |

哎 呀, 哎 呀! 又只见

5.1 6 5 | 3 3 2 | 1 2 7 6 | 0 5 3212 | 3.2 3 | 0 5 6 5 |

阵 势 飘 缈 绕 旌 旗, 这战场

3.6 543 | 0 2 127 | 6.5 6 | 0 3 1 2 | 3 1 2 | 3 2 3 |

等 闲 看 觑。 不许他 拔 寨 归 山

5 6 | 0 6 7 6 | 2 2 6 | 0 2 127 | 6 0 ‖

里, 俺可也 气 壮 虹 霓!

(大 大大 大 大 乙 大 大大乙 仓)

〔动作提示:唱"哎呀"不动,随(**大大乙仓**)左手将戟推出然后抽撤一半握住,同时右手马鞭向右绕正把握住,随(**仓**)撤左步向右一闪身,唱"又只见"时戟和鞭同时向右后侧挥动打(左脚向后抬起)左脚心,接着向左前方起鞭同戟舞"大刀花"同时左转身,左手持戟"剜萝卜花",平提背后,右手抖马鞭反提一亮,接左滑步向右圆场行至"上场门",右手鞭回正握,左手戟齐右侧腰平提,成反提戟打马式。与此同时四庄丁、四女兵随后行,至"上场门"处左行至外侧再行至台中向内"挖门"归两边(扈三娘在"上场门"处让众先行她随后行)。扈三娘行至舞台中心面向里向右后加鞭,左脚从后抬起,鞭打左脚心。唱"不许他拔寨归山里"用鞭戟向外"大刀花",左转身顺势右手接过戟握把处面朝里唱"俺可也"戟头往地一戳,右脚踢起顺势右转身要"反提柳"面向外,右手提戟唱"气壮"时走"反飞脚"从戟上跳过,后别左腿反手提戟,左手掏翎齐胸前半蹲向外亮住(正赶上"**大大乙仓**")。

〔【急急风】庄丁、女兵“插门”领圆场，庄丁“下场门”下，女兵与“上场门”上的梁山兵“二龙出水”分下。王英随梁山兵上，扈三娘（在庄丁、女兵“插门”时将马鞭抛至“下场门”里）与王英“双出会阵”：二人至台口对视上、下一打量【撕边一锣】，二人打背供。

扈三娘 好一个矮汉子！（右手提戟左手向下一比量）

王　英 好一高大婆娘！（左手平抬、右手背供）【撕边一锣】

扈三娘 【叫头】（戟交左手背提，右手指王英）呔，王英！有何本领敢与姑娘交战？（将戟倒至前侧右手接戟把反提，向左转身背对王英并将戟拖倒在地上。左背手表示不屑一顾，昂首而立）

王　英 （【撕边一锣】紧接【叫头】双刀起“云手”右刀指扈三娘）扈三娘！

〔扈三娘顿时火起猛回身怒视王英，右手提戟准备战斗。

王　英 俺不但与你交战，还要踏平你庄！

扈三娘 【撕边】（八大仓）（右脚向外一踢戟，顺势将戟从反提变为正提）好贼子！（左手指王英，随（大大大大乙仓）向后撤三步，又将戟顺势托在前边地上。王英同时起“云手”双提刀右弓箭步亮住，望着扈三娘）

〈刮地风〉

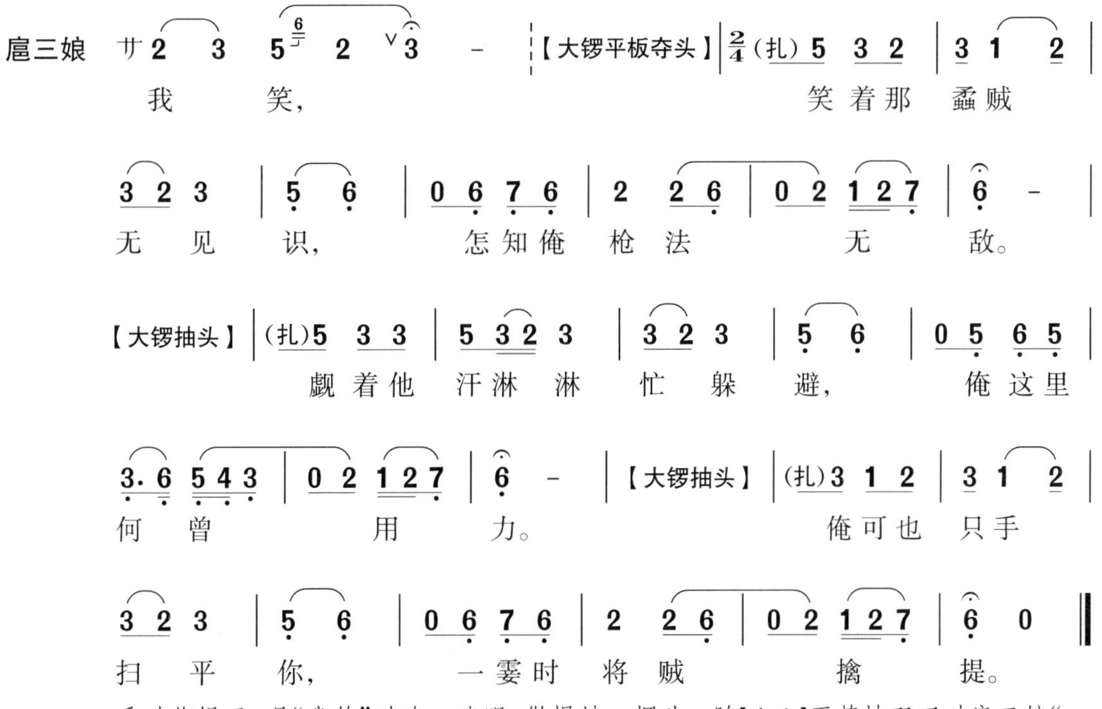

〔动作提示：唱“我笑”时略一眯眼，傲慢地一摆头。随【夺头】王英持双刀对扈三娘“一砍两砍”，扈三娘双手执戟“一盖两盖”，扎王英后背推出，右手平举戟顺势“反飞脚”跳过戟杆，手在“反飞脚”时从身后将戟倒左手，右转身，左手背提戟，右手掏翎指王英亮住。王英被推出起“反大刀花”右转身，双手提刀右弓箭步亮住。扈三娘唱“笑看那蠡贼无见识”时造型不变，只用右手摆动一下翎子，头略摇。唱“怎知俺”时抛翎，唱“枪法”时向右转身“半圆场”至台口处，左手背提戟。唱“无敌”时右手在前面向里一绕，身略前弓，随右手绕过起身右手抬过头顶呈“托掌式”。乐队随“无”字入【抽头】、

"敌"字赶【抽头】的第一锣。扈三娘右手于身前放下,向右斜视王英淡淡一笑表示"此人没多大本领",然后左回身双手挺戟向王英,王英见状赶紧举双刀面向扈三娘。二人"过合"扈三娘用戟的把与王英的双刀"一兜",用"枪把"刺王英"上、下、左、右"接"一盖两盖"挑王英"抢背",右手顺势掂戟别在背后走"正反身",随(空匡扎)左手掏翎子面向王英亮住(左后别步)。王英"抢背"起双手提刀左弓箭步面向扈三娘亮住(以上两个人的亮相皆为斜角)。唱"觑着他汗淋淋忙躲避"时,左手略摆动翎子。唱"俺这里"时扔翎子顺势左转身、右手平举戟。唱"用力"时左手在前向里一绕,身略向前一弓随左手绕完上举托掌时同挺身亮住(乐队随"用力"二字入【抽头】,"力"字赶第一锣)。扈三娘放下右手抬至胸前向左斜视王英并暗暗一笑,表示"他已经招架不住了"。然后左转双手挺戟面向王英,王英举双刀面向扈三娘,扈三娘上左步用把打王英,王英上左步用左手刀盖戟把,然后上右步用右手刀刺扈三娘"腰封",扈三娘接"腰封"向左转身顺势将拿戟的"枪把"倒手为"大刀把"(二人做如上动作时交换位置),扈三娘持戟砍王英,王英用左手刀盖下,右手刀砍扈三娘的"腰封"(扈三娘以上动作连续做两次,并随之退两步,王英赶两步),然后扈三娘三次砍,王英用左手刀盖下,右手刀砍扈三娘的靴底,扈三娘抬右腿踢回王英的刀,顺势将戟"串腕"随之向右转身走"反蹦子",将戟平提左腰部,左手平抬"山膀"亮住。王英"砍靴底"后,双刀"反大刀花"接"反蹦子"双手提刀右弓箭步亮住(二人呈斜角)。(空匡扎)扈三娘唱"俺可也只手"时不动,唱"扫平你"时头与腰同时晃动三下(表示自信),唱"一霎时"时向右转身"小圆场"顺势将戟交左手背提,右手掏翎对王英亮住。此刻王英向右一涮双刀再次右弓箭步平提刀亮住。

〔【急急风】扈三娘倒为"枪把"与王英"过合"拉回将戟变为"大刀把"打王英"上、下、左、右",然后向右转身打王英"前封头、后封头"(二人换位),扈三娘接王英"三拉肚"(二人换位扈三娘至"下场门"外),扈三娘接第三个"拉肚"时顺势改为"枪把"刺王英"漫头",王英低头用左手刀盖住,然后用右手刀向里(右转身)一盖扈三娘随之右转身,右手刀上砍,左手刀下挑,扈三娘接"搭挑"右手放开戟,左手单提戟右手胸前提马式。【急急风】收住。扈三娘随(八大乙仓仓仓)向王英三点手(表示"有胆量跟我来"),随【四击头】双手平提戟向左三个快速"平转"至"大边"台口,右手放戟左手提戟,右手随之掏翎右步前踏对外亮住。王英打完"搭挑"看扈三娘对他三点手,向右转身,右弓箭步双提刀亮住。扈三娘侧视王英,右手一摆动翎子略一点头表示"他还在得意,定然上当",放开翎子向王英边招手边从"下场门"下。

王　英　【冲头】(双刀起"云手"行至台中看扈三娘去处)且住!扈三娘上得阵来,未战三两个回合她就败下阵去……【撕边】(摊开双手转眼,左转身面向"下场门")【叫头】呔,扈三娘慢走,王英赶你来了!

〔【夺头】王英双刀交叉打靴底右转身起"反大刀花",左脚踢大带于右肩上,随【四击头】走"飞脚旋子"双提刀左弓箭步向外亮住;【撕边】(八大仓)右转身"反云手"双手举刀向"下场门"站立亮住。【急急风】下。

〔【急急风】四庄丁、四女兵"站门"上(为首者提绳索)。【快四击头】接【回头】扈三娘右手举戟左手展开得意地"上场门"上走"乙"字形。【冲头】行至台口起"反云手"平提戟面向"上场门"【叫头】。

扈三娘　且住!王英不知进退,庄丁。

庄　丁　有！

扈三娘　绊马索伺候。

庄　丁　啊！

〔王英内喊："哪里走！"【急急风】四女兵至台里侧一排举刀而立。王英举双刀"上场门"上。扈三娘持戟（戟把）与王英"过合"，用戟把与王英右手刀"一磕"接右转身，"一扯"向里侧调。外侧第一个庄丁将绳索抛向第二个庄丁，二人斜拉起绳索（"小边"台口对"下场门"）。扈三娘扯至"上场门"处，王英在台中心外侧起"大刀花"向扈三娘砍两刀，扈三娘用戟两盖打掉王英的双刀（顺势将刀抛至"上场门"内），一挑，王英"抢背"从绳索上跃过，四庄丁急上前押住王英。【撕边】（八大仓）

庄　丁　王英被擒！

〔【冲头】扈三娘将戟交左手，"小圆场"至台中心，傲慢地用右手（手心朝上）指王英。

扈三娘　好贼子！【大锣归位】（左手提枪右手"山膀"）

〈煞尾〉

サ 2 3 1 2 7 6 – ˅6 2 1 1 2 ˅6 1 5 4 3 ˅1 2 7 6 – ‖

这 才 是 狭 路 相 逢 难 逃 避。

〔动作提示：唱"这才是"时右手抬起，唱"狭路相逢"时右手向左平挥动，唱"难逃"时右手一摆动头随之一摇表示得意，唱"避"字时右手一展表示"怎么样，你跑不了吧"。

扈三娘　庄丁。

庄　丁　有！

扈三娘　【撕边一锣】将王英押回庄去！

庄　丁　啊！

〔庄丁押王英"下场门"下。扈三娘回身朝里站将戟交右手提。报子内喊："报——！"【快冲头】报子举刀"上场门"上。

报　子　（向扈三娘跪）林冲讨战！

扈三娘　（面朝里挥动左手）再探。

报　子　啊！（"下场门"下）

〔【快冲头】扈三娘向右涮戟、骗右腿、右转身至台口，此时【冲头】长调加重，右手提戟左手握拳亮住。

扈三娘　庄丁！【一击】（头向右变脸）随姑娘踏平宋江营盘者！（左手对己胸然后向外用力一指）

〔【帽子头】双手提戟倒成"大刀把"，向右后侧"反提柳"右转身然后右手握戟杆竖提，左手叉腰亮住。紧接右手要"反提枪花"左手接过背提。

〈水仙子〉

扈三娘　2/4（扎）6 | 5 4 3 2 | 1 7 6 | 0 1 2 | 3 ˅6 5 4 3 | 6 2 1 2 |

恨 恨 恨 小 蟊 贼，恨恨 恨 小蟊

3 2 3 | 3 ˅3 | 3 5 3 5 6 | 0 5 6 5 | 3· 5 | 6 5 6 1 |

贼！ 怎 怎 怎、 怎逃俺 虎 穴 龙 潭

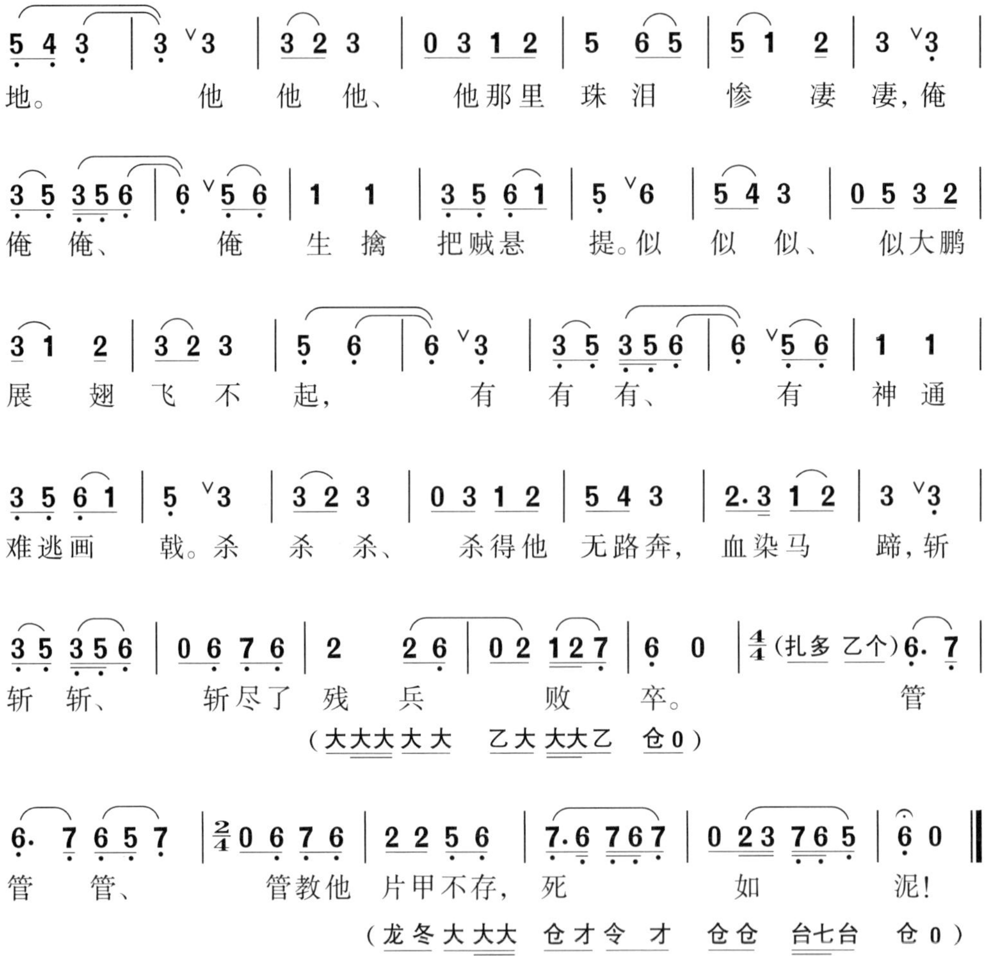

〔动作提示：唱“恨恨恨”时向右侧双手齐划动再双手齐向前同时上左步、右后别步，向左前方做同样两个身段，当做同样的第三个身段时要赶上“小”字。随唱“蠡贼”戟交右手要“反提柳”花同时右转身起“反蹦子”归至刚起唱的位置。随【空匡】右手竖提戟，左手叉腰亮住。随(扎)双手将戟向右一转戟头打左脚心。唱“怎怎怎”时向左前方要“大刀花”接“串腕”，向里侧右转身，随唱“怎逃俺”时右手背提戟，左手同时向里指出，向左侧仰身(面向“上场门”)。“虎穴”左手指向左前方一挥。“龙潭地”上左步右踏步向“大边”台口起“屁股坐子”。“他他他”起身向右后侧走“小圆场”右转身将戟交左手背提，右手向前一指。“他那里”右手接戟要“反提柳”右转身。“珠泪惨凄凄”戟倒右手要“劈喉花”左手挥动向右前方指同在“小边”台口起“屁股坐子”。“俺俺俺”起身向左“小圆场”归台中心向左转戟交左手背提。“生擒把贼悬提”侧上左步右步后别半蹲右手向上“托举式”。“似似似”起身戟交右手双手要“反提柳”向右转右手背提戟左手展开。“似大鹏展翅”右手起“托月式”接唱“飞不起”右手握戟向右转身背提戟，左手上“托掌式”，左步后别半蹲。“有有有”起身双手要“提枪花”(原地左转身)。“有神通”右手“反串腕”顺势抛出戟在空转一圈。“难逃画戟”左手接戟背提，右手向右下侧一指，右步在前一滑动一亮。“杀杀杀”要“反提枪花”向右转，“杀得他”要“剜萝卜花”右手接戟顺势抛出、戟在空转一圈。“无路奔，血染马蹄”右手接戟背提，左手向下一指、左前滑步接别步一亮。唱“斩斩斩”时戟上右臂挎住，向左“小圆场”左转身走“串腰花”，唱“斩尽了”时戟再挎上右臂，要大甩开，左手反把接戟头。唱“残兵败卒”时突然向右“大圆场”左手背戟、右手掏翎从舞台里侧直向台口中心处左腿后别“大屁股坐子”亮住（大大乙仓）。（扎多 多多）起身（随别步位置顺势左转身）右手握住戟把处，双手平提戟面向外。随唱“管管管”时向右行“反圆场”至“下场门”，唱“死如泥”时左步向右前方一垫顺势向右前方上三步，右手下垂提戟，左手向右前方一指，随（八大台仓仓仓）右手提戟把处用手背向左手敲三下，随【夺头】右手持戟戳地，右脚一踢戟顺势向右起“反提枪花”右转身，向左前方右手平提戟，随（八大大仓）右手掂戟同时抬起左腿，右手从抬起的左腿下接戟，然后随【四击头】右手从左腿下掂回戟，左手接住，然后左手掂戟用左手背接住戟“串腕花”，将戟别在身后，顺势上右步走右翻身，左手掏翎面向“下场门”亮住。随【急急风】身体向右一摆动，再向左一摆动，顺势右腿侧抬起，向“下场门”疾行而下。女兵分开至“小边”台口“双进门”甩刀提刀随下。

第四场

〔空场。

〔李逵内白：“走哇！”【撕边】（八大仓）李逵半褶膀左手提双斧“上场门”上【水底鱼】。行至台口。

李　逵　咱——李逵。【堂鼓架子】【叫头】且住！听那旁喊杀之声，待俺闪躲一旁。【阴锣】（“下场门”下）

〔四女兵“上场门”上，追“过场”“下场门”下。

〔【急急风】扈三娘右手举戟“上场门”上。李逵双手举斧“下场门”上。二人同至台口对望。两个【撕边一锣】二人同时背供。

扈三娘　好个黑汉子！

李　逵　好个高大婆娘！

扈三娘　（将戟交左手，右手示意）【叫头】（向里侧移动，右手指李逵）呔！这一黑汉子挡住姑娘去路是何道理？

李　逵　你李逵爷爷在此，我这一斧劈你个两半子！

扈三娘　一派胡言，看枪！

〔【急急风】双方对打：扈三娘刺李逵“上下左右”，李逵接上、下，单斧挡左、右。扈三娘刺李逵腿，李逵跨右腿半转身，扈三娘打李逵“后封头”，李逵双斧接“后封头”。扈三娘刺李逵腿两下，李逵用斧向身后两挡（擦屁股棍动作）。然后扈三娘漫李逵头，李逵低头左转身用双斧与扈三娘上“一别”。扈三娘再刺李逵腿，李逵挥双斧向右两个转身挡回（“推磨”交换位置）。扈三娘刺李逵头，李逵左转身低头用双斧挡开戟，扈三娘再刺李逵，李逵右转身低头挡开戟，扈三娘再刺李逵，李逵用双斧夹住戟。锣鼓收住。

李　逵　扎扎扎哇呀呀……

〔李逵推开戟向扈三娘“一砍两砍”，扈三娘“一盖两盖”打掉李的双斧，出戟刺中李逵的左腿，李逵向前踉跄两步，左腿跪地，双手抚腿哆嗦。扈三娘刺出后双手抚戟把，将戟头垂于地，调皮地看看李逵。【急急风】转【回头】接【冲头】扈三娘右手拖着戟左手下垂得意地慢慢退步。（八大仓）扈三娘双手提戟向左耍“扳花”，【四击头】双脚踏地两个“跳转”接一个凌空“跳转”顺势将戟甩交左手，大骗左腿右手掏翎右步前踏向外亮住（左手平举戟右手持翎在右侧腰部位）。【撕边·急急风】扈三娘猛左转身，将戟交右手拖在地上（示不睬）昂首从“下场门”下。李逵踉跄起身右抬手向“下场门”一望【撕边一锣】，然后回身双手托髯【撕边一锣】沮丧地一跺左脚疼痛不已，【一锤锣】拾起双斧一瘸一拐地“下场门”下。

第五场

〔空场。

〔【急急风】四梁山兵举刀“上场门”“站门”上，阮小二、阮小五、阮小七、黄信举单刀随“站门”上。【四击头】林冲举枪上亮住，行“乙”字路线至“上场门”将枪交左手平提做勒马式向左前方走“串趋步”【撕边】（八大仓）至“大边”台口缓右手右弓箭步勒马亮住。

林　冲　（挥右手）杀！

梁山兵　啊！

〔【急急风】梁山兵、将“插门”一队领圆场；四庄丁、四女兵“上场门”上。双方“二龙出水”分下（梁山将随圆场时“上场门”先下）。扈三娘举双头白色枪上，见林冲即用右把与林冲“一磕”、“一扯两扯”，“双过合”接全套“小快枪”（中间加林冲挑扈三娘“串翻身”），最后【四击头】双方亮相：扈三娘掂枪用右脚掌踢回枪，右手接枪顺势三个“串翻身”一甩枪左手握拳向外亮住；林冲左前方跨右腿踢左腿，左转身左腿平踢枪右手握右拳右弓箭步向外亮住。双方“双收”分下。

〔开档（过渡性的群打可根据剧团水准自行安排，下面只提示与扈三娘有关的挡子）。

〔“四股档”：二梁山兵与二庄丁“双上”打“九刀半”头，梁山兵败下。阮小二、阮小五打下庄丁，扈三娘持刀马旦大刀上，与二阮打“三见面”，然后分打二阮“抢背”，阮小七“上场门”上，扈三娘用刀杆托阮小七翻“过顶”，最后三阮在“三丁”部位齐削扈三娘头，扈三娘向后一闪身，三阮“削空”，扈三娘向前一垫步右手竖提刀左手握拳亮住（扈在中，三阮为“三丁”位置，要侧向左前方）。扈三娘分别向三阮“一欺两欺”，三阮分头败下。扈三娘右手提刀略向下方四处观望（示马上看步将），得意地寻思“全吓跑了”，然后行至舞台前侧右手大刀“串腕”提刀一亮，“下场门”下。

〔四梁山兵、四庄丁打“八股档”，四庄丁败下。扈三娘持双头白缨枪上，见四梁山兵打“五股档”，不亮相即领起来“下场门”扒拉梁山兵“倒脱靴”，打最后一梁山兵“抢背”，【撕边】（八大仓）紧接耍“枪下场”。【急急风】猛然乐队奏“长调门”，最后【四击头】扈三娘右手掂枪，左手腕接枪“串腕”背提枪连续三个平转大蹦子至台口中心亮相。后向右侧圆场折返“下场门”下。

〔阮小二上，见一庄丁削头一亮，【撕边】（八大仓）接【夹饽饽】二人对打“单刀枪”或“劈杆子”头，后续一庄丁，打“三丁”亮相。扈三娘持戟上打阮小二“抢背”下。黄信持双刀上，与扈三娘打“大刀双刀”头。接着阮小五翻上，再接着二梁山兵分头翻上，接打“五股裆”，最后扈三娘在中间走“虎跳叉”亮相。扈三娘将梁山兵打下，挑阮小五、阮小七“双抢背”(二阮要同时起范)，**【撕边】**(**八大仓**)扈三娘双手提戟亮相。

扈三娘 追！

〔扈三娘至“上场门”处身朝里，四庄丁、四女兵持刀“追过场”下(扈三娘得意地回头看部下)。**【急急风】**夹(**才才仓 才才仓 才才仓才 乙个才仓**)扈三娘边退身右手三涮戟至“大边”台口，随末锣挺枪向“上场门”一亮“踩泥”，然后行至“上场门”转身向外平提戟左手上撑一亮(乐队奏“长调门”)。扈三娘耍“戟下场”：扈三娘在“上场门”亮住后“小圆场”行至“小边”台口，双手挺枪直奔“下场门”顺势将戟刺出，走“软踩泥”即右回身至台口时耍下场。(可根据自己的技巧随意发挥)最后随**【夺头】**面向“小边”台口右手“反提柳”出戟平扔出(不掉头)至身后，左手在背后接住戟(**八大仓**)起“反飞脚”从戟杆上跳过同时右手接过戟**【四击头】**向右前方起“大刀花”接“反提柳”将戟探出，随翻身左手接过戟背提身后，右手迅即掏翎子面向“下场门”亮住。随**【撕边】**(**八大仓**)将左手背提的戟拉到身前将戟在左手心上倒把变背提为正握(此动作要半下腰，将变把的技巧亮给观众，锣鼓要敲“锣帮”即“梆梆仓”)。扈三娘右手在前左手平提戟，右步在前一滑随**【急急风】**向“下场门”冲下。

〔四梁山兵上“望门”，扈三娘“下场门”持戟上，梁山兵转至“下场门”处，另四梁山兵“上场门”上挡住扈三娘的去路。扈三娘回身奔舞台中间向里侧准备“突围”，四梁山将从“上场门”直上挡住扈三娘。扈三娘急回身准备逃脱，众紧随其后(领“半圆场”)，扈三娘回身扒拉“倒脱靴”。林冲“上场门”上漫扈三娘头，扈三娘转身向林冲“一刺两刺”，林冲“一盖两盖”用枪推扈三娘的背，扈三娘双手提戟向“大边”台口处蹉步，四梁山兵迎面砍扈三娘的头，扈三娘接挡右回身，林冲漫扈的头，扈低头躲过。另四梁山兵迎面砍头，扈三娘又接挡左回身向林冲“一刺两刺”，林冲“一盖两盖”打掉扈之戟，梁山兵接戟，林冲挑扈三娘“屁股坐子”(或“抢背”)至“小边”台口处。**【急急风】**转**【撕边】**(**八大仓**)紧接**【四击头】**众随**【四击头】**呈“合扇”形。

众 扈三娘被擒！

林 冲 押回山寨。

众 啊！

〔唢呐吹奏〈尾声·合头〉

〔扈三娘羞愧地起身掏双翎半蹲面向外下方亮住。林冲右手掂枪左手接枪背提、弹髯向左前方右弓箭步亮住(“合扇”队形：中间四梁山将，八梁山兵站“八字”)。

——剧 终

王宗伟 整理　　何 毅 记谱

取金陵

何金海教学本

元顺帝时，红巾军攻打金陵。金陵守将赤福寿、曹良臣皆骁勇。红巾军元帅徐达设计，陷曹良臣于重围，将其说降。赤福寿勇冠三军，红巾军诸将皆非对手。游侠伍福闻讯前来相助，阵前逼赤福寿自刎。赤福寿妻凤吉公主亦战死。红巾军遂取金陵。

京剧《取金陵》是一出流传已久的剧目，在清廷内府记载中，可以看到，光绪二十八年（1869 年）《乱弹提纲》中已详细记录了该剧角色、演员名单。光绪三十四年（1875 年）农历六月十八日在颐乐殿中，该剧与《状元印》、《金锁阵》、《朱仙镇》、《连营寨》等剧组合为一台节目。该剧成为一个成熟的、常演的节目，应已有 150 年的历史。

该剧有记录的最早主演为朱四十（朱文英）、余庄儿（余玉琴）、李永泉等，均为名重一时的武旦、武净演员，后来九阵风（阎岚秋）传承此剧，并传授给中华戏校的李金鸿、陈金彪等。

20 世纪四五十年代，该剧仍常见于舞台。笔者于 1953 年、1954 年两次观摩学习了当时北京市京剧一团（团长为李万春）演出的此剧，主演为李金鸿（饰凤吉公主）、景荣庆（饰赤福寿），剧场是中和戏院、三庆戏院。1954 年在朝阳门外一家戏园、1957 年在华北戏院两次观摩学习了陈金彪演的凤吉公主一角（1954 年陈在李金声为团长的燕声京剧团，1957 年陈在亦是李金声为团长的联谊京剧团）。1946 年以前，笔者在北京时因尚未学戏，虽然亦见过该剧数次，仅依稀记得一小脚穿白衣的女人，在台上把枪踢来踢去，有一个红脸大将拔剑自刎的情景，其他则一无印象，更不知主演为谁。

总的来说，该剧在北方（尤其是北京）舞台上是一出常见剧目，在南方则少见。笔者 1947 年在南方首次学戏，1957 年在南方二次学戏，历时八年，未见有上演此剧者。奇怪的是，自 1963 年迄今，此剧绝迹京剧舞台已五十年了（或云内部公演过一次，则笔者陋见，仅有耳闻）。笔者曾就此事请教何金海老师、李金鸿老师，对个中缘故，两位前辈亦未有确切答复，或云占人较多，或说场次较碎，但均未能解答笔者之惑。笔者杞忧，这样一出很有特色、流传甚久的传统老戏，如果坐看其消亡，殊为可惜。

《取金陵》一剧的看点如下：

一是武打。按京剧传统，旦角打出手大都表现仙、妖等空中打斗，很少有平常将士来回飞掷刀枪的，该剧中凤吉公主和红巾军诸将的出手开打（术语“过家伙”）虽是凡人之间的较量，但原小说中凤吉公主自幼仙山学艺，有法术，故开打按仙、妖处理。另外，开打的套路也较新颖，如凤吉公主与胡大海的大刀对大刀即为此剧的专用打法，与常用的“勾刀”等不同。赤福寿武打技巧虽非高难，但他身着大靠，头戴翎尾，腰悬宝剑，加之黑满、牵巾，动转间均须时时顾及，很见功力。

二是唱功。此剧主演唱段不多，但比起《摇钱树》、《泗州城》、《竹林计》、《芦林坡》等武戏，还是繁难得多，生、旦、净、丑都要有嗓子能唱才行。

三是阵容。此剧全出上场演员约四十人，与《阳平关》等大型剧目相埒，犹多女兵女将数人，生、旦、净、丑行当齐全，两次大帐场次很有声势，舞台画面丰满充实（就是常说的“有派儿头”），各主演服饰光鲜，看上去亮眼夺目。

此剧排演起来还是有些难度的，比如红巾军方面八员靠将，除沐英大靠到底外，另七人都是前半出扎靠、穿厚底与曹良臣、赤福寿开打，后半出换箭衣、薄底和公主开打，出手稳熟，一般剧团不易调配（现在各院校人才济济，不成问题，以前团里不会配置如此之多的演员）。再一难点是曹良臣这一人物，以武老生应工，剧中武打不算繁难，然唯其开打较简，多次过来过去的套路，观众会觉得“瘟”，而且此人场次不少，却与剧情关联不大，所以不易演好。第三个问题就是凤吉公主的武打较多，时间较长，其间大部分是以【走马锣鼓】伴奏的，目的是打出一招一式的“身份”，但恐怕观众现在看惯了“几分钟的旅游、参赛节目”，对这种讲究韵味的武打，未必耐得下心来看（或许这也正是大家不愿重排上演此剧的原因）。

该剧的剧本取材于《明英烈》，所以人物关系对不熟悉说部的观众来说较难理解。比如剧中伍福何以用数语就逼得赤福寿阵前自刎，未能交代清楚。这属于篇幅所限，无法展开叙述。又如红巾军如何在凤吉公主败阵前就进占了金陵城，亦未交代。（笔者已在徐达念白中添加“众将迎敌，本帅与主公暗取金陵”，略做交代。）

另外，在这里说两句题外话。笔者向何金海师学此剧时，何师嘱咐：以后若有机会排演此剧时，不是不能改动，但属于精华部分还应保留原貌。所以当时一位年轻花脸演员提问：“可否开打时不挂宝剑，到最后见伍福那场再挂？”何师婉转答复他：“凭你这身功夫，只要平常练功，排戏时挂上剑开打，练几次就行了，无非开打、要下场时照顾点剑穗子而已。”事后何师对我们说：“打了半天都没带剑，快自刎了才想起挂剑来了，观众会觉得这剑专门为抹脖子预备的吧？”再有一点，此剧武旦开打虽多，但不能全是快速的，一来出手部分要照顾韵律、美感，二来武打若从头至尾一快到底，没有对比也就显不出快了。

笔者经刘书信先生介绍，向何金海老师学戏，《取金陵》是继《神亭岭》（孙策）、《摇钱树》之后学的第三出戏，学了一年才学完，印象很深，其中旦角部分，又经何师介绍请教了李金鸿老师。该剧的剧本以何老师教学本为主，参考了清廷藏本、阎岚秋先生藏本厘定。

王宗伟

人物行当

汤　和	生	探　子	丑
邓　玉	生	四红龙套	杂
常遇春	净	四长枪手	杂
胡大海	净	中　军	生
廖永忠	生	曹良臣	生
俞通海	净	赤福寿	净
郭　英	生	二丫鬟	旦
沐　英	净	凤吉公主	旦
四蓝龙套	杂	四女兵	旦（传统演法无女兵）
四上手	武行	伍　福	丑
李善长	生	梁紫立	旦
徐　达	生	郭福莲	旦
朱元璋	小生	龙　形	杂

服装扮相

汤　和　俊扮。扎巾盔、黑三，红硬靠、苫肩、靠绸，红彩裤，厚底靴。（后换风帽、面牌，红花箭衣、红下甲、绦子、大带，薄底靴）

邓　玉　俊扮。扎巾盔、黑三，绿硬靠、苫肩、靠绸，红彩裤，厚底靴。（后换风帽、面牌，绿花箭衣、绿下甲、绦子、大带，薄底靴）

常遇春　勾紫三块瓦。紫扎巾大额子、黑满，紫硬靠、苫肩、靠绸，红彩裤，厚底靴。（后摘额子，加茨菰叶，换紫开氅，再换紫花箭衣、紫下甲、绦子、大带，薄底靴）

胡大海　勾黑碎脸。黑双抓髻、黑蓬头、黑耳毛子、大额子，黑硬靠、苫肩、靠绸，黑彩裤，厚底靴。（后摘额子加泡条子、黑铲子，换黑花箭衣、黑下甲、绦子、大带，薄底靴）

廖永忠　俊扮。扎巾盔、黑三，黄硬靠、苫肩、靠绸，黑彩裤，厚底靴。（后换风帽、面牌，换黄团花箭衣、黄下甲、绦子、大带，薄底靴）

俞通海　勾蓝三块瓦。蓝扎巾、黑一字，蓝硬靠、苫肩、靠绸，黑彩裤，厚底靴。（后摘蓝扎巾，换黑发髻、牵巾、黑铲头或茨菰叶，换蓝花箭衣、蓝下甲、绦子、大带，薄底靴）

郭　英　俊扮。虎头壳（或粉扎巾、面牌）、牵巾，粉硬靠、苫肩、靠绸，月色彩裤，厚底靴。（后换粉箭衣、粉下甲、绦子、大带，薄底靴）

沐　英　勾黄碎脸。虎头壳、牵巾，黄硬靠、苫肩、靠绸，红彩裤，厚底靴。

四蓝龙套 俊扮。蓝大板巾，蓝龙套衣，黑彩裤，薄底靴。

四上手 俊扮。虎头帽，上手衣，黑彩裤（或蓝兵盔、蓝兵服），薄底靴。

李善长 俊扮。忠纱、黑三，蓝绣边蟒、玉带，黑彩裤，厚底靴。（或道巾左侧系飘带扣，蓝鹤氅腰绦，执拂尘）

徐　达 俊扮。帅盔（如李善长戴道巾，徐达亦可戴忠纱）、黑三，绿蟒、玉带，黑彩裤，厚底靴。

朱元璋 俊扮。九龙冠，黄绣龙开氅（或黄龙团帔，内衬红素褶子），红彩裤，厚底靴。

探　子 勾丑脸。秦椒帽（外系水纱，左侧打扣或梢子帽），布箭衣、斜卒坎、大带，黑彩裤，薄底靴。

四红龙套 俊扮。红大板巾，红龙套衣，红彩裤，厚底靴。

四长枪手 俊扮。风帽、茨菰叶、牵巾，紫素箭衣、绦子、大带，黑彩裤，厚底靴。

中　军 勾元宝脸（或俊扮）。中军盔，黑满（或黑三），紫开氅（或花箭衣、黑马褂），黑彩裤，厚底靴。

曹良臣 俊扮。银荷叶盔、黑三，白硬靠、斜白蟒、玉带，红彩裤，厚底靴。

赤福寿 勾红三块瓦。扎巾盔、翎子、狐尾、牵巾、黑满，红硬靠、靠绸、苫肩、斜红平金大龙蟒、玉带，红彩裤，厚底靴。

二丫鬟 俊扮。梳大头、过桥、水钻头面，素褶子、腰包、绣花云肩，彩裤，彩鞋。

凤吉公主 俊扮。梳大头、凤冠、翎子、狐尾，宫装、衬裙，彩鞋。（中场换七星额子或蝴蝶盔、翎子、狐尾、改良靠；后换白顶球彩子、孝巾、白或黑球面牌，白战衣裙、白腰巾子，白彩裤，白女薄底靴）

四女兵 俊扮。贴大柳、发帘、鬓花、月色（或水蓝色）包头布、月色女兵额子，月色（或水蓝色）女兵衣裤，女彩快靴。

伍　福 勾丑脸。大叶巾、面牌、丑三（或吊搭），绿花箭衣、黑马褂、大带、绿褶子，红彩裤，朝方靴。

梁紫立 俊扮。梳大头、水钻头面、面牌，蓝战衣裙、裤，蓝彩快靴。

郭福莲 俊扮。梳大头、水钻头面、面牌，紫（或黑、灰）战衣裙、裤，彩快靴。

道具

堂　桌	一张	**春秋刀**	两口
桌　围	一份	**黑圆锤**	一对
堂　椅	五把	**大　枪**	一杆
椅　披	五份	**双　锏**	一对
红大帐（三军司命）	一份	**双　鞭**	一对
飞虎旗	一堂	**双　刀**	三对

红标旗	一堂	单杆枪	五杆
蓝标旗	一堂	双头枪	两杆
报　旗	一面	女大刀	三把
令　旗	一面	袖　箭	两支
城　片	一个	云　帚	一个
提　灯	两个	马　鞭	十二根
文房四宝	一份	龙　形	一个
印　匣	一份		

第 一 场

〔【大锣原场】【四击头】汤和自“下场门”、邓玉自“上场门”同上，“双起霸”。【大锣归位】

〈粉蝶儿〉

汤 和
邓 玉

（同）2 6 7 5 4 3 2 3 2 -
将 中 英 豪，

〔二人归里，面向内。【四击头】常遇春自“下场门”、胡大海自“上场门”同上“双起半霸”。【大锣归位】

〈粉蝶儿〉

常遇春
胡大海

（同）6 7 6 ˇ2 6 7 5 4 3 2 3 2 -
怎 挡 俺 将 中 英 豪，

〔二人归里，面向内，站在汤、邓外侧成一排。【长尖】廖永忠自“下场门”、俞通海自“上场门”同上“双起半霸”。【大锣归位】

〈粉蝶儿〉

廖永忠
俞通海

（同）7 2 6 7 2 3 2 -ˇ2 2 1 2 7ˇ2 3ˇ2 6 5 -
统 雄 兵 贼 寇 尽 扫。

〔二人归里，面向内，站在常、胡外侧，六人一排。【急急风】郭英自“下场门”、沐英自“上场门”同上，台口扔下甲，正、反“云手”拉开。【大锣归位】

〈粉蝶儿〉

郭 英
沐 英

（同）6 7 6ˇ5 5 7 6 7 5 4 3ˇ2 3 2 -
俺 今 日 扫 荡 群 枭，

〔【小锣三击】郭、沐转身向内，八将齐退，同转身向外站。

〈粉蝶儿〉

众 将

（同）7 2 6 7 2 3 2 -ˇ6 6ˇ3 5 -
仗 英 勇 施 威 武（台 令 台）

2 2 1 2 7ˇ2 3ˇ2 6 5 - 【大锣归位】‖
夺 取 贼 巢。

众　将　（同）俺——【撕边一锣】
汤　和　汤和。
邓　玉　邓玉。
常遇春　常遇春。
胡大海　胡大海。
廖永忠　廖永忠。
俞通海　俞通海。
郭　英　郭英。
沐　英　沐英。【大锣住头】
汤　和　众位将军请了。
众　将　请了。
汤　和　主公升帐，你我两厢伺候。
众　将　请。

〖【大锣原场】众将两边分下。【一锤锣】四蓝龙套、四长枪手上“站门”，引李善长、徐达、朱元璋上。【大锣归位】朱元璋在台口正中，李善长“大边”，徐达“小边”。

朱元璋　（引）旭日当空【小锣二击】乘云车，（大大）

$\dot{1}$ $\dot{2}$ $\dot{1}$ $\dot{2}$ $\dot{1}$ 6 7 6 5 6 – ┆【小锣三击】
驾 驭 六 龙。

李善长　（引）安民剪群雄，【小锣二击】

徐　达　（引）惯取（八大）1 2 ^{3}2 $\underset{\cdot}{6}$ $\underset{\cdot}{7}$ $\underset{\cdot}{6}$ ‖
乾 坤 龙。

〖【一锣锤】四蓝龙套、四长枪手归里。朱元璋归“外场座”，李善长归“大边跨椅”，徐达归“小边跨椅”。众将两边上进帐，面内站“横一字”。

众　将　（同）参见主公
朱元璋　众将军少礼。
众　将　（同）啊！（【大锣归位】分站两边）
朱元璋　（念）一举冲开飞天红，光华遍野似云彤。【小锣二击】
李善长　（念）大地山河开锦绣，
徐　达　（念）指日尧纪宇宙中。【大锣归位】
朱元璋　小王【撕边一锣】朱元璋。
李善长　山人，李善长。
徐　达　本帅，徐达。【大锣住头】
朱元璋　自起义以来，逢州得州、遇县得县，只是无有建都之地。先生、元帅，何计教我？
李善长　启禀主公：想金陵乃建都之所，为兵家必争之地，主公就该率众过江，夺取金陵，方为上策。
朱元璋　孤想那金陵乃是赤福寿、曹良臣把守，他二人有万夫不挡之勇，恐其难破。
徐　达　臣想金陵乃建都之地，东西南北、四路相通，虎踞之所。若得金陵，可完主基业。

朱元璋　如此请元帅传令，夺取金陵。
徐　达　臣领旨。众将官！
众　将　（同）有！【撕边一锣】
徐　达　兵发金陵。
众　将　（同）啊！

〔【大锣归位】唢呐奏〈泣颜回〉四蓝龙套、四长枪手“合龙口”带马，众上马，“插门”下。

第　二　场

〔清场。

〔探子内白：“马来！”【大锣水底鱼】上至正中台口。

探　子　白日隐草地，黑夜走荒郊。【大锣住头】探子是也。（仓匝）奉了都督将令，打探敌情。今有徐达领兵，夺取金陵。不免报与都督知道，就此马上加鞭。（八大仓）【大锣原场】（下）

第　三　场

〔〈水龙吟〉四红龙套“站门”上。【四击头】曹良臣、赤福寿上。【大锣归位】曹良臣、赤福寿翻左水袖做遮面状。

〈点绛唇〉

曹良臣
赤福寿　（同）6. i 543 5 2 【小锣二击】2 21 2 61 5 【小锣三击】
杀　气　冲　霄　　儿　郎　虎　豹，

5 54 3 5 2 【小锣二击】3 23 56 5
威　风　浩　　地　动　山　摇，

【小锣三击】（6 5 6i 5）（八大仓）2 2 1 2 6. i 5 ‖
（念）要　把　红　巾　扫。

（〈水龙吟〉赤福寿右转身入“大座”内场椅，曹良臣右转至“大边”左转坐）

赤福寿　（念）气吐虹霓万丈高，执掌兵符镇九霄。【小锣二击】
曹良臣　（念）久镇金陵无人犯，丹心一片保皇朝。

〔【大锣归位】四红龙套归里。

赤福寿　本督，【撕边一锣】大都督赤福寿。
曹良臣　本帅，曹良臣。【大锣住头】
赤福寿　大元顺帝驾前为臣。奉主之命，镇守金陵等处。可恨红巾贼党，前来夺取金陵。也曾命探马前去打探，未见回报。

〔探子内白："马来！"【大锣水底鱼】上，至"小边"台口，下马。

探 子 报，探子告进。(【冲头】"挖门"进，至台中，面内)都督在上，探子叩头。(八大仓)(蹦子，下跪)

赤福寿 命你打探军情怎么样了？

探 子 都督容禀！【大锣归位】

【二三锣】小人奉将令，日夜不消停。【小锣二击】

红巾领人马，要夺金陵城。【大锣住头】

赤福寿 那贼兵势如何？

探 子 那贼兵势好不威严也！【急三枪】

赤福寿 赏你银牌一面，再去打探。

探 子 得令。【冲头】(出门拉马，"上场门"下)

赤福寿 啊，曹将军，红巾贼党兵临我境，将军有何妙计？

曹良臣 红巾贼寇，远来疲倦，待末将今晚偷营劫寨，都督大兵随后，哪怕红巾不灭？

赤福寿 好，如此将军先行，本督大兵随后接应。(曹良臣离位)

曹良臣 得令。(中军"下场门"暗上，【闪锤】四兵士两边上。曹至正中台口)

〔西皮流水〕

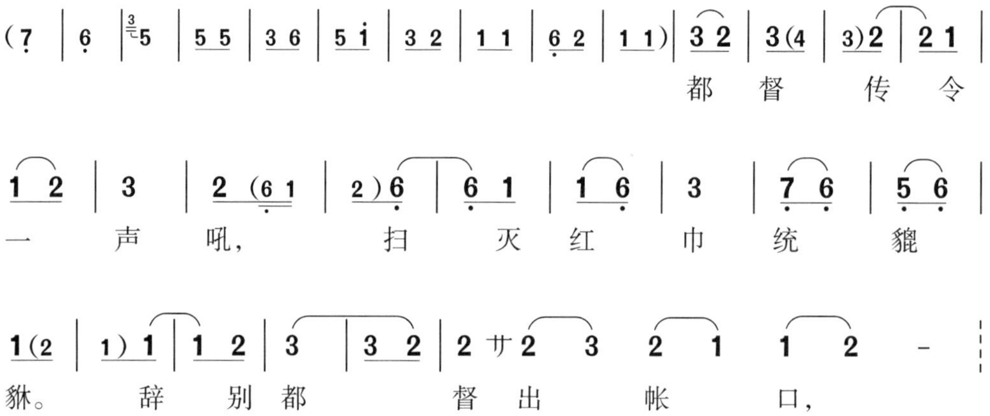

〔【快长锤】四兵带马，曹良臣上马，四兵"插门"下。

〔西皮摇板〕

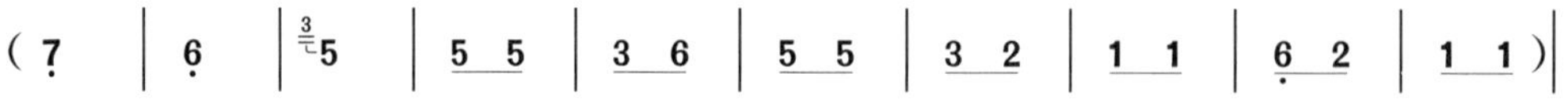

曹良臣

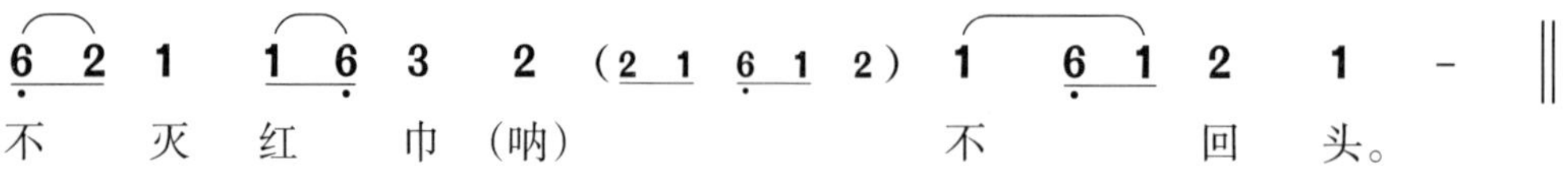

〔【闪锤】曹良臣下。

〔西皮摇板〕

赤福寿 (过门同前)

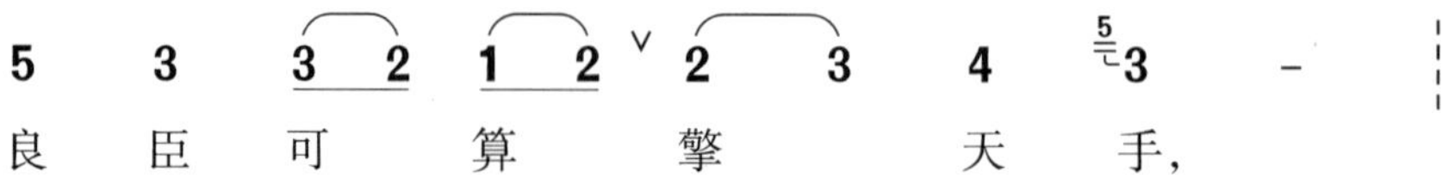

| 取 金 陵 |

〔【闪锤】出座，至台中。

〔西皮流水〕

（过门同前）4 6 | 3 (2 | 3) 2 | 2 1 | 2 5 | 3 2 | 1 (2 | 1) 3 |
何 愁 我 主 社 稷 忧。三

3 | 5/3 | 2 | 1 | 2 ∨ 艹 2 - 2 1 2 - ⁞
军 暂 退 宝 帐 口，

〔【闪锤】龙套下。

〔西皮摇板〕

（过门同前）6̣ 1 3 3 2 ∨ 1 2 3 3 3/2 - ‖
请 出 公 主 定 良 谋。

（中军至台中）

中　　军　有请公主。（中军下，赤福寿归“大边跨椅”坐）

〔【快长锤】二宫女引凤吉公主“上场门”上，宫女“一条鞭”，凤吉公主至“小边”台口。

〔西皮摇板〕

凤吉公主　（过门同前）3 6 5 6 5 3 5 ∨ 6 6 3 5 6 - ∨(6 5 | 3 5 | 6)
环 佩 声 响 出 兰 房，

i̇ 5 6 6 - (6 5 | 3 5 | 6) 6 5 5 5/3 5 - ‖
夫 受 爵 禄 镇 朝 纲。

〔【一锤锣】赤福寿出座迎至营外。

赤 福 寿　公主！

凤吉公主　驸马！（二宫女进帐，一宫女摆椅子。赤福寿、凤吉公主进帐，八字椅坐下。二宫女归“小边”）

赤 福 寿　可恼哇！（顷仓）可恼！【撕边一锣】

凤吉公主　驸马今日退帐，因何这等烦恼？

赤 福 寿　今有红巾贼党，前来夺取金陵，你道恼是不恼？

凤吉公主　驸马不必烦恼，就该发动人马，出城抵挡才是。

赤 福 寿　曹将军带兵，捣贼的营盘去了。城内空虚，为此告与公主知道，谨守城池。

凤吉公主　驸马只管领兵出城，待为妻巡查城池，料然无事。

赤 福 寿　全仗公主。

凤吉公主　岂敢。

赤 福 寿　正是：(【大锣住头】赤福寿、凤吉公主离位，往前走）麟阁丹青知不负，

凤吉公主　捷音题奏紫微宫。(【一锤锣】赤福寿下，二宫女随凤吉公主“上场门”下）

第 四 场

〔〈风入松〉四蓝龙套、四长枪手，汤和、邓玉、常遇春、胡大海、廖永忠、郭英、沐英、俞通海、李善长、徐达、朱元璋上。至“下场门”，站“骨牌对儿”。

徐 达 前道为何不行？

众 将 （同）来到金陵。

徐 达 人马列开。

众 将 （同）啊！（【大锣原场】四蓝龙套、四长枪手、众将分至两边。朱元璋归正中，李善长归“大边”，徐达归“小边”）

朱元璋 先生、元帅，来到金陵，选一平川之地，安营扎寨。

徐 达 我兵至此，不见敌人动静，其中必有埋伏。

朱元璋 元帅分派他们。

徐 达 领旨！汤和、邓玉听令！

汤 和
邓 玉 （同）在。

徐 达 命你二人埋伏前营左方，闻得号令之声，一齐冲杀，不得有误！

汤 和
邓 玉 （同）得令。（冬仓）

徐 达 常遇春、胡大海听令！

常遇春
胡大海 （同）在。

徐 达 命你二人埋伏后营右方，闻得号炮之声，一齐冲杀，不得有误！

常遇春
胡大海 （同）得令。（冬仓）

徐 达 廖永忠、俞通海、郭英、沐英听令！

廖永忠
俞通海
郭 英
沐 英 （同）在。

徐 达 命你四人，埋伏左、右营，敌人到此，一齐冲杀，不得有误！

廖永忠
俞通海
郭 英
沐 英 （同）得令。（冬仓）

徐 达 此地命老军四十名，立空营两座，只许败，不许胜，以为诱兵之计。众将官！

众 将 （同）有！【大锣一击】

徐 达 红罗山去者！

众 将 （同）啊！

〔【急急风】四蓝龙套、四长枪手，李善长、徐达、朱元璋“插门”下。郭英、廖永忠、常遇春、汤和由“下场门”向“小边”台口，沐英、俞通海、胡大海、邓玉由“上场门”向“大边”台口，走“十字靠”，接“二龙出水”，郭英、廖永忠、常遇春“上场门”下，沐英、俞通海、胡大海“下场门”下。【四击头】汤和在“小边”台口，邓玉在“大边”台口，亮相。【急急风】汤和“上场门”下，邓玉“下场门”下。

第五场

〔清场。

〔西皮导板〕

曹良臣 【大锣导板头】サ（6 6 6 6 5 5 5 i i 3 2 1 6 2 1 －） 5
旌

5 6 5 5 （5 5） 5 3 5 6 6 5 5 －
旗 招 展 绕 星 斗，

〔【急急风】四兵士“上场门”上“站门”，引曹良臣上。【紧锤】至正中台口。

〔西皮快板〕

（3 5 | 6 i | 5 i | 3 2 | 1 2 | 6 2 | 1 1）| 3 5 | 3 5 |（5）3 | 3 2 | 3 5 |
带 箭 弯 弓 领

1 2 | 1 | 3 5 | 2 | 3 | 1 2 | 2 | 2 | 2 | 2 | 6 1 | 2 － ‖
貔 貅。众 将 奋 勇 精 神 （呐）抖，

〔【快长锤】四兵士“插门”领起来至“小边”站“一条鞭”，曹良臣至“小边”台口。二纛旗手“下场门”上，站中场偏“下场门”一侧，旗交叉。

四兵士 来至贼营。【风点头】

〔西皮摇板〕

曹良臣 （过门同前）3 1 2 2 （2 1 | 6 1 | 2）6 1 2 2 1 － |
休 得 慌 张 动 戈 矛。

冲！

〔【冲头】曹良臣带二兵士挑开二纛旗，二旗手下，曹良臣至正中台口，二兵士归“大边”。

四兵士 空营一座。

曹良臣 呀！

〔西皮散板〕

【快纽丝】サ（7 6 6 5 i 3 2 1 6 2 1 －）6 2 1 2 3 2 3
指 望 偷 营 功

6 1 ³2 (2 1 6 1 2 -) 6⁵ 3 2 1 2 3 1 3
成 就， (仓) 不 想 中 了 贼 计

2 6 1 - (7 6 2 1 -) ⁵3 3 3 2 2 2 6 1 ³2 - ‖
谋。 (仓) 三 军 与 爷 绕 营(呐)走!

〔【扫头】【急急风】四兵"插门"反领"上场门"下。汤"下场门"上，与曹"一合两合"打"幺、二、三"。二人枪镗一兜，各左转身打轴肘一拉右转身，正面相对各以枪打地，自面前由右向左缓枪互下刺一、二、三、四（边刺边向右走）。汤挑曹枪打曹"左腰封右腰封"，曹右转身打汤"左腰封右腰封"。汤右转身打曹左腰，缓下来曹"打汤鼻"。邓玉"下场门"刺出来，到"上场门"台口。曹"漫头"，汤低头过去至"小边"，曹左转身刺过去。汤、邓双"过合"。曹打一刺"腰封"汤接，汤左转身"下场门"下。曹刺上下邓接上下，邓"下场门"下。【四击头】曹亮相，"上场门"下。

第六场

〔【急急风】四红龙套、赤福寿"上场门"上，【四击头】赤亮相，"下场门"下。
〔连场。二纛旗手"上场门"上，站中场偏"上场门"一侧，旗交叉。
〔【急急风】四上手、曹良臣"上场门"上。

〔西皮散板〕
曹良臣 【快纽丝】(过门同前) 3 3 3 3 1 2 3 3 (6 1 2 3) 1 2 1 2
适 才 遇 见 红 巾 寇，(仓) 不 由 怒 火

1 3 2 1 (7 6 2 1 -) ⁵3 3 3 2 2 6 1 2 - ‖
起 心 头。 (仓) 三 军 催 马 踹 营 走，

〔【急急风】四上手领起小圆场。
四上手 来到贼营。
曹良臣 啊?

〔西皮散板〕
【凤点头】(过门同前) 3 2 3 1 3 2 1 2 ³2 1 - ‖【住头】
因 何 又 有 一 营 头?

曹良臣 随爷冲营!（【冲头】曹带二兵挑开纛旗，二旗手"上场门"下）
四上手 又是空营。
曹良臣 哎呀!

〔西皮散板〕

【快纽丝】(过门同前)5 3 3 3 5 3 3(6 1 2 3 -)6 2 1 3 2 2 3

连破两座空营头，(仓)只恐敌营有

5 3 2 1 -(7 6 2 1 -)5 3 3 2 2 - 3 2 3 2 - ‖【扫头】

机 谋。(仓)三军与爷 回兵走!

〔【急急风】四上手领起“下场门”下。常遇春“上场门”上，“漫头一别”，曹涮枪二人“过合”。曹“小边”枪头一兜左转身打“幺、二、三”，枪镈下兜枪头上别，枪头下兜右转身（不全转）回身枪头上搭，镈下兜左转身回来，打轴肘，下兜右转身，搭兜右转身。曹换至“大边”，里盖“合扇”转身曹打常“前封头”，常缓枪上两步接曹“后封头”。曹回“小边”打胡大海（从“上场门”上）“前封头”，常、胡压曹枪，挑起“串肚”，常、胡易位，曹“漫”常头以镈“打鼻”，以枪头盖下胡刀，打胡“腰封”，顺势勾胡至“小边”，执枪中推常、胡“上场门”下。【撕边】曹一望【四击头】亮相，曹“上场门”下。

〔【急急风】四红龙套上“站门”，赤福寿上挥手示意，龙套“下场门”下，赤福寿扯开，【四击头】亮相下。

第七场

〔正场摆“山头”。徐达内唱。

〔西皮导板〕

【大锣导板头】廿(7 6 7 6 6 5 5 i - 3 2 7 6 2 1 -)3 6

气

5 6 5 - 5 4. 5 3 -(6 1 2 3 -)3 3 6 5 5 -

吐 虹 霓 志 不 移，

〔【长锤】四军士“站门”，徐达上，至“九龙口”，边唱边“扯四门”。

〔西皮原板〕

大扑台 仓3 6 i | 5635 2356 | 53i3 5i65 | 3635 i353 |

2353 6532 | 1235 6535 | 2356 3212 | 6125 3612 |

1 6 6 32 | 3 21 621 | 1265 1 2 | 2357 612 | 1 13 216 |

0 6 3 | 3 21 6 | 1 65 1 2 | 0 0 | 1 2 |

长驱 甲 士 扫

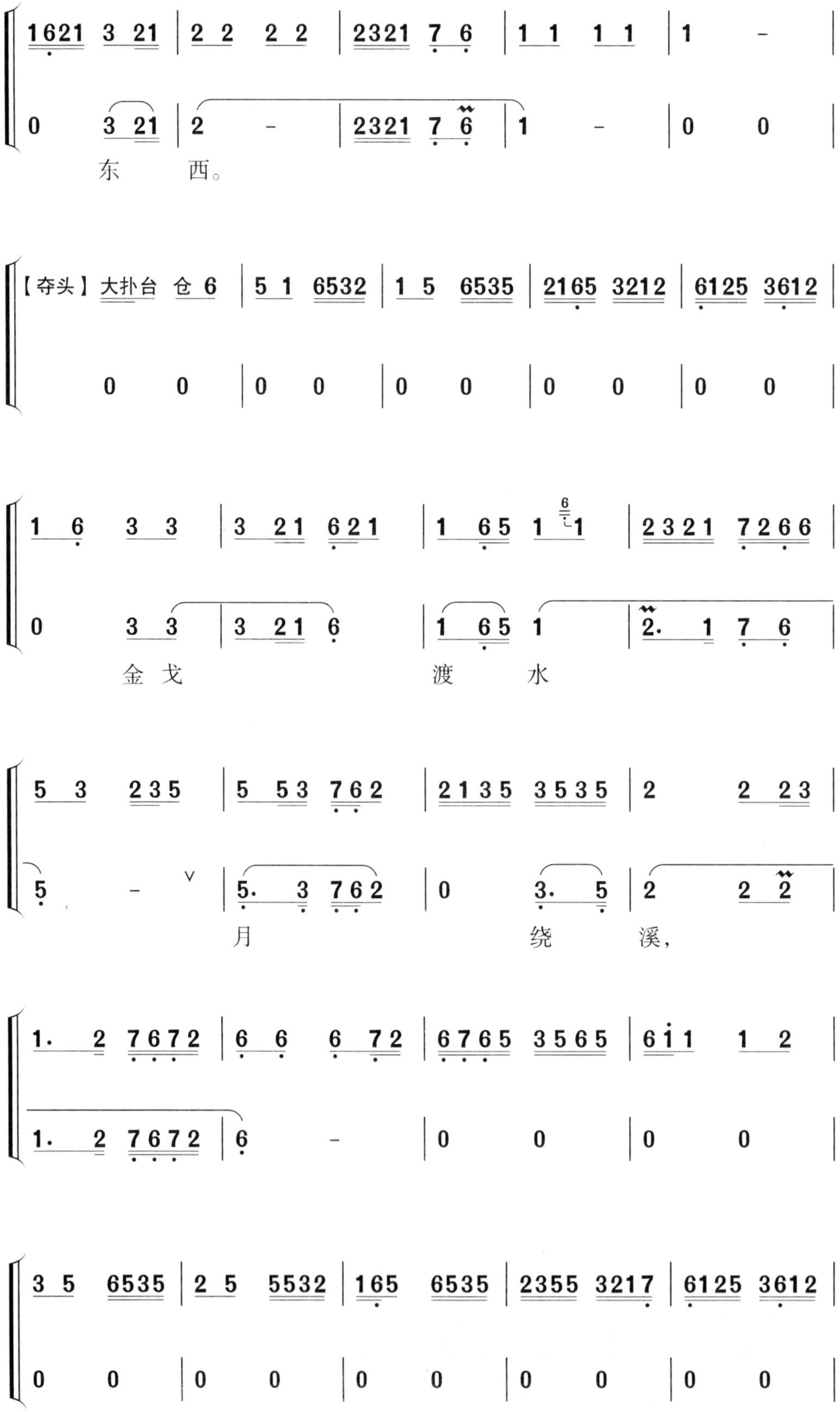
东 西。
【夺头】大扑台 仓
金戈 渡 水
月 绕 溪，

取金陵

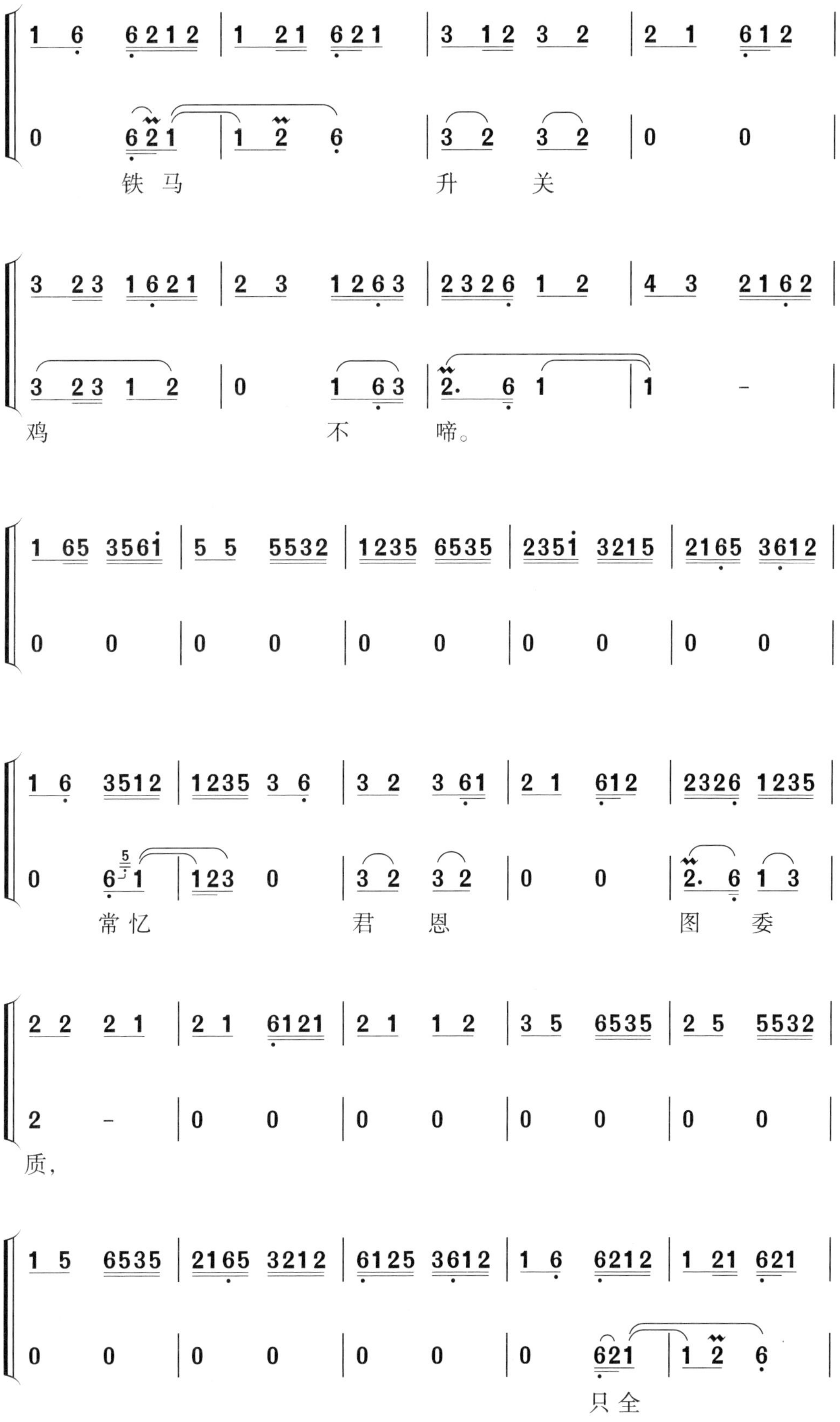

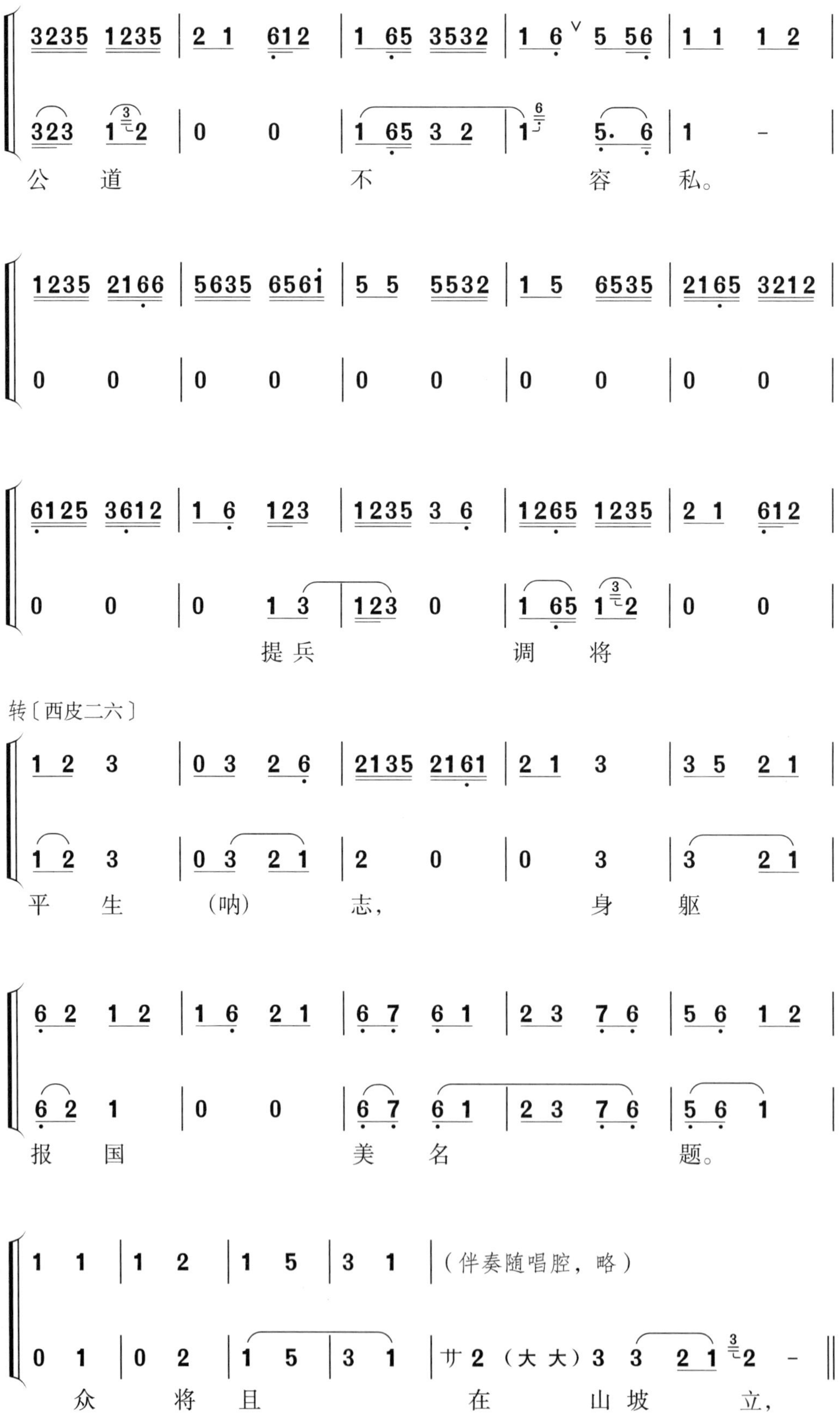
公 道 不 容 私。
提兵 调 将
转〔西皮二六〕
平 生 (呐) 志, 身 躯
报 国 美 名 题。
(伴奏随唱腔,略)
众 将 且 在 山 坡 立,

取金陵

〔【快长锤】下马，上山头，四军士归里。

〔西皮摇板〕

(7 6 5 55 36 55 32 11) 3 1 2 2 (21 61 2) 3 5 2 1 1 - ‖

收伏良臣 保华夷。

〔【急急风】郭英上，曹良臣追上“漫头一别”，起打，郭接“腰封”。沐英上，常遇春、胡大海续上，曹良臣同四将“过合”。汤和、邓玉、廖永忠、俞通海同上，分站两边。曹良臣归台中。

〔西皮散板〕

曹良臣 【快纽丝】(过门同前) 5 3 3 3 3 2 1 2 3 - (6 12 3)

四下人马如鸟兽，(众将夹白：“归降！”)(仓)

6 2 1 3 2 3 3 21 6 1 - (7 62 1 -)

豪杰英雄无处投。(众将夹白：“归降！”)(仓)

6 1 2 0 0

左冲(【撕边一锣】涮枪刺“大边”，众挡)(念)右挡〔(空匡)反向“小边”一望，

2 1 2 3 - 3 3 2 -

众举兵刃〕无路走，

徐 达 众将官！

众 将 有！【双楗凤点头】

〔西皮散板〕

徐 达 (过门同前) 6 2 1 1 2 (6 1 2) 7 6 5 6 1 - ‖【住头】

众将与爷 战鼓收。

曹将军！

曹良臣 嗯！【撕边一锣】

徐 达 我主当兴，你主当灭。听本帅相劝，归顺我主，不失封侯之位，将军三思。

曹良臣 答话者何人？

徐 达 本帅徐达。

曹良臣 呜呼呀！【撕边一锣】久闻徐达用兵如神，此乃是天叫俺良臣归降也！

〔西皮散板〕

【凤点头】(过门同前) 62 1 62 1 ∨ 3 1 2 (6 1 2) 1 3 1 2 1 3 2

久闻徐达智谋有，(仓)提兵调将赛武

1 - (7 62 1 -) 6 1 1 3 2 ∨ 6. 2 1 2 3 - 2 -

侯。(仓)甩蹬离鞍下走兽，

〔【纽丝】曹良臣下马，跪。

（过门同前）1 3 1 3 2 (6 1 2 -) 1 6 1 5 - 6 6 6 1 - ‖
含 羞 带（呀）愧 把 主 投。

众　将　曹良臣归降！

〔西皮小导板〕

徐　达　【凤点头】（过门同前）2 2 1 5 3 1 2 (6 1 2) 3 2 1 2 3 2 - |
众 将 与 我 忙 扶 就，

〔【闪锤】下高台，众将列两边。

〔西皮流水〕

（过门同前）3 2 | 3(5 | 3)1 | 6 3 | 2 1 | 6 | 1(2 | 1)3 | 3 2 | 3 2 | 2(1 | 2)1 |
躬 身 下 拜 礼 不 周。将 军 英 名 闻

6 3 | 2(1 | 2)3 | 3 2 | 1 2 | 3 5 | 7 6 | 5 6 | 1(2 | 1)1 | 1 3 | 6 2 | 1 |
之 久，忠 义 二 字 贯 九 州。同 心 协 力

6 1 | 6 1 | 2 | 3 | 3 | 3 | 2 1 | 2 サ 1 2 2 1 - ‖【住头】
把 主 佑，封 妻 荫 子 永 传 留。

曹良臣　归降来迟，死罪呀！死罪！

徐　达　弃暗投明，何罪之有？【鼓架子】【撕边一锣】何处人马？

曹良臣　赤福寿的人马，元帅需要小心。

徐　达　无能之辈，何足道哉。众将官！

众　将　（同）有！【大锣一击】

徐　达　奋勇当先。

〔【急急风】四蓝龙套、徐达、曹良臣暗下。众将“合龙口”，上马，“插门”走圆场。四红龙套“上场门”引赤福寿上，“二龙出水”，众下，留常遇春与赤福寿起打。赤用刀头、常用枪镈一磕，二人分向“上场门”台口、“下场门”台里，右转身“一扯两扯”，赤举刀、常顺枪“过合”，赤换至“大边”一兜，各向左转身，常刺赤右腿，赤向外磕出，常刺赤右额，赤向里磕常枪，赤刀镈打常头，常向里磕赤，“合扇”向里转身，常刺赤腿，赤“挑剜花”，二人“扯斜”，常镈打“背供”，赤背刀接“背供”，赤上步左转身砍常，常盖，赤左转身又砍常又盖，赤左转三次砍常盖下来，赤打常“封头”，赤两次“拉肚”，常接“拉肚”，跨右腿左转身，二人换位赤打常“后封头”，常刺赤左额，赤勾常“腰封”换位。“上场门”勾胡大海上，三人一压“串肚”，赤挑开大刀花四砍头一压挑开“漫头”、左右“打鼻子”，向上场“斜合”。汤和、邓玉双上“斜合”。“上场门”廖永忠、俞通海、郭英、沐英“倒脱靴”上，都归“大边”。赤“小边”与八将一挤，右转身向台里，八将左转身领起来圆场向台里，双方又一挤，赤左转身领起圆场把八将挡在“下场门”，赤从“上场门”台口左转斜向“下场门”，

八将举兵刃斜向“上场门”台口依次杀出来，赤从“下场门”“蛇褪皮”砍出来，到“小边”扒拉“倒脱靴”。众将先后“下场门”下，留沐英抡双锤左转身压赤大刀。

沐　英　哇呀呀……

〔【**撕边**】赤挑开双锤刀面拍沐，沐“肘棒子”，起来拉马（**八大仓**）下。

赤福寿　（【**急急风**】左手挥）追！（龙套追过场，赤“耍大刀下场花”，【**四击头**】亮相。“下场门”下）

〔撤堂鼓。【**缓锣**】

第 八 场

〔正场摆城。【**慢长锤**】二女兵持灯，一女兵持弓箭，一女兵徒手，“站门”，引凤吉公主（换改良靠、斗篷、蝴蝶盔、翎尾）执马鞭上。

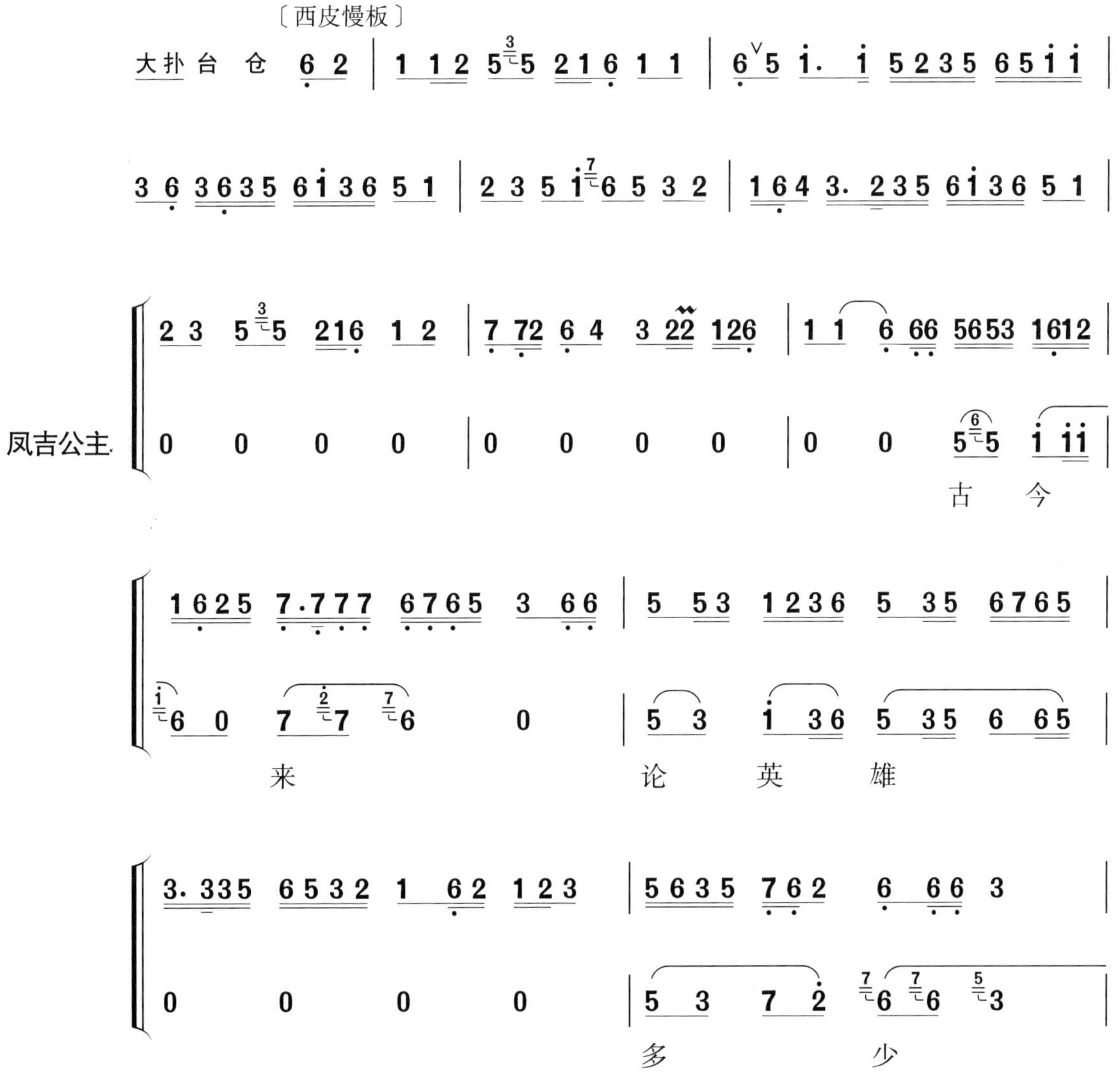

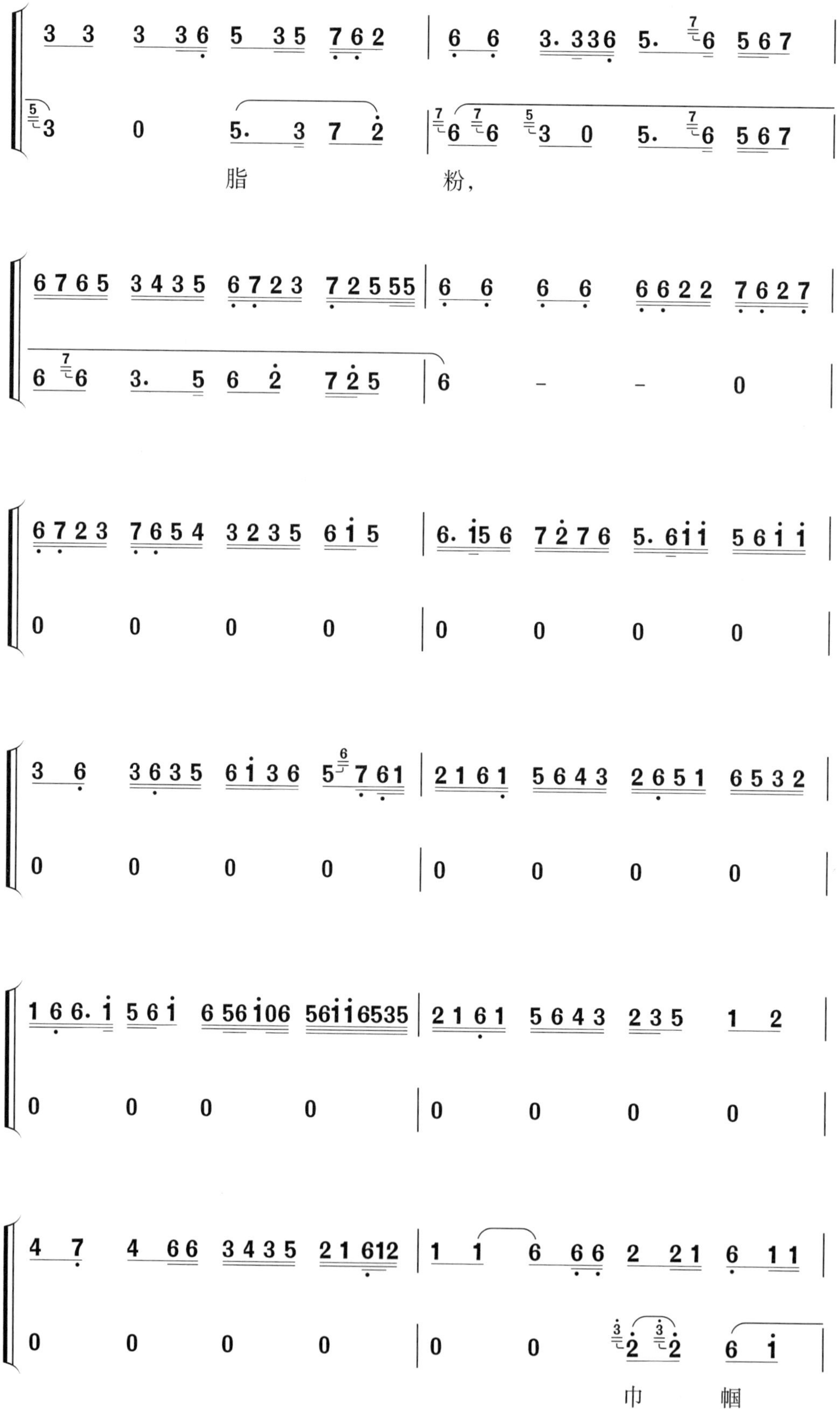
脂
粉，
巾
帼

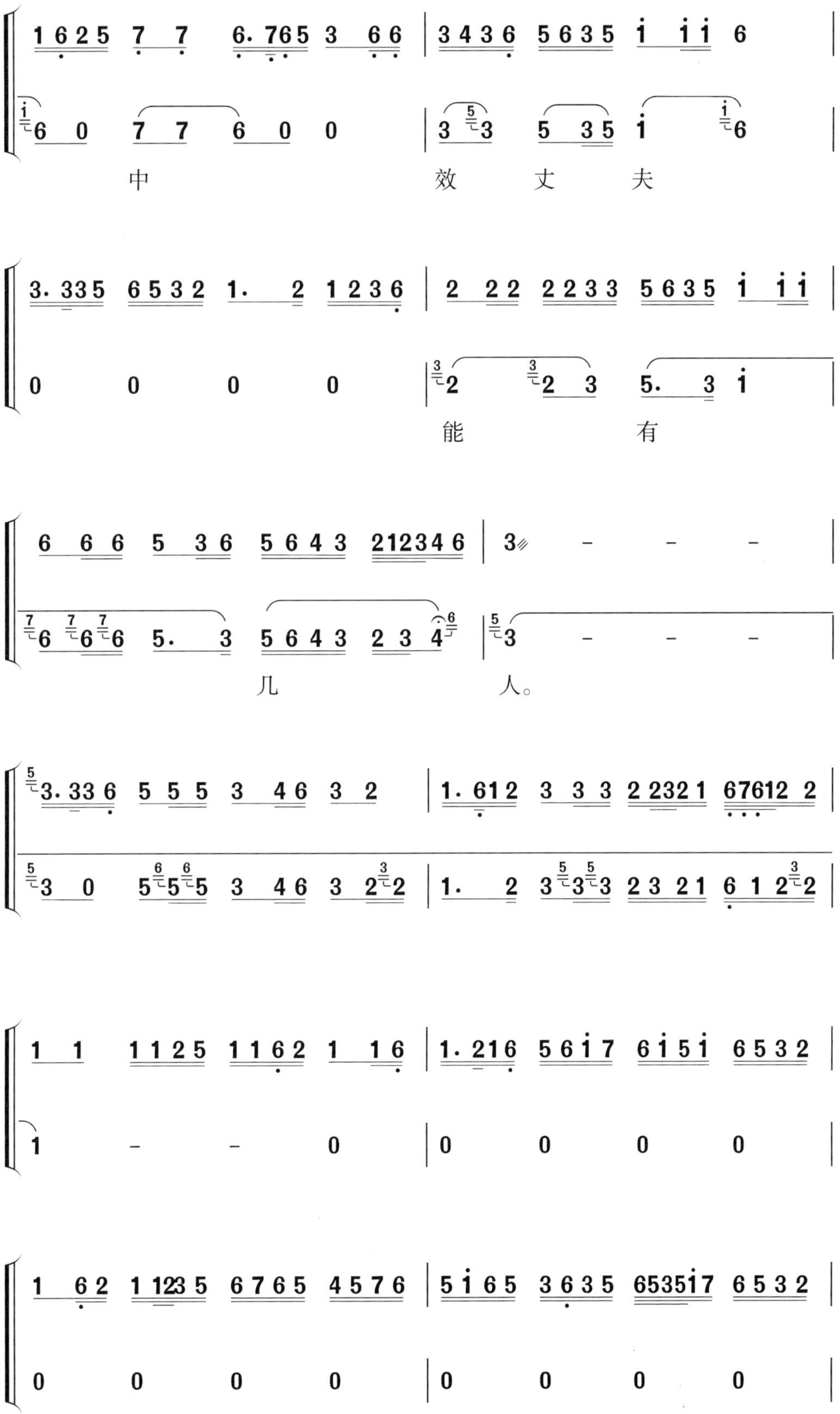
中
效 丈 夫
能 有
几
人。

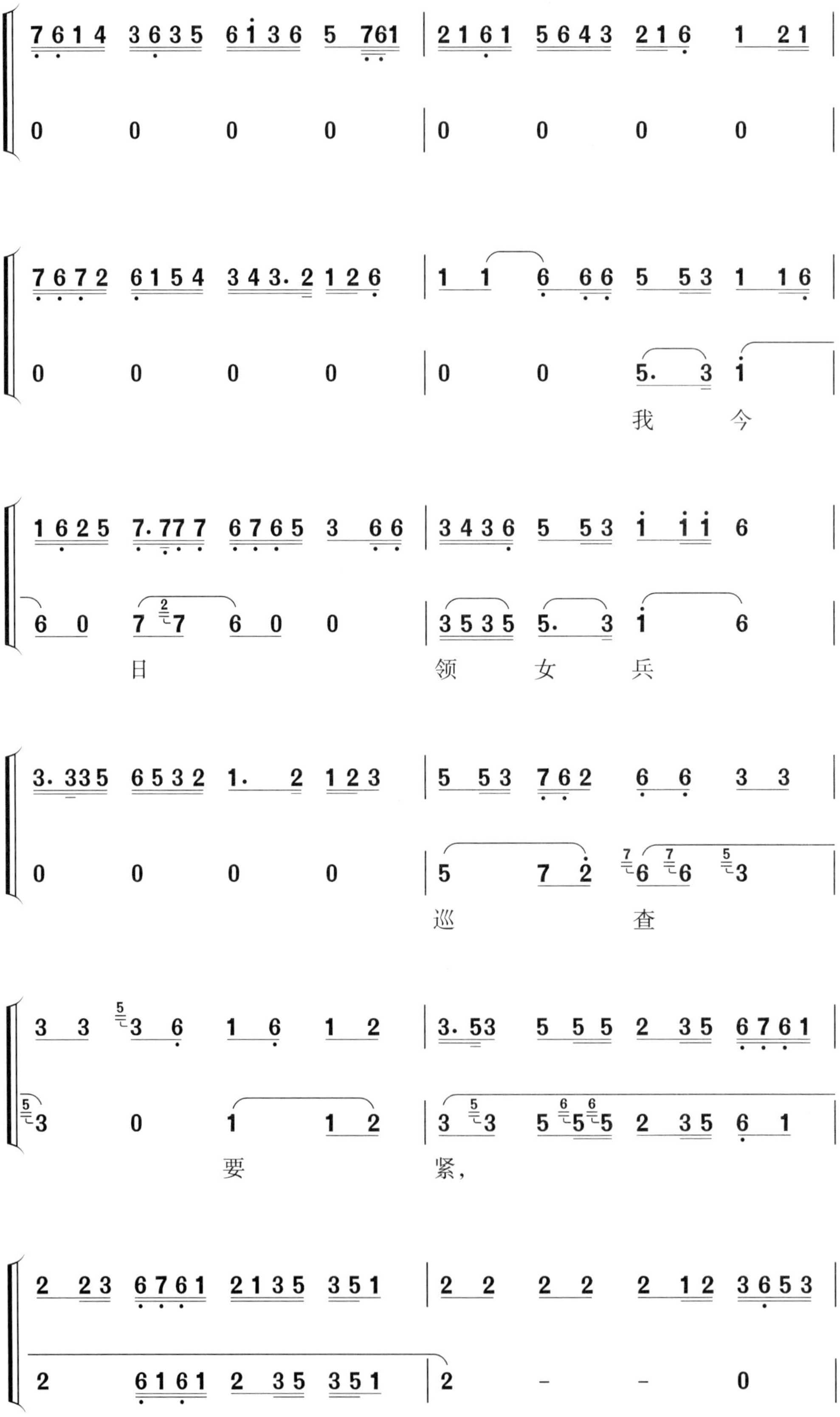
我
今
日
领
女
兵
巡
查
要
紧，

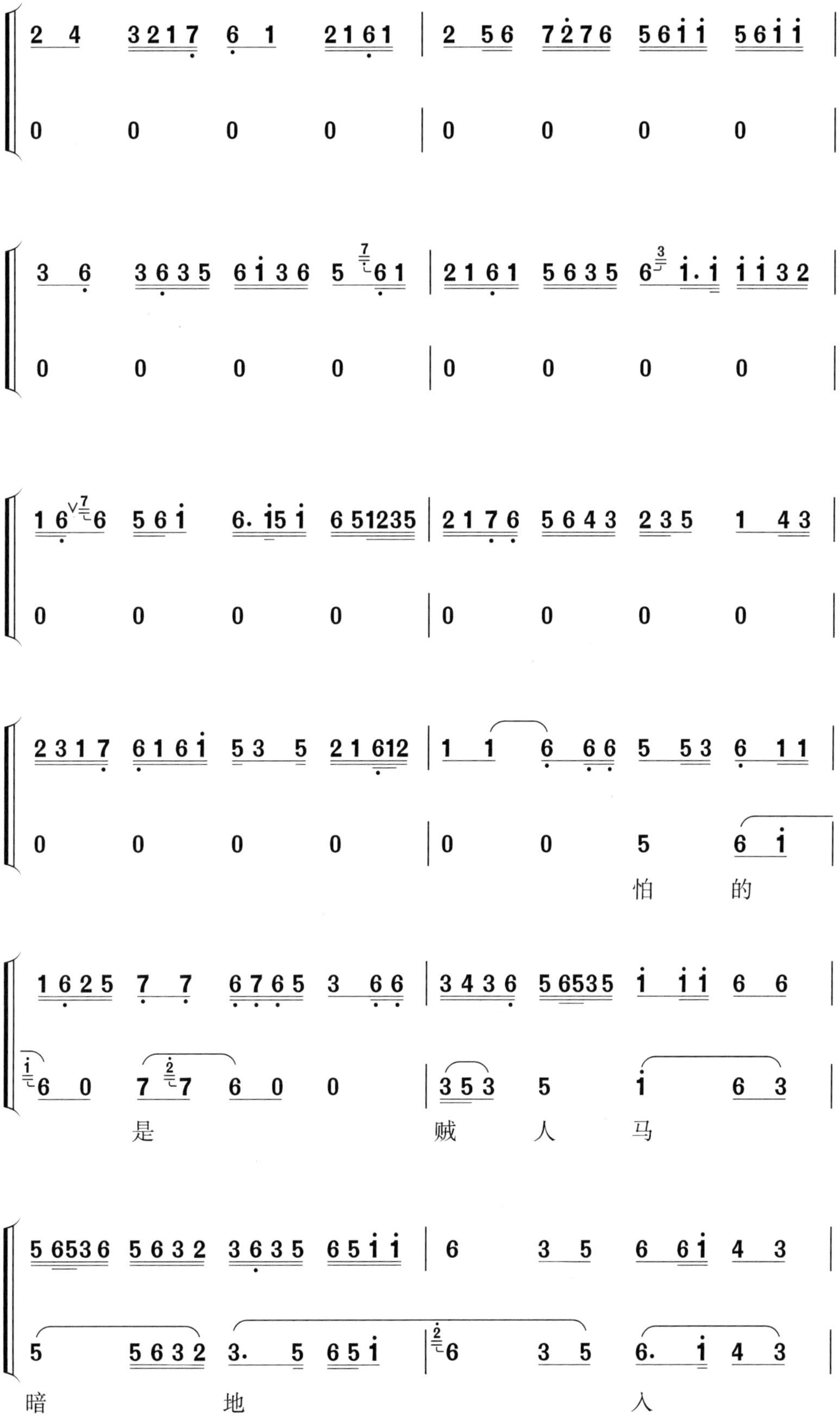
怕 的
是
贼 人 马
暗 地 人

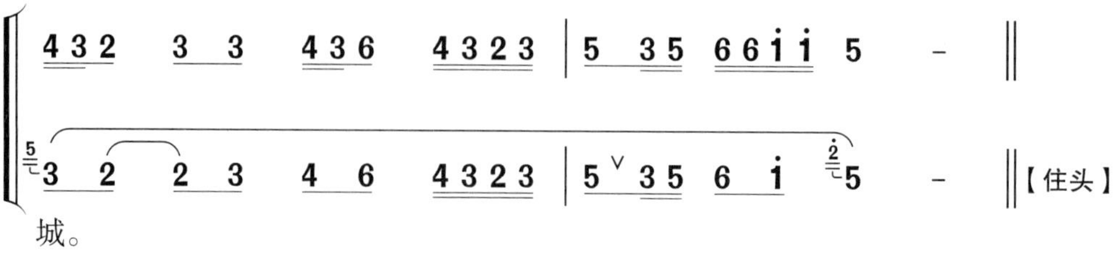

本宫【撕边一锣】凤吉公主。【大锣住头】夫君领兵出战，因此亲领女兵，巡查城池。众女兵！

众 女 兵 （同）有！【大锣一击】

凤吉公主 凤台门去者。

众 女 兵 （同）啊！【闪锤】

〔西皮摇板〕

〔【快长锤】众女兵领起来，至“大边”站“一条鞭”，凤吉公主至“大边”台口，下马，众女兵随凤吉公主上城。【快长锤】切住。

〔西皮摇板〕

〔【快长锤】四军士上“挖门”，朱元璋上，至台正中。

〔西皮摇板〕

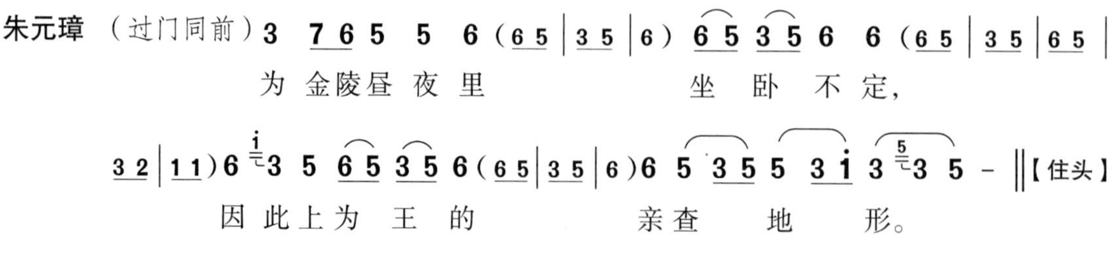

哎呀妙啊！【撕边一锣】但见此城，层岗叠巘，峻石危峰，好一座城池也！

〔西皮摇板〕

【闪锤】（过门同前）i 65 5 7 65 5 6（65 | 35 | 6）36 5 6 6 –

金陵 城真个 是 帝 王根本，

（65 | 35 | 65 | 32 | 11）3 36 5 65 35 6 36 5 35 65 6 – 5 –‖

得此 地定 能 够面 南 为 君。

四 女 兵　城下有人窥探！

凤吉公主　弓箭伺候！

〔西皮摇板〕

【闪锤】（过门同前）5 36 5 36 56 65 35 6 5 6i 35 6

一 定 是贼 营 中 奸 细 窥 信，

（65 | 35 | 65 | 32 | 11）3 36 5 5 35 6 36 5 6.5 3 3 5 –‖

这 一 箭 定 要 他 命 赴 幽 冥。

〔【乱锤】上龙形，放火彩，四军士拥朱元璋同下。

四 女 兵　奸细带箭而逃。

凤吉公主　呀！

〔西皮摇板〕

【闪锤】（过门同前）3 36 5 3 36 5 5 6 6 3 5 – 6 –

见 贼 人 带 箭 逃 料 难 活 命，

〔【快长锤】众女兵引凤吉公主下城，三女兵领起来下，一女兵带马后下；凤吉公主上马，至“大边”台口。

〔西皮摇板〕

（过门同前）3 36 5 65 35 6 i – 5 65 6 – 5 –‖

准 备 了 滚 木 石 提 防 贼 兵。

〔【大锣抽头】下。

第 九 场

〔伍福内白：“马来！”

〔【快长锤】伍福上，至台口正中。

〔西皮摇板〕

伍　福　（过门同前）6 2 1　6 2 1 ^{5}3　1 2 3　－（7 | 6 | 5 |
隐　姓　埋　名　有　数　秋，

5 5 | 3 6 | 5 5 | 3 2 | 1 1）6 2 1　6 2 1　3 5 2　6 1　－ ‖【住头】
全　凭袖　箭鬼　神愁。

俺【大锣一击】伍福。（仓匝）合肥人氏。自武科场弟兄一别，将有数载。今闻朱大哥攻取金陵，败于赤福寿之手，不免助他一臂之力，就此前行。

〔西皮摇板〕

【闪锤】（过门同前）3　1 2 3　3　2　3　1 2 ^{5}3　－ ^{5}3 ^{5}3　2　－ ¦
催　马　加　鞭　往　前　走，

〔【快长锤】至“小边”台口。

〔西皮摇板〕

（过门同前）6 2 1　1　2　3 ^{3}2　1　－ ‖
见　了　主　公　说　从　头。

〔【大锣住头】下马。

来此已是大营，门上哪位在？

〔常遇春内白：“嗯哼！”【大锣五击】“下场门”上。

常遇春　宝剑光寒三尺电，丹心气映九霄虹。【大锣住头】伍大哥！（常遇春此场卸靠，穿开氅）

伍　福　贤弟。

常遇春　你我哪里一别，直至如今？

伍　福　武科场一别，直至如今。

常遇春　今日到此，为了何事？

伍　福　烦劳通禀，说俺伍福求见主公。

常遇春　候着。有请主公！

〔【一锤锣】四蓝龙套“下场门”上，站“斜门”，引徐达、朱元璋上。众“扯正”，朱元璋归“外场座”，徐达归“大边跨椅”。

朱元璋　何事？

常遇春　合肥伍大哥求见。

朱元璋　有请。

常遇春　伍大哥请进。【大锣住头】

伍　福　草民伍福参见主公。

朱元璋　伍大哥少礼，见过元帅。

伍　福　参见元帅。

徐　达　将军少礼，请坐。

伍　福　谢座。【大锣住头】（归“小边跨椅”）

朱元璋 伍大哥，你我哪里一别，直至如今？

伍　福 武科场一别，直至如今。

朱元璋 到此何事？

伍　福 闻得主公创基立业，应天顺人，如今夺取金陵，不想大兵被赤福寿堵住。是俺闻听此言，星夜而来，愿在主公面前，讨下一支将令，去到两军阵前，劝说赤福寿归降，以安社稷。

朱元璋 但不知伍大哥需要多少人马？

伍　福 不用人马，只用飞虎旗一对，定能成功。

朱元璋 好！后营备宴，与伍大哥接风。

伍　福 谢主公！

朱元璋 正是：【扎】知君怀抱凌霄志，

伍　福 飓风吼树俨龙回。

〔【一锤锣】四蓝龙套“扯斜门”，朱元璋、徐达、伍福下，四蓝龙套随下。

第 十 场

〔清场。

〔西皮导板〕

赤福寿 【导板头】サ（7 6 65 5 － i － 3 1 21 72 1 －）5 3 3 2
战 马 不

1 2 （6 1 2 －）5 6 5 － 3 5 － |
住 连 声 吼，

〔【急急风】四红龙套“站门”，引赤福寿上，至正中台口。

〔西皮快板〕

【紧锤】（过门同前）3 | 3 5 | 0 3 | 2 3 | 2 1 | 6 2 | 1（2 |
杀 气（呀） 冲 开 鬼 神 愁。

1）3 | 3 3 | 3 | 1 2 | 2 | 3 2 | 3 | 2 － |
加 鞭 催 动 能 行 兽，

〔【快长锤】四红龙套领起来，至“小边”站“一条鞭”。

〔西皮快板〕

【凤点头】（过门同前）1 | 2 0 | 0 3 | 3 2 | 3 | 1 2 | 1（2 | 1）1 | 1 2 | 3 |
骂 声 贼 营 听 从 头：盖 世 英

6（7 | 6）1 | 6 1 | 2（1 | 2）5 | 3 5 | 2 3 | 2 1 | 2 | サ 3 5 2.1 1 － ‖
雄 赤 福 寿， 哪 一个 大 胆 敢 出 头？

〔【大锣一击】【紧锤】二飞虎旗手掩伍福“下场门”上，至“小边”台口。

〔西皮快板〕

（过门同前）4 6 | 3（5 | 3）5 | 3 | 3 | 3 5 | 2 1 | 6̣ 1 |
远 观 飞 虎 旗 门 斗，(呃) 好 叫

2 2 | 0 2 | 2 3 | 1（2 | 1）3 | 2 1 | 6̣ 2 | 1（2 | 1）3 |
本 督 暗 疑 忧。此 旗 只 是 伍

6̣ 1 | 2（1 | 2）3 | 3 2 | 3 | 2 1 | 2 | 艹3 2 6̣ 1 – ‖
福 有，他 若 来 时 我 命 丢。

〔西皮小导板〕

伍　福　【凤点头】（过门同前）3 3 1 3 2 –（6̣ 1 2 –）3 3 2 3 4 ∨ 5 3 –
三 军 列 开 旗 门 斗，

〔【急急风】二飞虎旗分开，伍福放箭。

看箭！

〔【撕边】（八大仓）赤福寿接箭，一看。

赤福寿　合肥伍福。收兵！

〔【急急风】二飞虎旗手下。四红龙套“倒卷帘”，“上场门”下。赤福寿欲下。

伍　福　贤弟请转！（八大仓）（赤福寿转身亮相）

〔西皮散板〕

【凤点头】（过门同前）6̣ 2 1 3 2 ∨ 1 2 – 1 – ‖【住头】
叙 叙 当 年 旧 根 由。

赤福寿　哦，【撕边一锣】我道何人？原来是伍大哥，恕弟马上不能全礼。请了！

伍　福　啊？【撕边一锣】你我弟兄许久未见，今日见了愚兄，别马就走，是何道理？【撕边一击】

赤福寿　这？伍大哥不必动怒，待弟下马。【大锣五击】（下马）

伍　福　这便才是。

赤福寿　伍大哥，小弟这厢有礼！

伍　福　啊？【撕边一锣】全身披挂，莫非要与愚兄较量？来来来，倒要试试你的手段。

赤福寿　慢着！【大锣五击】伍大哥，前者在彼处，缘何不别而行？今番此来，敢是与朱蛮助战？

伍　福　非也。俺特为贤弟而来。【撕边一锣】

赤福寿　为弟何来？

伍　福　想你主大元顺帝，贪淫酒色，不理朝政，废弃大臣，以致刀兵四起，民遭涂炭。新主元璋，应天顺人，功之懋锡，罪之减罚，指成帝统，故而万民归心，全军渡江，欲取金陵。贤弟仗勇，抗拒王师，大兵不能前进，为此愚兄星夜而来，一者同吾主取金陵，建基立地；二来劝贤弟归降，同辅吾主，以安社稷。贤弟不失封侯之位。请自三思。【撕边一锣】

赤福寿　伍大哥你此言（顷仓）差矣！

伍　福　何差？【大锣住头】

赤福寿　想俺赤福寿，蒙顺帝恩宠，招为东床，封妻荫子，理当粉身报国，扫除红巾贼党，方慰君心。【大锣住头】似你这不忠之言，万勿开口。【撕边一锣】

伍　福　不是哟！俺在新主驾前，夸下海口，定劝贤弟归顺。听你之言，岂不辜负愚兄一片保荐贤才之心么？

〔西皮摇板〕

赤福寿　哎呀！

〔西皮散板〕

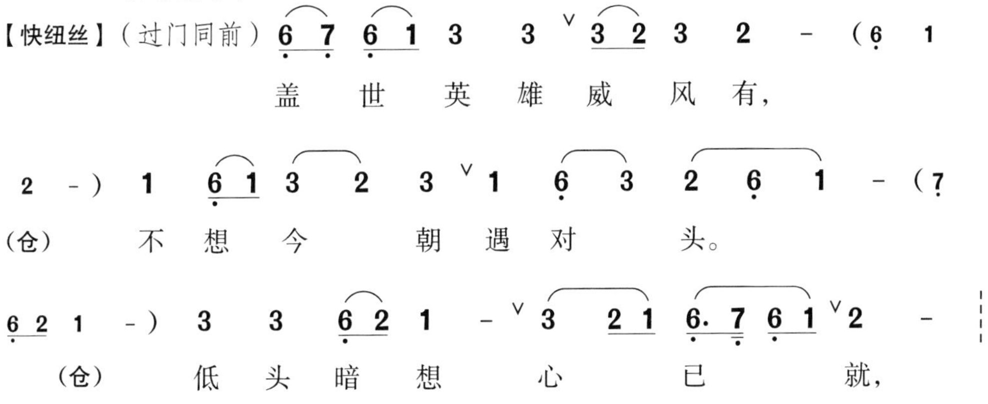

有了！

〔西皮散板〕

伍大哥，要弟归降不难，放弟进城与公主说明，同来献郡，你看如何？

伍　福　（冷笑）嘿嘿嘿……【撕边一锣】贤弟，你这话只好是蒙那三岁孩童。想那公主乃顺帝之女，与你乃恩爱夫妻，你若进城，焉能放你出关。【大锣一击】要降就在此地卸甲抛矛，免得愚兄动手！

赤福寿 扎扎扎……（八大仓）哇呀呀……

〔西皮散板〕

【快纽丝】（过门同前）5 3 3 3 3 2 1 6 3 2 –

他的箭法世少有，

伍　福 看箭！

〔伍福放袖箭，（八大仓）赤福寿接箭，一看。【撕边】

赤福寿 哎呀！

〔西皮散板〕

【快纽丝】（过门同前）3 1 2 2 ∨3 1 2 1 –（7 6 2 1）6 2

欺俺犹如欺童叟。（仓）你

1 1 2 3 2 1 6 1 2 –（6 1 2）6 2 1 2 3 5/3 –

我对天曾叩首，（仓）放俺回城

2 1 2 5/3 2 1 2 3 3 5 2 3 2 1 6 1 – ‖

好定良谋。

伍　福 住了！

〔西皮散板〕

【快纽丝】（过门同前）6 2 1 6 2 1 3 2 3 2 –（6 1 2 –）6 2 1

你的诡计休出口，（仓）要想

3 2 2 1 3 2 6 1 –（6 2 1 –）6 2 1 6 2 1 ∨6 5

回城错用谋。（仓）就在此地卸

6 1 3/2 –（6 1 2 –）6 2 1 2 1 2 3 2 ∨7 6 5 6 1 – ‖

甲胄，（仓）免得弟兄义气丢。

〔（八大仓）伍福看赤福寿，赤福寿一愣，背供。

赤福寿 呀！

〔西皮散板〕

【凤点头】（过门同前）5 3 3 3 3 ∨5/2 1 2 3 –（6 1 2 3）3 2 1

食王爵禄数十秋，（仓）英雄

1 2 3 5 2 1 6 1 －（6 2 1 －）3 3 6 2 1 － 2 2 1 2 3 1 －

只 落得一 旦 休。（仓） 夫 妻 不 能 重 聚（呀）

（1 1 1 3 2 1 7 2 1 －）1 － 2 3 7 6 5 －∨7 7 6 5 6 6 5 －

（仓 仓 仓令 仓才台 仓） 首， 公 主（啊）

罢！（跺脚，摊手）

〔西皮散板〕

【凤点头】（过门同前）6 2 1 2 1 3 2 －（2 1 6 1 2）1 6 3 2 6 6 － 1 －‖

学 一个 霸 王 自 刎 头。【住头】

伍大哥，那旁人马来了！

伍　福　在哪里？

赤福寿　在那里！

〔【软四击头】赤福寿自刎。四红龙套上，扶赤福寿，捡刀，牵马下。

伍　福　哎呀！

〔西皮散板〕

【凤点头】（过门同前）6 2 1 3 2 － 6 5 6 1 2 －（6 1 2 －）

可 叹 英 雄 赤 福 寿， （仓）

6 2 1 1 3 2 － 1 3 2 6 1 －（7 6 2

倒 叫 愚 兄 泪 双 流。

1 －）5 3 3 2 1 2 － 1 2 3 3 2 －

（仓） 三 军 与 爷 掩 尸 首，

〔【纽丝】四红龙套下，伍福至"大边"台口。

（过门同前）3 6 2 1 3 2 －∨3 5 3 2 1 －‖

忠 臣 孝（呃）子 永 传 留。

〔【一锤锣】下。

第十一场

〔【撤锣】【小锣旦上场】二宫女上"站门"，引凤吉公主上至正中台口。

凤吉公主　（念）终日里神思不安，战鼓声心惊胆寒。（归"外场座"，二宫女归里）

〔中军内白："报！"【冲头】上至"小边"。

中　　军　启禀公主，大事不好了！【撕边一锣】

凤吉公主　何事惊慌？

中　　军　我家老爷自刎疆场！

〔【冲头】凤吉公主离位，抓住中军，至正中台口。

凤吉公主　你待怎讲？

中　　军　自刎疆场！【冲头】【大锣双叫头】

凤吉公主　驸马，我夫，哎呀！（昏倒，【冲头】二宫女扶凤吉公主坐下）

二 宫 女　（同）公主醒来！

〔西皮导板〕

凤吉公主　【大锣导板头】（过门同前）2 2 1 - 1 2 7 6 （5 5） 5. 3 1 5. 3
忽 听 得　驸 马 爷

6. 6 6 6 5 3 2 （2 2 2 2） 2 1 - 6 1 2 - 2 2 1 -
命 丧　了！

二 宫 女　公主醒来。

〔凤吉公主离座至正中台口。【大锣双叫头】

凤吉公主　驸马，我夫，夫啊！

〔西皮散板〕

【快纽丝】（过门同前）3 3 6 5 1 1 6 5 3 1 6 5 6 1 5 -
好 一 似 刀 割 肉 箭 刺 心 梢。

2 3 6 5 -） 2 1 1 2 2 7 6 （4 3 6 5） 5 3 3 1
（仓）　哭 啼 啼　（仓）　不 住

6 5 3 3 2 - （7 6 1 2 -） 1 1 5. 6 1 - （1 1 1 2 3 5
地　（顷 仓）　高 声　（仓 仓 仓 仓

2 1 6 2 1 -） 1. 6 2 2 7. 6 5 6 6 6 3. 5 6 6 5 -
仓 才 仓）　叫，　驸 马 爷

〔西皮散板〕

【大锣凤点头】（过门同前）5 3 6 5 5 3 5 6 -（3 5 6）1 5 6 5 6 6. 1 5 - ‖【住头】
可怜 你盖世 功　一旦 倾 抛。

中军听令！

中　　军　在。【大锣一击】

凤吉公主　吩咐左军梁紫立、右军郭福莲，带领人马，全身披挂，校场听点。

中　　军　得令。

〔【冲头】二宫女领起来下。凤吉公主至“大边”台口。【大锣双叫头】

凤吉公主　驸马，我夫，夫哇！【大锣原场】【软四击头】（双翻水袖，亮相，下。中军至正中台口）

中　　军　下面听着！

〔搭架子。同内：“啊。”

中　　军　公主有令，吩咐左军梁紫立、右军郭福莲，全身披挂，校场听点。

〔搭架子，同内：“啊！”【一锤锣】中军下。

第十二场

〔【四击头】梁紫立、郭福莲上，“双起霸”。梁紫立归“大边”台口，郭福莲归“小边”台口。【大锣归位】

梁紫立　（念）可恨朱蛮苦争斗。

郭福莲　（念）驸马阵前自刎头。【小锣二击】

梁紫立　（念）公主命俺领人马，

郭福莲　（念）灭去红巾报冤仇。【大锣归位】

梁紫立
郭福莲　（同）俺——【撕边一击】

梁紫立　左军梁紫立。

郭福莲　右军郭福莲。【大锣住头】

梁紫立　公主命我等点动人马，大战红巾贼党，替驸马报仇。你我两厢伺候。

郭福莲　请。

〔梁紫立、郭福莲分站两边。【急急风】四兵士、四女兵“站门”上，【四击头】凤吉公主上。【冲头】至正中台口。

梁紫立
郭福莲　（同）参见公主。

凤吉公主　人马可齐？

梁紫立
郭福莲　（同）俱已齐备。

凤吉公主　起兵前往！

〔【急急风】众“合龙口”，凤吉公主、梁紫立、郭福莲【撕边一锣】“一整”【撕边一锣】“两整”【软四击头】上马。四兵士、四女兵领起来下。梁紫立、郭福莲持女大刀随下。凤吉公主耍“小枪下场”，【四击头】面向“下场门”亮相，【急急风】下。

第十三场

〔【快长锤】四蓝龙套、郭英、沐英、廖永忠、俞通海、常遇春、胡大海、汤和、邓玉，

“站门”，引徐达、朱元璋上至正中台口，徐达归“小边”。

〔西皮摇板〕

朱元璋【凤点头】（过门同前）3 6 5 7 7 6 5 6 3 5 6 6 - ∨

伍 福 出 兵 无 音 信，

3 6 5 5 6 6 5 5 3 5 -（5 | 3 6 | 5 5 | 3 2

倒 叫 小 王 挂 在 心。

1 1）i 6 5 3 6 5 3 6 5 6 7 - 7 7 6 6 - ‖

将 身 且 坐 宝 帐 等！

〔归台中心。【扫头】众往里归，伍福上，至正中台口，面内。

伍　福　参见主公。

朱元璋　伍大哥少礼。

伍　福　啊。【大锣住头】（归“大边”）

徐　达　赤福寿降意如何？

伍　福　赤福寿不肯归降，自刎疆场。

朱元璋　伍大哥之功也！

伍　福　我主洪福！

〔探子内白：“报！”【冲头】上，至“小边”。

探　子　女将讨战！

朱元璋
徐　达　（同）再探！

探　子　啊！【大锣五击】（“上场门”下）

朱元璋　伍大哥，女将何人？

伍　福　乃顺帝之女，赤福寿之妻，名唤凤吉公主。此人有万夫不挡之勇。

徐　达　此时金陵城内空虚，正好暗取，待本帅保定主公进城。众将官！

众　将　啊！【撕边一锣】

徐　达　迎敌者！

〔【急急风】四蓝龙套、徐达、朱元璋、伍福“下场门”暗下。众将拉马“合龙口”上马，“插门”走圆场。四兵士、四女兵、梁紫立、郭福莲，引凤吉公主上场门上，“二龙出水”。四兵士、四女兵“上场门”下。凤吉公主、梁紫立、郭福莲与众将起打。沐英、俞通海二将压住梁紫立刀，“上场门”下。郭英、廖永忠二将压住郭福莲刀，“下场门”下。场上留凤吉公主与汤和打“快枪”，汤败，“下场门”下。【急急风】【四击头】凤吉公主要枪下场，追下。

第十四场

〔“开档”。四长枪手、四兵士陆续上，打“八股档”，四长枪手（红巾军方）败下。

〔俞通海、胡大海上，打四兵士“下场门”败下。梁紫丽、郭福莲上，郭英、廖永忠续上，打“六股档”，俞、胡、郭、廖败下。梁、郭福莲亮相，汤和上，涮抢刺梁、郭，二旦败下。汤和再缓枪刺向“下场门”，凤吉（下简称旦）持女大刀，“下场门”上，一绕两绕汤枪大刀花剁汤头，**【撕边】**（**八大仓**）亮住。旦勾邓玉“上场门”上，拨汤至“小边”，邓“大边”，旦在中靠后，三人同时兜，左转身，邓“吊鱼”掷枪，汤“吊鱼”掷枪给邓，接旦用刀杆磕过来的枪（邓掷的那杆），又一兜右转身移动位置，旦至“小边”，邓前汤后换至“大边”“一条鞭”，三人同时一涮手中刀、枪，邓、汤“撇桃”向上扔枪，旦以刀掠过邓、汤头顶，邓、汤接自己的枪，旦砍二人鼻子、削头。旦打汤鼻子，削邓头，汤、邓二人“下场门”败下。（以下锣经均为“走马锣鼓”伴奏）

〔胡大海持春秋刀“下场门”上，旦大刀花砍胡，胡以刀磕，二人略停，二人同时起大刀花砍对方“过合”换位，刀抄回来换回原位，（旦在“小边”，胡在“大边”）同涮刀，各向左转身一兜，打“幺、二、三”，拉下来，胡以刀尖挑旦左额，旦以刀头盖下来砍胡“腰封”，胡斜执刀接，挑开旦刀，旦以刀尖挑胡左额，胡以刀头盖下来砍旦“腰封”，旦斜执刀接，挑开胡刀，胡以刀尖挑旦左额，旦以刀头盖下来砍胡“腰封”，胡斜执刀接，挑开旦刀，旦自右向上绕，刀头砍胡“封头”，胡横刀接，旦以刀镈打胡刀杆中部（由下向上打），二人刀头一磕，刀镈一磕（习惯上称以上四个动作为上下左右），缓刀，同时砍对方右侧，刀头近地时抬刀上反磕，下拉，各向自己右侧斜上方出刀，一涮刀，两涮刀，旦顺势把刀“撇桃”向上前方抛出，低头钻过去到“大边”接刀，同时胡高横刀从旦头上削过去至“小边”台口，大刀花砍旦“封头”。

〔俞通海“上场门”执单枪上，缓枪刺旦左腋，旦左臂夹枪右手大刀接胡砍来的“封头”，三人略一亮相，旦右手刀推开胡刀，耍一个“豁脸”反“吊鱼”扔刀，俞接刀，旦右手执（左腋下）枪头抽枪“剜萝卜”，打胡“抢背”，胡“下场门”下。旦枪经俞头，上从右向左扫过去，俞撤步左转身，旦枪反回来“打俞鼻”，俞上步以刀接枪，二人换位（旦在“小边”，俞“大边”），旦刺俞上下左右（上下是横刀接，左右是滚枪接），再刺一个左右，俞仍以刀按滚枪转身接，俞大刀上膀子用肘臂把刀弹向上方，刀横着从右臂弹过头向旦方向去，旦同时把枪从背后射向俞，空中掉头，二人同时接对方刀、枪，旦撇把“打俞鼻”，再经过头顶平涮刀，俞“下场门”下。

〔郭英“上场门”执枪上，飘枪向“下场门”台口，旦正好涮刀掠过，旦至“小边”回刀“打郭鼻”。“上场门”邓玉执枪上与旦上搭，三人同时左转成三丁状，旦在正场靠里，邓在“小边”，郭在“大边”，邓、郭位置靠外，邓、郭枪头着地在台正中交搭，旦从两枪中间跳出去，邓、郭抽回枪执中耍五个“劈喉花”，旦单掉头，常左手枪推掷出，二人互接对方兵刃，旦右手鞭“打常鼻子”，常双刀立起“接鼻子”，旦“削常头”，常“下场门”下。

〔汤和右手执鞭左手执枪中“上场门”上，二人双刀刃一磕，同时右转身抄过去，换位汤在“大边”，“搭叉”（同前与常打），各左转身，刨一个、刨俩、刨仨“串肚”里转身（“合扇”），刨一个、刨俩、刨仨“串肚”外转（“合扇”），双方右手鞭一磕，汤右转身到“下场门”，旦右转身蹦子到“上场门”台口，旦左手枪“撇桃”右手鞭接一掂一绕右脚旁踢，枪向“下场门”，汤同时“吊鱼”扔右手鞭向台中，旦踢枪后右脚不落地，向台中左转蹦子接鞭，“上场门”勾廖永忠空手上，汤掷一枪给廖，旦“漫廖头”，廖归“下场门”与汤并立，旦归“上场门”台口，汤、廖轮流掷枪（“撇桃”、“吊鱼”），旦以掏鞭拍枪、各式踢枪，最后汤、廖同时两杆枪“吊鱼”，旦也同时右手、右脚拍踢回去，“打汤鼻子”，打廖“抢背”，汤、廖“下场门”下。旦耍“双鞭下场花”（**【急急风】【撕边】【夺头】【四击头】**等锣经）。①

〔梁紫立、郭福莲“上场门”持双刀双上②，**【急急风】**“九龙口”一亮，台口又一亮左转身“下场门”台口向“上场门”与汤、邓“双斜合”，一磕右转身扯正“撩、削”换位，梁、郭“大边”，搭兜左转身，**【夹饽饽】**旦左肩扛刀式，右手刀与汤、邓打“幺、二、三”，划下来，旦刺汤、邓裆，二人横枪压刀，旦反身砍汤、邓头，架住，枪头压旦脖，旦双刀架枪推开，刺旦一、二、三、四（腿部），旦小蹦子换位至“小边”“打汤、邓鼻子”、“削头”，汤、邓“下场门”下。

〔沐英“上场门”持双锤上，与梁、郭“斜合”，勾出一个，一压“串肚”，梁、郭换位，沐双锤从后往前“漫头”（左、右分开锤同时“漫头”），梁、郭低头退，被沐双锤击胸而死，分由“上、下场门”下。

〔**【冲头】【叫头】**沐三笑，**【撕边】**（**八大仓**）凤吉公主“上场门”执枪扎脖，二人一兜，旦扎沐上、下、左、右，沐架锤接上，下，立锤接左、右，右手锤绕旦枪跨右腿左转身接“后封头”，旦打沐“后封头”后抽枪刺沐腿一、二、三、四，边刺边换位，沐至“小边”从“上场门”领七将上圆场，八将至“大边”，旦至“小边”，旦以枪盖众将横枪接八将兵刃，**【乱锤】**推磨，旦至“大边”，两次**【软四击头】**先里后外一挤两挤，（**八大仓**）旦推开众，**【四击头】**旦掂枪三个翻身蹦子翻身亮相，“下场门”下，众追下。

第十五场

〔“下场门”摆城。唢呐奏〈小傍妆台〉四蓝龙套、徐达、朱元璋进城。徐达上城。

〔**【急急风】**凤吉公主上，**【撕边】**（**八大仓**）握枪亮相。**【大锣圆场】**至正中台口。**【大锣叫头】**

凤吉公主 且住！指望出城替夫报仇，谁想我独力难成，不免回去保护城池便了！（**八大仓**）（托枪亮相，**【大锣水底鱼】**走圆场至台中心。**【大锣叫头】**）呔！你家公主败阵归来，速速开城！

徐　达 你丈夫已死，还不疆场尽节！

凤吉公主 你是何人？

徐　达 本帅徐达。（暗下）

凤吉公主 哎呀！**【大锣一击】**

---

① 此段开打尚有其他三种打法，可参见“附录”部分。

② 梁、郭原本中使女大刀（刀马刀），但与红巾军将打单对，则与凤吉公主把子重复，打荡子也不好安排，遵照何金海老师意见改使双刀。

〔众将内同白："哪里走？"

〔【大锣三击】凤吉公主磕拳三下。【急急风】沐英、胡大海、俞通海、廖永忠、郭英、常遇春、邓玉、汤和"倒脱靴"上，常遇春卸掉凤吉公主枪、打"抢背"，凤吉公主抓住常遇春、郭英枪，走"跪蹉步"。凤吉公主站起轰开，归里翻出来，沐英抓凤吉公主，向"小边"台口扔"抢背"。【四击头】凤吉公主被众将擒住。

〔〈尾声〉【急急风】众将押凤吉公主进城。①

——剧 终

附 录

下面的开打中有繁简不同的三种打法，可视情况选用。

一、"下场门"汤和执枪上，刨一个、刨俩，凤吉公主（以下简称旦）跨右腿左转身，背向汤，双鞭十字仰头下腰，推出双鞭向汤面部，汤同时"吊鱼"掷枪向前，旦下腰接枪，汤接鞭，里盖"合扇"转身，旦撒把抡枪打汤封头，从下豁开抽汤抢背，汤下场门下。廖执双锏上场门上【夹馀馀】二人一磕亮住，打"哪吒枪"，打廖下场门下。【急急风】邓执女大刀上场门上，漫旦头过去，邓至大边，二人同时一兜右转身，旦刺邓迎面三枪，邓以刀刃左、右、左磕之，邓盖旦一刺腰封，旦接腰封后即刺邓左腿，邓以刀拨，旦抽回枪刺邓右颊，邓拨开打旦上下，旦盖下来刺邓滚枪，邓立刀刀头向下、向上接，右转身，旦又刺滚枪一次，邓仍如前接，邓挑旦刀剜花接背供，旦以镄打背供，邓回身，二人斜对面立，同时向自己右上方出刀出枪镄，缓下来，邓打旦封头、拉肚转身，再转身各回原位，邓以右手攥刀镄枪抡刀（枪把）打旦左腰，旦右手握住，旦右手枪平掷上方，空中转半圈落下，二人同时抬刀，旦用刀杆弹回枪，邓接枪，旦打邓鼻腾开。上场门汤和上，接封头，一压串肚汤、邓换位，旦向下场门台口出刀，常、郭上场门双上与旦斜合，四将都归下场门一边。廖、郭上场门上，旦拨拉一个台中靠前位置要豁脸，到第四个时脱手，刀向上飞去，空中掉一个头，邓接住刀。刀在空中时，邓、郭把枪同时"吊鱼"掷向前方，旦同时两手分接两枪（从旦跳出来后，三个人都是面向观众的，这些出手要靠配合、靠感觉），双手同时串指、串腕，两枪向前枪头打地，同时反"吊鱼"扔向后方，仰头下腰接身后邓"撇桃"掷过来的大刀，邓、郭分接旦掷来的两杆枪，旦接刀后竖刀向右转身串肚移位至小边，邓、郭移至大边，郭立前接旦鼻子下场门下，旦刀抡打邓左腰，邓同时抡枪打旦左腰，二人换兵刃，旦打邓抢背，邓执旦刀下场门下。俞执双刀上场门上，旦枪里盖俞，二人合扇向里转身，旦打俞前封头，俞架双刀接

① 此处还有以下两种演法：一是凤吉公主被沐英击毙；二是俞通海漫头，凤吉公主夺俞左手刀自刎而死。

前封头，双刀掠下来上步至大边台口，双刀架接旦后封头，旦刺俞面，俞撤右步刀盖旦枪打旦封头，旦横枪接封头，俞双刀并一刺旦左腋，旦臂夹双刀，右手执枪中拧“撇桃”向上扔枪，俞放手双刀接枪，旦右手抽出双刀两手分执砍俞鼻子削头打俞抢背，俞下场门下。旦右转身蹦子向小边出刀向大边横向要三个大刀花，转身，右转身同时要一个回花至台中，双刀向前方同时砍地（偏右一点）、要揉花，【撕边一锣】【四击头】右手刀向上“撇桃”，左手刀绕至背后，左转身背后接落刀，两刀在背后交叉，亮相。常遇春上场门右手执鞭，左手执枪中部上，与旦“斜合”，常在大边，旦左手刀与常左手枪上搭，旦右手刀与常右手鞭下叉同时各左转半身，背对背立，旦举左刀常举左枪，旦右刀与常右鞭同时打地，旦以双刀常以鞭枪从各自左方上搭下拉向右转身仍是背对背立（脚跟转动，脚尖不动位），上搭下拉向左转身二人面对面立，旦双刀漫常头，常鞭枪漫旦头，旦双刀与常鞭、枪上搭下拉，旦左肩斜扛左刀（左臂伸直），常左手背枪，旦右手刀与常右手鞭打“幺、二、三”，二人同时反剪腕，旦右手刀与常右手鞭向对方单掉头掷出，互接对方兵刃，一兜，旦右肩斜扛鞭，常右手刀盘支腰，单刀叉腰式，旦左手刀与常左手枪打“幺、二、三”，二人同时反剪腕，旦左手刀拨拉两个，旦至台中后方领六将圆场挡在下场门，旦左转身串肚，六将自外向里右转，俞自下场门执双刀，跟六将后上来砍旦，旦挑起来造头踢俞抢背，俞下场门下，旦要大刀下场。下场门下。

二、下场门汤和执枪上，如前面第一种打法鞭换枪，旦打汤下，不上廖直接上邓执女大刀上“大刀枪”，减去“哪吒枪”，与邓打至枪换刀后，直接打荡子。要刀下场。

三、下场门汤和执女大刀上，如前面第一种打法鞭换刀，腾开汤，廖接封头，连荡子，则连“大刀枪”亦略去。